BASTEI LÜBBE

JONATHAN WYLIE
im BASTEI-LÜBBE-Taschenbuchprogramm:

DIE TRÄUMENDE WELT
20 278 Erstes Buch: Der Traumstein
20 289 Zweites Buch: Das Schattenreich
20 301 Drittes Buch: Das Zeitalter des Chaos

DIE TRÄUMENDE WELT

DAS ZEITALTER DES CHAOS

JONATHAN WYLIE

· DRITTES BUCH ·

Fantasy-Roman

Ins Deutsche übertragen von Caspar Holz

BASTEI LÜBBE

BASTEI-LÜBBE-TASCHENBUCH
Band 20301

Erste Auflage:
Februar 1997

Deutsche Lizenzausgabe 1997
Bastei-Verlag
Gustav H. Lübbe GmbH & Co.,
Bergisch Gladbach
Originaltitel:
The Age of Chaos
Lektorat:
Christine Schläfer/Stefan Bauer
Titelbild: Geoff Taylor
Umschlaggestaltung:
Quadro Grafik, Bensberg
Satz: Fotosatz Schell, Hagen a.T.W.
Druck und Verarbeitung:
Brodard & Taupin,
La Flèche, Frankreich
Printed in France

ISBN 3-404-20301-1

Der Preis dieses Bandes
versteht sich einschließlich der
gesetzlichen Mehrwertsteuer.

ERSTER TEIL

DER STÄHLERNE ABGRUND

1. KAPITEL

Der Boden aus Stahl war viele Schritte unterhalb des schmalen Laufgangs, auf dem der Mann stand, deutlich zu erkennen. Und doch sah er ihn nicht. Denn er war fasziniert von seiner eigenen linken Hand, auf die er wie gebannt starrte.

Meine Hand. Wenn ich ihr sage, sie soll sich bewegen, tut sie es. Er bewies es, indem er seine Finger spreizte und dann seine Hand drehte, so daß er die Handfläche sehen konnte. Schweiß glänzte auf den Erhebungen und Linien.

Meine Hand.

Sie wirkte weich und verletzlich. *Menschlich.* Er erzitterte bei dem Gedanken, und ein Woge banger Besorgnis überkam ihn.

Er warf einen kurzen Blick auf den Metallstreifen, den man ihm fest um sein Handgelenk gelegt und versiegelt hatte. Entfernen ließ er sich nicht. Dort war sein Name eingraviert, unterhalb des unaufhörlich blinkenden Feldes, auf dem seine Position innerhalb des Kartennetzes angezeigt wurde. Damit war gesichert, daß die Zentrale immer wußte, wo er war, ihm jederzeit eine Nachricht übermitteln und sofortigen Gehorsam befehlen konnte. Das winzige rote Licht über dem Feld zeigte an, daß alles richtig funktionierte. Alles war genau so, wie es sein sollte.

Und doch verschaffte ihm dies nur vorübergehend Beruhigung. Als er auf seine Handlinien starrte, überkamen ihn fürchterliche Zweifel.

K207M, überlegte er nach einem neuerlichen Blick auf den Metallstreifen. *Das ist also mein Name.*

Von ganz weit weg, vielleicht aus grauer Vorzeit, kam der Nachhall einer Erinnerung. *Mein Name war Ardath.*

Nein!

Er starrte auf die Gravur auf dem Armreif, die seine Nummer unablässig wütend und beängstigend wiederholte, als wollte er damit jeden Gedanken unterdrücken, der in seinem Kopf entstand.

K207M. Das ist mein Name. Daher kenne ich meinen Platz im Gitternetz. K207M. Das ist mein Name ...

Die Litanei geriet ins Stocken. Es hatte keinen Sinn – die Struktur seines Seins hatte einen Riß bekommen, und der wurde immer breiter und drohte das gesamte Gefüge zum Einsturz zu bringen. Er schüttelte sich, löste seinen Blick von der verräterischen Hand und sah sich um.

Er war umgeben von glänzenden Metallen: Eisen, Stahl, Blei sowie andere, die er nicht benennen konnte. Ebene K war einer der unteren Bereiche im Gitternetz. Über Metallurgie hatte man ihm wenig beigebracht, und über die Geheimnisse der Macht überhaupt nichts. Er arbeitete in der Kommunikationsabteilung, einem riesigen, vielschichtigen Bereich, dessen Komplexität und Hierarchie sein Begriffsvermögen überstiegen. Er tat einfach, was man ihm auftrug. Das hatte ihm genügt – bis jetzt.

Er betrachtete das Netzwerk aus Röhren und Trägern, aus Geflechten und Spiralen, und es war, als sähe er sie zum erstenmal. Energie pulsierte innerhalb dieses gewaltigen Labyrinths aus Stahl, die Luft war vom Summen der Energieschwingungen erfüllt, und aus verborgenen Tiefen stieg Hitze empor. Lichter blitzten auf und erloschen wieder im grellen Licht der blauweißen Felder, die die inneren Laufgänge und weiter oben die Bedachung auskleideten. Unter ihm befand sich einer der gewaltigen Bohrschächte des Riesenkomplexes. Der Laufgang, auf dem er stand, kreuzte den Schacht auf zwei Dritteln seiner Höhe – nur ein winziges Stahlband, das man über eine viele Stockwerke hohe Kluft gespannt hatte.

K207M hatte diese Brücke auf seinen endlosen Rundgängen durch den Komplex unzählige Male überquert. Niemals hatte er Angst verspürt, hatte den schwindelerregenden Abgrund zu beiden Seiten nicht einmal bemerkt. Die Brücke war lediglich Teil seiner vorgegebenen Route, die man für ihn innerhalb des Gitternetzes seiner Aufgabe entsprechend festgelegt hatte. Nie zuvor war er stehengeblieben, um sich umzusehen.

In der Ferne, weit ober- und unterhalb seines Standpunktes, gingen Männer und Frauen ihrer Beschäftigung nach, winzige Insekten in einem gigantischen Gebäude aus Metall. Ihr Fleiß, ihre Gewißheit und offenkundige Zufriedenheit vermittelten ihm das verzweifelte Gefühl der eigenen Unzulänglichkeit.

Wieso kann ich nicht sein wie sie? Ich will die Dinge nicht anders sehen! Er klammerte sich mit beiden Händen krampfhaft am Geländer fest, das die Brücke zu beiden Seiten sicherte. Angst und völlige Verwirrung überkamen ihn, und er schloß die Augen, um die verwirrenden Bilder nicht mehr sehen zu müssen.

Doch so einfach ließen sich seine Gedanken nicht unterdrücken. Er war alleine, hing mitten in der Luft, inmitten eines Komplexes, der nur einen kleinen Teil jener Stadt darstellte, der seine gesamte Welt ausmachte.

Dies war nicht immer meine ganze Welt.

Der Gedanke kam ungefragt und war auch nicht willkommen, und er brachte eine Flut von Bildern mit sich, die keinen Sinn ergaben. Er verkroch sich vor ihnen und spürte, wie ihn ein kalter Wind durchwehte, der ihm den letzten Rest schützender Wärme raubte.

Ich komme von weit her.

Er erinnerte sich an die lange und mühsame Reise von seinem Zuhause bis zu diesem seltsamen Ort im Süden, an die Freude und Kameradschaft, die er mit den anderen geteilt hatte, die ebenfalls gerufen worden waren. Er erinnerte sich an das Lied, das in jedermanns Ohr gewesen war, in jedermanns Herz, und das sie stets an ihr Ziel gelockt hatte. Er sah noch einmal das Chaos, als seine Gruppe in dieser Stadt ankam, die erst im Entstehen begriffen war und die

Erkundungen, die sich daran angeschlossen hatten. Damals war sie alle noch so voller Eifer gewesen.

Die Schranken in seiner Erinnerung fielen. Er spürte, wie sie in sich zusammenstürzten und damit seinem Entsetzen Tür und Tor öffneten.

Anfangs war die Arbeit einfach gewesen. Riesige Bauprojekte wurden von wenigen Männern und Frauen, der Elite, beaufsichtigt, denen der Große Führer Gehör schenkte. Sie waren in seine Pläne und Strategien eingeweiht. Doch die Arbeit hatte Spaß gemacht, und Ardath und seine Kameraden waren überglücklich gewesen, als sie sahen, wie die Stadt in erstaunlichem Tempo wuchs. Das Gitternetz wurde zur universellen Befehlskette, die dafür sorgte, daß jeder seine Rolle im großen Plan kannte. Keiner der Arbeiter kannte auch nur ansatzweise den Plan als Ganzes, wußte aber, daß große Fortschritte erzielt wurden. Das erklärte ihnen der Große Führer. Fast jeden Tag verkündete er Entdeckungen – Wunder des medizinischen Fortschritts, der Nahrungsmittelherstellung, und Technologien, die sich in rasendem Tempo entwickelten, wurden bald zur Selbstverständlichkeit. Außerdem gab es Hinweise auf die Entwicklung mächtiger Waffensysteme, die sicherstellen sollten, daß die Pläne des Großen Führers nirgendwo auf der Welt auf Widerstand stießen.

Dann begannen die Schwierigkeiten. Mehrere von Ardaths Kameraden waren krank geworden und spurlos verschwunden. Alles, was er herausfand, war, daß sie sich einer Behandlung unterzogen hatten. Er sah sie nie wieder.

Eine gewaltige Explosion riß einen Teil der Stadt in Stücke, und dies bedeutete Monate schwerster Arbeit, in denen der zerstörte Sektor repariert wurde. Viele von denen, die mit dem Wiederaufbau beschäftigt waren, wurden krank, und auch sie verschwanden.

K207M öffnete die Augen und betrachtete erneut den Metallstreifen an seinem Handgelenk.

Die Ortungsgeräte waren kurz nach der Explosion eingeführt worden. Anfangs hieß es, sie seien eine Vorsichtsmaßnahme, die nur bei denen angewandt werden sollte, die für die Stadt und ihre Bewohner möglicherweise eine Gefahr darstellten. Doch schon bald darauf wurde klar, daß die Zentrale es darauf abgesehen hatte, daß *jeder* sie trug – zu seiner eigenen ›Sicherheit‹. Nur wenige hatten protestiert, und selbst die hatten sie wenige Stunden nach der Anpassung akzeptiert.

Aber jetzt funktionierte es nicht!

K207M konzentrierte sich auf den Metallreif. Ihm war übel, denn er wußte, daß irgend etwas nicht stimmte, und er wünschte sich nichts mehr, als sich in einen Kokon aus Wärme und Zufriedenheit zurückzuziehen, doch dies wurde durch eine Flut unwillkommenen Wissens verhindert.

Warum?

Plötzlich veränderte sich der Rhythmus auf dem blinkenden Anzeigefeld, verlangte seine Aufmerksamkeit und stellte sein gegenwärtiges Tun in Frage.

Ich habe mich zu lange nicht bewegt, dachte er plötzlich verzweifelt. *Die Zentrale hat mich aufgespürt.* Das Entsetzen packte ihn. Was eigentlich sein größter Trost sein sollte, war jetzt eine Quelle der Angst. Er versuchte, seine Gedanken zu verbergen, sie zu verstecken, so als könnte er seine verräterischen Erinnerungen durch reine Willenskraft aus dem Gedächtnis löschen.

Er schaffte es nicht. Der Damm hatte einen Riß bekommen, und er stand der Flut machtlos gegenüber.

Dann fiel ihm ein, daß nach dem Anpassen der Armreife noch etwas anderes geschehen war. Etwas Fürchterliches.

Ein Piepston riß ihn aus seinen Gedanken. Das durchdringende, hartnäckige Geräusch kam aus dem Metallstreifen an seinem Handgelenk. Er starrte es verständnislos an, dann erregte eine Bewegung am Ende des Laufgangs seine Aufmerksamkeit, und er sah hoch.

Unmenschliche Gestalten hatten sich dort versammelt. Sie starrten ihn aus unsichtbaren Augen an, die tief unter ihren stählernen Masken lagen.

Von Ekel erfüllt senkte Ardath den Blick wieder auf seine Hand und sah sie zum erstenmal mit unerträglicher Deutlichkeit. Er konnte jedes Härchen sehen, jede winzige Linie. Lichtbalken spiegelten sich auf seinen Fingernägeln, und jedes noch so kleine Stückchen Haut ließ das lebendige Fleisch, die Knochen und das Blut darunter erkennen.

Keines der Dinge ringsum machte noch irgendeinen Sinn. Die Nummer auf seinem Streifen war bedeutungslos.

Sie haben mir die Seele gestohlen.

Langsam und ängstlich hob er die Hand. Mit seinen weichen, verletzlichen Fingern betasteten er die Fläche, wo einst sein Gesicht gewesen war. Zu seinem allergrößten Grauen stießen sie auf Metall.

Sein Verstand rastete aus.

Mit einem Satz über das Geländer sprang Ardath in den metallenen Abgrund und stürzte schreiend in die unendlich scheinende Tiefe – bis er auf der Stahlboden tief unten endgültig Ruhe fand.

»Wieder ein Ausfall bei den K20ern«, meinte der Prüfer knapp mit einem Blick auf Tafel blinkender Lichter.

»Die Abteilung für medizinische Überwachung wird den Prozeß noch einmal überprüfen müssen«, entgegnete sein Vorgesetzter mit leicht genervtem Unterton. »Derartiges Versagen verärgert den Großen Führer. Wenn die noch nicht einmal dafür sorgen können, daß ein schlichtes Handgelenksimplantat einwandfrei arbeitet, wie können sie dann erwarten, daß der Gedankenleser funktioniert?«

Der Prüfer hielt es für das beste, nicht zu antworten.

»Machen Sie ihnen klar, daß es in Zukunft keine Fehler mehr geben darf. Wenn sie nicht besser werden und weiterkommen, haben sie selbst versagt. Das kann doch nicht so schwer zu kapieren sein.«

»Ich werde es ihnen sagen.«

»Was gibt es Neues von Mendle?«

Die Frage kam überraschend. Der Kommunikationstechniker schreckte hoch. Wie immer hatte der Große Führer sich unhörbar und unsichtbar genähert.

»Wir bekommen noch immer keine Verbindung«, erwiderte der junge Mann ziemlich nervös. »Er hat sich jetzt schon seit mehreren Stunden nicht gemeldet – vermutlich ist sein Gerät nicht in Ordnung. Ich erhalte für unsere Signale nicht einmal eine Empfangsbestätigung.«

Der Techniker wartete angespannt auf die Instruktionen, die er mit Sicherheit bekommen würde.

»Mendle ist tot«, erklärte der Große Führer mit Nachdruck. »Er war immer übertrieben selbstbewußt. Trotzdem darf sein Tod nicht ungerächt bleiben.« Er zögerte, als überlegte er, welche Möglichkeiten er hatte.

»Schicken Sie die Flieger raus«, befahl er, dann machte er kehrt und verließ den Raum.

ZWEITER TEIL

DAS ZEITALTER DES CHAOS

2. KAPITEL

Die Sonne ging am ersten Tag des neuen Zeitalters auf.

Dünne Lichtstrahlen fielen in schrägem Winkel durch die Ritze in den Vorhängen, und Staubteilchen tanzten in der Morgenluft. Von seinem Stuhl am Fenster aus betrachtete Arden den Raum, der ihn umgab. Er sah eine gewöhnliche Kammer mit schlichten Möbeln, nackten Steinwänden und einem staubigen Fußboden. Es war der wunderbarste Ort der Welt.

Der Sonnenstrahl wanderte langsam über das Kopfkissen des großen Bettes. Arden sah, wie er das Haar der Frau umschmeichelte, die dort lag. Die unordentlichen, kurzen roten Locken schienen Feuer zu versprühen, alles andere im Raum schien im Vergleich dazu zur Bedeutungslosigkeit zu schrumpfen.

Arden mußte lächeln, als sie sich bewegte, ohne aufzuwachen und ihren Kopf aus dem Sonnenlicht drehte.

Schlaf weiter, meine Liebe, dachte er. *Das hast du dir verdient.*

Er mußte an ihr Wiedersehen am Tag zuvor denken.

Seine Untersuchung des großen Metallturmes hatte sich als ergebnislos erwiesen. Der Turm enthielt absolut nichts Lebendiges. Wenn Gemma jemals innerhalb seiner hallenden Wände gefangen gewesen war, dann war sie jetzt nicht mehr dort. Arden wußte, daß es nur noch einen Ort gab, an dem er suchen konnte, und fluchte wütend.

»Wir hätten es dort zuerst versuchen sollen!« brummte er.

Er stieg die scheinbar endlosen Stufen hinunter, steuerte

das Fundament des Turmes an und jene unterirdische Kammer, die von einer pulsierende blauen Lichtwand abgeschirmt wurde.

»Wir wissen noch immer nicht, wie wir dort hineinkommen«, meinte einer von Ardens Begleitern zu ihm, als er merkte, wohin er wollte.

»Das werden wir ja sehen!« rief Arden über die Schulter, dann lief er weiter, drei Stufen auf einmal nehmend.

Kurz drauf stand er schwer atmend vor der Wand aus Elementalem und versuchte, all seinen Mut und seine Entschlossenheit zusammenzunehmen. Hinter ihm betraten die anderen leise den Raum, hielten sich aber zurück. Sie wollten seine grimmige Konzentration nicht stören.

Du bist diesen Geschöpfen schon einmal begegnet, redete Arden sich eisern ein. *Du weißt, daß sie auf Freundschaft reagieren. Der Schutzschirm besteht nur aus einer Ansammlung solcher Wesen – du brauchst nichts weiter zu tun, als deine Ängste beiseite zu schieben.*

Er erinnerte sich an das außergewöhnliche Gefühl, das ihn durchströmt hatte, als er bei seinem Aufenthalt im Lichtlosen Königreich von einem dieser seltsam flüchtigen Geschöpfe eingehüllt worden war. Es hatte auf seine Entschlossenheit und seine hoffnungsvolle Freundlichkeit reagiert, aber jenes fließende Wesen war völlig anderes als die kalte, pulsierende Barriere, der er sich jetzt gegenübersah.

Du mußt deine Angst verdrängen. Leichter gesagt, als getan! dachte er. *Also schön, wer hat gesagt, daß es einfach werden würde? Dort drinnen ist Gemma! Ist sie es etwa nicht wert, daß ich mich ein wenig anstrenge?*

Während der Monate, in denen sie unfreiwillig getrennt gewesen waren, war Arden sich darüber klar geworden, wie stark seine Gefühle für Gemma waren. Seine Sehnsucht nach ihr hatte noch zugenommen und hatte alles andere verdrängt. Und jetzt, wo sie so nah war, sollte sie *nichts* mehr voneinander trennen.

Dann schoß ihm eine andere Erinnerung durch den Kopf. Damals waren die Worte der Katze nichts weiter gewesen als ein weiterer lästiger Gesichtspunkt seines Zwangsaufenthaltes in der schwebenden Stadt. Doch jetzt erinnerte er sich mit einem Schmunzeln an das dunkle Rätsel. Jetzt ist die Zeit gekommen, wo du zum Zauberer wirst. Aber vielleicht warst du schon immer einer.

Wenn ich hier durchkomme, überlegte er, *wird es schwer werden, jemanden davon zu überzeugen, daß ich kein Magier bin!*

Der flackernde blaue Schirm war während der gesamten Zeit unbewegt geblieben, als wollte er Arden auffordern, ihn zu durchbrechen. Alle vorangegangen Versuche der Annäherung waren zurückgewiesen worden, manchmal sogar mit Gewalt, noch bevor der Angreifer die schimmernde Oberfläche überhaupt berühren konnte. Doch all diese Versuche waren in einem Zustand der Verärgerung oder Wut geschehen. Von seinen früheren Erfahrungen wußte Arden, daß er so keinen Erfolg haben würde.

Er trat einen Schritt vor und sprach seine Beschwörungsformel.

»Ich bin euer Freund.«

Nichts geschah. Er machte einen weiteren langsamen Schritt nach vorn und versuchte, alle Empfindungen bis auf die des Glücks und des Willkommenheißens aus seinen Gedanken zu verbannen. Obwohl er weder die Sehnsucht nach seiner Geliebten noch eine gewisse ängstliche Anspannung unterdrücken konnte, verschwanden Angst und Zorn vollkommen.

Zwei weitere Schritte, und er stand auf Armeslänge vor dem Schirm. Er konnte nicht genau hinsehen, da die grellen, wirbelnden Muster sich für normale Augen zu schnell bewegten. Arden spürte die enorme Kraft, die hinter ihnen steckte, aber auch ihre Beherrschtheit. Die alten Meister, die diese Kammer geschaffen hatten, hatten sie mit unerbittlicher Kunstfertigkeit und grausamer Präzision eingefaßt, denn sie wußten, daß ihr Werk Ehrfurcht und sogar Entsetzen hervorrufen und dadurch undurchdringlich werden würde.

Ich bin euer Freund. Helft mir.

Ardens stumme Bitte blieb unbeantwortet.

Früher wart ihr einmal voller Leben, argumentierte er. *Wärme, Freude und Liebe. Erinnert ihr euch nicht mehr?*

Bilder von Gemma zuckten ihm gegen seinen Willen durch den Kopf. Das feuerrote Haar und die grauen Augen. Ihr Gesicht, das sogar noch schöner wurde, wenn sie lächelte. Die gemeinsamen Neckereien und das Lachen. Ihre verwirrende Freundschaft, aus der schließlich Liebe geworden war.

Arden streckte eine Hand aus und trat weiter vor, ohne zu bemerken, wie man hinter ihm stockend den Atem anhielt, als er in das Flechtwerk der Elementalen hineinglitt.

Er spürte ihren Druck auf jeder Stelle seiner Haut. Ein paar Augenblicke war er blind, gefangen in einem Strudel flüchtiger Visionen. Er spürte das ewig quälende Eingesperrtsein der Elementalen und wurde vom Mitleid für sie übermannt. Als sie auf sein unerwartetes Erscheinen reagierten, spürte er ein wenig Hoffnung.

Und dann hörte er Gemmas Stimme.

»Dieses Buch wurde bereits einmal verändert! Und es kann noch einmal verändert werden!«

Freude und Erleichterung überkam ihn und wischte alle anderen Empfindungen auf Seite. Sie war dort!

Er ging weiter, bewegte sich jetzt gelöster und fand sich in einer Kammer aus Marmor wieder. Gemma stand neben einem Tisch in ihrer Mitte. Sie sah ihn an. Der entsetzte Ausdruck in ihrem Gesicht raubte Arden ein wenig seiner Zuversicht.

»War einmal nicht genug?« jammerte sie mit leidender Stimme. »Warum mußt du mich mit diesen Erscheinungen verspotten?« Sie schloß die Augen. »Du machst dich mit diesen Spielereien lustig über mich – und über ihn. Kehre in deinen wahren Zustand zurück.«

Arden verstand nicht einmal ansatzweise, wovon sie sprach. Das Elend in ihrer Stimme entsetzte ihn – die Begrüßung war völlig anders, als er erwartet hatte.

»Gemma, meine Liebste, ich bin kein Dämon«, sagte er leise mit gefühlsbeladener Stimme.

In diesem Augenblick sah sie ihn noch einmal an. Die Tränen standen ihr in den Augen, und er sah, daß ein winziger Hoffnungsschimmer ihr Gesicht erhellte. Er zwang sich, stehenzubleiben, als Gemma langsam auf ihm zukam. Irgend etwas sagte ihm, daß sie ihre eigenen Geister austreiben mußte. Sie streckte eine zitternde Hand vor und legte sie ihm auf die Brust, die unter der Berührung erbebte. Dann sah sie ihm ins Gesicht, die Augen ungläubig aufgerissen.

»Du bist tatsächlich echt«, sagte sie leise, dann fiel sie schluchzend in seine ausgebreiteten Arme.

»Natürlich bin ich echt«, antwortete er leise, hielt sie fest und fragte sich, welch schwere Prüfungen sie durchgemacht haben mußte. »Jetzt bist du in Sicherheit, meine Liebste.«

»Wenigstens im Augenblick«, hauchte sie ein paar Augenblicke später. »Aber noch ist es nicht vorbei. Arden, wir müssen in den Tiefen Süden.«

Sie hatten sich ein wenig voneinander gelöst, obwohl sie sich noch immer bei den Händen hielten, und als Arden ihr in die Augen sah, stiegen Gefühle in ihm auf, die stärker waren als alles, was er bis jetzt erlebt hatte.

»*Wohin* wir gehen, ist mir völlig gleich – in den Tiefen Süden, oder von mir aus auch in die Hölle – solange wir es gemeinsam tun«, meinte er zu ihr. »Solltest du noch einmal auf die Idee kommen, einen verrückten Drachenflug zu unternehmen, wirst du einen Passagier mitnehmen müssen!«

Dann lachten sie zusammen, ein Laut, den man in dieser Kammer seit Jahrhunderten nicht mehr gehört hatte.

»Danke«, sagte Gemma.

»Wofür?«

»Dafür, daß du lebst, daß du wirklich bist, dafür, daß du das Licht in mein Leben zurückgebracht hast.«

Sie küßten sich. Eine ganze Weile verging, dann löste sich Gemma von ihm und fing an zu lachen.

»Sind meine Zärtlichkeiten so komisch?« wollte Arden ein wenig überrascht wissen, obwohl auch er ein Schmunzeln nicht unterdrücken konnte.

»Ganz im Gegenteil«, meinte sie atemlos. »Ed hat mich gerade gefragt, ob ich noch Luft bekomme. Er klang richtig besorgt!«

Zum erstenmal sah Arden hinter Gemma und entdeckte

die Meyrkats, die sich am Tisch versammelt hatten. Jedes einzelne leuchtend schwarze Augenpaar erwiderte seinen Blick, und die kleinen, spitzen Nasen schnupperten neugierig.

Wynut hatte also recht! dachte Arden, als er sich an den Rat des Zauberers erinnerte, welch wichtige Rolle der Clan der Meyrkats spielen würde. Gemma und er hatten sich so viel zu erzählen – allerdings nicht jetzt.

»Und – bekommst du noch Luft?« fragte er grinsend.

»Aber ja!« lautete ihre überglückliche Antwort.

Als sie sich dann schließlich nach einem zweiten, sogar noch längeren Kuß voneinander lösten, hatten die Meyrkats offenkundig ihre ursprüngliche Angst überwunden und sich zu den beiden Menschen gesellt.

»Was sagen sie jetzt?« fragte Arden. Er wußte, daß Gemma sich mit den Meyrkats per Gedankenübertragung – oder Telepathie, wie manche es nannten – unterhalten konnte, und hätte diese Fähigkeit in diesem Augenblick gerne mit ihr geteilt.

»Ox hat mich gefragt, ob das, was wir gerade tun, ein Paarungsritual sei«, antwortete Gemma, ein Funkeln in ihren feuchten Augen.

»Was hast du geantwortet?«

»Ich habe gesagt *Ja, natürlich.*« Ihr Versuch, unbekümmert zu wirken, wurde durch das Erröten ihrer Wangen nur wenig beeinträchtigt.

Ein paar Augenblicke schwiegen sie beide. Ihnen ging der gleiche Gedanke durch den Kopf. Komme, was da wolle, es würde nicht mehr lange dauern, und ihre Liebe würde ein Höchstmaß an Erfüllung finden. Sie hatten zwar in der Vergangenheit so manche Nacht gemeinsam verbracht, jedoch immer züchtig. *Diese* Nacht sollte einen neuen Anfang machen.

Als ihnen das klar wurde, war ihnen das Glück und das Staunen darüber an den Augen anzusehen. Dann wurde ihnen aber ihre gegenwärte Lage bewußt, und ihre Gesichter wurden ernst. Im selben Augenblick fingen sie an zu sprechen.

»Ich habe dir so viel …«, begann Gemma.

»Die anderen warten …« Arden zögerte, und Gemma fuhr fort.

»Ich habe dir so viel zu erzählen!« rief sie. »Ich weiß gar nicht, wo ich anfangen soll.«

»Das wird erst mal warten müssen«, antwortete er leise. »Wir müssen hier raus – die anderen warten.«

»Aber zuerst muß ich dir das hier zeigen«, beharrte Gemma, nahm ihn bei der Hand und zog ihn zum Tisch. Die Meyrkats tollten übermütig und glücklich zirpend um sie herum, doch Gemmas Gesicht blieb ernst. Sie zeigte auf das große Buch, das aufgeschlagen auf dem Tisch lag.

»Lies von hier an«, wie sie ihn an und wies auf einen bestimmten Abschnitt.

Arden gehorchte, und fragte sich, was an einem Buch so wichtig sein konnte. Anfangs schienen ihm die Buchstaben vor den Augen zu schwanken und zu springen, aber nach einer Weile sah er die Worte deutlich und las laut vor:

»Das Zeichen, das den Beginn des Wechsels anzeigt, war die Rückkehr des Zerstörers nach Apex City und *sein Aufstieg zu allerhöchster Macht.«*

»Der ›Zerstörer‹, so wird Mendle in diesem Buch genannt«, warf Gemma ein.

»Mendle!« Arden war verblüfft – er hatte geglaubt, Mendle sei bereits vor einiger Zeit getötet worden.

»Ja. *Er* war der namenlose Oberlord, der den Turm errichtet hat«, fuhr sie mit einer Handbewegung Richtung Decke fort. Jetzt ist er tot.«

»Bist du sicher?«

»Ja.« Ihre Augen verrieten, daß sie vieles verschwieg, doch Arden bedrängte sie nicht weiter.

»Apex City ist Great Newport«, sagte er und hatte das Gefühl, das schon einmal irgendwo gehört zu haben.

Gemma nickte und gab ihm zu verstehen, er solle weiterlesen.

»Obwohl durch seine Verbündeten nichts weiter erreicht wurde als eine Orgie des Blutvergießens, gelang es ihm trotzdem, eine sichere, scheinbar uneinnehmbare Festung aus Stahl zu errichten.

Von dort aus setzte er jene Experimente in Gang, aus denen das neue Zeitalter hervorging.

Nur eine Macht hätte sich seinem Vorrücken widersetzen können. Fast wäre sie aus Unwissenheit und durch das Festhalten an überkommenen Idealen gescheitert. Dennoch gelang es den Dienern der Erde, einen vorübergehenden Sieg zu erringen, als der Schlüssel zu einem Traum ...‹«

»Das bin ich, ob du es glaubst oder nicht«, beantwortete Gemma seine unausgesprochene Frage. Er fuhr fort.

»*... der in der uneinnehmbaren Festung gefangengehalten wurde, den Grundsätzen der Magie zu neuer Geltung verhalf, und die Kraft des Zerstörers gegen ihn selbst richtete.*«

Arden hob den Kopf und sah sie an.

»Das hast du getan?« sagte er leise.

»Nur mit Hilfe der Meyrkats«, antwortete sie. »Ohne sie wäre ich hilflos gewesen. Außerdem verstehe ich noch immer nicht, wie sie hier hereingekommen sind.«

»*Ich* habe sie hier hereingebracht!« meinte Arden gutgelaunt. »Wynut hat mir gesagt, ich soll es tun.«

Gemma sah ihn verwundert an.

»Du bist noch großartiger, als ich gedacht hatte«, meinte sie schließlich.

»Ach, das ist mein Naturtalent«, bemerkte er mit einem strahlenden Grinsen. »Aber wie hast du ihn besiegt, und was genau ist der Schlüssel zu dem Traum?«

»Das wird dir nicht gefallen«, meinte sie mit einem Schmunzeln. »Es hat etwas mit Magie zu tun.«

Dieses Thema war schon lange ein Streitpunkt zwischen ihnen. Bis Gemma sprichwörtlich in sein Leben gestolpert war, hatte Arden nur Sinn für praktische Dinge gehabt. Geheimnisvolles hatte ihn nicht gekümmert. Die letzten Ereignisse hatten ihn jedoch gezwungen, dies noch einmal zu überdenken.

»Jetzt bin ich selbst ein Zauberer«, meinte er unbekümmert. »Mit ein wenig Magie komme ich durchaus klar. Kein Problem.«

Gemma war sprachlos und fragte sich, ob er sie aufziehen

wollte. Arden jedoch lächelte bloß und gab ihr zu verstehen, sie solle fortfahren.

»Seit dem *Schleifen*«, erklärte sie ihm, »funktioniert die Magie in Gruppen, in Kreisen, wenn du so willst. Es existieren Hunderte von Kreisen, und alle schneiden sich in einem Punkt – und nur in einem Punkt.«

»Dem Schlüssel des Traumes«, sagte er.

»Bei mir«, fügte sie ruhig hinzu. »Mendles Turm war ein Gefäß der Macht, und sein Plan bestand darin, daß alle Kreise ihre magische Energie in mich einspeisen sollten, damit er sie abzapfen konnte.«

»Wodurch er die absolute Macht erhalten hätte«, warf Arden ein.

»Und uns alle vernichtet hätte«, schloß Gemma.

»Und wie …?«

»Die Meyrkats sind einer dieser Kreise«, erläuterte Gemma, »deswegen kann ich auch mit ihnen sprechen.«

»Und sie befanden sich im Innern des Turms«, meinte Arden.

»Du lernst schnell«, erwiderte Gemma ehrlich überrascht. Arden hatte zuvor weder Verständnis für noch Neigung zu den Prinzipien der Magie gezeigt.

»Das ist bei uns Zauberern durchaus normal«, antwortete er mit fast unerträglicher Selbstgefälligkeit.

Plötzlich fiel Gemma ein, daß sie während ihres fürchterlichen Kampfes mit Mendle zwischen all den Gesichtern, die ihr durch den Kopf gegangen waren, einen flüchtigen Blick auf Arden hatte werfen können. *Dann befindet er sich also in einem der Kreise*, überlegte sie. *Ist das tatsächlich sein Ernst?*

Als er ihr verwirrtes Gesicht sah, erklärte Arden es ihr.

»Die Katze in der schwebenden Stadt hat mir erklärt, ich sei ein Zauberer«, erklärte er. »Andererseits, wer hätte *ihr* schon geglaubt!« Er mußte grinsen. »Das Entscheidende ist, du hast gewonnen!«

Gemmas machte ein langes Gesicht.

»Nur vorübergehend«, erwiderte sie. »Lies das nächste Stück.«

Arden gehorchte. Das Herz schlug ihm bis zum Hals.

»Dieser Rückschlag jedoch spornte die Kräfte des Tiefen Südens zu nur noch größeren Anstrengungen an, und schon bald verbreitete sich ihr Einfluß in der ganzen Welt. Die alte Ordnung wurde vernichtet.

Das Zeitalter des Chaos begann.«

3. KAPITEL

Arden war es, der das Schweigen brach.

»Augenblick mal«, sagte er und schüttelte verwirrt den Kopf. »Das verstehe ich nicht. Was ist das eigentlich für ein Buch?«

»Das weiß ich nicht genau«, entgegnete Gemma, »aber *irgendwie* ist darin die Geschichte unserer Welt verzeichnet – und ihre Zukunft.«

»Das ist unmögl...«, setzte Arden an. Dann fielen ihm die Bibliotheken in der schwebenden Stadt ein. »Es ist hoffnungslos«, fügte er leise hinzu.

»Nein.« Gemmas Stimme klang wieder sicher. »Als ich das Buch zum erstenmal sah, war darin beschrieben, wie es Mendle glückte, die Magie zu zerstören. Er hat den Bericht dazu benutzt, mich zu verspotten.«

»Aber ...«

»Es hat sich verändert«, beharrte sie.

»Es hat sich *eigenständig* verändert?«

»Ja. Und da es einmal funktioniert hat, ist es nur logisch, daß wir es ein weiteres Mal verändern können«, schloß Gemma triumphierend.

»Ich glaube nicht, daß *Logik* etwas damit zu hat«, hielt Arden dagegen. Ihm drehte sich schon wieder der Kopf – gerade als die Welt begonnen hatte, wieder Sinn zu machen – trotz aller Magie. »Und dieses Zeitalter des Chaos. Was hat es eigentlich damit auf sich?«

»Das will ich gar nicht wissen«, antwortete sie. »Wir wissen allerdings, woher der Ausdruck stammt.«

»Und deswegen müssen wir in den Tiefen Süden.«

Gemma nickte.

»Könnten wir nicht noch weiter in dem Buch lesen und auf diese Weise Hilfe bekommen?« überlegte Arden laut.

»Nein. Versuch es, dann siehst du, was passiert.«

Er blätterte eine der schweren Seiten um und versuchte zu lesen, was dort stand. Nach ein paar Augenblicken gab er auf und rieb sich die Augen. Die Worte waren gesprungen, unter seinen Augen durcheinandergeraten. Gerade als er glaubte, ein bestimmtes Wort oder einen Formulierung entziffern zu können, entglitt sie ihm und wurde wieder unlesbar. Auf den folgenden Seiten wurde es noch schlimmer.

»Verstehst du, was ich meine?« fragte Gemma.

Arden nickte. »Ja – meine Kopfschmerzen sind der beste Beweis«, fügte er kläglich hinzu.

»Was dort über die Vergangenheit geschrieben wurde, ist allerdings völlig klar«, erklärte sie ihm. »Es gibt einen ganzen Abschnitt, der sich mit meiner Kindheit beschäftigt – und der liefert ein sehr genaues Bild.«

»Du warst also schon damals eine Berühmtheit«, stellte er leise fest. Allmählich dämmerte ihm die volle Tragweite von Gemmas Rolle in diesen bedeutsamen Ereignissen. Dabei wurde sein Gesicht so ernst, daß Gemma sich Sorgen machte.

»Was immer mich zu etwas Besonderem macht«, sagte sie, ergriff seine Hände und sah ihn flehend an, »ich bin noch immer ich, ich bin noch immer Gemma.« *Ich bin immer noch ein Mensch.*

Arden sah ihr ruhig in die Augen.

»Ich liebe dich«, sagte er und zerstreute damit ihre Befürchtungen.

»Ich weiß«, erwiderte sie lächelnd. »Ich liebe dich auch.«

Sie unterbrachen ihr Gespräch, um ihre Paarungsrituale wieder aufzunehmen, dann meinte Gemma, »Ich hatte solch seltsame Träume von dir. Wo bist du nur gewesen?«

»Das ist eine lange Geschichte«, erwiderte er, »wahrscheinlich sogar nur eine von vielen! Aber zuerst müssen wir hier raus – die anderen warten draußen. Später haben wir noch genug Zeit, die einzelnen Teile zusammenzufügen.«

Gemma fiel noch etwas anderes ein.

»Wie bist du durch den Schirm gekommen?« fragte sie ihn unvermittelt.

»Hab ich doch schon gesagt. Ich bin ein …«

»Sag es nicht!« befahl Gemma und hob die Hand, um zu verhindern, daß er wieder eine dumme Bemerkung machte. »Ich dachte, du wärst eine Erscheinung – wie beim letzten Mal.«

»Was?«

»Damals war ich mit Hewe und Ashlin zusammen«, erzählte sie, »auf der Küstenstraße zwischen hier und Altonbridge. Dann plötzlich bist du – oder etwas, das so aussah wie du – vor mir aufgetaucht.« Mit Schaudern erinnerte sie sich daran, wie ihre Freude sich in Entsetzen und Verzeiflung verwandelt hatte. »Beim Näherkommen jedoch hast du …hat es sich verändert, sich in einen Elementalen verwandelt und ist davongeflogen.«

»Bei den Göttern«, stieß Arden tonlos hervor, als er sich vorstellte, wie eine solche Erscheinung auf sie gewirkt haben mußte. »Das muß der Elementale gewesen sein, der mich im Lichtlosen Königreich berührt hat.«

Jetzt machte Gemma ein verblüfftes Gesicht.

»Wo?« wollte sie wissen.

»Jetzt nicht«, meinte er entschlossen. »Gehen wir.«

»Du hast mir noch immer nicht verraten, wie du durch den Schirm hindurchgekommen bist«, protestierte Gemma. »Ich bin nicht sicher, ob ich genug Kraft habe, die Tür noch einmal aufzumachen.«

»Man braucht nichts weiter dazu als Freundschaft«, antwortete er geheimnisvoll.

Hand in Hand gingen sie auf die pulsierende blaue Wand zu, gefolgt von den Meyrkats, die eine Art Ehrengarde in Miniaturausgabe bildeten.

Als die Dämmerung an jenem Schicksalstag anbrach, drohte Great Newport im Chaos zu versinken. In vielen Straßen wurde gekämpft. Mehrere Gebäude waren zerstört worden oder brannten. Plündern war an der Tagesordnung. Nur wenige versuchten, sich gegen die Flut der Gewalt zu stemmen, und ihren Bemühungen war nur wenig Erfolg beschieden. Jahrzehntelang hatte die Gilde, die herrschende Schicht in Great Newport, die Stadt und das Land Cleve im Zustand fortwährender Entbehrung gehalten. Unter der brutalen Tyrannei des Oberlords und seiner Kollegen hatte diese regierende Schicht dafür gesorgt, daß einige wenige Privilegierte einem Leben in Luxus, voller Unbekümmertheit und Macht frönten, während die Mehrheit zur Unterjochung und jämmerlichsten Armut gezwungen wurde.

Die jüngsten Ereignisse hatten diesem unterjochten Volk Gelegenheit gegeben, sich zu rächen, und nun schien ein Blutbad unvermeidlich.

Viele Jahre lang hatte eine Organisation, die als *Untergrund* bekannt war, den Sturz der Gilde geplant. Doch selbst sie war auf diesen plötzlichen Aufstand nicht vorbereitet und daher nicht in der Lage, das darauffolgende Gemetzel zu verhindern. Jetzt arbeitete man hart daran, der Stadt wieder eine Art Ordnung zu geben – und eine Perspektive für die Zukunft. Aber es gab noch eine weitere entsetzliche Bedrohung für Great Newport und seine Bevölkerung, die sie beschäftigte.

Mitten in der Stadt hatte sich ein gewaltiger Turm aus Stahl erhoben, der die gesamte Stadt mit einer wahrhaft erschreckenden Zurschaustellung von Macht in seinen Bann schlug. Strahlen aus dem großen Turm hatten bereits zwei Abschnitte der Stadtmauer zerstört und Hunderte von Menschen getötet. Die Führer des Untergrunds wußten, daß der *wahre* Feind nicht mehr die aufgelöste und verängstigte Gilde war, sondern der namenlose Oberlord, der einzige Bewohner dieser monströsen Wucherung aus Stahl.

Aus der Erkenntnis heraus, daß der Turm überirdisch nicht einzunehmen war, hatten sie seine unterirdischen Zugänge belagert. Zuerst hatten sie nichts erreicht, und viele gute Männer und Frauen waren geopfert worden – wie es schien, umsonst. Dann jedoch, am frühem Morgen, hatte der Turm unerklärlicherweise seine Pforten geöffnet. Die Wächter im Innern waren wahnsinnig geworden, haben zunächst ihre Kameraden getötet und dann sich selbst.

Doch als der Untergrund das Innenleben untersuchte, stellten sie fest, daß sowohl der Oberlord als auch Gemma – von der sie wußten, daß sie in der Festung gefangengehalten wurde – verschwunden waren. Nur die Blauflammenkammer am Fuß des Turmes war geblieben – und nur Arden war es gelungen, in diesen geheimnisvollen Raum vorzudringen.

Zur Überraschung aller, die ihm dabei zugesehen hatten, war es ihm gelungen, hineinzukommen. Jetzt befand er sich jedoch schon recht lange darin, und mehrere Zuschauer machten ihrer Sorge Luft.

»Was sollen wir tun?« fragte sich Hewe laut. Der Bär von einem Mann stand ganz vorne in der Gruppe und hatte sein vernarbtes Gesicht besorgt in Falten gelegt.

»Was können wir tun?« hielt Jordan dagegen. »Außer abwarten?« Er war der Führer des Untergrunds und spürte die Last seiner Verantwortung. Es gab so viel, was er hätte tun sollen, im Augenblick jedoch nahm die Blauflammenkammer und was immer sich dahinter abspielte seine Aufmerksamkeit völlig in Anspruch. Er wandte sich an seinen Lieutenant. »Die beiden sind ziemlich erfinderisch. Schließlich sind sie dort reingekommen …«

Kurz darauf drehte sich Jordan um und richtete das Wort an eine Gruppe von Kriegern, die in einer dunklen Ecke des Raumes standen. Diese Soldaten waren alle groß und schlank und am ganzen Körper mit einem glänzend schwarzen Material umwickelt, das ihnen ein entschieden finsteres Aussehen verlieh. Es handelte sich um den Kotrolltrupp aus jenem unterirdischen Reich, das Arden das *Lichtlose Königreich* nannte. Er hatte mehrere Monate bei ihnen in ihrer dunklen und wundersamen Welt verbracht.

»Irgendwelche Ideen, D'vor?« erkundigte sich Jordan.

»Arden hat in der Halle der Winde ihr Vertrauen gewonnen«, meinte der Kontrolltruppführer. »Vielleicht besteht diese Wand aus ähnlichen Wesen. Trotz unserer Schutzhülle haben wir Schwierigkeiten, sie direkt anzusehen,« fügte er als Erklärung hinzu, »aber wir halten es für durchaus möglich.«

Genau in diesem Augenblick tauchte innerhalb der schimmernden Barriere ein Schatten auf. Sämtliche Gespräche verstummten, und die Zuschauer hielten den Atem an. Der Schirm beulte sich aus, und kurz darauf erschienen Gemma und Arden Hand in Hand inmitten eines Funkenregens. Als hinter ihnen die Meyrkats auftauchten und dabei vor Aufregung und Freude ihre typischen Pfeifgeräusche ausstießen, kamen die Zuschauer aus dem Staunen nicht mehr raus.

Als Gemma und Arden die Verblüffung ihrer Zuschauer bemerkten, hatten die beiden dieselbe Idee, und sie machten, immer noch händchenhaltend, eine tiefe Verbeugung. Der Clan kannte dies noch von ihrer Zeit als fahrendes Volk mit Gemma und versuchte es ebenfalls mit huldvollen Verbeugungen – mit unterschiedlichem Erfolg. Einige von ihnen kippten bei dem Versuch vornüber, was so komisch wirkte, daß die anderen lauthals loslachten, als Gemma und Arden sich mit einem Grinsen im Gesicht wieder aufrichteten.

»Bravo!« rief Jordan begeistert.

»Ich hab' dir doch gesagt, sie gehört auf die Bühne«, bemerkte Hewe beiläufig. »Sie hat sogar schon ihre eigene Truppe zusammen.«

Eine Stunde später hatten es sich Gemma und ihre Truppe zusammen mit Jordan und Hewe im alten Hauptquartier des Untergrunds bequem gemacht, einem gemütlichen Raum unterhalb einer riesigen Müllhalde in einem der ärmeren Viertel von Great Newport. Das Hauptquartier war Teil eines unter den Straßen der Stadt verlaufenden Tunnellabyrinths, das lange Zeit der Wirkungskreis des Untergrunds gewesen war.

Die Gruppe aus dem Lichtlosen Königreich hatte sich

Gemmas Trupp nicht angeschlossen – obwohl sie auf Gemma neugierig waren. Als Erklärung hatte D'vor angegeben, seine Leute litten trotz ihrer Schutzschicht aus Seidenfischband darunter, daß sie ständig einer Vielzahl unterschiedlicher Lichtformen ausgesetzt waren. Also hatte man sie in den dunkelsten Bereich des Tunnellabyrinths geführt und dort zurückgelassen, wo sie ihre Schutzbandagen abnehmen und sich in einer angenehmeren Umgebung erholen konnten. Anfangs war Gemma von ihnen fasziniert gewesen, hatte sich sogar ein wenig gefürchtet. Sie hatte ihnen viele Fragen stellen wollen, doch Jordan bestand darauf, daß sie zuerst ihre Geschichte erzählte.

Sie wiederholte, was sie ihm erzählt hatte, fügte, wenn nötig, Einzelheiten und Erklärungen hinzu, und erläuterte ihre Theorie über das Buch in der Blauflammenkammer. Als sie fertig war, schwieg Jordan eine Zeitlang und machte ein nachdenkliches Gesicht.

»Bist du sicher, daß Mendle der Oberlord war?« fragte er schließlich.

Gemma nickte. »Er hat es mir selbst gesagt. Ich hätte ihn erkannt, obwohl sein Gesicht unter einer Metallmaske verborgen war. Diese Stimme werde ich mein Lebtag nicht vergessen.«

»Und du bist sicher, daß er tot ist?«

In ihrer Geschichte hatte sie seinen Tod nur kurz gestreift. Die Art, wie sie ihn gezwungen hatte, sich von der obersten Turmspitze zu stürzen, bereitete ihr noch immer Schuldgefühle. Nicht einmal die unverbesserliche Boshaftigkeit dieses Mannes schien ihr dafür Rechtfertigung genug. Sie war froh, daß es ihn nicht mehr gab, trotzdem hatte sie ihre Magie niemals auf diese Weise anwenden wollen. Was sie getan hatte, tat ihr leid.

»Ja ...« Sie zögerte, dann fuhr sie fort. »Er ist von der Turmspitze gefallen.«

Hewe stieß einen leisen Pfiff aus. Das Gebäude des Oberlords war wenigstens vierzig Stockwerke hoch.

»Ich habe ihn dazu gezwungen«, gestand Gemma. »Das war, als die Magie aller Kreise durch meinen Körper strömte. Ich hatte so viel Kraft! Jetzt wäre ich dazu nicht mehr in der Lage – ich würde es nicht mal mehr wollen.«

Ein paar Augenblicke sagte niemand etwas, dann meinte Jordan entschlossen: »Die Magie folgt ihren eigenen Gesetzen.«

»Ganz gleich, wie du jetzt darüber denkst, du hast uns einen großen Gefallen getan«, stellte Hewe fest.

»Ich will nie wieder über soviel Kraft verfügen«, verriet Gemma den anderen. »Es war schrecklich!«

Den Rest des Tages verbrachte man damit, Gemma auf den neusten Stand der Dinge zu bringen. Staunend hörte sie sich an, was Arden ihr vom Lichtlosen Königreich berichtete, von seiner monatelangen Krankheit und Verletzung innerhalb der kristallbeleuchteten Höhlen, von den hellhäutigen Menschem mit den großen Augen, die ihr Leben unterirdisch verbrachten, von ihrer Freundlichkeit – und wie sie ihn schließlich aufgenommen hatten. Er erzählte ihr von C'tis – der Heilerin jenes Kontrolltrupps, der sich jetzt in Great Newport befand –, die sich soviel Mühe gegeben hatte, ihm das Leben zu retten. Er beschrieb die Propheten, die geistigen Führer dieses unterirdischen Reiches, deren Augen vom Genuß des heiligen Pilzes, des *Raellim*, völlig schwarz geworden waren. Gemma sah mit seinen Augen den endlosen Irrgarten aus Tunnels, Höhlen und unterirdischen Wasserstraßen – und litt mit ihm, als er die Umweltverschmutzung beschrieb, die seine Freunde aus ihrer Heimat vertrieb. Was er erzählte, gab ihren Träumen einen Sinn.

Dann fuhr Arden fort und erzählte ihr von seinen Begegnungen mit den Elementalen und den Meyrkats und von seiner Gefangennahme durch die Grauen Vandalen – die sich im Krieg mit dem unterirdischen Volk befanden –, seiner anschließenden Rettung und schließlich von seiner Rückkehr an die Oberfläche.

Anschließend führte Jordan die Erzählung fort und beschrieb, wie Arden ihn in das Lichtlose Königreich geführt, sowie von dem Pakt, den er mit dem unterirdischen Volk geschlossen hatte. Dabei hatte er versprochen, im

Gegenzug für ihre Hilfe beim Kampf gegen die Gilde eine Lösung für ihre Probleme zu finden.

»In der Zwischenzeit«, warf Arden ein, »war ich noch einmal im Tal, um nach dir zu suchen – nur um festzustellen, daß Hewe mir dabei zuvorgekommen war!«

Die beiden Männer sahen sich grinsend an.

»Anschließend wurde ich von der schwebenden Stadt aufgegriffen«, fuhr Arden fort. »Wynut klärte mich über die Bedeutung der Meyrkats auf und brachte mich rechtzeitig nach Newport, um sie in die Stadt zu holen.«

»Das Übrige kennst du«, schloß Jordan. »Die Gilde wurde zerschlagen, und Mendle ist tot, aber die Stadt versinkt im Chaos. Uns steht unglaublich viel harte Arbeit bevor.«

Jordans Worte sollten von einem Boten bestätigt werden, der wenige Augenblicke später eintraf. Er meldete, daß man bereits damit begonnen hatte, eine neue Gesellschaft zu errichten. Dies war nur eine von mehreren Unterbrechungen durch Mitglieder des Untergrunds, die Anweisungen oder einen Rat benötigten.

»Egan will wissen, was mit den Zugängen zum Turm geschehen soll«, berichtete der Bote. »Die Bürger sind mittlerweile recht gespannt.«

»Sag ihm, er soll sie erstmal versiegeln«, erwiderte Jordan. »Wir wollen vermeiden, daß sich irgend jemand dorthin verirrt und aus Versehen die halbe Stadt in die Luft sprengt. Später, wenn wir etwas besser organisiert sind, werden wir sie sorgfältig untersuchen. Im Augenblick gibt es zu viele andere Dinge, um die wir uns kümmern müssen.«

Der Bote nickte und wollte wieder gehen.

»Ambros!« rief Jordan ihm nach. »Sorge dafür, daß jeder weiß, daß der Turm keine Bedrohung mehr darstellt. Er ist leer.«

»In Ordnung.«

»Bist du sicher, daß keine Gefahr mehr besteht?« fragte Hewe kurz darauf.

»Nein«, gab Jordan dreist zurück. »Aber wenn die Leute

ständig ängstlich über die Schulter blicken, erreichen wir überhaupt nichts.«

Der Nachmittag zog sich dahin, und Gemma und Arden wurden sichtlich müde. Jordan bemerkte das und wandte sich an Hewe.

»Gibt es irgendwelche sicheren Häuser, in denen Platz ist?« erkundigte er sich.

»Wir könnten es im *Black Horse* versuchen«, erwiderte sein Stellvertreter, »eines der vielen Gasthäuser der Stadt. Das wäre das nächste.«

»Geht und ruht euch etwas aus«, riet Jordan ihnen. »Ihr habt für heute mehr als genug getan!«

»Wir werden dafür sorgen, daß niemand euch stört«, meinte Hewe. »Schlaft gut.« Er schloß die Tür hinter sich und ließ Gemma und Arden in dem schlicht eingerichteten, aber gemütlichen Schlafzimmer allein. Die Meyrkats hatten sich geweigert, Gemma zu verlassen, deshalb waren sie ebenfalls dort. Die Tiere zogen sich sofort in eine dunkle Ecke zurück und kuschelten sich gemütlich zusammen.

Arden nahm Gemma in die Arme und gab ihr einen Kuß. Als sie sich voneinander lösten, sah er ihren Augen die völlige Erschöpfung an und war einen Augenblick lang unsicher.

»Frag nicht«, befahl sie lächelnd. »*So* müde bin ich nun auch wieder nicht.«

Danach waren Worte überflüssig.

Die Meyrkats schauten diskret zu. Sie waren froh darüber, daß das Paarungsritual endlich den rechten – und höchst befriedigenden – Abschluß gefunden hatte.

Arden wachte mehrere Stunden später auf. Als er Gemmas Gesicht dicht neben sich sah, überkam ihn eine Woge des Glücks, die ein Weiterschlafen unmöglich machte. Vorsichtig, um sie nicht zu wecken, stand er auf, hüllte sich in ein Gewand, setzte sich ans Fenster und wachte über seine

Geliebte. Sie schlief noch immer fest, atmete tief und gleichmäßig, und war ganz blaß vor Erschöpfung, den Anstrengungen – und Genüssen – des vergangenen Tages.

Die Sonne ging am ersten Tag eines neuen Zeitalters auf, Gemma und die Meyrkats jedoch schliefen weiter und ließen ihren Wächter allein mit seinen Gedanken.

Schließlich wachte sie vom beängstigenden Getöse der Himmelsraben auf, die über sie hinwegflogen. Ein Krachen und Donnern mächtiger Explosionen begleitete den Lärm der gewaltigen Vögel aus Metall.

»Was ist los?« fragte sie mit schlaftrunkener Stimme, die Augen plötzlich vor Angst aufgerissen.

»Himmelsraben«, erwiderte Arden, der aus dem Fenster blickte. »Sie zerstören den Turm.

4. KAPITEL

»Jetzt werden wir niemals sein Geheimnis erfahren«, meinte Jordan bedauernd, als er die Trümmer des Turms betrachtete.

Hewe zuckte mit den Achseln. »Ich weiß gar nicht, ob ich die Geheimnisse überhaupt wissen will«, gab er zurück. Die Mehrzahl der Bürger aus Great Newport war der gleichen Ansicht. Der Turm war eine Quelle des Terrors und der Zerstörung gewesen, und die meisten Menschen waren von Herzen froh darüber, daß er verschwunden war. Nur wenige waren der Meinung gewesen, er stelle keine Bedrohung mehr dar, weil sich niemand mehr darin aufhielt. Allgemein war man der Ansicht, die gefürchteten Himmelsraben hätten ihnen allen, wenigstens diesmal, einen Gefallen getan.

Der Angriff war ebenso schnell wie vernichtend gewesen. Gewaltige Explosionen hatten die metallene Außenhaut des Turms in Stücke gerissen, geschmolzene Metallteile in den Himmel geschleudert und jedem das Gehör geraubt, der das

Pech hatte, sich in der Nähe aufzuhalten. Zum Glück hatte es nur sehr wenige Opfer gegeben. Nach Erledigung ihres Auftrags waren die Himmelsraben Richtung Süden abgezogen. Als sie die Stadt verließen, erschütterten weitere Explosionen die südlichen Bezirke, doch dieses scheinbar boshafte Vorgehen richtete in einer ohnehin bereits chaotischen Stadt nur wenig sichtbaren Schaden an.

Von dem Turm war nichts weiter übriggeblieben als eine Masse rauchenden verdrehten Metalls.

»Dort hatte sich soviel Macht angesammelt«, meinte Jordan fast ein wenig versonnen. »Vielleicht hätten wir sie statt für einen schlechten für einen guten Zweck einsetzen können.«

»Er war für das Böse entworfen worden«, erklärte Hewe ihm. »Ebenso könnte man versuchen, einen Geier in einen Singvogel zu verwandeln.«

»Vielleicht hast du recht«, räumte Jordan ein. »Aber warum haben sie es getan? Ich kann mir nicht vorstellen, daß die Himmelsraben uns einen Gefallen tun wollten.«

»Wenn Mendle zur selben Organisation gehört hat«, erklärte Hewe ihm, »dann ist er ganz offensichtlich mit seinem Plan gescheitert. Und vielleicht haben sie für Versager drastische Strafen.« Er grinste. »Wie auch immer, für uns ist es besser, daß der Turm verschwunden ist. Wenigstens können wir uns jetzt auf die Organisation der Stadt konzentrieren, ohne befürchten zu müssen, daß die Hälfte in die Luft fliegt oder ganz verschwindet!«

Sie nahmen beide eine Verbindung zwischen den Himmelsraben und dem Turm an. In beiden Fällen waren furchteinflößende Kräfte demonstriert worden, die das Begriffsvermögen der beiden Männer überstieg.

»Gemma hatte also recht mit dem Tiefen Süden?« wunderte sich Jordan.

»Schon möglich«, meinte Hewe.

»Hast du auch das Gefühl, jemand treibt sein Spiel mit uns?«

»Tolles Spiel!«

»Ich meine es ernst.«

»Selbst wenn *sie* – wer immer sie sein mögen – tatsächlich so mächtig sein sollten, wie es scheint«, stellte Hewe entschieden fest, »haben wir hier immer noch mehr als genug zu tun. Der Tiefe Süden wird noch eine Weile ohne uns auskommen müssen. Wir haben bereits genug Arbeit.«

Jordan sah seinen Freund an.

»Gut, daß es Leute wie dich gibt«, meinte er schließlich. »Überließe man die Welt Träumern wie mir, steckten wir in einem noch größeren Schlamassel!«

»Wärst du *ausschließlich* ein Träumer, hättest du längst nicht soviel erreicht«, gab Hewe zurück. »Die ganze Stadt erwartet von dir, daß du die Führung übernimmst.«

»Bei den Göttern! Darauf bin ich nicht vorbereitet.« Jordan schüttelte den Kopf.

»Solltest du aber«, erwiderte sein Lieutenant. »Heute nachmittag sprichst du auf dem Platz des Colosseums zu ihnen.«

Jordan verschlug es die Sprache.

»Wir haben bereits dafür gesorgt, daß es sich rumspricht«, fügte Hewe hinzu. »Es dürften ziemlich viele Zuhörer kommen.« Er hielt inne. »Komm schon, Jordan, du willst doch dein Publikum nicht enttäuschen, oder?«

Die sechs Mitglieder des Kontrolltrupps aus dem Lichtlosen Königreich saßen zusammen in einer Ecke der unterirdischen Halle, wo ihre Leute sich ausruhten. Sie waren jetzt schon lange ein Team. Zwei von ihnen waren bei früheren Kämpfen gefallen, doch die Ersatzleute für sie waren sorgsam ausgewählt worden und hatten sich fast sofort gut eingefügt. In ihrer Welt bestand die Aufgabe der Kontrolltrupps darin, die lebensfeindlichen Gebiete des südlichen Höhlensystems zu erkunden und die Verschmutzung aufzuzeichnen, die sich dort ausbreitete. Jedes Mitglied hatte im Laufe der Zeit gelernt, bei dieser gefährlichen Arbeit auf die anderen zu vertrauen und sich völlig auf sie zu verlassen, daher war es nur natürlich, daß sie jetzt eng beieinander blieben.

Die Zusammensetzung eines Kontrolltrupps war eine Angelegenheit von größter Wichtigkeit. Die notwendigen Kombination verschiedener Anforderungen brachte es mit sich, daß die Mitglieder sich oft in Temperament und Fähigkeiten stark voneinander unterschieden. Darin bildete diese Gruppe keine Ausnahme. C'tis war Heilerin und mit der Fähigkeit gesegnet, *in* den Körper eines anderen blicken zu können, um so kraft ihres Bewußtseins so manche Krankheit zu diagnostizieren und zu behandeln. Außerdem war sie eine Expertin in den eher konventionellen Anwendungen der Medizin. Ihre zarten Hände entsprachen ihrem ebenso zarten Gemüt. Trotzdem konnte niemand an ihrer Kraft und Entschlossenheit zweifeln. Mehrere Monate lang hatte sie Arden versorgt und sich dabei seinen ewigen Dank verdient. Und in der jüngsten Vergangenheit war sie bei der Behandlung der Verwundeten der letzten Auseinandersetzung bis an die Grenze der Erschöpfung gegangen.

V'dal war der Führer der Gruppe. Sein phänomenales Gedächtnis und sein immer abrufbereites Erinnerungsvermögen bezüglich all der Tunnels und Höhlen in ihrer Heimat war von unschätzbarem Wert. Zwar verfügten die anderen alle über eine gewisse Grundkenntnis der entlegeneren Regionen ihres Reiches, doch wenn es darum ging, Routen festzulegen und Zeitpläne abzuschätzen, verließ man sich auf V'dal. Außerhalb der Grenzen des Lichtlosen Königreiches waren seine Fähigkeiten zwar stark eingeschränkt, doch sein reger Verstand war bei jeder Entscheidung gefragt. Außerdem verfügte er über grundlegende Geschichtskenntnisse und eine tiefe Sorge um seine Mitmenschen – ob sie nun aus dem Lichtlosen Königreich stammten oder nicht.

Von J'vina ließ sich das nicht behaupten. Sie war schlicht und einfach Kriegerin. In ihrem großen schlanken Körper verbarg sich eine ungeheure Kraft und Wendigkeit. Ihre Lebenseinstellung war recht praktisch. Ihren kämpferischen Fähigkeiten bereiteten ihr größtes Vergnügen, und sie verhielt sich ihren Gefährten gegenüber äußerst loyal, auch wenn sie deren Überlegungen nicht immer befürwortete.

Sie konnte eine unangenehme Wahrheit oder ihre eigenen Unzulänglichkeiten mit gleichermaßen unbarmherziger Aufrichtigkeit feststellen. Niemals befand man sich im Zweifel, wo man mit J'vina stand.

T'via, die dritte Frau in der Gruppe, war im Gegensatz dazu ruhig und zurückhaltend. Ihre Rolle war im wesentlichen die der Beobachterin und Vertreterin der Propheten. Sie sprach in deren Namen, wenn es nötig war, und würde ihnen bei ihrer Rückkehr aus Great Newport Bericht erstatten. Sie wirkte reserviert und äußerte sich kenntnisreich nur dann, wenn es um religiöse und geistige Dinge ging. Als eines der neuen Mitglieder des Kontrolltrupps mußte man sie noch immer überreden, ihre Ansichten preiszugeben.

Das andere vergleichsweise junge Teammitglied war C'lin. Er war Soldat wie J'vina, und obwohl sein Können beim Kampf dem ihren nicht ebenbürtig war, so war er doch in den vielen praktischen Dingen, die für das Überleben in den von ihnen aufgesuchten entlegenen Gebieten erforderlich war, ebenfalls erfahren. Er war kräftig und praktisch veranlagt.

D'vor war der Mann, den man mit dem Zusammenhalt dieser so ungleichartigen Gruppe betraut hatte. Er war älter als die anderen, glaubte aber von sich, nicht über die besonderen Fähigkeiten zu verfügen, die ihn zu der Position eines Führers berechtigten. Oft fragte er sich, warum er von den Propheten auserwählt worden war, und gelegentlich lastete die Verantwortung schwer auf ihm. Seine Kollegen wären allerdings durchaus in der Lage gewesen, ihm eine Vielzahl von Gründen zu nennen, weshalb er ihr Vertrauen und ihre Loyalität genoß. Um solche Beteuerungen zu bitten, widersprach jedoch D'vors Natur, folglich war er ständig bemüht, seine Autorität zu rechtfertigen.

Im Augenblick ruhte sich die Gruppe aus und erholte sich von den Anstrengungen ihrer Reise und der darauffolgenden Auseinandersetzung. Zum erstenmal seit Verlassen des Lichtlosen Königreiches fühlten sie sich sicher genug, ihre Schutzbandagen aus Seidenfischband abzunehmen. Unter dieser Schutzhülle war ihre Haut weitaus empfindlicher als die der überirdisch lebenden Menschen.

Die Halle, in der sie saßen, war ausgewählt worden, weil es eine der größten unter der Stadt war, und weil sie nur indirekt aus dem parallel verlaufenden Gang beleuchtet wurde. Sie war zwar feucht und muffig, aber sie kam der heimatlichen Umgebung der Neulinge so nahe wie möglich, daher konnten sie sich entspannen, ungehindert die Glieder ausstrecken und sich mit ungeschützen Augen umsehen.

Anfangs hatte J'vina sich wegen ihrer Verletzbarkeit Sorgen gemacht.

»Ein paar dieser teuflisch starken Lampen würden schon genügen«, beklagte sie sich, »und wir wären hilflos!«

»In der Oberwelt stehen wir immer unter einem gewissen Risiko«, erwiderte D'vor. »Jordan hat uns versichert, daß hier nirgendwo Feinde in der Nähe sind, außerdem hat er Wachen aufgestellt, um ganz sicherzugehen.«

»Und woher wollen wir wissen, daß wir vor *ihnen* sicher sind?« wollte sie wissen. »Jordan mag vertrauenswürdig sein, aber schließlich sind seine Leute Oberweltler.«

»Sich darüber Gedanken zu machen, bringt im Augenblick nichts«, meinte V'dal dazu. »Wenn wir eine Chance wollen, daß unsere beiden Völker erfolgreich zusammenarbeiten, bleibt uns gar nichts anderes übrig, als ihnen zu glauben und einzusehen, daß sich das Risiko lohnt.«

»Es ist schon eine Erleichterung, nur aus diesen Bandagen rauszukommen«, fügte C'lin hinzu.

»Das ist wahr«, gab J'vina zu.

»Legt euch hin und entspannt euch«, riet C'tis. »Wir brauchen alle etwas Ruhe.«

Die Kriegerin gehorchte, wenn auch widerwillig.

J'vinas Argwohn war verständlich. Bis zu Ardens unerwartetem Auftauchen war die fanatische Kriegersekte, die unter dem Namen *Graue Vandalen* bekannt war, ihr einziger Kontakt zur Oberwelt gewesen. Dieser wilde Haufen hielt die Untergrundbewohner für unmenschliches Ungeziefer und hatte jeden, auf den sie trafen, bedenkenlos getötet. Ansonsten hatte die Oberwelt dem Lichtlosen Königreich nichts weiter hinterlassen als ein todbringendes Gift. Es konnte also kaum überraschen, wenn die Vorurteile den Oberweltlern gegenüber tief saßen. Doch wenn ihre Mission hier gelang, bestand wenigstens eine Chance, daß sie bei zwei ihrer Probleme Hilfe bekämen. Das Lichtlose Königreich war in seiner Existenz bedroht, und das war sicherlich den Versuch wert, die beiden Gesellschaften miteinander zu versöhnen – wie riskant es auch erscheinen mochte.

Mit diesem Gedanken im Hinterkopf beschloß D'vor, diese Reise genauso zu sehen wie alle anderen, die der Trupp bereits unternommen hatte. Am nächsten Morgen, nachdem man sich die Nacht über ausgeruht hatte, rief er sie zusammen.

»Wir müssen zu gegebener Zeit den Propheten Bericht erstatten«, begann er. »Laßt bitte eure Einschätzung bis jetzt hören. V'dal?«

»Nun, ich habe mir bereits ein ganz gutes Bild von den unterirdischen Wegen unter der Stadt machen können«, antwortete der Führer. »Zumindest von den Teilen, die wir gesehen haben oder von denen man uns erzählt hat. Die Welt oben ist völlig unbekannt – ich kann mir nicht einmal vorstellen, wie es dort aussieht.« Er hielt inne und dachte über die Unvorstellbarkeit nach, daß eine ganze Stadt, *Tausende* von Menschen, *über* der Erde lebten. Alles, was er gesehen hatte, als sie sich mitten in der Nacht Great Newport näherten, waren die dunklen Umrisse der Stadtmauern, und seine Phantasie versagte bei dem Versuch, sich vorzustellen, was sich dahinter verbarg.

»Würdest du den Tunnel wiederfinden, durch den wir eingestiegen sind?« wollte D'vor wissen.

»Ja.«

»Und draußen? Könntest du uns ohne Hilfe zurück nach Hause führen?«

»Mit verbundenen Augen«, behauptete V'dal zur allgemeinen Erheiterung. Sie waren nachts über Land gereist, geschützt nur durch eine einzige Schicht Seidenfischband über ihren Augen. Sie hatte das Licht von Sternen und Mond ausreichend gefiltert, um die Oberwelt erträglich zu machen, während gleichzeitig ihre Sicht nicht beeinträchtigt wurde.

»J'vina?«

»Was soll ich sagen?« tat sie die Frage ab, riß sich aber zusammen, bevor D'vor sie zurechtweisen konnte. »Meine Sorge über unsere taktische Situation kennt ihr bereits, aber ich will einmal als gegeben hinnehmen, daß der Feind sich angeblich nicht in Angriffsnähe befindet.« Es gelang ihr, ihre Zweifel nicht völlig durchklingen zu lassen. »Vom militärischen Standpunkt aus betrachtet haben wir uns bislang recht gut geschlagen. Die Zahl unserer Ausfälle ist vertretbar, und wir haben noch immer all unsere Waffen. Ohne Kenntnis dessen, was uns aller Wahrscheinlichkeit nach noch bevorsteht, kann ich dem nichts mehr hinzufügen.«

D'vor nickte, dann wandte er sich an T'via.

»Die Propheten werden erfreut sein«, sagte sie ruhig. »Wir haben dazu beigetragen, daß Jordans Leute eine große Bedrohung überstanden haben. Wenn er und Arden unseren Fall den Oberweltlern vortragen, bestehen alle Hoffnungen auf ein für beide Seiten vorteilhaftes Verhältnis.« Sie zögerte. »Bei den Göttern«, meinte sie leise. »Ich höre mich an, als wollte ich einen Vortrag halten.«

»Stimmt«, meinte J'vina, »aber dadurch, daß du es zugegeben hast, ist der Effekt dahin. *Angeblich* sollen die Propheten ...« Ein warnender Blick von D'vor ließ sie verstummen, doch T'via war nicht gekränkt. Sie machte nur ein nachdenkliches Gesicht.

»Ich habe mich oft gefragt ...«, setzte sie an, hielt dann aber inne und sah sich unter ihren erwartungsvollen Gefährten um. »War nicht so wichtig«, beendete sie den Satz und fügte dann als nachträglichen Einfall hinzu, »ich habe ein gutes Gefühl, was unser Hiersein betrifft.«

D'vor fühlte sich durch ihre Worte beruhigt. Wer von den Propheten auserwählt war, war oftmals Reizen gegenüber empfänglich, die über den Horizont normaler Menschen hinausgingen. Er hatte längst aufgehört, solche unsichtbaren Kräfte in Frage zu stellen, und vertraute auf T'vias

Instinkte ebenso, wie er auf die ihrer Vorgängerin L'tha vertraut hatte.

»C'tis?«

Die Heilerin hob matt den Kopf. Für sie hatten die anstrengendsten Aufgaben erst nach den Kämpfen begonnen, und sie hatte nur widerwillig zugegeben, wie müde sie war. Doch gleich, nachdem sie aufgehört hatte zu arbeiten, war sie vor Erschöpfung zusammengebrochen, und die Ruhe einer Nacht hatte nicht genügt, wieder neue Kraft zu schöpfen. Jetzt klang sie gereizt.

»Zwei Männer sind tot«, stellte sie fest, »doch das waren vertretbare Verluste, und ich konnte ihnen nicht helfen.« Die Bitterkeit in ihrer Stimme stachelte J'vina zu einer Antwort an.

»So was kommt vor«, meinte sie unverfroren. »Wir haben Glück gehabt, daß wir nicht noch mehr verloren haben.«

Die beiden Frauen starrten sich ein paar Augenblicke an, und D'vor fragte sich, ob er einschreiten solle.

»Tut mir leid«, meinte C'tis schließlich. »Es fällt mir schwer, in diesen Dingen objektiv zu sein.«

»Unsere Gruppe wäre nicht sonderlich effektiv, wenn wir alle auf die gleiche Weise denken würden«, beruhigte sie V'dal.

J'vina setzte sich auf und grinste. »Das kann man wohl sagen«, meinte sie. »Ich denke, *ihr* seid alle verrückt, ihr denkt, *ich* sei verrückt, deshalb müssen wir uns noch mehr Mühe geben, um uns gegenseitig zu schützen.« Sie legte sich wieder hin, offenbar zufrieden mit ihrer Überlegung.

»So habe ich das noch nie betrachtet«, bemerkte C'lin, der dabei die Augen rollte und eine Grimasse zog, daß alles anfing zu lachen.

»Eine interessante philosophische Theorie ...«, setzte V'dal mit gespieltem Ernst an.

»Bitte keine Vorträge mehr«, unterbrach ihn T'via breit grinsend. Es war das erste Mal, daß sie sich wohl genug gefühlt hatte, um bei diesem Geplänkel mitzumischen, und die anderen bemerkten ihr zarte Selbstironie – und wußten sie zu schätzen.

D'vor war froh, daß der unangenehme Augenblick vorüber war, aber er brauchte einen Bericht von C'tis. In dieser feindlichen Umgebung waren ihre Fähigkeiten mehr denn je gefragt.

»Keine Vorträge«, zeigte er sich einverstanden und bat mit erhobenen Händen um Ruhe, »aber wir müssen wissen, was C'tis uns zu sagen hat.« Er drehte sich um und sah sie an.

»Auch, wenn wir *alle* verrückt sind?« fragte sie schelmisch.

»Auf jeden Fall.«

Die Heilerin wurde wieder ernst.

»Von unseren beiden Verlusten abgesehen, sind die während des Kampfes zugefügten Verwundungen nicht schwerwiegend«, berichtete sie. »Sie werden mit der Zeit verheilen, allerdings müssen wir auf Infektionen achten. Ich habe keine Ahnung, was sich an einem Ort wie diesem alles verbirgt.« Sie hielt inne und wog ihre nächste Feststellung ab. »Was mir am meisten Sorgen macht, sind die kleinen Wehwehchen, für die ich keine Erklärung habe. Dazu kann ich erst etwas sagen, wenn ich die nötige Kraft für ein paar richtige Tests habe, aber ich *vermute*, daß sie durch die unterschiedlichen Lichtquellen hervorgerufen wurden. Möglicherweise bietet uns das Band nur einen Teilschutz, ein längeres Ausgesetztsein könnte also schwerwiegende Folgen haben.«

Sie waren allesamt still geworden und erfühlten und ertasteten die Wahrheit ihrer Worte in ihren Körpern.

»Was schlägst du vor?« fragte D'vor.

»Ständige Beobachtung«, gab C'tis zurück. »Das ist alles, was wir tun können, bis ich mehr weiß. Wir sollten das vollständige Entfernen der Bandagen soweit als möglich einschränken, wie unbequem es auch sein mag. Wir wissen bereits, daß wir das volle Sonnenlicht unter allen Umständen meiden müssen. Es wäre tödlich.«

»Sonst noch was?«

C'tis nickte, schien aber nicht recht weitersprechen zu wollen. »Einige aus unserem Team haben einen leichten

Schock erlitten«, sagte sie schließlich. »Sie selber merken es nicht, aber es könnte ihre Handlungen beeinflussen.«

»Inwiefern?« wollte J'vina sofort wissen.

»Das Urteilsvermögen kann dadurch beeinträchtigt sein und die Reaktionen verlangsamt werden.«

»Großartig! Genau das, was wir in einem Kampf brauchen!« Die Kriegerin war angewidert. »Vielleicht haben wir F'val deswegen ...« Ihre Stimme versagte, als sie an den Tod eines ihrer Gefährten dachte.

»Was ruft ihn hervor?« erkundigte D'vor sich. »Weißt du das?«

»Ich kann nur Vermutungen anstellen«, antwortete die Heilerin. »Man hat unser Team zwar sorgfältig ausgewählt, trotzdem konnte keiner von uns auf die Oberwelt vorbereitet sein. Ich glaube, der Schock, sich auf unserem Weg hierher so lange in freiem Gelände aufzuhalten, hat einige von uns geschwächt. Die Betroffenen kommen sich verloren vor ...« Sie zögerte. »Mich hat das auch mitgenommen.«

»Es hat uns alle mitgenommen«, meinte V'dal.

Sie saßen schweigend da und erinnerten sich an den traumatischen Augenblick, als Jordan sie von ihrer in seine Welt geführt hatte. Sie hatten zwar versucht, sich sowohl geistig als auch körperlich vorzubereiten, aber allein die Tatsache, über so unvorstellbar weite Entfernungen blicken zu können, hatte in ihnen ein Gefühl ehrfürchtiger Scheu geweckt. Und die Sterne ansehen zu können, die so unvorstellbar weit über ihnen hingen – umgeben von dieser Leere –, war eine Übung in Wahnsinn.

Nach diesem verblüffenden Beginn war ihre Reise zu einer Folge von Offenbarungen geworden, voller Gefahren und Angst, als sie vor dem entsetzlichen Feuer Schutz suchten, das, wie Jordan sie gewarnt hatte, am östlichen Himmel aufgehen würde. Bäume, Blumen, die sanft geschwungenen, grasbewachsenen Hügel, die flüchtigen Blicke auf menschliche Behausungen in der Ferne, Tiere sowie die Bewegung von Wind und Wolken – all dies bot Anlaß zum Staunen, aber auch Anlaß zur Furcht. Doch es war die endlose Kuppel des Nachthimmels, die sie zu der größten mentalen Anpassung zwang. Es konnte kaum überraschen, daß einige aus der Gruppe Schwierigkeiten hatten, sich zurechtzufinden.

»Alles andere hier wird uns guttun«, meinte C'tis und zeigte dabei auf die dunklen engen Wände ringsum, »aber nach und nach müssen wir uns auf *draußen* vorbereiten.«

Eine Zeitlang schwiegen sie. D'vors Bitte nach Informationen war mehr als Genüge geleistet worden.

»Wie sieht es mit den Vorräten aus, C'lin?« fragte er und versuchte, so geschäftsmäßig wie möglich zu klingen.

»Gut«, meinte der Krieger sofort. »Wir haben reichlich Nahrung und Wasser – auch wenn das Essen seltsames Zeug ist. Soweit C'tis und ich es beurteilen können, ist es aber vollkommen ungefährlich und nahrhaft.«

»Bis jetzt hat niemand dadurch Schaden genommen«, fügte die Heilerin hinzu.

»Man muß sich bloß an den Geschmack gewöhnen.« V'dal verzog das Gesicht.

»Du hast in der Vergangenheit schon Schlimmeres gegessen«, gab J'vina zrück. »Wir hatten nicht immer B'van, der für uns kocht.«

Es entstand ein kurzes Schweigen. Der Tod ihres ehemaligen Kollegen in einer früheren Schlacht bedrückte sie noch immer sehr. Er war nicht nur ein ausgezeichneter Koch gewesen, sondern sein unfehlbarer Humor und seine Ehrlichkeit hatten ihn zu einem unschätzbaren Freund gemacht. C'lin, der seinen Platz im Kontrolltrupp eingenommen hatte, räusperte sich.

»Nun, ich fürchte, jetzt müßt ihr mit mir vorlieb nehmen«, meinte er. »Wir können also von Glück reden, daß wir nicht selber kochen müssen. In dieser Hinsicht sind wir auf unsere Gastgeber angewiesen, wie auch, was unsere Unterbringung anbetrifft. Aber wenn wir müßten, kämen wir zurecht.«

»Gut«, schloß D'vor. »Will noch jemand was hinzufügen?«

»Ja, ich«, antwortete J'vina. »Was soll ich mit der Schlange machen, die gerade aus dem Loch in der Wand gekrochen ist?«

5. KAPITEL

Erschrocken drehte sich die Gruppe um. Die Schlange war von häßlich gelber Farbe und so dick wie J'vinas Handgelenk. Bislang war erst der vordere Teil ihres Körpers hervorgekommen, und der hatte sich nun aufgerichtet und musterte den Raum, als wollte er sein erstes Opfer auswählen. Kleine, boshafte Augen starrten aus seinem flachen, mit einer Haube versehenen Kopf hervor.

J'vina stand sofort auf, zog ihr Schwert mit einem Zischen aus der Scheide und ging langsam auf sie zu. Die Schlange beobachtete sie einen Augenblick, dann zog sie sich ins Dunkel zurück.

»Soll das heißen, wir haben die ganze Nacht hier geschlafen mit *ihr* in der Wand?« C'lin schauderte.

»Können wir das Loch nicht verstopfen?« schlug C'tis vor.

»Ja, aber wahrscheinlich gibt es noch andere Ausgänge«, gab V'dal zu bedenken.

»Wir können jedenfalls nicht jede Spalte im Auge behalten«, meinte die Heilerin matt. »Wie sollen wir heute nacht schlafen?«

»Vielleicht können *wir* euch helfen«, meinte eine Frauenstimme vom Eingang her.

Sie drehte sich um und erblickten die Umrisse eines Mannes und einer Frau im Türeingang. Um ihre Füße scharten sich mehrere kleinere Schatten. Als Gemma und Arden in die Halle traten und sich vorsichtig im Halbdunkel vortasteten, sprangen die Meyrkats um sie herum und scharrten mit ihren Krallen über den felsigen Boden.

Habt ihr die Schlange gesehen? fragte Gemma sie stumm.

Wir haben ihre Witterung, antwortete Ox für den Clan. *›Kurven-Essen‹* wird gut schmecken, fügte er in einem Ton hinzu, der verdeutlichte, daß sie mit dem Essen in letzter Zeit nicht glücklich waren.

»Ist das nicht gefährlich?»

»Im Klein-Bau, ja. Daher werden wir versuchen, sie ins Freie

zu scheuchen. Der Anführer des Clans hörte sich an, als fände er Gefallen an der Aussicht.

Unter den Augen der Menschen teilten die Meyrkats sich auf und suchten die anderen Eingänge des Schlangenbaus. Sie entdeckten zwei, und sofort stürzten sich ein paar der Tiere in jeden von ihnen.

»Was geschieht hier?« wollte D'vor wissen.

»Der Clan ist auf der Jagd«, antwortete Gemma. »Sie mögen Schlangenfleisch – bei ihnen heißt es ›Kurven-Essen‹ – und damit wäre unser Problem gelöst.«

»Da werden sie aber schwer zu schaffen haben«, stellte J'vina fest. »Das Biest ist viel größer als sie.« Selbst wenn sie auf ihren Hinterbeinen standen, reichten ihr die Meyrkats nur bis zum Knie.

»Sie arbeiten als Einheit«, erklärte Gemma, hielt dabei aber besorgt die Löcher im Blick.

Ein paar Augenblicke später erklang Eds Stimme in Gemmas Kopf. *Kurven-Essen kommt*.

Ihr blieb kaum Zeit, die anderen zu warnen, als die Schlange unter Rasseln und Fauchen aus dem Loch hervorgeschossen kam. Die Zuschauer ignorierend, machte sie kehrt und stellte sich ihren Gegnern. Im Loch erschienen die Gesichter zweier Meyrkats mit gebleckten Zähnen, und die, die in der Halle zurückgeblieben waren, kamen herbeigesprungen, um die Schlange abzulenken. Kurz darauf hatte sie der Clan umzingelt. Die Meyrkats sprangen vor, als wollten sie zuschnappen oder kratzen, wodurch die Schlange verwirrt wurde und sich mal hierhin, mal dorthin wand, um zu entwischen. Der zermürbende Kampf forderte schließlich seinen Tribut, die Schlange wurde sichtlich müde.

»Jetzt kann ich sie fertigmachen«, sagte J'vina, die das Schwert noch immer in der Hand hielt. Ihre Stimme war voller Bewunderung.

»Sei vorsichtig«, warnte Arden sie. »Sie könnte dir Gift in die Augen spritzen.«

J'vina bewegte sich langsam vorwärts und wählte den Augenblick gut. Mit einem sauberen Schnitt trennte sie mit ihrer Klinge den Schlangenkopf vom Körper – der zuckte noch ein paarmal und rührte sich dann nicht mehr. Die Meyrkats gaben anerkennende Pfeifgeräusche von sich.

Gemma lächelte die blonde Kriegerin an.

»Die Meyrkats haben dich gerade zur Freundin ihres Clans ernannt.«

»Ich fühle mich geehrt.« Es klang, als meinte sie, was sie sagte.

»Sie würden gerne wissen, ob du die Beute mit ihnen teilen möchtest«, fuhr Gemma fort.

»Bedanke dich für mich bei ihnen«, antwortete die Andere nach kurzem Nachdenken, »aber die Beute haben *sie* sich verdient. Eine eindrucksvolle Leistung – ich habe nie etwas Vergleichbares gesehen!«

Gemma übermittelte die Nachricht der Kriegerin, dann beobachtete sie, wie die Meyrkats erneut durch das Loch in der Wand verschwanden.

»Gibt es noch mehr Schlangen?« wollte C'lin wissen.

»Nein, nur die Eier«, antwortete Gemma.

»Sorgt dafür, daß sie nicht ausgebrütet werden!« meinte V'dal hastig.

»Dazu wird es kaum kommen«, gab sie zurück. »Die Meyrkats fressen sie.«

Zahllose Jahre lang war die Stadt Great Newport ein Zentrum der Korruption und ein Ort unzähliger Laster gewesen. Sowohl ungeheuerliche Dekadenz als auch unbeschreibliche Armut hatten dort geherrscht. Während einige wenige im Luxus ihrer betrügerisch erworbenen Gewinne schwelgten, war die Mehrzahl gezwungen, die Haufen stinkenden Abfalls aus den allerärmsten Vierteln zu durchstöbern. Doch all das hatte sich jetzt verändert.

Jetzt befanden sich *alle* in der gleichen Situation. Niemand hatte eine sichere Zukunft, die Menschen lebten von einem Augenblick zum nächsten, dankbar für jeden Bissen, für jeden Augenblick ohne Angst, für jeden neuen Atemzug.

Ein paar Glückliche waren aus der Stadt geflohen, hatten mitgenommen, was sie tragen konnten, andere aber – entweder aus Habgier oder schlicht Dummheit – hatten sich an die Symbole ihres Reichtums und ihrer Macht geklammert und sich geweigert, die Revolution als Tatsache anzuerkennen. Mehrere Gildenmitglieder waren vom wütenden Mob getötet worden – wie auch Mitglieder ihrer Familien und ihre Diener. Zahllose Wachen hatte dasselbe Schicksal ereilt, die damit ihre früheren Dienste für die verhaßten Herren teuer bezahlten.

Doch als die erste Welle aus Wut und Rache vorbei und der Turm zerstört war, begannen die Menschen, sich umzusehen, und ein paar von ihnen dachten sogar über ihre Zukunft nach.

Sie sahen eine Stadt in Trümmern. Zwei Abschnitte der Umgrenzungsmauern sowie nahe gelegene Gebäude waren in Schutt und Asche gelegt worden. Viele andere Häuser waren verwahrlost – oder bestanden nur noch aus rauchenden Trümmern. Und doch, für den, der Augen hatte, um zu sehen, hielt Great Newport noch viele Wunder bereit. Uralte Gebäude aus Stein standen noch und schienen dem Chaos ringsum hohnzusprechen, breite Hauptverkehrsadern erlaubten weitschweifende Blicke über die Stadt. Andere Viertel dagegen bestanden aus einem dichten Wirrwarr von kleinen Straßen und winzigen Gassen.

Auf den Hauptstraßen hatte man früher alle möglichen Dinge kaufen können – wenn man das nötige Geld besaß. Doch das besaßen nur die Reichen und Mächtigen. In Anbetracht der menschlichen Natur würde es das alles bald schon wieder geben. Blieb zu entscheiden, ob Newport eine neue Form der Regierung erhalten würde oder wieder zur skrupellosen Ordnung der Gesetzlosen zurückkehren wollte. Die Stärksten unter ihnen wußten, wie man überlebte, während die Mehrheit schweigend kuschte und darauf wartete, daß man ihnen sagte, was sie tun sollten.

In diese Situation hinein fiel die Kunde, der Untergrund sei bereit, sich der Herausforderung zu stellen. Gerüchte verbreiteten sich wie Lauffeuer, ängstliches Getuschel und tadelnder Spott mischte Tatsachen mit Unwahrheiten. Doch aus all dem Gerede ragte ein Name heraus, ein Name, den fast jeder kannte, auch wenn nur wenige ernsthaft behaupten konnten, ihm von Angesicht zu Angesicht begegnet zu sein.

Das sollte sich an diesem Nachmittag auf dem Platz des Kolosseums ändern.

Jordan wollte eine Rede halten.

Gemma hatte mehrere Stunden damit verbracht, sich mit den Leuten aus dem Lichtlosen Königreich zu unterhalten. Die gegenseitige Faszination füreinander entstand aus dem Teilwissen, das sie voneinander hatten, und wurde von Ardens Begeisterung noch zusätzlich entfacht.

Sie hatten ihr von ihrem unterirdischen Reich erzählt und von dem Gift, das es zu zerstören drohte. Gemma und C'tis hatten sich über ihre Fähigkeiten und Methoden als Heilerinnen ausgetauscht. Die Meyrkats und Gemmas Verbindung zu ihnen hatte zu einer umfassenden Beschreibung ihrer Rolle innerhalb des magischen Komplotts geführt. Zukunftspläne waren, was ganz natürlich war, Gegenstand zahlreicher Spekulationen geworden. Mehr als alles andere jedoch diente das Treffen einer Erkundungsreise in die Welt des jeweils anderen und endete mit Beteuerungen gegenseitiger Rücksichtnahme.

»Du bist in jeder Hinsicht so außergewöhnlich, wie Arden behauptet hat«, meinte T'via. »Die Propheten senden dir ihren Dank und hoffen, daß ein Leben lang unsere Freundin sein wirst.«

»Arden ist ein wenig voreingenommen«, erwiderte Gemma, »doch was mich anbetrifft, gebe ich die Wünsche der Propheten zurück. Wenn ich tatsächlich etwas Besonderes bin, dann nur wegen Leuten, wie ihr es seid. Ich wußte gar nicht, daß es so viele Wunder auf der Welt gibt.«

Sie ließ den Blick über ihre neuen Freunde schweifen, sah ihre fahle, fast gespenstisch wirkende Haut, ihre riesenhaften Augen und das bleiche Haar. *Wie fremd muß ich ihnen vorkommen*, dachte sie und hob die Hand, um ihre kurzen, roten Locken zu berühren.

Alle-Großen-die-sich-häuten sind seltsam, meinte Ed dazu. Er hatte den Begriff der Meyrkats für Menschen benutzt.

Gemma hatte die Meyrkats fast vergessen. Sie waren längst wieder aus den Löchern hervorgekommen, hatten die Gegend für schlangenfrei erklärt und ihre Mahlzeit aus *Kurven-Essen* beendet. Jetzt hockte der Clan eng zusammengekauert in einer Ecke, und die meisten von ihnen schliefen friedlich. Nur Ed und Av blieben auf Wache.

Da hast du nicht ganz unrecht, gab Gemma zurück. *Selbst wir denken das!*

Deswegen habt ihr auch so lange Namen, sagte Av. Die Meyrkats gaben Dingen, die sie nicht verstanden, immer lange Namen. Gem-ma und Ard-en deutete auf eine fehlende Selbsterkenntnis hin, die den kleinen Geschöpfen unbegreiflich war.

»Weswegen grinst du so?« fragte Arden.

»Die Meyrkats erklären mir gerade, wie seltsam die Menschen sind«, antwortete Gemma.

»Das ist ihr gutes Recht«, meinte J'vina. »Ich habe noch keine Gruppe von Menschen gesehen, die so gut zusammenarbeitet wie sie.«

»Wir könnten eine Menge von ihnen lernen«, gab V'dal ihr recht.

»Das habe ich bereits«, fügte Gemma hinzu.

»Wir sollten jetzt besser gehen«, sagte Arden. »Jordan hält bald seine Rede und wird alle Freunde brauchen, die er kriegen kann.«

Gemma und Arden brachen auf und versprachen, so schnell wie möglich mit den Neuigkeiten zurückzukommen. Als die Meyrkats sich in Bewegung setzten und ihnen folgten, wurden sie von vielen großen Augenpaaren beobachtet.

Das Schweigen hielt an, bis sie außer Hörweite waren.

»Sie ist wie eine Flamme«, meinte C'lin unerwartet lyrisch. »Nur Hitze und Licht ...«

»Aber so zerbrechlich«, fügte V'dal hinzu.

»Und so viel scheint von ihr abzuhängen«, meinte D'vor.

»Alles«, stimmte T'via ihr zu.

Der Platz des Colosseums wimmelte von Menschen, als Gemma und Arden eintrafen. Während sie den Blick über das Gedränge schweifen ließen, sah Gemma kurz zu Arden hinüber und mußte an jenen Tag denken, als er vor einer ähnlichen Menschenmenge gesprochen und versucht hatte, ihre Unterstützung für ein entlegenes und wunderschönes Tal zu gewinnen.

»Hoffentlich schlägt sich Jordan ebensogut wie du«, meinte Gemma.

»Ihm wird kein Gänseschwarm helfen«, entgegnete Arden und zögerte dann. »Oder vielleicht doch?« fragte er mit erhobenen Brauen.

»Damals habe ich rein instinktiv gehandelt«, antwortete sie. »Ich werde Jordan helfen, wenn es erforderlich sein sollte, aber diese Auseinandersetzung sollte er eigentlich alleine für sich entscheiden.«

Arden nickte. »Es hat uns am Ende ohnehin nichts genützt, die Menschen hier zu überzeugen«, meinte er.

»Nein. Aber dafür haben wir *andere* Wege gefunden, dem Tal zu helfen«, erinnerte sie ihn, und die beiden lächelten sich an, als sie daran dachten.

Ein Großteil der Geschäfte der Gilde war hinter den imposanten Fassaden der Gebäude rings um den Platz abgewikkelt worden. Dort waren die parlamentarische Kammer, der Gerichtshof und viele Verwaltungs- und Handelsbüros untergebracht. Diese Grundfesten waren zu massiv, als daß die Menschen sie hätten zerstören können, doch an verschiedenen Stellen waren Spuren der Gewalt zu sehen, und viele der Räumlichkeiten im Innern waren geplündert worden. Nichtsdestotrotz bildete der Platz noch immer das Herz der Stadt.

Jordan wollte von dem monumentalen Richtersitz aus zu den Bewohnern Newports sprechen. Dieser stand in der Mitte der Nordseite des Platzes und war aus demselben hellen Stein erbaut worden wie die Gebäude der Regierung. Dramatisch erhob er sich über dem Platz. In seiner Mitte befand sich eine einzelne Bank aus Stein, lang genug, um bis zu sieben Richtern Platz zu bieten. Vor der Bank stand ein massiver Tisch aus Stein, und zu beiden Seiten davon jene Plattformen, von denen aus in der Vergangenheit Bittsteller sowohl zu den Richtern weiter oben als auch der Menge unten gesprochen hatten. Aus bitterer Erfahrung wußten Gemma und Arden, daß die Waagschalen der Gerechtigkeit der Gilde unfair gewichtet waren. Im Falle Jordans jedoch blieb die Entscheidung allein den Menschen überlassen – unabhängig von der zweifelhaften Urteilsfindung der Gilderichter.

Früher waren diese öffentlichen Verhandlungen festliche Ereignisse gewesen, bei denen viele in aller Öffentlichkeit auf den Ausgang gewettet hatten, während noch viel mehr lauthals ihren Rat anboten oder die Redner durch Zwischenrufe aus der Ruhe brachten. Heute jedoch war die Stimmung bedrückt, und nur wenige unterhielten sich. Männer beäugten ihre Nachbarn voller Argwohn, viele waren bewaffnet.

»Bei den Göttern, hoffentlich kann er sie überzeugen«, flüsterte Arden, als er und Gemma sich ihren Weg zur Bühne bahnten. »Es braucht nicht viel, und die Menge gleitet ihm aus der Hand.«

»Ich bin froh, daß die Meyrkats beschlossen haben, im Untergrund zu bleiben«, gab Gemma ruhig zurück. Die Vorstellung, daß der Clan friedlich in seinem ›Bau‹ schlummerte, half ein wenig, ihre Nerven zu beruhigen.

Als sie weitergingen, stellten sie fest, daß sich ein Weg vor ihnen öffnete. Arden hatte das Aussehen eines Mannes, der nicht mit sich spaßen ließ, doch eigentlich war es Gemmas Erscheinung, die ihnen den Weg freimachte. Rotes Haar, das in diesem südlichen Kontinent so ungewöhnlich war, war lange Zeit mit magischen Wesen von den Inseln im Norden in Verbindung gebracht worden – und Aberglauben hielt sich hartnäckig, selbst in Zeiten massiven Umsturzes. Gemma hörte mehrere Leute das Wort ›Hexe‹ tuscheln, und ihr fiel auf, daß ein paar ein Handzeichen machten, das alles Böse fernhalten sollte. Gemischte Gefühle überkamen sie.

Sie waren nur noch ein kurzes Stück von der Plattform entfernt, als die Menge unruhig wurde. Jordan hatte den Richtersitz erklommen und stand jetzt auf dem Tisch aus Stein, so daß jeder ihn sehen konnte. Hewe, Egan und mehrere andere Frauen und Männer nahmen hinter ihm Aufstellung. Jordans finstere Miene war ruhig, trotzdem war er offenkundig aufgeregt, als er die Menge aus seinen hellen Augen aufmerksam betrachtete. »Meine Freunde!« rief er. Seine tiefe Stimme war leicht auf dem gesamten Platz zu hören. »Mein Name ist Jordan, und ich bin heute zu euch gekommen, um im Namen der Bewegung zu sprechen, die früher *Untergrund* genannt wurde.«

In einigen Teilen der Menge kam vereinzelter Jubel auf, während an anderen Stellen Gemurmel entstand.

»Ich sagte *früher*«, fuhr Jordan fort, »denn jetzt brauchen wir uns nicht mehr zu verstecken. Jetzt treten wir ganz offen auf!«

Weitere zustimmende Rufe hallten über den Platz. Es war deutlich zu erkennen, daß der Sprecher viele Freunde hatte, die sich bemerkbar machen wollten.

»Die meisten von euch werden wissen, daß wir aus dem Untergrund es uns zur Aufgabe gemacht haben, die Gilde zu stürzen.« Wieder stieg der Lärmpegel, doch Jordan fuhr fort, und hob ein weiteres Mal die Stimme. »Wir können zwar nicht das alleinige Verdienst für uns in Anspruch nehmen, trotzdem sage ich euch jetzt: die Gilde ist besiegt und völlig vernichtet. Und ich weiß sicher, daß der Oberlord nicht mehr am Leben ist.«

Er hielt inne und wartete, bis der Lärm sich gelegt hatte.

»Doch für lange Jubelfeiern haben wir keine Zeit!« donnerte er und überraschte damit die Menge. Stille breitete sich über den Platz.

»Seht euch um!« rief Jordan. »Ihr alle habt die Zerstörung und das Blutvergießen gesehen, den Hunger und die Obdachlosigkeit. Ihr alle wißt, welch großen Herausforderungen wir uns gegenübersehen. Die einzige Möglichkeit, sich ihnen zu stellen, ist, *gemeinsam* anzupacken.«

Jetzt hatte er ihre Aufmerksamkeit, wenn auch nicht alle überzeugt aussahen.

»Wenn wir uns weiter auf dem Weg bewegen, wo jeder nur sein eigenes Wohl im Auge hat, werden wir schlicht eine

Form der Tyrannei gegen eine andere eintauschen. Die Stadt ist reich genug, um jedem einzelnen von uns ein anständiges Leben zu ermöglichen – ein Dach über dem Kopf, zu essen und zu trinken auf dem Tisch, einen ruhigen Schlaf in der Nacht und den Frieden unserer Seelen. Ist das so ein lächerliches Ziel? Wir haben die Gelegenheit, diesen Traum zur Wirklichkeit zu machen. Doch wenn wir uns jetzt weigern, wird sie nicht wiederkommen. Dies ist unsere einzige Chance.«

Über dem Gemurmel der Menge erhob sich eine einzelne Stimme.

»Und wie willst du das alles bezahlen? Brot und Fleisch gibt's nicht umsonst.«

»Newport verfügt über ein Übermaß an Reichtum. Cleve ist ein reiches Land – es übersteigt gewiß nicht unsere Fähigkeiten, dafür zu sorgen, daß jeder Bürger davon profitiert.«

Noch eine andere Stimme meldete sich zu Wort.

»Wenn ein Mann jahrelang hart arbeitet, um seiner Familie ein wenig Wohlstand zu schaffen, warum sollte er das aufgeben für die, die gar nichts haben?«

Es folgten verärgerte Zwischenrufe und Anschuldigungen aus verschiedenen Teilen der Menschenmenge.

»Nein!« brüllte Jordan über das Getöse hinweg. »Der ehrliche Lohn für harte Arbeit oder besonderes Geschick soll niemandem verwehrt werden. Ich bitte lediglich darum, daß niemand sich müßig im Überfluß aalt, während andere verhungern. Wir *brauchen* den Handel. Wir *brauchen* unsere unterschiedlichen Fähigkeiten. Es gibt genug Arbeit für alle. Allein der Wiederaufbau der Stadtteile, die zerstört wurden sowie die Ernährung und Gesunderhaltung unserer Leute wird für eine Weile alle unsere Kräfte in Anspruch nehmen.«

Die Menge lauschte jetzt aufmerksam, und Jordan ergriff die Gelegenheit beim Schopf. Er fuhr fort und erzählte ihnen von den praktischen Vorhaben des Untergrunds, von den Zentren zur Verteilung von Lebensmitteln, die eingerichtet wurden, den Baugenossenschaften, von der Ernennung von Wachmannschaften für alle Stadtteile, von den geplanten

Krankenhäusern. Er betonte den Bedarf an Freiwilligen in allen Bereichen und beschrieb, wie die Arbeit an einigen Stellen bereits begonnen hatte. Er erhielt einige aufmunternde Zurufe aus jenen Teilen der Menge, die bereits gesehen hatten, wie diese Pläne umgesetzt wurden, und eine Weile schien alles gut zu laufen. Dann erstickte eine laute Stimme die wachsende Begeisterung mit einer einzigen Frage.

»Was soll euch davon abhalten, eine neue Gilde aufzubauen, mit dir als neuem Oberlord?«

»Was uns davon abhalten soll?« antwortete Jordan sofort in die plötzliche Stille hinein. »Ihr. Ihr alle! Glaubt ihr, die Menschen von Great Newport würden sich das bieten lassen, nach allem, was sie durchgemacht haben? Selbst wenn ihr mir nicht vertraut, setzt eure Mitbürger nicht herab. Von nun an wird jeder, der für euch arbeitet, auch euch gegenüber Rechenschaft ablegen müssen.«

Mit seinen leidenschaftlichen Worten traf er den richtigen Ton. Die Menge spürte, daß er es ernst meinte, und begeisterte Zustimmung machte sich auf dem gesamten Platz breit. Kurz darauf stieg Jordan herunter und scharte Freiwillige um sich, um die Umsetzung seiner Vorhaben sofort in die Wege zu leiten.

In dem Gedränge kamen Gemma und Arden nicht an ihn heran, daher bahnten sie sich alleine ihren Weg vom Platz.

»Er hat nichts über das Lichtlose Königreich erwähnt – oder den Tiefen Süden«, meinte Gemma nachdenklich.

»Er wird es ihnen sagen, wenn sie soweit sind«, hielt Arden dagegen. »Heute hätte es die Angelegenheit nur kompliziert. Er kann nichts tun, bevor er die Leute hier nicht auf seiner Seite hat.«

»Du hast recht«, gab sie zu, »trotzdem werden sie es früher oder später erfahren müssen. Der ganze Wiederaufbau wird ihnen nichts nützen, wenn ...« Ihre Stimme verhallte. Sie war nicht bereit, ihre düsteren Vorahnungen jemandem mitzuteilen.

6.
KAPITEL

Für jeden in Great Newport vergingen die nächsten drei Monate in hektischem Treiben. Mißtrauen und Haß wurde nach und nach überwunden, als immer mehr Bürger den Nutzen der Führerschaft des Untergrunds erkannten. Und da dieser Nutzen zunehmend offenkundig wurde, gewannen die Schwächeren unter ihnen an Kraft, nachdem man sie durch Zusammenarbeit und Vertrauen unterstützt hatte. Die Zuversicht wuchs und damit auch die Bereitschaft, freiwillig seine Hilfe bei verschiedenen Projekten anzubieten, die der Untergrund in Gang gesetzt hatte. Es fiel den Zynikern zunehmend schwerer, sich aus allem rauszuhalten. Sie wurden immer mehr isoliert, und ihre Zahl schrumpfte dahin.

Mit Geduld und Glück – und der Hilfe zahlreicher Freunde und Verbündeter – erfüllte Jordan nach und nach seine Versprechen. Aus dem Chaos entstand Ordnung.

Natürlich lief nicht alles glatt, und es gab eine Reihe von Rückschlägen und Enttäuschungen. Anfangs waren Gewalt und Überfälle an der Tagesordnung, und es kostete einige Mühe – und viele unangenehme Strafen –, die Autorität der örtlichen ›Wachen‹ zu sichern. Es waren Männer und Frauen, die man aus der Bevölkerung rekrutiert hatte, doch weil so viele Menschen in der Vergangenheit unter den korrupten Posten gelitten hatten, dauerte es lange, bis deren Einsatz von der Mehrheit anerkannt wurde.

Davon abgesehen bereiteten die Gesundheit und die Unterbringung der Leute sowie die Versorgung mit Nahrungsmitteln die größten Sorgen. Materialmangel und die relative Unerfahrenheit der frisch rekrutierten Arbeitskräfte behinderte die Aufbau- und Reparaturarbeiten. Organisation war ein Alptraum, und es gab so manchen Streit um Nachschub und Vorrangigkeiten. Während der ersten Tage hatten es Hewe und Jordan auf sich genommen, persönlich als Schlichter aufzutreten, und sie brauchten all ihren gesunden Menschenverstand und Humor, um diplomatisch zu bleiben – und nicht verrückt zu werden! Im Lauf der Zeit jedoch, als jeder zunehmend die Rolle fand, die seinen Fähigkeiten am besten entsprach, konnten sie immer mehr ihren Kollegen überlassen.

Der durch die jüngsten Ereignisse verursachte Zusammenbruch des Handels hatte ebenfalls schlimme Auswirkungen auf die Versorgung mit Lebensmitteln. Weil das bescheidene Farmland in der direkten Umgebung der Stadt die große Zahl der Menschen nicht versorgen konnte, war die Stadt bei der Ernährung ihrer Bevölkerung auf Importe angewiesen. Die wenigen Farmer in der Region hatten sich aus offensichtlichen Gründen von der Stadt ferngehalten, was die Lage nur noch verschlimmerte. Doch mit der Rückkehr der Stabilität waren auch die lokalen Erzeugnisse wieder überall zu kaufen, und Jordan räumte nun der Wiedereröffnung der Küstenstraße Vorrang ein. Dadurch konnten Güter aus den entlegeneren Gegenden im Osten und Westen herangeschafft werden. Es bedeutete aber auch, daß der Untergrund Nachrichten aus den anderen großen Häfen der Provinz, aus Altonbridge und Clevemouth, sammeln konnte. Anfangs kamen diese Nachrichten unregelmäßig. Mit der Zeit jedoch sickerte durch, daß der unheilvolle Einfluß der Gilde auch in diesen Städten zerstört worden war. Die restlichen Mitglieder der Organisation hatten sich ergeben. Einigen ehemaligen Mitgliedern und Angestellten erlaubte man sogar, sich am Wiederaufbau zu beteiligen. Die Gefahr, die von ihnen ausging, war für immer vorbei.

Aus Altonbridge wurde berichtet, Schiffe der benachbarten Inseln seien in den Hafen eingelaufen. Das war ermutigend – und ein weiteres Zeichen dafür, daß die Zuversicht zurückkehrte und der Handel folgen würde. Eines dieser Schiffe stammte aus dem weit entfernten Land *Quaid*, und als Gemma das hörte, empfand sie insgeheim tiefe Freude. Die vieldeutige Fußnote, die sie in einer der Bibliotheken der schwebenden Stadt gelesen hatte, war zur Tatsache geworden.

Jordan hatte öffentlich erklärt, daß niemand verhungern

werde, und dieses Versprechen hielt er auch. Eine Zeitlang war es für viele knapp, doch es konnte verhindert werden, daß sich Hoffnungslosigkeit breitmachte. Die anfängliche Lebensmittelknappheit war eines der größten Probleme der Stadt. Great Newport war nie, nicht einmal in ruhigeren Zeiten, ein besonders gesunder Ort gewesen, und jetzt hatten der Umsturz und das heiße Sommerwetter zusammen dazu beigetragen, daß die Gefahr eines Ausbruchs von Seuchen bestand. Schnell breiteten sich Infektionen aus, und die Bemühungen, die Stadt von dem allgegenwärtigen Müll und dem dazugehörigen Ungeziefer zu befreien, waren nur teilweise erfolgreich. Auf einem Gebiet jedoch führte ein unerwartetes Bündnis zu bemerkenswerten Ergebnissen.

Die Meyrkats liefen oft Gefahr, für Ratten gehalten zu werden und waren daher besonders erpicht darauf, ihre Nützlichkeit unter Beweis zu stellen, indem sie den Untergrund von den schädlichen Plagegeistern säuberten. Gemma erklärte ihnen ihre Aufgabe, doch da sie woanders Dinge zu erledigen hatte, mußten sie mit den Soldaten aus dem Lichtlosen Königreich zusammenarbeiten, die für diese ebenso düstere wie unangenehme Aufgabe gleichermaßen gut geeignet waren. Besonders J'vina genoß die Jagd und war besonders stolz auf ihr wachsendes Verständnis und ihre Kameradschaft mit dem Clan. Liebend gern hätte sie an der telepathischen Kommunikation dieser energiegeladenen kleinen Geschöpfe teilgenommen, da dies jedoch unmöglich war, unternahm sie alle nur erdenklichen Anstrengungen, sich mit ihren Gewohnheiten, ihrem gemeinsamen Arbeiten und ihrer »Sprache« vertraut zu machen. Die Meyrkats ihrerseits akzeptierten die Kriegerin bereitwillig als eine Freundin des Clans und erstatteten Gemma glühenden Bericht über ihre Heldentaten, wann immer sie Gelegenheit hatte, ihnen einen kurzen Besuch abzustatten. Bei einer dieser Gelegenheiten bekam Gemma einen überraschenden Einblick in das Leben sowohl der Meyrkats als auch der Menschen aus dem Lichtlosen Königreich.

... und dann flitzte der Fett-Quieker in den Bau, berichtete Ed. Fett-Quieker war der abwertende Name des Clans für die Ratten.

Wo das Kurven-Essen sie fraß, fügte Od mit sichtlicher Genugtuung hinzu. Die Schlange hatte ihnen die Arbeit abgenommen.

Wir haben das Kurven-Essen rausgescheucht», fuhr Ed aufgeregt fort, *»und J'vee hat es mit ihrer Hart-Kralle gebissen.*«

Mit J'vinas vollem Namen kamen die Meyrkats nicht zurecht. Er war für sie viel zu lang und steckte voller Selbstzweifel. Vor ihrer Hart-Kralle – ihrem Schwert – hatten sie jedoch gehörigen Respekt.

Clan-Freund schnell, schloß Av. *Bewegt sich mit uns.*

Was meinst du damit? fragte Gemma.

Die Antwort darauf fiel dem Clan schwer. Ox, ihr Anführer war es, der schließlich antwortete.

Clan kämpft, J'vee kämpft. Bewegt sich im selben.

Durchdringende, schwarze Augen betrachteten Gemma voller Neugier. Der Clan wußte offenbar genau, was Ox meinte, und wollte, daß ihre Freundin es ebenfalls verstand. Die Bedeutung menschlicher Gesichtsausdrücke waren ihnen noch immer nicht recht klar, daher beobachteten sie sie ganz genau.

Zuerst wußte Gemma überhaupt nicht, was sie meinten, dann dämmerte es ihr ganz allmählich. Sie wandte sich an J'vina.

»Woher wußtest du, daß die Schlange aus dem Bau … dem Loch, meine ich, herauskommen würde?«

Es dauerte mehrere Augenblicke, bevor die Kriegerin antwortete.

»Ich wußte es einfach«, gab sie zögernd zu. Als sie sah, das dies nicht reichte, fügte sie hinzu, »Ich hatte den Clan oft genug beobachtet, um vorhersagen zu können, was sie vorhatten. Vermutlich habe ich ihre Rufe und die Geräusche aus dem Loch interpretiert.«

»Du hast also instinktiv gehandelt?«

»Nicht ganz.« J'vina hielt erneut inne. »Irgend etwas in meinem Innern *sagte* mir, daß ich mich bewegen sollte. Ich wußte einfach, was mich erwartet.«

Im selben bewegen, überlegte Gemma für sich.

»Das geschieht im Kontrolltrupp des öfteren«, fuhr die

Soldatin fort. »Wahrscheinlich liegt es daran, daß wir uns so gut kennen. Deswegen sind wir auch ein Team – genau wie die Meyrkats.«

Der Widerhall der Magie, überlegte Gemma. *Warum können nur manche Gruppen vollen Gebrauch davon machen?* Dann wurden ihre Überlegungen unterbrochen.

»Aber nicht so gut?« meinte D'vor und schmunzelte in die Dunkelheit.

»Wir werden niemals so gut sein wie sie«, antwortete J'vina ernst. »Sie sind unglaublich.«

»Es gibt Dinge, die wir können, sie aber nicht«, stellte V'dal fest.

»Das sind lediglich körperliche Grenzen«, wand sie ein. »Im Team handeln sie als Einheit, so als hätte der Clan ein einziges Gehirn. Das werden wir nie nachahmen können.«

»*Seid da nicht so sicher*», dachte Gemma, sagte aber nichts. Ihr kam die eine oder andere Idee, doch die waren noch nicht für die Öffentlichkeit bestimmt.

»Mit demselben Hirn zu denken wie du, das würde mich mürbe machen«, stichelte V'dal. »Ich weiß nicht, ob ich dazu in der Lage wäre!«

»Ich auch nicht«, fügte C'lin hinzu. »Am Ende kommen wir dahinter, was du *wirklich* über uns denkst.«

»Das habe ich euch doch schon oft genug gesagt«, gab J'vina zurück und gab damit den Versuch endgültig auf, ernst zu bleiben. »Ihr seid ein Haufen tölpelhafter Nichtskönner, die nur deshalb so weit gekommen sind, weil ich sie beschützt habe.«

Sie sah sich wütend um und wußte genau, daß sie ihr nicht widersprechen konnten.

»Du sprichst die Wahrheit, o Große Kriegerin«, verkündete C'tis mit einer tiefen Verbeugung in gespielter Unterwerfung. J'vina nahm sowohl den Kommentar als auch die Verbeugung mit einer lässigen Handbewegung entgegen, aber kurz darauf mußte auch sie lachen. Die Meyrkats hatten die Bewegung der Heilerin wiedererkannt und auch J'vinas Bewegung bemerkt und versuchten, beide nachzuahmen – zur allgemeiner Heiterkeit.

»Seht! Ihr Stamm verbeugt sich vor ihr«, rief T'via kichernd. »Und winkt voller Verehrung. Daß diese Götzenanbetung nur nicht den Propheten zu Ohren kommt!«

»Seid still, ihr alle«, gab J'vina zurück, als mehrere der Meyrkats sich vom Boden aufrappelten. »Oder ich hetze euch den Clan auf den Hals.«

C'lin und V'dal gingen in gespieltem Entsetzen in Dekkung und lachten noch lauter.

Die Kameradschaft innerhalb des Kontrolltrupps rollte wie eine Woge über Gemma hinweg, und sie begann den Sinn von Ox' Worten zu verstehen. *Im selben bewegen.*

»Komm, C'tis«, sagte sie, als das Gelächter nachgelassen hatte. »Wir können nicht den ganzen Tag hierbleiben. Es wird Zeit, wieder an die Arbeit zu gehen.« Sie verabschiedete sich im Stillen vom Clan und empfing ihre vielstimmige Antwort.

Nette-Lüge-alle-kennen war gut? fiel Ed in das allgemeine Durcheinander ein.

Ja, antwortete Gemma. *In Zeiten wie diesen ist Sinn für Humor sehr wichtig – manchmal ist es das einzige, was einen aufrechthält.*

Du bist müde, Gem-ma, meinte Av besorgt. *Ruh dich aus in deinem Bau.*

Das werde ich tun, antwortete Gemma, mußte aber dann lächeln, als sie an ihren ›Bau‹ dachte und an die Zeit, die sie dort zusammen mit Arden hatte verbringen können. Die Stunden waren so knapp und wertvoll gewesen – und waren nicht immer mit Ausruhen verbracht worden.

Die beiden Heilerinnen brachen auf. C'tis richtete hastig ihren Schutz aus Seidenfischband. Alle, die über die Fähigkeiten als Heiler verfügten – ob magisch oder weltlich –, waren in der zerstörten Stadt sehr gefragt, wo alle möglichen Krankheiten und Verletzungen behandelt werden mußten. Gemma hatte sich mit ganzem Herzen auf die Arbeit gestürzt. Das ständige Arbeiten zehrte an ihren Kräften. Trotzdem bedauerte sie nur, daß sie Arden so selten sah, der mit anderen Aufgaben ebenso beschäftigt war wie sie – und die Tatsache, daß sie nicht viel von den Meyrkats zu sehen bekam. Manchmal ertappte sie sich dabei, wie sie über ihre langsfristigen Ziele und das Geheimnis des Tiefen Südens nachdachte, mußte sich aber eingestehen, daß man nichts unternehmen konnte, solange Cleve nicht gesund war – in jedem Sinn.

Auch C'tis arbeitete unglaublich hart, obwohl sie Schwierigkeiten mit dem Licht hatte, das immer heller wurde. Dadurch, daß sie Arden behandelt hatte, wußte sie, daß ihr Volk und die Oberweltler sich im wesentlichen glichen, und opferte ihre Zeit und Mühe vorbehaltlos. Mit Gemma tauschte sie Aufzeichnungen aus, und die beiden stellten viele Ähnlichkeiten in der Arbeitsweise ihrer Kräfte und Sinne fest. Obwohl sie beide über die Gesundheit und die mögliche Erschöpfung des jeweils anderen besorgt waren, verbrachten sie dennoch lange Stunden damit, sich bis zum letzten zu verausgaben – und wurden dabei innige Freundinnen.

Anfangs hatten viele von C'tis Patienten Angst vor ihr – wegen ihres Aussehens. Doch schon bald zerstreute sie die Zweifel aller bis auf die Ängstlichsten und Voreingenommenen mit ihrer ruhigen Kompetenz und unleugbaren Effektivität. Gemma bemerkte ihre Hingabe und verstand, weshalb Arden eine so hohe Meinung von ihr hatte.

C'tis war diejenige aus dem Lichtlosen Königreich, von der man am meisten zu sehen bekam, und ihr Auftreten half, viele der wüsten Gerüchte über die fremdartigen Krieger zu zerstreuen. Trotzdem gab es immer noch endloses Gerede über sie. Zu den geläufigsten Geschichten gehörten die Erzählungen von *unsichtbaren* Soldaten, die sich ungesehen anschleichen und geräuschlos zuschlagen konnten, und die von schwarzen Riesen, die im Dunkeln sehen konnten – obwohl sie keine Augen besaßen.

Wer die Wahrheit kannte – auch wenn sie noch immer in der Minderheit waren –, berichtigte diese weitverbreiteten Irrtümer und bestätigte die Fakten. Diese Minderheit ging ganz bewußt vor; Jordan fand, daß es nicht schaden könne, wenn man einen angeblich unbesiegbaren Verbündeten hatte. Außerdem wollte er die Geschehnisse in der Stadt nicht komplizieren, indem er die Bitte des Lichtlosen Königreichs und sein Versprechen, ihnen zu helfen, öffentlich bekannt machte. Daher erzählte er nur wenigen Vertrauten die ganze Geschichte und verließ sich auf deren Verschwiegenheit. Das Rätsel des Tiefen Südens war sogar noch weniger Menschen bekannt. Darum mußte man sich zu gegebener Zeit kümmern, jetzt jedoch hätte es nur von den dringlicheren Aufgaben abgelenkt. Panik und Verzweiflung wären im Augenblick wirklich alles andere als hilfreich.

Bei den eingeschränkten Möglichkeiten des Untergrundes war es ein Glück, daß die Stadt mehrere Monate lang nach außen hin mit Frieden gesegnet war. Es gab keine weiteren Angriffe durch die Himmelsraben, und daher auch keine sichtbaren Zeichen der Macht des Südens. Darüber hinaus schien sich der Blauflammenwall westlich von Clevemouth stabilisiert zu haben. Er hatte sich der Stadt stetig, wenn auch langsam genähert, jetzt jedoch schien er stillzustehen. Damit war eine weitere Bedrohung von außen geringer geworden, was es den Bürgern von Cleve erlaubte, sich ganz auf ihre eigenen Belange zu konzentrieren. Nur wenige waren vorausschauend genug, zu erkennen, daß die gesamte Welt bedroht war – und das war – wenigstens im Augenblick – auch gut so.

7. KAPITEL

In dieser hektischen Zeit in Gemmas Leben gewannen zwei Ereignisse für sie herausragende Bedeutung. Das erste war, etwas mehr als einen Monat nach ihrem Kampf mit Mendle, der Aufbruch der Männer und Frauen aus dem Lichtlosen Königreich. Es war unvermeidlich gewesen, daß sie sich irgendwann entschließen würden, in ihr eigenes Reich zurückzukehren. D'vor und T'via mußten ihrem Volk und den Propheten Bericht erstatten, V'dal wurde als Führer benötigt, und sowohl C'lin als auch J'vina – wie auch viele andere aus der Gruppe – wollten in ihre vertraute Umgebung zurückkehren. Von allen aus dem Kontrolltrupp wollte nur C'tis wirklich bleiben, denn sie wußte, daß man ihre Fähigkeiten als Heilerin wirklich vermissen würde. Doch sie wollte nicht, daß die Gruppe sich spaltete und sie allein zurückblieb. Und im Herzen sah sie auch die Notwendigkeit ihrer Rückkehr ein.

Vor ihrem Aufbruch fanden ausgiebige Unterredungen mit Jordan und den anderen statt; man schmiedete Pläne für zukünftige Kontakte. D'vor erklärte sich einverstanden, den Propheten nicht nur von ihren Heldentaten in der Oberwelt zu berichten, sondern wollte auch versuchen, sie zu überzeugen, Erkundungstrupps in die gefährlichen, vergifteten Regionen der Höhlen im Süden zu entsenden. Sinn der Sache war es, die Quelle der Verschmutzung zu entdekken. Wenn möglich, sollte auch versucht werden, zu bestimmen, wo sich dieser Ort *überirdisch* befand. Auf diese Weise hätte man ein konkretes Ziel, wenn schließlich eine Expedition aus Cleve zusammengestellt wurde. Jordan konnte nicht versprechen, wann dies in Angriff genommen werden würde, versicherte ihnen jedoch, daß dies Vorrang hätte, sobald die Schwierigkeiten vor Ort behoben waren.

Mehrere Freiwillige erklärten sich bereit, ihre Führer in das Lichtlose Königreich zu begleiten und ihnen bei der Suche nach der Verschmutzung zu helfen und so die Verbindungen der beiden Völker zu stärken. Gemma und Arden wären sehr gerne gegangen, wußten aber, daß sie in der Stadt gebraucht wurden.

»Eines Tages werde ich eure Welt sehen«, gelobte Gemma.

»Das hoffe ich.« C'tis Antwort war sanft – und doch leidenschaftlich.

»Du bist jederzeit willkommen«, fügte D'vor voller Wärme hinzu. Diese Frau mit den feuerroten Haaren, deren zarte Schönheit ihre innere Kraft nicht verbergen konnte, hatte es nicht nur ihm, sondern seinem ganzen Trupp angetan.

»Wir werden wiederkommen«, meinte V'dal zu ihr, »sobald wir wichtige Neuigkeiten haben.«

»Und sollten die Meyrkats jemals diesen Ort leid sein«, warf J'vina ein, »dann schickt sie zu uns – sie schienen sich letztes Mal ganz wohl zu fühlen. Ich werde sie vermissen.«

»Ich werde es ihnen sagen«, versprach Gemma, die genau wußte, so sehr ihr die Meyrkats auch fehlen mochten, irgendwann würde der Tag kommen, an dem sie und der Clan sich ebenfalls trennen mußten. »Der Große Bau wird ihnen eine zweite Heimat werden.«

Dann war es Zeit zum Aufbruch. Ihre Reise begann mit einem Spaziergang durch die Tunnels und unter der Stadtmauer hindurch nach draußen. Ein sternenklarer Nachthimmel begrüßte sie, als sie nach draußen traten, man tauschte Abschiedsworte aus, dann verschwanden die Menschen aus dem Lichtlosen Königreich und ihre neuen Kameraden in der Dunkelheit.

»Ich lasse sie gar nicht gerne gehen. Es macht mich traurig«, meinte Gemma.

»Abschied ist immer traurig«, erwiderte Arden und legte seinen Arm um ihre Schultern. »Außerdem sind sie uns inzwischen sehr ans Herz gewachsen.«

Gemma nickte und schwieg sich über ihre undeutlichen Sorgen bezüglich der Zukunft des Lichtlosen Königreiches aus.

Die Abwesenheit ihrer Jagdgefährten bedrückte die Meyrkats. Da auch Gemma wenig Zeit mit ihnen verbringen konnte, beschloß der Clan, die Stadt zu verlassen. Sie ließen sich in den Löchern in der Nähe des ausgetrockneten Flußbetts nieder, wo Arden zuerst auf sie gestoßen war, und genossen es, wieder draußen im offenen Gelände zu sein. Das Gebiet war geeigneter für sie. Die unfruchtbare Ebene rings um Newport glich sehr ihrer heimatlichen Wüste.

Es gibt kein Stech-Essen, beklagte sich Ox, als Gemma ihn fragte, ob sie ihnen irgendwelche Annehmlichkeiten für ihre neue Heimat bereitstellen könne.

Also, zum Importeur für Skorpione werde ich nicht werden, nicht einmal für euch! antwortete sie lachend.

Das zweite wichtige Ereignis geschah fast einen Monat später und hinterließ eine noch größere Wirkung. Im Gegensatz zum ersten hatte niemand es vorhersehen können.

Hewe war es, der sie als erster bemerkte. Er hatte die Annäherungen an die Stadt von Osten her überwacht, von jenem Turm aus, der das Haupttor überragte. Man erwartete eine große Vorratslieferung aus Altonbridge, und er wollte sichergehen, daß sie nach ihrem Eintreffen so schnell wie möglich verteilt wurde. Die Lebensmittel und die Medikamente wurden dringend benötigt, und obwohl er wußte, daß der Konvoi gut bewacht sein würde, war er bei solchen Gelegenheiten immer nervös. Drei Nachschubkarawanen waren in der letzten Zeit auf der Küstenstraße überfallen worden.

Seine Stimmung hob sich, als er den Staub mehrerer Pferde erblickte, doch als die Reiter näherkamen, verwandelte sich seine Hoffnung in Bestürzung. Er wartete gerade so lange, bis er ganz sicher war, daß die Reiter die unheilvolle Kleidung der Grauen Vandalen trugen, dann schickte er Jordan schnell eine Nachricht. Der kam daraufhin sofort zu ihm. Zusammen beobachteten sie, wie der Trupp näherkam.

»Wie viele sind es?« erkundigte sich Jordan und blinzelte in das grelle Sonnenlicht.

»Dreißig«, erwiderte Hewe. »Höchstens vierzig.«

»Also keine wirkliche Bedrohung.«

»Nicht direkt.«

Die beiden wußten, daß selbst eine kleine Zahl der grau gekleideten Fanatiker ein echtes Problem darstellen konnte.

»Was wollen sie, deiner Meinung nach?« fragte Hewe, doch als Antwort zuckte Jordan bloß mit den Schultern.

Sie fanden es später am selben Vormittag heraus – als mittlerweile die halbe Stadt – Gemma eingeschlossen – von den Neuankömmlingen unterrichtet war. Gemma hatte besonderen Grund, über der Anwesenheit der Vandalen besorgt zu sein. Die Vandalen glaubten nämlich, alle Übel ihrer Welt seien auf die Zugereisten von den Inseln im Norden zurückzuführen, die sie als ›Teufelsbrut‹ bezeichneten – und die sie häufig deshalb töteten. Als rothaarige ›Zauberin‹ aus dem hohen Norden war Gemma für sie die Verkörperung des Bösen. Sie war einmal von ihnen gefangengenommen worden und nur durch eine Kombination aus unerwarteter Hilfe und einer glücklichen Fügung entkommen. Sie hatte wenig Lust, ihnen noch einmal in die Hände zu fallen.

Ihre Meinung über sie war zudem noch schlechter geworden – was sie eigentlich nicht für möglich gehalten hatte –, als sie von ihrer tödlichen und unsinnigen Feindschaft gegenüber den Menschen aus dem Lichtlosen Königreich erfahren hatte.

Dieser Trupp der Vandalen schlug gut dreihundert Schritte vor der Stadtmauer ein behelfsmäßige Lager auf. Sie wurden von mehreren neugierigen Schaulustigen beobachtet.

»Ich habe noch nie so viele von ihnen in freiem Gelände gesehen«, meinte Hewe dazu.

»Was hat das zu bedeuten?« fragte Gemma, die ihre Angst trotz ihrer gegenwärtig sicheren Lage nicht verhehlen konnte.

»Ich denke, das werden wir bald wissen«, erwiderte Arden und wies auf zwei Gestalten.

Zwei Vandalen näherten sich zu Pferd dem Stadttor. Als sie in Rufweite waren, hielten sie an und sahen sich in der verlassenen Gegend um, wo einst die Barackensiedlung gestanden hatte. Dann richteten sie ihren Blick auf die Gruppe auf dem Turm.

»Wir kommen in Frieden!« rief einer der beiden. »Und unbewaffnet. Wir haben euch außerdem ein Geschenk mitgebracht. Erlaubt ihr uns, als Gesandte die Stadt zu betreten?«

Jordans Gesicht blieb teilnahmslos, während die anderen um ihn herum fragende Blicke tauschten.

»Reitet zum Tor!« rief er nach ein paar Augenblicken reiflicher Überlegung zurück. »Man wird es öffnen.« Er drehte sich um, dann hielt er inne und betrachtete Gemma und Arden. »Ihr beide bleibt hier«, befahl er. »Ich glaube nicht, daß es sich um einen Trick handelt, aber ich werde nichts riskieren. Hewe, du bgleitest mich.«

Als die beiden Männer sich auf den Weg die steinernen Stufen hinunter machten, rief Gemma ihnen hinterher, »Seid vorsichtig.«

Hewe grinste zu ihr hinauf. »Vorsicht ist mein zweiter Name«, sagte er und tat, als würde er über seinen eigenen Füße stolpern und könnte sich erst im allerletzten Augenblick davor retten, die Treppe hinunterzustürzen.

»Idiot« meinte Gemma leise, und war froh, daß er versucht hatte, sie durch sein Benehmen abzulenken.

»Du brauchst dir keine Sorgen zu machen«, beruhigte Arden sie mit einem Lächeln. »Die beiden sind diesen Grauen Vandalen allemal überlegen.« Seine Verachtung für die Fanatiker, unter denen auch er gelitten hatte, war offenkundig.

Weniger als eine Stunde später kam ein Bote und bat sie, Jordan in seinem alten unterirdischen Raum zu treffen. Jordans verschiedene Stützpunkte hatten sich zwangsläufig ausgeweitet und deckten jetzt verschiedene Teile der Stadt ab, trotzdem benutzte er sein ursprüngliches Hauptquartier noch immer für Zusammenkünfte heikler Art.

Als sie und Arden in den Raum geführt wurden, konnte sie ein leichtes Schaudern nicht vermeiden, als sie sah, daß die beiden Vandalen noch immer bei Jordan und Hewe waren.

Die Augen der beide graugekleideten Männer weiteten sich deutlich, als sie hereinkam, und der jüngere der beiden wurde sichtlich bleich. Ein paar Augenblicke lang rührte sich niemand, und keiner sprach.

»Dies sind Gemma und Arden«, meinte Jordan schließlich. Seine tiefe Stimme klang so sanft wie immer.

Die Vandalen erwiderten die Begrüßung mit einem Nikken, ihre Augen verrieten jedoch, daß die Vorstellung überflüssig gewesen war.

»Diese beiden Gentlemen sind Galar und Tomas«, fuhr Jordan ruhig fort. »Sie haben mir berichtet, daß sich die Haltung innerhalb ihrer Organisation geändert hat. Wie es scheint, ist einigen von ihnen ein Licht aufgegangen, und Reisende aus dem Norden werden nicht mehr automatisch als Feinde betrachtet.«

Und jetzt hast du beschlossen, ihre Entschlossenheit dadurch auf die Probe zu stellen, daß du mich ihnen vorführst! dachte Gemma, die nicht sicher war, ob sie verärgert oder amüsiert sein sollte. Sie sagte nichts.

»Zum Zeichen ihrer Freundschaft haben sie etwas mitgebracht, das dich vielleicht interessiert, Gemma.« Jordan zeigte auf einen Beutel, den man auf einen niedrigen Tisch gelegt hatte. Gemma machte sich nicht die Mühe, hineinzusehen. Sie wußte bereits, was er enthielt.

»Drachenblumensamen«, sagte sie leise.

Die jüngere der Vandalen, Tomas, setzte zu einer Erklärung an, verhaspelte sich aber dabei.

»Sie sind eine unschätzbare Hilfe in der Heilkunst«, begann er. »Wenn man sie mit … wenn man sie richtig … richtig angewendet, kann man …«

»Ich weiß, wozu man sie benutzen kann«, unterbrach Gemma ihn. Diesmal klang ihre Stimme sicherer. Arden hatte eine Salbe aus diesen Samen benutzt, um Gemmas Brandwunden zu heilen, nachdem er sie beim Herumirren durch die Diamantenwüste gefunden hatte. »Ich weiß aber auch, wozu man sie mißbrauchen kann.«

In übertrieben hohen Dosen erzeugten die Samen schlimme Träume und wilde Halluzinationen. In den früheren und degenerierten Zeiten waren sie bei den Reichen und Dekadenten in Great Newport zu ebendiesem Zweck weit verbreitet gewesen. Mehr noch, Gemma war davon überzeugt, daß die Grauen Vandalen dabei mitgeholfen hatten, diesen Markt zu beliefern. Jetzt meldete sich Galar zu Wort.

»Es ist richtig, daß wir in der Vergangenheit von diesem Mißbrauch profitiert haben«, gestand er freimütig. »Doch das wird nicht mehr vorkommen. In meiner Sekte haben sich viele Dinge geändert – dies ist nur eins davon. Wir bieten dir dieses Geschenk als Zeichen unseres guten Willens an.«

Des weiteren erklärte er, die Organisation der Grauen

Vandalen sei von gewissen unerwünschten Elementen gesäubert worden.

»Sie hatten unsere ursprünglichen Ziele aus den Augen verloren und haben uns für ihre persönlichen Zwecke mißbraucht. Jetzt, da sich die Dinge in Cleve ändern, können wir ein derartiges Verhalten nicht mehr dulden.«

Arden schnaubte verächtlich.

»Ihr habt also aufgehört, aus dem Elend anderer Gewinn zu schlagen!« meinte er giftig. »Na und! Eure *ursprünglichen* Ziele bestanden doch darin, so viele unschuldige Reisende zu töten wie nur möglich. Und dahin kehrt ihr jetzt wieder zurück? Und wir sollen euch dazu noch beglückwünschen?«

Gemma spürte, wie er neben ihr vor Wut bebte. Er funkelte Galar wütend an.

»Aber nein!« platzte Tomas heraus, wurde dann aber durch eine Geste seines Vorgesetzten zum Schweigen gebracht.

»Ich will nicht abstreiten, daß dein Vorwurf eine gewisse Berechtigung hat«, sagte Galar.

»Wie großzügig!« erwiderte Arden voller Sarkasmus.

»Bitte, laß mich ausreden«, bat Galar. »Ich weiß, daß ihr beide unter den Grauen Vandalen gelitten habt, aber ich war – wie andere auch – gegen die widerliche Gewalt, für die viele von uns eingetreten sind.«

»Und warum bist du dann immer noch ein Vandale?« fragte Gemma scharf.

»Weil ich immer noch der Ansicht bin, daß die Kraft, die Reisende wie dich in dieses Land ruft, böse ist«, entgegnete er ernst. Eine solch überraschende Aussage aus diesem Mund gab Gemma und Arden zu denken. Die Vandalen als mögliche Verbündete zu sehen, war ihnen neu. Sie warfen sich einen Blick zu, dann warteten sie schweigend, daß Galar fortfuhr.

»Wir hätten die ganze Zeit längst nach der *Wahrheit* suchen müssen. Die findet man nicht, wenn man Menschen tötet. Ich glaube, bei denen, die hierhergerufen werden, handelt sich um die unschuldigen Opfer unseres *tatsächli-*

chen Feindes. Davon habe ich – endlich – die meisten meiner Mitstreiter überzeugen könen.«

»Und die übrigen?« wollte Arden wissen, und seine Stimme klang hart wie Stahl.

»Wir gehen getrennte Wege«, erwiderte der Vandale. »Das sind jetzt Abtrünnige, Gesetzlose, die auf ihrer Idiotie beharren.«

»Welcher Gruppe hat sich Aric angeschlossen?« wollte Gemma plötzlich wissen.

»Aric ist tot«, antwortete Galar, der wußte, daß dieser Mann es war, der Gemma gefangenommen hatte. »Seine Stellvertreter jedoch, Wray und Yarat, sind entkommen, und sie gehören tatsächlich zu den Gesetzlosen. Was wir jetzt benötigen«, fuhr er fort, »ist Zusammenarbeit. Wir müssen unser Wissen und unsere Mittel zusammenlegen, damit wir unseren gemeinsamen Feind besiegen können. Wegen dieses Angebots sind wir hergekommen.«

Gleich nachdem Hewe die beiden Vandalen aus dem Raum begleitet hatte, wandte Gemma sich an Jordan.

»Können wir ihnen vertrauen?« wollte sie wissen.

»Meiner Ansicht nach ja«, erwiderte er ernst, »aber ich werde nicht darauf verzichten, die nötigen Vorsichtsmaßnahmen zu ergreifen.«

»Bei den Göttern!« platzte Arden heraus. »Einfach so? Sie kommen hier reinspaziert und sagen – tut uns schrecklich leid, wir haben uns getäuscht, von jetzt an wird alles anders – und das glaubst du denen?«

»Nein«, antwortete Jordan mit aufreizender Gelassenheit. »Natürlich werde ich zusätzliche Beweise ihrer guten Absichten verlangen. Aber die Anzeichen sind tatsächlich ermutigend. Sie sind unbewaffnet hergekommen – mit einem echten Friedensangebot. Was hätten sie zu gewinnen, wenn sie Verrat im Sinn hätten? Sie haben sich mir gegenüber offen verhalten, und ich habe ihnen im Gegenzug nichts gegeben. Überleg doch, welche Möglichenkeiten sich bieten, wenn ihr Angebot tatsächlich ernst gemeint ist. Können wir es uns leisten, es auszuschlagen?«

»Ein ziemlich großes ›wenn‹.« Arden war mürrisch geworden.

»Das stimmt.«

»Und was haben sie zu dir über das Lichtlose Königreich gesagt?« ereiferte er sich mit Rücksicht auf seine Freunde.

»Ich denke, ich habe ihnen unseren Standpunkt ganz vernünftig klarmachen können«, meinte er mit einem schiefen Grinsen. »Galar hat sich einverstanden erklärt, die Feindseligkeiten einzustellen und wird sofort mit dem Rückzug aus den Höhlen beginnen.«

Arden war erstaunt.

»Das glaube ich erst, wenn ich es sehe«, meinte er tonlos.

»Ich auch«, sagte Jordan. »Und wirklich erst dann. Hält er Wort, ist das ein Zeichen für seine tatsächlichen Absichten.«

»Klingt zu schön, um wahr zu sein«, meinte Gemma ruhig und ließ sich auf einen Stuhl fallen.

»Das wollen wir nicht hoffen«, gab Jordan zurück.

In den darauffolgenden Tagen deutete alles darauf hin, daß Galar tatsächlich ernst machte. Weitere Geschenke trafen ein, es gab keinerlei Berichte über Gewalttaten, und mehrere gesetzlose Vandalen wurden vor Gericht gestellt. Vor allem kam aus dem Lichtlosen Königreich die Kunde, daß die Soldaten tatsächlich die Höhlen unter der Wüste räumten.

Gemma nahm die Drachenblumensamen an – und war dankbar dafür. In geringfügigen Dosen war die Droge insoweit bemerkenswert, als sie die Heilung beschleunigte und jene Kräfte wiederherstellte, die für die Genesung so wichtig waren. Trotzdem, jedesmal, wenn sie einen grau gekleideten Krieger zu Gesicht bekam, konnte sie sich eines bangen Schauderns nicht erwehren. Instinktiv scheute sie vor den Bildern zurück, die sie in ihrem Kopf hervorriefen.

Doch schon kurz darauf bekam sie es weit beunruhigenderen Visionen zu tun.

8. KAPITEL

Anfangs waren ihre Träume durchaus harmlos, doch schon bald begannen ihre wiederkehrenden Themen sie zu beunruhigen. Nachts wachte sie regelmäßig auf und unterbrach den Schlaf, den sie so dringend nötig hatte. Anfangs genügte es, Ardens friedlich schlummerndes Gesicht ganz dicht neben sich zu sehen, um ihre Ängste zu mildern. Später jedoch, als ihre Träume sich in unergründliche Alpträume verwandelten, mußte er sie in die Arme nehmen, um sie zu beruhigen. Arden beklagte sich nie darüber, in diesen dunklen Stunden geweckt zu werden, und drückte sie fest an sich.

»Was ist?« fragte er dann verschlafen.

»Nichts. Bloß ein Traum«, lautete gewöhnlich Gemmas Antwort.

Doch mit der Zeit sah Arden die Angst und Erschöpfung in ihren Augen und konnte sie nach einer Weile dazu überreden, ihm so viel wie möglich von ihren nächtlichen Visionen zu erzählen.

»So kann das nicht weitergehen«, meinte er entschieden. »Du mußt mir erzählen, was dich bedrückt. Dazu bin ich schließlich da.« Er sah sie mit einem schiefen Lächeln an, doch Gemma sagte nichts. »Du brauchst deinen Schlaf«, fuhr er fort. »Den brauchen wir beide. Wenn du nicht aufpaßt, verausgabst du dich völlig.«

»Ich bin auch in den Träumen immer so müde«, gestand Gemma. »Jede Bewegung ist eine Qual.«

»Du arbeitest zu hart«, stellte Arden trocken fest. »Mir ist gleich, wie sehr du gebraucht wirst. Du mußt anfangen, an dich selbst zu denken.«

»Bald«, erwiderte sie, »aber jetzt noch nicht. Ich kann die Kinder jetzt nicht im Stich lassen.« In den letzten Tagen galt ihre besondere Sorge einer Krankenstation mit ganz kleinen Kindern, fast noch Babies, die sich eine bösartige Krankheit zugezogen hatten. Sie bedrohte ihr Augenlicht, und in den schlimmsten Fällen sogar ihr Leben. Lange Stunden geduldigen Bemühens und harter Arbeit hatten einigen von ihnen Heilung gebracht, doch in mehreren Fällen waren Gemmas spezielle Fähigkeiten lebensnotwendig gewesen. Mittlerweile ging die Epidemie zurück, doch ihre endgültige Niederlage war noch immer ein gutes Stück entfernt. Bis dahin wollte sie weitermachen – und Arden wußte das.

»Also gut«, räumte er ein. »Aber hol dir soviel Hilfe wie möglich. Und erzähl mir, was dich in all diesen Nächten so plagt.«

Gemma war eine Weile still und sammelte ihre Gedanken.

»Anfangs waren sie den Träumen ganz ähnlich, die ich von dir im Lichtlosen Königreich hatte«, meinte sie schließlich. »Aber dann kehrte ich immer wieder in diese Höhle mit dem Pilz zurück. Wie hast du sie doch gleich genannt?«

»Soulskeep.«

»Mit diesem Götterbildnis an der Wand ...«

»Dem Gott des Unterirdischen. Rael.«

»In meinen Träumen fing das Bild sich an zu bewegen, und dann wurde es *wirklich*. Es war riesig und kam immer näher, bis es mich überragte. Es war entsetzlich – als wäre der Erd-Geist erwacht und würde mich beobachten, mich verschlingen. Ich kam mir so klein, so hilflos vor ...« Ihre Stimme versagte, und sie mußte mühsam schlucken, bevor sie weitersprechen konnte. »Aber das Schlimmste kam erst noch. Rael zerbrach in Stücke, die in alle Richtungen auseinanderflogen, und hinterließ eine gewaltige, schwarze Leere. Es war ein fürchterliches Gefühl für mich, so, als wäre ich selbst genauso leer.« Sie schüttelte sich.

»Warum hast du mir nicht früher schon davon erzählt?« fragte Arden ruhig und strich ihr übers Haar.

»Weil ich dachte, Träume könnten mir nichts anhaben«, antwortete sie und vermied es, ihn anzusehen. »Es ergab keinen Sinn, außerdem hast du deinen Schlaf ebenso gebraucht wie ich. Das hast du selbst gesagt«, fügte sie lahm hinzu.

»Du bist verrückt«, meinte er zärtlich. »Glaubst du wirklich, ich könnte so egoistisch sein, wenn es um dich geht?«

»Nein. Aber ...«

»Kein Aber!« unterbrach er sie. »Was diese Bilder bedeuten, weiß ich nicht, aber vielleicht hilft es schon, wenn man darüber spricht. Und vielleicht weiß jemand anderes, was sie bedeuten.«

»Wer denn?« fragte Gemma hoffnungsvoll.

»T'via«, schlug er vor. »Ich werde Jordan bitten, Verbindung zu ihr aufzunehmen.«

»Daran hatte ich nicht gedacht«, gab sie zu.

»Du bist hier nicht die einzige, die etwas im Kopf hat«, gab er grinsend zurück. »Und jetzt schlaf weiter.«

»Ich habe dir noch nicht alles erzählt.«

»Dann los!«

»In dem Traum ... in diesen Höhlen habe ich den Gesang der Sirenen gehört.«

Arden richtete sich auf.

»Bist du sicher, daß es im Traum war und nicht in Wirklichkeit?« fragte er besorgt.

»Ja. Seit ich hier bin, habe ich den echten Ruf nicht mehr gehört – das weißt du doch.«

»Den Göttern sei Dank für jede kleine Wohltat«, seufzte er.

»Aber warum sollte ich ihn dort unten hören?« Gemma war verwirrt. »Wieso sollte er etwas mit dem Lichtlosen Königreich zu tun haben?«

»Alles hängt irgendwie zusammen«, entgegenete er. »Das hast du mir selbst gesagt. Du mußt nur immer daran denken, dem nicht nachzugeben.«

»Aber im Traum kann ich mich nicht dagegen wehren«, erklärte sie ihm. »Ich drehe immer sofort nach Süden ab.«

»Oh.«

»Ich kann nichts dagegen tun«, protestierte sie abwehrend. »Und in diesem Augenblick begegne ich dir.«

»Das sollte eigentlich helfen!« Er mußte grinsen.

Gemma antwortete nicht. Sofern das überhaupt möglich war, wurde sie eher noch verzweifelter.

»Würde es auch, wenn du real wärst«, meinte sie leise, »aber sobald ich dich berühre, verwandelst du dich in einen

Elementalen und fliegst davon.« Tränen traten ihr in die Augenwinkel, und sie schüttelte sich. Arden nahm sie noch fester in seine Arme und schmiegte sich an sie.

»Ich bin wirklich«, flüsterte er ihr ins Ohr. »Ich bin wirklich.«

Ein paar Augenblicke später fragte er: »War da sonst noch etwas?« Er wollte sichergehen, daß sie ihm alles gesagt hatte.

»Nur eins noch«, erwiderte Gemma, »und das ist sogar noch verwirrender.« Sie hielt inne. »Mehrere Male habe ich die kleine Gemma gesehen, Mallorys Tochter.«

»Aber sie ist doch noch nicht einmal geboren!«

»Ich weiß. Trotzdem habe ich sie gesehen. Das eigentlich Seltsame ist, während ich mich in den Höhlen befinde, ist sie in den Bergen ...oder ist es umgekehrt? ...aber irgendwie sind wir doch immer zusammen.« Wieder hielt Gemma inne, diesmal runzelte sie die Stirn.

»Das läßt sich leicht erklären«, erwiderte Arden voller Überzeugung. »Du möchtest ins Tal zurück, um das Baby zu sehen.«

Gemma sah ihn an, und neue Hoffnung keimte in ihren Augen.

»Wir werden aufbrechen, sobald du die Kinder beruhigt verlassen kannst«, erklärte er entschlossen. Gemma überkam eine Woge von Glück. »Und jetzt ruh dich etwas aus.«

Augenblicke später waren die beiden fest eingeschlafen und lagen sich geborgen in den Armen.

Jetzt, da der Gedanke geboren war, stärkte die Vorstellung, in das Tal zurückzukehren, immer wieder Gemmas sinkenden Mut. Wann immer ihre ständige Müdigkeit in Erschöpfung auszuufern drohte, schwelgte sie in Vorfreude auf eine schöne und erholsame Zeit. Trotzdem verfolgten die Träume sie weiterhin, und sie war oft gereizt. Arden verbracht immr mehr Zeit an ihrer Seite und mußte sich einen Stellvertreter für seine Aufgaben suchen. Er entwickelte sich zu einem tüchtigen Krankenpfleger und zum besonderen Liebling der jungen Patienten.

Die Erleichterung darüber, daß das Ende ihrer Qualen näherkam, sowie Ardens tröstliche Unterstützung halfen Gemma. Zu ihrer großen Freude stimmte Jordan ihren Plänen hocherfreut zu.

»Du hast hier mehr als genug getan«, war seine Meinung. »Mehr, als wir jemals wiedergutmachen können. Eine Reise ins Tal wird euch beiden sehr guttun – und ich würde mich über ein paar Nachrichten aus diesem Teil der Welt freuen.« Er hielt inne, dann fügte er hinzu: »Auf jeden Fall solltest du dort sein, Gemma, wenn deine Namensschwester geboren wird.«

»Das denke ich auch«, meinte Gemma und erwiderte sein Lächeln.

Kurz nach diesem Gespräch erwartete sie eine weitere Überraschung.

»Ich werde euch begleiten«, meinte Hewe grinsend. »Ich habe Mallory versprochen, dich rechtzeitig zurückzubringen, und ich wage es nicht, ihr gegenüber mein Wort zu brechen.«

»Das ist wunderbar!« rief Gemma begeistert und nahm den großen, starken Mann rasch in die Arme.

»Vorsicht«, flüsterte er ihr für alle deutlich hörbar zu. »Sonst wird Arden eifersüchtig.«

»Auf dich?« gab Arden zurück. »Das möchte ich sehen!«

»Außerdem können wir auf dem Weg Adria besuchen«, fuhr Hewe fort. »Wir haben schon eine Weile nichts von ihr gehört, und es wäre schön zu hören, wie es ihr jetzt geht. Außerdem weiß *sie* wenigstens meinen wahren Wert zu schätzen.«

Gemmas Stimmung wurde immer besser. *Die Verborgene,* dachte Gemma. *Welche Geheimnisse wird sie mir diesmal offenbaren?*

Gemma war etwas über drei Monate in Great Newport geblieben, und der Sommer ging allmählich in den Herbst über, als sie schließlich einsah, daß die Kinder sie nicht länger brauchten. Trotzdem fiel ihr der Entschluß schwer, doch als er einmal gefaßt war, war das Gefühl der Erleichterung fast überwältigend.

Jordan hatte sie gefragt, ob sie für die Reise eine Eskorte benötigten, doch sowohl Arden als auch Hewe zogen es vor, ohne viel Ballast zu reisen.

»Außerdem haben wir eine Hexe bei uns, die uns beschützt«, erklärte Hewe grinsend.

Das Trio verließ Great Newport trotzdem nicht allein. Gemma erläuterte den Meyrkats ihre Pläne, und der Clan, der wußte, daß das Tal nicht der richtige Ort für sie war, beschloß, J'vinas Einladung von früher anzunehmen und in den Großen Bau zurückzukehren. So wollten sie also gemeinsam bis zum Eingang des Lichtlosen Königreiches reisen – danach würden die Menschen alleine weiterziehen.

Nach drei Tagen gemächlichen Reisens hatten sie das felsübersäte Tal erreicht. Der Abschied vom Clan fiel Gemma schwer, doch die Tiere waren bester Dinge, und sie sehnte sich nach der Ruhe des Tals. Sie zweifelten nicht daran, daß sie einander wiedersehen würden. Schweigend sah Gemma zu, bis der letzte ihrer Schwänze im steinernen Labyrinth verschwunden war, wo sich der Eingang verbarg.

»Sie bedeuten dir verdammt viel, hab' ich recht?« meinte Hewe, als sie Richtung Osten schwenkten.

»Ja. Jetzt weiß ich, warum die Zauberer meiner Heimatinsel so an ihren Vertrauten gehangen haben.« Gemma sah kurz zu Arden hinüber, doch der verkniff sich einen Kommentar. »Auf diese Weise kommunizieren zu können, hat etwas ganz Besonderes. Ich kann es nicht richtig erklären.«

»Ich glaube, mir wäre es gar nicht so recht, wenn immer jemand wüßte, was ich denke«, bemekte Hewe.

»O nein, man gibt nichts ungewollt preis«, erklärte sie ihm. »Nur ausgesandte Gedanken können richtig verstanden werden, alles andere dringt nur als undeutliches Gefühl durch – wenn überhaupt. Ich habe lange gebraucht, bis ich mich richtig wohl damit gefühlt habe.«

Sie unterhielten sich eine Weile, während ihre Pferde sich mühsam weiterschleppten, die Nordspitze der Diamantenwüste durchquerten und auf die Küstenstraße zuhielten.

»Du bist sehr schweigsam«, meinte Hewe später zu Arden.

»Ich denke nach«, antwortete er und rang sich ein Lächeln ab. »Über das Lichtlose Königreich. Ich hätte gerne vor unserem Aufbruch etwas von T'via gehört.«

Die Nachrichten, die sie erhalten hatten, waren ermutigend gewesen. Es hieß, die Grauen Vadalen zögen ab, und man berichtete von dem allgemeinen Fortschritt der Expedition nach Süden, doch vom Gemmas Traumbildern war nicht die Rede.

»Sie haben schon zu viel zu tun, auch ohne meine Alpträume zu deuten«, meinte sie.

»Ich weiß. Trotzdem ...«

Hewe unterbrach sie.

»Was in aller Welt ist dort drüben los?« rief er aus und neigte nach vorn.

Als die anderen hinsahen, erkannten sie in der Ferne zwei Männer auf Pferden. Sie ritten auf und ab, galoppierten ein paar Sprünge, rissen dann die Pferde in die Höhe, ließen deren Hufe durch den Sand schliddern, bevor sie in die entgegengesetzte Richtung davonschossen – nur um das Schauspiel zu wiederholen. Das schwache Echo ihrer verärgerten Rufe wehten über die Wüste heran. Das ganze Spektakel war so lächerlich, daß Hewe und Arden anfingen zu lachen, Gemma jedoch hatte etwas gesehen, was die anderen nicht mitbekommen hatten: ein eigenartiges, trugbildähnliches Flimmern, daß um ihre Pferde herum zu tanzen schien. Außerdem trugen die Reiter Grau – und wirkten unangenehm vertraut.

»Vandalen«, warnte Gemma.

Ardens Blick verengte sich.

»Den Dünnen habe ich schonmal irgendwo gesehen«, sagte er, inzwischen ernst geworden.

»Das ist Wray, nicht wahr?« erwiderte sie.

Arden nickte.

»Und der andere ist Yarat«, fuhr Gemma fort. »Die beiden sind gefährlich!«

»Ich glaube, im Augenblick achten sie nicht sonderlich auf

uns«, meinte Hewe. »Sie versuchen bloß, sich auf ihren Pferden zu halten. Sollen wir nicht etwas näher heranreiten?«

Sie ritten ein Stück weiter, trotz ihrer bösen Ahnungen neugierig geworden.

»Da ist etwas ...« setzte Hewe an.

»Jetzt sehe ich es auch!« rief Arden. »Ein Elementaler?«

»Nein. Das ist etwas anderes«, widersprach Gemma. Sie war ziemlich sicher, daß das flirrende Bild kein Produkt eines elementalen Geschöpfes war, verspürte aber dennoch einen unerklärlichen Widerwillen, herauszufinden, worum es sich tatsächlich handelte.

Jetzt waren sie nahe genug, um den Schweiß auf der Pferdehaut glänzen zu sehen, ihre schäumenden Nüstern und den wilden Blick in ihren Augen. Die Reiter klammerten sich mit letzter Kraft an sie, während die Rösser bockten und sich im Kreis drehten. Schließlich bemerkten sie die Neuankömmlinge. Ihre Reaktion war – gelinde gesagt – seltsam.

Yarat verdrehte die Augen gen Himmel und schrie, als litte er unter Todesqualen. Als sein Pferd sich aufbäumte, stürzte der dicke Kerl zu Boden und landete unglücklich. Scheinbar hatte sie sich alle Glieder ausgerenkt. Wray erging es etwas besser, da er leichter und beweglicher war, trotzdem schrie er ihnen erst Unflätigkeiten zu, um sie dann verzweifelt anzuflehen.

»Schluß! Schluß damit!« schluchzte er. »Töte uns, Dämon – mach ein Ende.« Er nahm eine Hand von den Zügeln, zeigte auf Arden und brüllte: »Ich kann dich kein zweites Mal töten! Warum quälst du uns so?«

Sein Pferd bockte erneut, Wray jedoch gelang es, seinen Sturz zu kontrollieren, und er glitt unverletzt zu Boden. Bevor sie reagieren konnten, geschah etwas mit der Luft vor ihnen. Wo eben noch nichts gewesen war, wurde es dunstig. Langsam entstand ein Bild und wurde unter ihren Blicken immer wirklicher. Diesmal waren sie es, die das Entsetzen packte.

Arden stand sich selbst von Angesicht zu Angesicht gegenüber.

9.
KAPITEL

»Was *bist* du?« fragte Arden tonlos.

»Genau das versuche ich gerade herauszufinden«, antwortete sein Gegenüber. Es klang sehr sachlich.

Gemma begann zu zittern, als sie die Stimme hörte. Es war zwar Ardens Stimme, klang aber irgendwie hohler.

Wray schaute vom Boden hoch, starrte einen Augenblick lang ins Leere und fing wie ein Irrer an zu lachen.

»Jetzt sind sie zu zweit!« keuchte er.

Arden drehte sich zu Gemma und Hewe um.

»Was *ist* das?« fragte er leise. Doch beiden hatte es zu sehr die Sprache verschlagen, um zu antworten.

Dann meldete sich die Erscheinung erneut zu Wort.

»Ich habe versucht, herauszufinden, wer ich bin«, wiederholte sie, »doch ich schwinde bereits dahin.« Ardens Doppelgänger hob seine rechte Hand. »Seht doch! Ich kann glatt durch mich hindurchsehen. Wenn ich nicht dahinterkomme ...« Er hielt inne. Dann zeigte er vorwurfsvoll mit dem Finger auf die gestürzten Vandalen. »*Die* kennen mich, wollen es mir aber nicht verraten. Deswegen bin ich ihnen gefolgt.« Er klang jetzt verärgert. »Die Pferde sind fortgelaufen. Sie laufen mir *ständig* fort. Selbst die ersten, kurz, nachdem der Nebel sich gelichtet hatte ...« Er sah die drei nacheinander an, während ihre Pferde unruhig auf der Stelle traten. »Könnt *ihr* mir vielleicht helfen?«

»Bist du sicher, daß es kein Elementaler ist?« fragte Hewe leise. Die Antwort kam unerwarteterweise von Wray.

»Natürlich nicht! Glaubt ihr vielleicht, ich würde mit einem einzelnen Elementalen nicht fertig werden?« Er klang ernsthaft entrüstet.

»Aber was dann ...«, setzte Hewe an, wurde aber unterbrochen – seinen beiden Freunden war gleichzeitig die Erklärung für die beunruhigende Erscheinung gekommen.

»Die schwebende Stadt!« rief Arden.

»Als sie dich durch den Raum, aber nicht durch die Zeit bewegt hat«, beendete Gemma für ihn den Satz.

»Wynut sprach davon, es könnte später Schwierigkeiten geben«, bemerkte Arden.

»Offensichtlich hat er recht behalten«, kommentierte Hewe trocken.

»Wovon redet ihr überhaupt?« wollte der Geister-Arden voller Argwohn wissen.

»Wenn ich dir verrate, wer du bist, würdest du dann friedlich verschwinden?« erwiderte Gemma.

Der Geist nickte langsam, einen Hoffnungsschimmer in den bedrückend vertrauten Augen.

»Du warst früher mal ein Mann mit dem Namen Arden«, erklärte Gemma ihm. »Doch der ist aus dieser Zeit verschwunden.« Sie fuhr fort, ohne sich der höchst seltsamen Blicke bewußt zu sein, die ihr ihre Gefährten zuwarfen. »Es ist richtig, daß du schwindest – du wirst danach viel glücklicher sein. Du weißt bereits, daß Zeit und Raum für dich kein Hindernis sind.«

Die Erscheinung nickte erneut und machte dann ein verlegenes Gesicht.

»War ich ein guter Mensch ... als ich real war?« erkundigte er sich leise.

»Der Beste«, gab sie mit einem Kloß in der Kehle zurück. Er lächelte erleichtert. »Ich hatte mich schon gewundert ... weil die Pferde mir ständig fortliefen.«

»Geh jetzt«, sagte Gemma. Ihre Stimme klang freundlich, aber entschieden.

»Danke.« Er lächelte.

Dann löste sich die Erscheinung vor ihren Augen auf. Es handelte sich nicht um eine elementale Transformation, sondern um etwas wesentlich Grundlegenderes. Der zweite Arden war mit der Unmöglichkeit seines eigenen Seins konfrontiert worden und schwand daher zu einem zeitlosen Nichts dahin. Die Luft über ihnen war schon bald darauf wieder klar, und nur ein letztes, von Wind verwehtes Echo blieb, als der Geist seinen Namen wiederholte. Dann verschwand auch er in Vergessenheit.

Gemma mußte heftig schlucken und hatte Mühe, ihre Tränen zu unterdrücken, während Arden sich wie unter Krämpfen schüttelte. Die beiden stiegen rasch ab und fielen sich in die Arme.

»Alles in Ordnung?« erkundigte er sich leise.

»Ich glaube ja. Und bei dir?«

»Ich fühle mich sehr merkwürdig«, gestand er. »Es geschieht nicht oft, daß man seinem eigenen Geist begegnet.«

Hewe war ebenfalls abgestiegen und näherte sich jetzt mit dem Schwert in der Hand den beiden am Boden liegenden Vandalen. Als er Yarat erreicht hatte, rief er über die Schulter nach hinten: »Was sollen wir mit den beiden hier machen?« Als er keine Antwort erhielt, beugte er sich über den reglosen Körper. »Er hat sich das Genick gebrochen«, verkündete er und drehte sich dann zu Wray um. »Vielleicht sollte ich den hier ebenfalls fertigmachen.«

»Nein!« rief Gemma, die nicht sicher war, ob Hewe es ernst meinte oder nicht.

Wray hob den Kopf und sah Arden an.

»Du bist *wirklich*», meinte er langsam. Der Irrsinn flakkerte in seinen Augen.

»Wenn die Leute doch endlich aufhören würden, überrascht zu klingen, wenn sie das sagen«, meinte Arden zum Spaß.

Plötzlich rappelte Wray sich auf, und Hewe straffte sich, das Schwert in der Hand bereithaltend.

»Du bist für mich kein Gegner!« kreischte Wray. »Dieses *Ding* hier überlebt vielleicht einen Stich ins Herz, *du* aber bestimmt nicht!« Er klang überdreht. »Du hast mir die Arbeit abgenommen!«

»Vergißt du nicht, daß wir zu dritt sind, und du nur einer?« fragte Hewe.

»Genau da täuscht du dich«, brüllte der Vandale. »Ich habe Freunde!« Er hob dramatisch die Arme und brüllte, machte aber keine Anstalten, sein Schwert zu ziehen. Plötzlich tauchten aus dem Sand rings um ihn blaue Fetzen auf, stiegen langsam in die Luft und fingen an, zu tanzen. Innerhalb weniger Augenblicke war der Kreis der Elementalen komplett.

»Ich bin unbesiegbar!« lachte Wray keckernd. »Und ich kann euch ganz nach Belieben verschwinden lassen.« Er drehte Hewe den Rücken zu und ging bedrohlich auf die anderen zu. Die Elementalen bewegten sich mit ihm wie ein riesiger, blauer Schild.

»Ich hätte euch beide längst umbringen sollen«, meinte er hämisch, »aber jetzt werde ich es um so mehr genießen. Kniet nieder und fleht um Gnade – oder meine Elementalen werden euch vernichten.«

Zu Wrays völliger Verblüffung fing Arden bloß an zu lachen.

»Das glaube ich kaum«, meinte er ruhig, dann machte er einen Schritt nach vorn, mit Gemma an seiner Seite.

»Tod der Teufelsbrut!« kreischte Wray. »Verbrennt!«

Gemma und Arden traten völlig ohne Angst in die blauen Flammen hinein. Sofort spürten sie den Widerwillen, den die Elementalen wegen Wrays Herrschaft über sie empfanden, und sie spürten deutlich, daß sie sich nach Freundschaft sehnten – was der Vandale nie begreifen würde.

Sie blieben nur wenige Schritte vor dem verstörten Wray stehen. Arden lächelte.

»Diese Geschöpfe sind meine Freunde«, stellte er ruhig fest. »Und ich lasse sie hiermit frei.«

Eine Woge der Freude und Wärme durchzog ihn. Die Elementalen begannen wild zu tanzen, schwebten in den Himmel, flogen fort und kehrten noch einmal zurück, bevor sie völlig verschwanden.

»Nein!« Wrays gequälte Stimme brach. »Kommt zurück!« Er versuchte, nach seinem Schwert zu greifen, spürte jedoch, wie die Spitze eines anderen Schwertes locker in seinen Nacken gelegt wurde.

»Das würde ich an deiner Stelle bleiben lassen«, riet Hewe mit eiskalter Stimme.

Die Knie des Vandalen gaben nach, und er stürzte zu Boden, wo er – gebrochen und entkräftet – schluchzend liegenblieb.

Hewe nahm ihm das Schwert fort.

»Mit euch beiden unterwegs zu sein ist aufregender, als ich gehofft hatte«, kommentierte er trocken. »So einen Auftritt habe ich nicht mehr gesehen seit ... seit ...« Die Erinnerung verließ ihn.

»Und das sind nur unsere Ferien«, meinte Gemma strahlend. »Stell dir nur vor, wie wir sind, wenn wir richtig in Fahrt kommen.«

»Ich hätte nichts dagegen, wenn der Rest unserer Reise *ein wenig* ruhiger verlaufen würde«, gab Hewe zurück. »Und was sollen wir bis dahin *hiermit* anfangen?« Er stieß den winselnden Haufen mit seiner Stiefelspitze an.

»Laß ihn laufen«, antwortete Gemma.

Die beiden Männer sahen sie erstaunt an.

»Er stellt für niemanden mehr eine Bedrohung dar«, erklärte sie. »Seht ihn euch doch an.«

»Aber er hätte dich getötet«, stellte Hewe klar.

»Hat er aber nicht.«

»Ja, aber ...«

»Was kann er denn jetzt tun?« wollte sie wissen. »Er ist alleine und hat keine Freunde. Yarat ist tot, und selbst die Elementalen, auf die er so stolz war, haben ihn verlassen. Wenn er nicht zur Vernunft kommt und versucht, seinen Frieden mit Galar zu schließen, wird er nicht lange überleben. Und wenn doch, wer weiß? Vielleicht erweist er sich sogar noch einmal als nützlich.«

Arden blieb skeptisch.

»Wie können wir ihm je vertrauen?« fragte er.

»Droh ihm einfach nur damit, wiederzukommen und ihn erneut heimzusuchen«, erwiderte sie grinsend. »Das sollte ihn zur Besinnung bringen!«

Wray, immer noch am Boden zerstört durch den betäubenden Verlust seiner Selbstachtung, wand sich zu ihren Füßen, als er ihren Vorschlag hörte.

»Ich tue alles«, murmelte er.

»Laß ihn hier«, sagte Gemma. »Unbewaffnet.«

Wray hob den Kopf. Sein Gesicht war feucht.

»Nicht hier, nicht mitten in der Wüste. Bitte.«

»Du befindest dich gerade mal ein paar Meilen von der Küstenstraße entfernt«, gab Arden angewidert zurück. »Außerdem gelingt es dir vielleicht, eines der Pferde einzufangen.«

»Wo kann ich denn hin?« Wieder fing er an zu weinen.

Arden wandte sich angeekelt ab.

»Meinst du wirklich, er könnte von Nutzen sein?« wollte Hewe von Gemma wissen.

»Er verfügt über gewisse Fähigkeiten. Vielleicht kann man ihm beibringen, wie er sie sinnvoll einsetzt«, gab sie zurück.

»Also schön.« Hewe bückte sich, riß Wray am Kragen hoch und funkelte ihn wütend an. Ihre Gesichter war nur eine Handbreit voneinander entfernt. Die Angst stand dem Vandalen deutlich in den Augen. »Hör zu, du Haufen Mist. Du verdienst es zwar nicht, trotzdem werden wir dir aber eine Chance geben. Du wirst nach Great Newport gehen, Jordan und Galar erklären, ich hätte dich geschickt und ihnen deine Hilfe anbieten. Verstanden?« Die Frage wurde von einem heftigen Schütteln begleitet, das Wray bejahendes Kopfnicken noch verstärkte. »Ich werde bald wieder dort sein, und sollte ich *irgend etwas* Unangenehmes über dich hören, bist du tot. Habe ich mich klar ausgedrückt?«

Wray nickte erneut.

»Wie komme ich zu Jordan?« fragte er leise.

»Ich gebe dir ein Schreiben mit«, antwortete Hewe und stieß ihn dann heftig von sich.

»Ist das klug?« wollte Arden wissen.

»Es wird verschlüsselt sein«, antwortete Hewe. »Wenn er das Schreiben benutzt, wird Jordan sich ein vollständiges Bild machen können, unabhängig davon, was Wray ihm vielleicht erzählen möchte. Wenn nicht, kommt er nicht einmal durch die Stadtmauer.«

Während Hewe zu seinem Pferd hinüberging, um seine Nachricht aufzuschreiben, blieb Wray vollkommen reglos sitzen und betrachtete nervös seine drei Bezwinger, als könnte er sein Glück kaum fassen. Hewe kam zurück und drückte ihm das Schreiben in die Hand.

Dann stiegen er und seine Freunde auf und ritten ohne ein

weiteres Wort davon. Als sie ein gutes Stück entfernt waren, warf Arden einen Blick zurück und sah, wie Wray langsam den Pferden, die durchgegangen waren, hinterherstapfte.

»Was meinst du, wird er tun?« fragte er.

»Er hat gar keine Wahl«, gab Hewe zurück.

»Hoffentlich geht er wirklich zu Jordan«, warf Gemma ein. »Ob es uns gefällt oder nicht, er befindet sich in einem der magischen Kreise – und am Ende werden wir *all* deren Hilfe brauchen. Von jedem einzelnen von ihnen.«

10. KAPITEL

Sie brauchten acht weitere – diesmal ereignislose – Tage, um Adrias abgeschiedenes Landhaus zu erreichen. Die weißhaarige alte Dame stand bereits vor ihrer Eingangstür und beobachtete, wie sie angeritten kamen. Als sie näherkamen, blickte sie ihre Gäste mit strahlenden Augen an.

»Wird aber auch langsam Zeit!« knurrte sie, machte dnn auf dem Absatz kehrt und humpelte, sich schwer auf ihren Stock stützend, ins Haus.

Arden machte ein überraschtes Gesicht. »Seid ihr sicher, daß wir willkommen sind?« fragte er unsicher.

Hewe, der die alte Dame recht gut kannte, mußte grinsen.

»Wenn sie uns überfreundlich empfangen hätte, dann hätte ich mich gefragt, ob irgend etwas nicht stimmt«, sagte er beim Absteigen. »Sie wirkt nach außen hin vielleicht widerborstig«, fuhr er deutlich hörbar fort, »doch sie hat ein Herz aus Gold.«

Als Antwort erhielt er ein einziges Wort aus dem Inneren des Hauses. Arden war schockiert, Gemma und Hewe jedoch brachen in Gelächter aus.

»Geht ihr zwei hinein«, befahl Hewe grinsend. »Ich werde mich um die Pferde kümmern.«

»Sind alle Verborgenen so?« erkundigte sich Arden.

»Wie soll ich das wissen?« antwortete Gemma. »Sie ist die einzige, die ich je kennengelernt habe.« Sie mußte grinsen, als sie sah, wie Arden beim Eintreten zögerte, und fragte, »Du fürchtest dich doch nicht etwa, oder?«

»Natürlich nicht! Nur, sie ist ... nicht ganz so, wie ich erwartet hatte. Du hast gesagt, sie sei weise – und sanftmütig ...«

»Aber das ist sie auch«, warf Gemma ein. »Komm, ich stelle dich ihr vor.«

Gemma hatte sich große Mühe gegeben, Arden zu erklären, daß eine Verborgene zwar selbst über keine nennenswerten magischen Fähigkeiten verfügte, sie aber bei anderen erkennen und gelegentlich verstärken konnte. Adria war es gewesen, die Gemma schließlich erstes Vertrauen in ihre eigenen Fähigkeiten gegeben hatte. Die Beschreibung hatte Arden beeindruckt, er hatte jedoch Schwierigkeiten, sie mit der alten, barschen Frau in Einklang zu bringen, der er gerade begegnet war. Er kam sich wie ein nervöser Schuljunge vor, als er Gemma ins Haus hinein folgte.

Sie nahmen nebeneinander auf einem bequemen Diwan Platz, während Adria es sich in einem Sessel gemütlich machte. Das Wohnzimmer duftete nach Kräutern, und im Kamin brannte trotz des heißen Tages ein kleines Feuer.

»Adria, das hier ist Arden«, begann Gemma.

»Ich weiß, wer das ist, Kind«, meinte die alte Dame. Ihre Stimme war durchdringend, aber nicht unfreundlich. »Man braucht euch zwei nur anzusehen, um zu wissen, daß ihr euch liebt.«

Arden wurde noch unbehaglicher zumute.

»Sieht man uns das *so deutlich* an?« fragte Gemma lächelnd.

»Wieso glaubt eigentlich jede Generation, sie sei die erste, die die Liebe entdeckt?« brummte Adria mit einem Zwinkern in den Augen. »Ich bin vielleicht alt, aber nicht blind.« Sie hob ihre runzlige Hand und zeigte auf Arden. »Du hast großes Glück, junger Mann. Irgend etwas an dir muß wunderbar sein, daß Gemma dich so liebt. Sie ist ein bemerkenswertes Mädchen – du solltest gut auf sie acht geben, oder du bekommst es mit mir zu tun. Unter anderem.«

»Ich schwöre, daß ich sie sehr liebe«, antwortete Arden augenblicklich und voller Gefühl. »Auf jede Macht, die du willst.«

»Er ist in Ordnung«, meinte sie.

»Davon bin *ich* überzeugt«, erwiderte Gemma, ergriff seine Hand und drückte sie sanft. »Wir waren lange genug getrennt, um uns ganz sicher zu sein.«

»Und jetzt wollt ihr die verlorene Zeit aufholen«, meinte Adria dazu.

»Wie meinst du das?« fragte Arden. Er war peinlich berührt, glaubte aber trotzdem, nachfragen zu müssen.

Adria sah ihn unter ihren gesenkten Brauen hervor an.

»Du weißt ganz genau, was ich meine! Und ich glaube nicht, daß du irgendeinen Gedanken auf die Folgen verschwendet hast«, meinte sie trocken.

»*Welche* Konsequenzen?«

Die alte Frau richtete den Blick verzweifelt gen Himmel. »Kinder!« sagte sie »Es wäre nicht sonderlich praktisch, wenn Gemma gerade jetzt schwanger werden würde, oder?«

Gemma war es, die das darauffolgende Schweigen brach.

»Du hast recht. Wir haben beide nicht darüber nachgedacht«, gab sie zu und wunderte sich über den Verlauf, den das Gespräch genommen hatte. Der körperliche Ausdruck ihrer Liebe war ihr als etwas ganz Normales vorgekommen – er ließ sich weder leugnen noch in Frage stellen. Um so klarer wurden ihr jetzt die möglichen Folgen gedankenloser Wonnen.

»Nun, um so besser, daß du gar nicht kannst«, sagte Adria.

»Ich kann nicht?« Eine zweite Besorgnis löste die erste ab in Gemmas Herz.

»Du zahlst einen Preis für die Magie in dir«, erwiderte Adria ruhig. »Das haben die die Zauberer doch gewiß erklärt?«

Gemma nickte langsam und mußte an ihre Kindheit zurückdenken, als ein Zauberer sich unglaublich darum bemüht hatte, seiner Magie zu entsagen, um so ein Kind zeugen zu können.

»Aber … mit uns ist doch alles in Ordnung?« fragte Arden leise nach.

»Das schon. Du hast Glück, junger Mann. Du bekommst allen Spaß, ohne die Verantwortung übernehmen zu müssen.«

Als er das hörte, sprang Arden auf. Sein Gesicht war plötzlich rot vor Zorn.

»Nein!« schrie er. »Du irrst dich! Du weißt nichts von mir, wenn du so etwas denken kannst. Ich fühle mich durchaus verantwortlich – Gemma und auch mir selbst gegenüber –, und davor werde ich mich niemals drücken. Nur weil sie … weil wir keine Kinder bekommen können …« Er brach plötzlich ab, stieß einen verzeifelten Seufzer aus und starrte Adria an. Die alte Frau schüttelte sich in stiller Heiterkeit. Langsam gewann er seine Haltung zurück, und nach ein paar Augenblicken mußte er grinsen.

»Habe ich die Prüfung bestanden?« erkundigte er sich leise und setzte sich wieder hin.

»Aber ja«, erwiderte Adria, die noch immer in sich hineingluckste. »Aber ja. Aber es kommt doch trotzdem ganz gelegen, oder?«

Gemma und Arden stellten fest, daß sie es nicht wagten, sich anzusehen. Kurz darauf mußten alle drei lachen.

Als sie sich wieder beruhigt hatten, fragte Gemma, »Werde ich jemals …?«

»Wer weiß?«, antwortete Adria. »Solche Fragen kann nur die Zeit beantworten. Dich erwartet in Zukunft mehr als genug. Du wirst Babys überhaupt nicht vermissen. Um ehrlich zu sein, in deinem Alter hätte ich eine solche Gelegenheit sofort beim Schopf ergriffen. Wenigstens hätte ich mich dann nicht mit den beiden Lümmeln belasten müssen, die sich meine Söhne nennen.«

»Du weißt ganz genau«, meinte Hewe, der gerade ein Tablett ins Zimmer trug, »daß diese beiden *Lümmel* dir eine Menge Freude bereitet haben.«

»Für die ich teuer bezahlen mußte«, erwiderte sie schlagfertig. »Wie für *alle* Geschenke von Männern.«

Hewe verteilte die Getränke.

»Mit ein wenig Muskatnuß«, erklärte er ihrer Gastgeberin. »Genau, wie du es magst.«

Adria zeigte sich nicht sonderlich beeindruckt.

»Wahrscheinlich hat jeder Mann auch seine guten Seiten«, meinte sie und nippte an ihrer Tasse. »Selbst die, die nur Muskeln haben und keinen Verstand – wie dieser hier.«

»Schmeichlerin«, gab Hewe ungerührt zurück. »Worüber habt ihr gesprochen, während ich mich abgerackert habe?«

»Für so etwas wirst du kaum empfänglich sein«, erwiderte Adria. Als Gemma und Arden auf ihr Wortspiel mit einem entsetzten Stöhnen reagierten, fügte sie hinzu: »Du bist der schlimmste Anstandswauwau, den ich je gesehen habe.«

»Es ist mir eine heilige Pflicht«, meinte Hewe, dem langsam dämmerte, wovon sie sprach. »Wäre ich nicht in der Nähe, um ein Auge auf sie zu halten, sie wären viel zu erschöpft zum Reisen.«

»Also bitte!« gab Adria zurück. »Du bringst die beiden noch in Verlegenheit!«

»Völlig ausgeschlossen«, erwiderte Hewe. »Sie sind völlig schamlos. Eigentlich ganz rührend, wirklich.« Er tat, als wische er sich eine Träne aus dem Augenwinkel.

»Schluß jetzt!« rief Gemma lachend. »Alle beide!«

Sie starrten sie mit großen Augen und Unschuldsmiene an. Man konnte deutlich sehen, daß Adria und Hewe sich sehr mochten – trotz ihrer ständigen Kabbeleien.

»Dann erzählt mir mal, was ihr angestellt habt, seit ihr das letzte Mal meinen Frieden gestört habt«, forderte Adria sie auf. »Deswegen seid ihr doch hergekommen, oder?«

Und so erzählten sie ihr von ihren Reisen, von Ardens Aufenthalt im Lichtlosen Königreich und von der Auseinandersetzung in Great Newport. Teile der Geschichte kannte Adria bereits, trotzdem bestand sie darauf, das Ganze aus erster Hand zu hören. Als es zum Kampf mit Mendle und der Beteiligung der Magischen Kreise kam, ließ sich sich von Gemma bestimmte Einzelheiten immer wieder ganz genau erklären. Schließlich hatte sie sich ein genaues Bild gemacht.

»Faszinierend!« meinte sie leise. »Dann hast du dich also daran erinnert, was ich dir gesagt habe?«

»An jedes Wort«, antwortete Gemma. »Einiges davon *begreife* ich jetzt sogar«, fügte sie lächelnd hinzu.

»Ich *wußte*, daß an deiner Quelle der Energie etwas Besonderes war«, fuhr Adria fort, »und jetzt weiß ich auch, was. Aber mir ist immer noch nicht klar, warum die Energie aus den Kreisen nicht weniger wird, obwohl du sie benutzt – ein Teil des Puzzles fehlt noch immer.«

Die anderen waren einen Augenblick lang still, um ihr Zeit zum Nachdenken zu geben. Schließlich bat Adria sie, ihre Geschichte fortzusetzen. Man erzählte ihr vom allmählichen Wiederaufbau Great Newports und von Gemmas beunruhigenden Träumen. Gemma hatte gehofft, Adria könnte vielleicht ein wenig Licht in diese rätselhaften Vorstellungen bringen, doch die alte Frau stimmte mit der Ansicht überein, die Arden und andere geäußert hatten. Dann erzählte man von ihrem Entschluß, ins Tal zurückzukehren, und von ihrer Begegnung mit Ardens ›Geist‹. Diese Episode fand Adria äußerst komisch.

»Ich sehe diese dummen Kerle geradezu vor mir«, kicherte sie, »wie sie von jemandem gestellt werden, den sie in der Vergangenheit gequält haben, der jetzt aber unbesiegbar ist – und der ihnen das Leben unbedingt zur Hölle machen will. Das ist die Poesie der Gerechtigkeit!«

»Spaß hat es eigentlich nicht gemacht, nicht einmal uns«, meinte Arden.

»Das kann ich durchaus verstehen«, erwiderte sie ernst. Dann fügte sie mit einem boshaften Grinsen hinzu: »Daraus solltet ihr lernen, daß man sich nicht von Fremden mitnehmen lassen darf.«

»Aber er konnte doch nur mit Hilfe der schwebenden Stadt rechtzeitig zurück sein, um die Meyrkats in die Stadt zu führen«, wand Gemma ein.

»Aber sein Doppelgänger wurde dadurch *aus* der Zeit verstoßen«, meinte Hewe nachdenklich.

»Du hast gut daran getan, den Geist so sanft zu überzeugen«, sagte Adria. »Er hätte die Dinge sehr verwirren können.«

»Das ist noch milde ausgedrückt!« sagte Arden. »Die Elementalen waren schlimm genug ...«

»Wo wir gerade davon sprechen«, unterbrach ihn Adria, »du scheinst selber über magisches Talent zu verfügen, junger Mann.«

Arden war verblüfft und nicht bereit, das hinzunehmen. »Das war doch nur Freundlichkeit«, beharrte er.

»Diese Fähigkeit sollte man nicht unterschätzen«, erwiderte sie. »Komm her. Ich möchte dich untersuchen.«

Arden warf Gemma einen besorgten Blick zu.

»Ich weiß, ich habe selbst behauptet, ich sei ein Zauberer«, protestierte er, »aber das war doch nur Spaß!«

»Geh zu ihr«, meinte Gemma zu ihm. »Sie wird dir nichts tun. Möchtest du nicht auch mehr über dich herausfinden?«

»Nein«, kam seine trotzige Antwort.

»Tu ihr den Gefallen«, meinte Hewe. »Es ist ganz harmlos – ehrlich.«

»Woher weißt ...?«

»Oh, Adria hat schon vor Jahren in mich hineingesehen – und hat kurz darauf angewidert aufgegeben«, gab er grinsend zurück.

»Hewe ist zu sehr dem Praktischen verhaftet«, warf Adria ein. »Die Energie ist da, aber er kann seinen Platz im Leben nicht finden.«

Gemma versetzte Arden einen sanften Schubs, woraufhin er widerstrebend vor Adrias Sessel niederkniete. Arden war fürchterlich befangen, als die Alte ihm ihre welken Daumen an die Schläfen legte, und ihre anderen Fingerspitzen unterhalb seines Ohres zu liegen kamen. Adria schloß die Augen, dann wurde sie vollkommen ruhig.

Langsam verstrich die Zeit. Nach einer Weile nahm sie ihre Hände fort und ließ sich zurück in ihren Sessel fallen.

»Und?« wollte Arden wissen.

»Du bist für mich zu wenig greifbar«, antwortete sie lahm. »Ich stand kurz davor, etwas zu fassen zu bekommen, aber es entglitt mir immer wieder. Und ich dachte, Gemma sei rätselhaft!«

»Wie meinst du das?« fragte er verwirrt nach. »Dabei kannst du es doch unmöglich belassen!«

Doch Adria konnte. Sie war eingeschlafen und rührte sich nicht einmal, als Hewe sie nach oben ins Bett trug.

11.
KAPITEL

Früh am nächsten Morgen ging Gemma zu Adria, um mit ihr zu sprechen, wie sie es auch bei ihrem vorigen Besuch getan hatte. Die alte Dame war bereits wach und saß aufrecht im Bett, als erwartete sie Besucher. Sie lächelte, als Gemma das Zimmer betrat.

»Wie hat er es verkraftet?« erkundigte sie sich mit einem schelmischen Funkeln in den Augen.

»Nicht sehr gut«, gestand Gemma. »Ich war die halbe Nacht auf den Beinen, um ihn zur Vernunft zu bringen.«

»Manchmal müssen wir uns mit Männern abgeben, die sich nicht zur Vernunft bringen lassen wollen – das ist der Preis, den wir für die Liebe zahlen müssen. Früher oder später finden alle Frauen das heraus.«

»Ich bezahle ihn gern.«

»Das tun wir alle«, seufzte Adria resigniert. »Und trotzdem benutzen *sie* das irgendwie als Vorwand, uns als das schwächere Geschlecht zu bezeichnen – wobei sie sich auch noch im Recht fühlen!«

»Magst du Männer denn gar nicht?«

»Nichts könnte weiter von der Wahrheit entfernt sein als das!« ereiferte sich die alte Frau. »Nur sehe ich sie – und die Arbeitsweise ihres Verstandes – klarer als die meisten anderen!«

Sie bemerkte Gemmas fragenden Blick und fügte hinzu, »Ich bin nicht zu alt, um zu wissen, wie es ist, jung und verliebt zu sein. Als es um meinen Mann ging, war ich so blind wie alle anderen. Seine Fehler sehe ich erst jetzt, im nachhinein.« Sie hielt inne und erinnerte sich. »Am schlimmsten war, daß er keine Lust hatte, lange genug zu leben, um mir in meiner zweiten Kindheit Gesellschaft zu leisten.« Adrias Augen bekamen einen Ausdruck, der Gemma die Kehle zuschnürte, doch die alte Frau nahm sich zusammen, und als sie weitersprach, klang sie wieder recht vergnügt.

»Und ich bin nicht zu alt, um ein paar Fragen zu beantworten«, stellte sie klar. »Schließlich bist du nicht hierhergekommen, um dir mein Geschwätz anzuhören. Was meinte Arden zum gestrigen Abend?«

»Er sagte, er habe am ganzen Körper ein seltsames Kribbeln verspürt und Lichtblitze gesehen.«

»Und was noch?«

»Genauer konnte er es nicht erklären. Einfach ein komisches Gefühl, meinte er. Und als ich ihn bedrängte, es genauer zu erklären, reagierte er bloß gereizt.« Gemma schüttelte den Kopf und lächelte gequält. »Eine Zeitlang war er ziemlich mürrisch, und geendet hat es damit, daß er meinte, *überhaupt nichts* sei geschehen. Es war, als wollte er den ganzen Vorfall abstreiten.«

»Na ja, das ist die übliche Reaktion«, bemerkte Adria, »aber wenn ich ganz ehrlich bin, ich kann es ihm nicht verübeln, daß er verwirrt war. Da war irgend etwas, dem ich noch nicht begegnet bin. Und da er eine starke Abwehr aufgebaut hat, um sich davor zu schützen, wäre es vielleicht besser, wenn es verborgen bliebe.«

»Wie meinst du das?«

»Nun, seine Erfahrung mit den Elementalen deutet auf ein starke instinktive Reaktion hin. Bislang waren seine Reaktionen recht geschickt. Möglicherweise schadet es, wenn man sich in seine Selbsterkenntnis einmischt.«

Sie dachten schweigend einen Augenblick darüber nach, dann fuhr Adria fort: »Seine geistige Kraft ist zu willkürlich – sie hat nichts, auf das sie sich richten könnte. Außerdem schirmt er sich sehr geschickt vor Dingen ab und verbirgt sie dadurch sogar vor sich selbst ...« Sie zögerte, als sie Gemmas besorgten Gesichtsausdruck sah. »Du kennst seine Geschichte besser als ich, Kind. Ich werde ihn nicht bedrängen.« Dann wichen die Freundlichkeit und Besorgtheit in ihrem Gesicht einem boshaften Grinsen.

»Wir müssen eben einfach *so tun*, als wüßten wir, was geschieht«, meinte sie. »Schließlich haben wir einen Ruf zu wahren!«

»Also gut. Ich werde einfach ein wissendes Lächeln aufsetzen und versuchen, dem Thema aus dem Weg zu gehen«, erklärte Gemma sich ebenfalls grinsend einverstanden.

»So, wie es sich anhört, wird er das schon selbst tun.«

Gemma nickte, dann fiel ihr etwas anderes ein.

»Dieses *Etwas* bei Arden«, fragte sie, »meinst du, es könnte sich um *Erd-Wildheit* handeln – von damals, als er all das Raellim gegessen hat? Möglicherweise ist sein Körper noch nicht wieder völlig frei davon?«

Gemma mußte an C'tis Beschreibung von *Erd-Wildheit* denken: *teils Substanz, teils Energie, teils Traumbild – und völlig rätselhaft*. Es handelte sich um eine Kraft, die jeden durchzog, der von den geheiligten Pilzen des Lichtlosen Königreiches aß, und es rief seltsame Visionen hervor und noch seltsamere Fähigkeiten.

»Ich weiß es nicht«, gab Adria ehrlich zu. »Es ist mir noch nie zuvor begegnet, daher habe ich keine Möglichkeit seine Wirkung zu erkennen.«

Damit schien ihre Diskussion über Arden beendet, und ihr Gespräch wandte sich allgemeineren Dingen zu. Als Gemma Adria eine Weile später verließ, war sie guter Dinge, und weckte die noch immer schlummernden Männer. Kurz darauf verabschiedeten sie sich und brachen zum letzten Teil ihrer Reise auf.

Wie Adria vorhergesagt hatte, machte Arden keinerlei Anstalten, über sein Erlebnis zu sprechen, und Hewe war klug genug, nicht davon anzufangen.

Drei Tage später näherten sie sich dem Rabenfelsen. Diese eindrucksvolle Felswand wurde nur von einer steilen Schlucht unterbrochen, aus der der Fluß, der durch das Tal floß, in Form eines Wasserfalles hervortrat.

»Sieht unpassierbar aus«, meinte Arden. Er hatte sein geliebtes Tal zwar viele Male aufgesucht, doch aus dieser Richtung war er noch nie gekommen.

»Stimmt«, antwortete Hewe. »Daß Dale und ich beim letztenmal den Weg nach oben gefunden haben, war ausschließlich unserer Sturheit zu verdanken.«

Von unten war der steile Pfad, der sich in Serpentinen die Klippe hinaufwand, absolut nicht zu erkennen. Ein weiterer Beweis dafür, wie sich das Tal vor der Außenwelt schützte.

Arden war seit jenen Ereignissen, die den Fluß wieder hatten fließen lassen, nur ein einziges Mal in das Tal zurückgekehrt, und auch dann nur für eine Nacht. Jetzt konnte er es kaum erwarten, seine Freunde wiederzusehen und die Ruhe und die Schönheit diesen ganz besonderen Ortes zu genießen. Als sie den oberen Rand der Schlucht erreicht hatten, konnte er seinen Ungeduld kaum noch zügeln und führte Gemma und Hewe die vergleichsweise sanft geschwungenen Hänge in hohem Tempo hinab. Einmal innerhalb der unsichtbaren Grenzen, zügelte er dann doch sein Roß und atmete tief durch. Wie ein Flickenteppich lag die Landschaft in all ihrer Pracht goldgrün leuchtend vor ihnen, eingerahmt von Bergen und erfüllt von Frieden. Hier gediehen alle Arten von Bäumen, Blumen und Sträuchern. Es gab reichlich Wild und Vögel, die friedlich mit ihren zahmen Artgenossen und der menschlichen Bevölkerung zusammenlebten.

Das Trio ritt gemächlich weiter und genoß jeden Augenblick seiner Rückkehr. Worte waren überflüssig, um die Freude und Zufriedenheit zu beschreiben. Ohnehin hätte keiner der drei erklären können, was genau sie mit einem solchen Gefühl der Wonne füllte.

Mallorys Söhne, Vance und Jon, sahen sie als erste, als sie sich am späten Nachmittag dem Farmhaus näherten. Die Jungen hatten offenbar in den Ästen eines Baumes gehockt, von wo aus sie einen guten Blick über den Weg hatten, der vom Nordende des Tales herführte. Sie sprangen herab, liefen zum Haus und riefen: »Sie sind da! Sie sind da!«

Dann kamen sie freudeschreiend angerannt, um die Ankömmlinge zu begrüßen. Ein paar Augenblicke später folgte Mallory etwas gelasseneren Schritts am Arm ihres Gatten Kragen. Die Reiter stiegen ab und wurden herzlich willkommen geheißen.

»Wie ihr seht, bin ich ein Mann, der sein Wort hält«, meinte Hewe und gab Mallory einen Kuß auf die Wange. »Ich habe sie rechtzeitig zurückgebracht.«

»Aber nur knapp, wenn ich dich anschaue«, fügte Gemma mit einem Blick auf Mallorys stark gerundeten Bauch hinzu.

»Schlimm, findest du nicht?« meinte ihre Freundin lachend.

Gemma fand, daß sie Mallory noch nie strahlender erlebt hatte, und sagte ihr das auch.

»Danke für deine freundlichen Worte«, gab ihre Freundin zurück, »aber ich fühle mich so groß wie unser Haus! Wenigstens dauert es jetzt nicht mehr lange. Wirst du sie dir für mich ansehen?«

Als Gemma Mallorys ausgestreckte Hände ergriff, wurden die anderen still. Sie schloß die Augen und ließ sich von ihrem besonderen Sinn in den Körper ihrer Freundin führen, wo sie Gesundheit und Vitalität feststellte. Das Gefühl, das sie von dem Kind dort drinnen empfing, erstaunte Gemma – wie ungeduldig es darauf wartete, in die Welt hinauszutreten. Es schien alles daranzusetzen, noch vor der Zeit bereit zu sein. Schon vor der Geburt des Kindes war deutlich zu erkennen, daß es ihm nicht an Entschlossenheit fehlen würde.

»Sie ist wunderschön«, sagte Gemma tonlos.

»Dann kommt sie nach ihrer Mutter«, meinte Kragen dazu, doch Gemma hörte ihn nicht. Sie hatte einen Bewußtseinsschub erfahren, der sie in eine Szene hinüberführte, die ihr auf den ersten Blick vertraut vorkam: das Bild des zukünftigen Kindes, das aus großer Höhe auf die Welt hinabblickte. Es war, als stünde es auf dem Gipfel eines hohen Berges. Einige Monate zuvor hatte Gemma dasselbe gesehen, doch diesmal verblaßte die Vision nicht. Im Tal unterhalb des Berges öffnete sich ein Schlund, der Feuer und geschmolzenes Gestein ausspie. Dann winkte das Kind mit seiner winzigen Hand, und die Flammen verschwanden. Jetzt füllte sich das Tal mit Wasser, ein heiterer, unergründlicher See entstand, der sich im Dunst des Horizonts verlor. All dies schoß Gemma in diesem Augenblick durch den Kopf, mit einer Plötzlichkeit, die sie erschütterte. Sie erholte sich nicht schnell genug, um ihre vorübergehende Besorgnis vor ihrer Freundin zu verbergen. Mallory hatte Fragen in den Augen, aber sie stellte sie nicht. Statt dessen erkundigte sie sich nur nach der Gesundheit ihres Babys, und Gemma war froh, sie beruhigen zu können. Das Übrige konnte warten, bis sie Gelegenheit fanden, allein zu sein.

»Gehen wir ins Haus«, schlug Kragen vor. »Dort wartet ein Mahl auf euch.«

»Das habt ihr wunderbar abgepaßt!« jubelte Hewe. »Reisen macht mich immer hungrig.«

»Das war nicht schwer«, erwiderte sein Gastgeber. »Wir wußten, daß du kommst – Winder hat dich vom Rabenfelsen herunterreiten sehen. Im Galopp, als hätte er Dämonen auf den Fersen, lauteten seine genauen Worte.«

»*Davon* haben wir wirklich genug gesehen«, meinte Arden lachend, »aber nicht hier.«

»Wir wären euch entgegengekommen, aber ...« Mallory tätschelte ihren Bauch.

Niemand fand es bemerkenswert, daß der Umstand, daß Winder die Ankömmlinge gesichtet hatte, so schnell im Tal bekannt geworden war. Die Gemeinde verfügte über eine Art geistiger Osmose, die sie als Wissen bezeichneten. War irgendeine Neuigkeit für sie von Interesse, brauchte nur einer von ihnen sie zu erfahren, und in weniger als einer Stunde wußten alle anderen ebenfalls davon – unabhängig von jeder normalen Kommunikation. Es war nicht die Gedankenübertragung, die Gemma mit den Meyrkats teilte, sondern weniger zielgerichtet, universaler. Dieses gemeinsame Wissen war eines von vielen Dingen, die das Tal zu einem so besonderen Ort machten.

Das Mahl war ein Fest. Es gab Bier und Wein zum Hinunterspülen der köstlichen Speisen. Wie immer aß niemand Fleisch. Die Menschen aus dem Tal zogen es vor, ihr Zuhause mit den Tieren zu teilen, und lebten statt dessen von den üppigen und zahlreichen Erzeugnissen ihres Bodens.

Anfangs schien es, als müßten Arden und Gemma den ganzen Abend lang erzählen, doch nach einer Weile unterbrach Hewe den unablässigen Strom von Fragen und erklärte, er müsse am nächsten Tag aufbrechen.

»Wieso kannst du nicht länger bleiben?« protestierte Mallory.

»Du weißt, daß du bei uns mehr als willkommen bist«, fügte ihr Mann hinzu.

»Ich danke euch, aber ich muß zurück«, erwiderte Hewe. »Ich muß einige Zeit in Altonbridge verbringen, und Jordan kann nicht zu lange auf mich verzichten. Vielleicht können euch die beiden hier von ihren Heldentaten erzählen, wenn ich fort bin. Aber bevor ich aufbreche, möchte ich wissen, wie die Dinge hier im Tal stehen. Jordan hat einen ausführlichen Bericht verlangt, und wenn ich mich an alles erinnern soll, was ihr mir erzählt, dann sollte ich es mir anhören, bevor ich noch mehr hiervon trinke.« Grinsend hielt er sein halbvolles Glas in die Höhe. »Also – was ist passiert, seit ich das letzte Mal hier war?«

»Es gibt Fische!« platzte Jon mit der Begeisterung eines Fünfjährigen heraus. »Große rosa Fische und kleine silberne. Im Fluß«, fügte er als Erklärung hinzu.

»So etwas interessiert ihn nicht, Dummkopf«, meinte Vance vorwurfsvoll und um mit der Erfahrung seiner paar Jahre mehr anzugeben.

»Ich will *alles* wissen«, meinte Hewe taktvoll zu dem jüngeren der beiden. »Aber vielleicht können deine Mom und dein Dad mir jetzt weiterhelfen, und du kannst Gemma und Arden die Fische morgen zeigen.«

Die beiden Jungs schienen mit dieser Lösung einverstanden und warteten höflich schweigend darauf, daß ihre Eltern begannen.

»Es gibt gute Neuigkeiten«, erzählte Kragen auf seine ruhige, bedächtige Art. »Und die beste betrifft den Fluß. Er fließt noch immer kräftig, obwohl wir schon seit einiger Zeit Herbst haben. In früheren Jahren – vor der Trockenzeit – wäre er jetzt ungefähr bereits ausgetrocknet gewesen, und ganz gewiß wäre er nicht mehr tief genug, um darin zu fischen.« Er lächelte seinen Söhnen zu.

»Natürlich ist er nicht so hoch wie im Frühling«, warf Mallory ein, »aber wenn es so weitergeht, haben genug Wasservorräte für ein ganzes Jahr!«

»Selbst wenn der alte Rhythmus wiederhergestellt wird, und der Fluß nur jedes zweite Jahr fließt ...«, fügte Kragen hinzu.

»Was bedeuten würde, daß er mitten im Winter austrocknet«, unterbrach ihn Mallory.

»… kämen wir sogar im *nächsten* Jahr noch zurecht«, schloß Kragen. »Unsere Auffangbecken sind voll, und die Bewässerungssystem funktionieren besser als je zuvor.«

Gemmas Gedanken schweiften ab zu dem Schaukelstein in der Mitte der Diamantenwüste. *Wird er sich bewegen, wenn der andere Clan der Meyrkats dieses Jahr singt?* überlegte sie. *Hoffentlich.* Dann würde der Berg in Bewegung geraten, und der Fluß würde vom Tal in das Lichtlose Königreich hinüberwechseln. Bis zum nächsten Jahr. *Ist es wirklich schon fast ein Jahr her, daß ich diesen Zauber wiedereingesetzt habe?*

Sie war in Gedanken und bekam einen Teil des Gespräches nicht mit. Als sie wieder hinhörte, erzählte Mallory gerade.

»Es gibt ein paar Folgen der Trockenperiode, die noch einige Zeit brauchen, um zu verheilen«, sagte sie, »aber eigentlich hatten wir einen wunderbaren Sommer.«

»Die Ernte war gut«, bestätigte Kragen, »und wenn der Wein soweit ist, dürfte der diesjährige Jahrgang der bislang beste sein.«

»Erinnert mich daran, daß ich euch dann noch einmal besuche«, meinte Hewe.

»Wird gemacht«, erwiderte der Farmer.

»Alles deutet darauf hin, daß unsere Gesundheit wieder hergestellt ist«, fuhr Mallory fort. »Selbst die Alten sind wieder voller Lebenskraft. Natürlich können wir niemals die ersetzen, die vor ihrer Zeit gestorben sind …«

»Aber von denen, die das Tal verlassen haben, als hier alles auf dem Tiefpunkt war, sind einige zurückgekommen«, fügte Kragen hinzu. »Sie waren krank, doch jetzt erholen sie sich wieder.«

»Das Wissen hat seine alte Stärke wieder erreicht«, meinte Mallory nachdenklich. »Erst als es nachzulassen begann, haben wir gemerkt, wie wichtig es uns war.«

»Wie geht es Kris?« erkundigte sich Arden.

»Gut«, erwiderte Mallory. »Er ist noch immer ein wenig verwirrt durch eure gemeinsame Vision von Gemma, aber davon abgesehen ist er wieder ganz der Alte.«

»Mich hat das auch sehr mitgenommen«, erklärte Arden mit einem Blick auf Gemma. Die Erleichterung darüber, daß seine Geliebte in Sicherheit war, stand ihm ins Gesicht geschrieben. »Aber wenigstens können wir es jetzt erklären.«

»Ich würde gerne mit Kris sprechen«, sagte Gemma. *Über eine Menge Dinge.*

»Er ist im Augenblick auf Wanderschaft«, antwortete Mallory, »aber ich wäre nicht überrascht, wenn er uns bald besuchen käme.«

»Gut.«

»Dann ist also alles in Ordnung«, schloß Hewe. »Das ist genau die Art Neuigkeiten, die ich Jordan gerne überbringe.« Er hielt inne, dann leerte er sein Glas. »Wie waren eigentlich die *älteren* Jahrgänge?« erkundigte er sich mit Unschuldsmiene.

12. KAPITEL

Hewe verließ das Tal am nächsten Morgen in der glücklichen Gewißheit, daß alles dort zum Besten stand. Seine beiden Freunde begannen bereits, von der ruhigen Atmosphäre zu profitieren.

»*Denkt* nicht einmal daran, zurückzukommen, bevor ihr fertig seid«, erklärte er ihnen. »Ihr habt euch die Zeit hier verdient. Sollte irgend etwas geschehen und wir euch dringend brauchen, können wir immer eine Nachricht schikken.«

»Danke für alles, Hewe«, antwortete Gemma. »Gute Reise.«

»Es wird sehr langweilig werden, wenn ihr zwei nicht dabei seid und ständig für Unruhe sorgt«, erwiderte er grinsend, dann wandte er sich an Mallory und Kragen. »Vielen Dank nochmals für eure Gastfreundschaft«, meinte er.

»Und vielen Dank für die Mühe, die ihr euch ganz sicher mit den beiden hier geben werdet.«

»Du bist uns mehr als willkommen«, antwortete Mallory. »Komm bald wieder.«

»Das habe ich auch vor.«

»Wann?« fragte sie hartnäckig. »Gemma wird mindestens anderthalb Monate hier sein. Sie muß doch sehen, wie ihre Namensschwester geboren wird, schon vergessen?«

Das verwirrte Gemma etwas – sie war sicher, daß das Baby nicht mehr lange auf sich warten lassen würde –, sie sagte aber nichts. Dies war nicht der rechte Zeitpunkt dafür.

Hewe verzog sein narbiges Gesicht und tat, als dächte er angestrengt über Mallorys Frage nach.

»Wann, hast du gesagt, müßte der diesjährige Jahrgang fertig sein?« erkundigte er sich schließlich.

»Erst in ein paar Monaten«, antwortete Kragen mit einem Schmunzeln.

»Dann könnt ihr mit mir rechnen«, entschied Hewe. »Alles Gute.«

Er ritt in einem Durcheinander aus Abschiedsgrüßen davon, während die beiden Jungs noch ein kurzes Stück neben seinem Pferd herliefen.

»Komm«, sagte Mallory und drehte sich zu Gemma um. »Wir haben noch allerhand nachzuholen!«

»Du siehst also«, schloß Gemma mehrere Stunden später, »es ist noch nicht vorbei. Wir haben eine Schlacht gewonnen, doch der Krieg geht weiter. Was immer aus dem Tiefen Süden droht, wir haben es noch nicht besiegt.«

»Sobald Jordan in Cleve sicher Fuß gefaßt hat«, fügte Arden hinzu, »wird er Leute entbehren können, die versuchen werden, uns bei der Lösung des Rätsels zu helfen. Aber er hat noch Monate voller Arbeit vor sich.«

Ihre Zuhörer waren von Anfang an wie gefesselt. Selbst die Jungs, normalerweise quicklebendig, waren bereit, stillzusitzen und der Geschichte über Zauberei, über Schlachten, große Städte und den ungeheuerlichen Metallturm zuzuhören.

»Kein Wunder, daß Hewe meinte, ihr hättet euch eure Zeit hier verdient!« bemerkte Kragen. »Das ist die unglaublichste Geschichte, die ich je gehört habe.« Er schüttelte ungläubig den Kopf.

»Am besten gefällt mir der Teil über die Meyrkats«, meinte Jon strahlend. »Ich wünschte, wir könnten sie kennenlernen.« Er und sein Bruder waren schon immer von den Heldentaten der kleinen pelzigen Freunde Gemmas fasziniert gewesen.

»Das wünschen wir uns alle«, sagte sein Vater lächelnd. »Kommt, Jungs. Der Tag ist fast vorbei, und wir haben immer noch zu tun. Die Farm läuft nicht von alleine, müßt ihr wissen.«

»Bist du fertig mit der Geschichte?« erkundigte sich Vance schnell, aus Angst, er könnte etwas verpassen.

»Wir sind fertig«, antwortete Arden. »Kommt, ich helfe euch bei der Arbeit – auf diese Weise sind wir schneller fertig.«

Beim Hinausgehen überschütteten die Jungs Arden mit Fragen – und Ratschlägen über die Arbeit, die er gleich tun sollte.

»Sie sind groß geworden«, sagte Gemma liebevoll und mußte an die kleinen, blassen Kinder denken, die sie bei ihrem ersten Besuch im Tal kennengelernt hatte.

»Sind wir das nicht alle?« erwiderte Mallory und legte ihre Hände auf ihren rund gewordenen Bauch. Sie war eine Weile sehr still gewesen, und jetzt wirkte ihr Lächeln ein wenig gezwungen. Gemma sagte nichts. Sie wußte, daß sie darauf warten mußte, bis ihre Freundin das Wort ergriff.

»Das Erstaunlichste von allem, was passiert ist«, begann Mallory schließlich, »ist, daß es keinem von uns auch nur im geringsten geschadet hat. Seit der Rückkehr des Flusses ist das Tal so friedlich und lieblich wie immer. Und doch haben draußen all diese erschütternden Ereignisse stattgefunden.«

»Diese Abgeschiedenheit ist einer der Gründe, weshalb dieser Ort etwas so Besonderes ist«, erwiderte Gemma.

»Ja, aber verstecken wir uns nicht einfach bloß? Wie es

aussieht, wird die Welt uns früher oder später einholen – versucht hat sie es bereits. Wie lange kann dieser friedliche Zustand noch anhalten?«

»Ich weiß es nicht«, meinte Gemma, die mittlerweile ernst geworden war. »Aber ich weiß, daß es eine Menge Leute gibt – nicht bloß Arden und mich –, die dafür kämpfen werden, das Tal in seinem jetzigen Zustand zu erhalten.«

»Das habt ihr schon bewiesen«, sagte Mallory. »Bei euch beiden oder anderen wie Hewe bin ich mir sicher, aber jetzt gibt es so viele andere Probleme – das Lichtlose Königreich, ganz Cleve und der Tiefe Süden. Es scheint so ungerecht, daß wir inmitten all der brutalen Umwälzungen ringsum einfach glücklich in unserer völligen Abgeschiedenheit weitermachen. Ich fühle mich schuldig deswegen.«

»Vielleicht werdet ihr noch hineingezogen, irgendwann«, gab Gemma zu, »um so mehr Grund habt ihr, die Herrlichkeit dessen, was ihr jetzt habt, zu genießen. Ich habe das jedenfalls vor!«

Doch Mallory ließ sich nicht vom Thema ablenken.

»Der Tiefe Süden«, meinte sie nachdenklich. »Dort kommt alles her – das unterirdische Gift, die Himmelsraben, Mendles Macht ...«

»Ja, und wahrscheinlich auch der Damm, der euch den Fluß genommen hat.«

»Und der Gesang der Sirenen?« fragte Mallory ruhig.

»Der auch.«

»Aber wie kann diese Macht des Bösen, *was immer* sie ist, ein Lied von solcher Schönheit hervorbringen?« Mallory hatte die unglaubliche Musik nur ein einziges Mal in den Bergen gehört, trotzdem ging sie ihr noch immer nicht aus dem Kopf. »Du mußt dir ein paar ernste Gedanken über diese Verbindung machen, Gemma. Schließlich war es das, was dich von Anfang an in unser Land gelockt hat.«

»Ich weiß«, erwiderte Gemma. »Ich will auch herausfinden, warum. Aber hier soll mich das nicht belasten.«

»Hast du es in der letzten Zeit gehört?«

»Nur einmal, auf dem Weg nach Great Newport, mit Hewe und Ashlin.« Gemma hielt inne. »Von da an nur in meinen Träumen.«

»Wie war das? Es muß schrecklich gewesen sein.« Mallory war bestürzt.

»Besser als im Wachzustand!«

Eine Weile sagten beide nichts.

»Es hat mir sehr leid getan, von Ashlin zu hören«, sagte Mallory leise.

»Ich weiß. Hätte ich nicht zugelassen, daß er mich begleitet ...«

»Es war seine Entscheidung.«

Gemma nickte traurig. »Sie haben mir erzählt, er sei tapfer gestorben – bei dem Versuch, mich zu retten. Ich muß seiner Familie morgen einen Besuch abstatten.«

Mallory stand auf. »Ich sollte etwas zu essen machen. Nach der Arbeit in der frischen Luft haben sie bestimmt einen Bärenhunger.«

»Laß mich das machen«, protestierte Gemma. »Du solltest dich ausruhen.«

»Ich bin doch keine Kranke!« erwiderte ihre Freundin. »Es wird noch ein Weilchen dauern, bis die Kleine hier ihren Auftritt hat.«

»Nicht so lange, wie du glaubst«, meinte Gemma zu ihr.

»Wie meinst du das? Zählen kann ich schließlich noch.«

»Nun, ich könnte mir denken, daß es die kleine Gemma vielleicht ein wenig eilig hat«, sagte Gemma. »Ich konnte fühlen, daß sie ungeduldig ist.«

»Wie lange wird es denn noch dauern?«

»Einen Monat, vielleicht weniger.«

»Sonst hast du nichts gefühlt?«

Gemma zögerte, doch dann wurde ihr klar, daß sie unmöglich länger Ausflüchte machen konnte. Also erzählte sie von der Vision auf dem Berggipfel.

»Was hat das zu bedeuten?« wollte Mallory wissen.

Gemma zuckte mit den Achseln.

»Ich weiß, daß sie irgendwie etwas Besonderes sein wird. Darüber hinaus bin ich genauso überfragt wie du.«

»Etwas Besonderes ...im Guten oder im Schlechten?« fragte die zukünftige Mutter.

»Kein Kind aus diesem Tal – ganz besonders keines deiner

Kinder – könnte jemals etwas anderes sein, als eine Kraft des Guten«, stellte Gemma entschieden fest. »In dieser Hinsicht brauchst du dir keine Gedanken zu machen.«

Mallory nickte, auch wenn sie nicht völlig überzeugt war.

Anschließend beschäftigten sich die beiden mit der Vorbereitung der Speisen und nahmen Zuflucht in den Notwendigkeiten des täglichen Lebens. Als der Abend näherrückte, kehrten Arden und die anderen zurück. Sie waren bester Laune, und die Jungs waren eingenommen von ihren Heldentaten und voller Pläne für die kommenden Tage. Das Mahl und die Unterhaltung halfen Gemma und Mallory, sich zu entspannen, und allmählich sahen sie den Dingen freudig und nicht nur voller Ungewißheit entgegen.

Das Tal schlug sie alle in seinen vertrauten Bann.

Am nächsten Morgen besuchte Gemma Ashlins Eltern. Die Nachricht vom Tod ihres Sohnes übermannte sie, und obwohl Gemma ihn und seine Tapferkeit ausgiebig lobte, konnte sie nichts in ihrem Kummer trösten. Sie hatten schon nicht begreifen können, warum er überhaupt mitgegangen war, und jetzt verstanden sie nicht, warum sein Leben für eine Auseinandersetzung vergeudet worden war, die nichts mit dem Tal zu tun hatte. Seine früheren Reisen hätten wenigstens noch einen Grund gehabt, meinten sie. Er hatte geholfen, den Fluß zurückzuholen. Doch das hier ergab keinen Sinn.

Schroffe und unversöhnliche Worte mischten sich unter ihre Tränen, und Gemma konnte nichts sagen, was ihnen Trost gespendet hätte. Sie wußte, daß sie selbst keine Schuld an Ashlins Tod traf, erkannte aber auch, wie dies in den Augen seiner Familie aussehen mußte. Zum Glück hatte Arden sie nicht begleitet. Die Vorwürfe hätten ihn verärgert, und er hätte sie zu energisch in Schutz genommen – mit möglicherweise katastrophalen Folgen. Schon jetzt war sie völlig am Boden zerstört, als sie ihr Haus verließ – und freute sich, als sie sah, wie Kris ihr entgegenkam. Wenn irgend jemand helfen konnte, dann er.

Gemma winkte, als der verkrüppelte Mann sich scheinbar ziellos und doch unaufhaltsam dem Haus näherte. Kris erwiderte ihren Gruß. Gemma hätte gerne mit ihm gesprochen, aber er blieb nicht stehen.

Sie brauchen ihn mehr als ich, dachte sie traurig, und ging weiter. Es kam ihr nicht in den Sinn, sich über sein pünktliches Eintreffen zu wundern.

Sie fand Arden am Flußufer sitzend, zusammen mit Vance und Jon. Das Wasser floß noch immer kräftig.

»Da ist einer! Da drüben!« rief Jon aufgeregt, als sie näherkam. Gemma lief zu ihnen und sah einen Fisch unter der Oberfläche glänzen.

Arden schaute zu ihr hoch und sah den Schmerz, der sich hinter ihrem Lächeln verbarg.

»Alles in Ordnung?« erkundigte er sich freundlich.

Sie nickte, ergriff seine Hand und drückte sie fest.

Arden zog sie zu sich und gab ihr einen Kuß.

»Du hättest mich mitkommen lassen sollen«, flüsterte er ihr ins Ohr.

»Nein. Das mußte ich alleine machen. Außerdem ist Kris jetzt bei ihnen.«

»Gut. Wir werden später darüber reden.«

Gemma spürte, wie ihr die Farbe in die Wangen stieg, als sie bemerkte, wie die Jungs sie mit wachsender Neugier ansahen. Arden ließ sie feixend los.

»Vance, hast du mir nicht erzählt, es gäbe hier junge Füchse?« fragte Arden.

Der Junge nickte. »Im Wald«, antwortete er, den Blick noch immer auf Gemma geheftet. »Wahrscheinlich sind sie inzwischen ziemlich groß geworden«, fügte er unsicher hinzu.

»Ich würde sie trotzdem gerne sehen«, meinte Gemma und tat so interessiert wie möglich. »Zeigst du sie mir?«

Als die Expedition aufbrach, waren die Jungs wieder ganz die Lebendigkeit selbst. Gemma und Arden folgten ihnen etwas langsamer, freuten sich über ihre Mätzchen und genossen es, zusammenzusein, noch dazu an einem solch wunderbaren Ort. Er nahm ihre Hand, und sie lächelte glücklich.

Kris traf bei Kragens Farmhaus an jenem Abend rechtzeitig ein, um ihnen beim Essen Gesellschaft zu leisten. Für den Fall eines unerwarteten Besuchs von ihm hielt jedes Haus im Tal immer einen zusätzlichen Platz am Tisch und ein Bett bereit. Obwohl er nicht größer war als ein Kind und sein Rückrat und seine Glieder stark verkrümmt waren, hatte er nichts Trauriges an sich. Er verbreitete ein Gefühl der Wärme und des Glücks bei den Menschen, mit denen er zusammen war. Dies war auch der Grund, zusammen mit seiner Fähigkeit, daß er Visionen erzeugen konnte und gelegentlich die Zukunft vorhersagte, weshalb man ihn so schätzte.

Nach dem Essen gelang es Gemma, mit ihm und Mallory alleine zu sprechen. Kris kannte bereits den größten Teil ihrer Geschichte, doch sie wollte ihm ein paar gezielte Fragen stellen. Kris konnte nicht sprechen und verständigte sich über Handzeichen mit den Menschen aus dem Tal, die Mallory für Gemma, falls nötig, übersetzen konnte. Doch bevor Gemma beginnen konnte, beugte sich Kris auf seinem Stuhl nach vorn und ergriff ihre beiden Hände. Sie spürte, wie eine Woge der Freude sie überkam – so intensiv, daß sie fast aufgeschrieen hätte. Bilder einer Gruppe von Menschen, die sich zu einer Feier versammelt hatten, füllten ihren Kopf. Unter ihnen befanden sich – glücklich lächelnd – Ashlins Eltern. Kris zeigte ihr, daß sie Gemma in Zukunft vergeben würden.

Gemma blickte in seine seltsamen Augen, die wie Schlitze waren, und bedankte sich stumm bei ihm. *Kein Wunder, daß sie dich so lieben*, dachte sie. Kris zog seine Hände zurück und lehnte sich entspannt zurück. Kragen stand plötzlich neben ihm und reichte zunächst ihm, dann auch den beiden Frauen ein Glas Wein.

»Keine Sorge«, meinte er. »Wir lassen dich in Frieden.« Mallory lächelte ihn an, als er in die Küche zurückkehrte.

Kris, das Glas unbeholfen zwischen seinen krummen Fingern haltend, trank mit sichtlichem Vergnügen.

»Ich weiß, es ist dir vielleicht unangenehm«, begann Gemma, »und es tut mir leid. Aber würdest du mir von der Vision erzählen, die du Arden gezeigt hast?«

Einen Augenblick lang wirkte Kris verlegen und antwortete nicht. Dann stellte er seinen Wein ganz vorsichtig ab, und seine Hände bewegten sich so rasch, daß Gemma nicht alles mitbekam.

»Er sagt, zwischen dir und Arden gibt es eine sehr starke Verbindung«, übersetzte Mallory. »Aus dieser Verbindung entspringt die Vision von dir. Doch es muß eine höhere Macht beteiligt sein, denn es war die einzige Vision, die Kris je von etwas *außerhalb* des Tales empfangen hat.«

»*Welche* höhere Macht?« fragte Gemma.

Kris zuckte mit den Achseln und schüttelte den Kopf, Gesten, die keiner Auslegung bedurften.

»Weißt du von den Magischen Kreisen?« fragte Gemma, das Thema wechselnd.

Die Hände begannen erneut zu sprechen.

»Das Tal gleicht einem solchen Kreis?« riet Gemma und sah Mallory an, um sich das bestätigen zu lassen. »Aber hast du wirklich niemals etwas anderes außerhalb des Tales gesehen?«

»Nein. Dies war die einzige Vision«, bestätigte Mallory mit Blick auf Kris' Finger.

»Oh.« Gemmas Hoffnungen schwanden. Dann beschrieb sie das Bild der kleinen Gemma auf dem Gipfel des Berges und fragte Kris nach dem Tiefen Süden und dem Gesang der Sirenen, doch er hatte ihr darüber nichts Erhellendes zu sagen. Er berichtete, er habe weder in Mallorys noch in der Zukunft des Kindes etwas Ungewöhnliches entdeckt. Die Bruchstücke, die Gemma gesehen hatte, waren ihm ein Rätsel – genau wie das Thema des Tiefen Südens. Gemmas Enttäuschung schien ihn zu bedrücken, doch als sie zu anderen, angenehmeren Themen übergingen, war die schützende Atmosphäre aus Wärme und Zufriedenheit bald wieder von ihm hergestellt.

»Kris meinte, es gäbe eine starke Verbindung zwischen uns«, berichtete Gemma Arden, als sie an jenem Abend in seinen Armen lag.

»Da erzählst du mir nichts Neues«, meinte er schläfrig. »Wie sollte es auch anders sein, nach allem, was wir zusammen durchgemacht haben.«

»Mmmm.« Sie kuschelte sich fester an ihn.

»Möchtest du diese Verbindung offiziell machen?« murmelte Arden.

»Was willst du damit sagen?«

»In Unter wird in ein paar Tagen Rat gehalten«, gab er zurück. »Bei dieser Gelegenheit feiert man im Tal die Hochzeiten.«

Gemma war mehrere Augenblicke lang sprachlos. Sie hatte nie daran gedacht zu heiraten. Sie hatte lediglich das Gefühl der Wärme und die Erleichterung über ihr langersehntes Wiedersehen genossen, daher rührte sie Ardens Bemerkung doppelt.

Er löste sich ein wenig von ihr, um sie anzuschauen.

»Sag was!« drängte er. »Ich weiß, eigentlich müßte ich auf die Knie gehen ... aber ich bleibe lieber hier bei dir. Ich weiß, viel habe ich nicht zu bieten ...«

»Sei endlich still, du Dummkopf!« unterbrach ihn Gemma lachend. »*Natürlich* heirate ich dich!«

13. KAPITEL

Zwölf Tage später war das Dorf Unter voller Menschen, die an der Ratsversammlung teilnahmen, und es herrschte eine festliche Atmosphäre. Es war zwar ein kühler Tag, doch der Himmel war klar; aus diesem Grund wurden die geschäftlichen Angelegenheiten kurzerhand bei einer Zusammenkunft unter freiem Himmel abgehandelt. Dann ging man zu den *wichtigen* Anlässen der Versammlung über. Als erstes wurden zwei Neugeborene vorgestellt und bekamen von ihren stolzen Eltern ihre Namen, dann folgte das Ereignis, das sogar die Menschen aus den entlegenen Winkeln des Tales angelockt hatte.

Die Mehrheit der Bevölkerung betrachtete Gemma und Arden als Helden, und dies, zusammen mit dem Umstand, daß sie die ersten Außenstehenden waren, die je im Tal miteinander vermählt wurden, machte die Zeremonie zu einem Ereignis, das mit größtem Interesse verfolgt wurde.

Auch wenn es nach dem Standard der Außerwelt kein förmliches Ritual war, lauschten dennoch alle Anwesenden dem feierlichen und doch freudigen Austausch der Gelöbnisse in ehrfürchtigem Schweigen. Als es vorbei war, hob großer Jubel an, und anschließend begann das *eigentliche* Fest.

Wie Arden Gemma erzählt hatte, waren die Menschen im Tal froh über jeden Grund zu feiern – und diesmal hatten sie einen besonders schönen. Nicht nur, daß das Tal wörtlich zu neuer Blüte gekommen war, sondern die beiden Menschen, denen man dieses Wunder hauptsächlich zu verdanken hatte, waren endlich unversehrt zurückgekehrt – und feierten sich selbst. Die Festlichkeiten dauerten bis weit in die Nacht.

Gemma ließ sich von diesem Wirbel überschäumender Freude mitreißen und konnte sich nicht erinnern, jemals glücklicher gewesen zu sein. Für einen kurzen Augenblick fiel ihr Blick auf Ashlins Eltern, die sich lachend unterhielten, und als sie am späteren Abend zu ihr kamen, um mit ihr zu sprechen, verriet ihre Freundlichkeit, daß sie ihr im Herzen längst vergeben hatten.

Selbst Mallory brachte einen langsamen Tanz zustande.

»Wenigstens kannst du mir diesmal nicht auf die Zehen treten«, meinte sie zu Arden. »Du kommst nicht einmal an sie heran!«

Als die Feierlichkeiten schließlich zu Ende gingen, fuhr Kragen sie gemächlich in seinem Bauernkarren nach Hause. Gemma war müde, trotzdem hatte sie noch immer ein Strahlen in den Augen, als sie in Ardens Armen lag. Vance und Jon neben ihnen schliefen tief und fest an den üppigen Körper ihrer Mutter geschmiegt. Als sie so dahinfuhren, lauschten Gemma und Arden Kragens Gesang, den man sonst nur selten zu hören bekam. Es war ein bedächtiges und schlichtes Lied, dem stattlichen Schritt der Pferde angepaßt, und es erzählte von den Freuden des Landlebens.

Im Winter schlafen wir
Im Frühjahr wird gesät
Im Sommer reift die Frucht
Im Herbst, da wachsen wir.

Als die letzten tiefen Töne verklangen, legte Gemma verschlafen ihren Kopf an der Schulter ihres Mannes, die, wie alles andere an ihm, genau für sie geschaffen schien.

Das Tal ist wie ein Kreis, dachte sie. *Geschlossen und vollkommen. Möge es noch lange so bleiben..*

Mit der Launenhaftigkeit so vieler Babys beschloß Mallorys Tochter, in der trostlosesten Zeit der Nacht das Licht der Welt zu erblicken – in jener Stunde kurz vor Anbruch der Dämmerung, die die Menschen auf Gemmas Heimatinsel als *die Stunde des Wolfs* bezeichneten.

Gemma hatte geschlafen, doch als ihre Träume von blutigen Bildern erfüllt wurden, wachte sie auf und fühlte sich verwirrt und verängstigt. Sie setzte sich auf, ohne die kalte Nachluft zu bemerken. Neben ihr rührte sich Arden.

»Was ist?« murmelte er.

»Das Baby«, erkannte sie. »Es kommt.«

Sie sprang aus dem Bett und zog sich hastig an, als es an der Tür klopfte und Kragen ins Zimmer trat.

»Es hat angefangen …«, setzte er an, dann sah er, daß Gemma bereits auf den Beinen war.

»Ich weiß«, sagte sie. »Bin schon unterwegs.«

»Kann ich helfen?« Arden war mittlerweile aufgewacht.

»Gehst du in das Zimmer zu den Jungs?« bat Gemma ihn. »Sie werden bestimmt aufwachen, und ich will nicht, daß sie Angst bekommen.«

Arden wirkte erleichtert und kletterte aus dem Bett. Gemma mußte lächeln, als sie ihn breit gähnen sah. Sie und Kragen traten hinaus auf den Flur, und der Farmer wollte auf sein Zimmer gehen. Doch Gemma legte ihm eine Hand auf den Arm und hielt ihn zurück.

»Gehst du bitte und holst Clare?« bat sie ihn.

Kragen machte ein verwirrtes Gesicht.

»Aber du weißt doch, daß Mallory keine andere Heilerin will außer dir«, sagte er langsam. »Warum ...?«

»Ich weiß, aber ich bin noch nie Hebamme gewesen«, erklärte Gemma ihm. »Clare dagegen schon, und es könnte sein, daß ich ihre Hilfe gebrauchen kann. Um ganz ehrlich zu sein, so wie ich mich im Augenblick fühle, bin ich womöglich keine große Hilfe.«

»Warum? Was ist denn los?« Kragen wirkte auf einmal besorgt.

»Ich weiß nicht«, erwiderte sie und versuchte, sich selbst darüber klar zu werden. Ein Strom aus Bildern und Empfindungen überflutete sie. »Mir dreht sich der Kopf.« Das war eine alles andere als treffende Beschreibung dessen, was mit ihr geschah, doch besser konnte sie es im Augenblick nicht ausdrücken.

Kragen legte ihr seine beiden großen Hände auf die Schultern und sah sie aufmerksam an.

»Wirst du zurechtkommen?« fragte er. »Soll ich Arden holen?«

»Nein, es wird schon gehen. Geh nur und hole Clare. Ich bleibe bei Mallory.«

Nach kurzem Zögern sprang Kragen los, drei Stufen auf einmal nehmend. Als Gemma sich Mallorys Zimmer näherte, hatte sie den Kopf voller Fragen. Fragen, die sie nicht beantworten konnte. Fragen, die sie nicht einmal bewußt hätte stellen können!

Ist es an der Zeit? Ist das Warten vorbei?

Gesichter von alten und neuen Freunden, unbekannte und vertraute, von Menschen und Tieren. Stimmen, jung und uralt, tief und bebend, Lieder des Feuers und der Wildnis.

Ist es vollkommen? Können wir beginnen?

Licht und Dunkel. Kälte und Hitze. Wüstenstriche und Bergwände. Sonnenlicht auf Wasser, Sternenglanz auf Schnee.

Verläßt du uns? Ist dies das Ende?

Freude und Trauer. Liebe und Zorn. Zeit, die verstreicht, über Generationen. Kreise innerhalb von Kreisen.

Hört auf! schrie Gemma stumm. *Ich bin im Tal!*

Das Getöse in ihrem Kopf ließ langsam nach, wurde weniger hartnäckig. Doch das brachte nur wenig Erleichterung. Vor der Tür zu Mallorys Zimmer blieb sie stehen, die Hand auf der Klinke. Es kostete sie den allerletzten Funken ihrer Entschlossenheit, sie aufzumachen und hineinzugehen.

Mallory Augen waren vor Schmerz und Anstrengung weit aufgerissen.

»Jetzt dauert es nicht mehr lange«, keuchte sie und zwang sich zu einem Lächeln. »Du hattest recht ... sie ist tatsächlich ungeduldig!«

Gemma stellte sich neben ihre Freundin und ergriff deren ausgestreckte Hand. Bei der ersten Berührung entfuhr Mallory ein friedlicher Seufzer, und sie entspannte sichtlich, als Gemmas instinktive Kräfte sich nach ihr reckten, um ihr zu helfen.

»Ich bin so froh, daß du da bist«, sagte sie. »Jetzt wird alles gut werden.«

»Was sind das für Geräusche?« Vance war verwirrt.

»Das ist deine kleine Schwester, die gerade geboren wird«, antwortete Arden. »Deine Mutter muß diese Geräusche machen – das hilft ihr.« Hoffentlich täuschte er sich nicht.

»Können wir hineingehen und zusehen?« fragte Jon hoffnungsvoll.

»Nein. Wir wären nur im Weg. Euer Vater und Gemma sind schon bei ihr.«

»*Dann* ist ja alles in Ordnung«, sagte Jon, der offenkundig großes Vertrauen in Gemmas Fähigkeiten setzte.

Clare war überhaupt nicht böse, so früh geweckt zu werden, und zog sich rasch an. Sie war die kenntnisreichste Heilerin im Tal und außerdem eine erfahrene Hebamme, daher reagierte sie ruhig und schaffte es, den besorgten Farmer zu besänftigen. Sie eilten zurück zur Farm. Auf dem Weg bekam Clare alle Informationen, die sie brauchte.

Als sie ins Zimmer traten, hatte Mallory bereits begonnen, tief und geräuschvoll durchzuatmen. Ihre Wehen kamen oft und heftig. Doch sie lächelte, sobald sie spürte, wie das Leben in ihr um seine Unabhängigkeit kämpfte. Gemma hielt noch immer ihre Hand und stand reglos da, einen abwesenden Ausdruck im Gesicht.

Clare übernahm das Kommando, sie war ein Ausbund an Tüchtigkeit, redete auf Mallory ein, machte ihr Mut und lenkte ihre Atmung. Kragen wischte seiner Frau den Schweiß von der Stirn und gab ihr einen Kuß. Dann sah er Gemma an.

»Ist mit dir alles in Ordnung?« erkundigte er sich, doch sie reagierte nicht.

»Gemma?« Kragen klang besorgt und wollte zu ihr.

»Laß sie!« befahl Clare. »Sie nimmt Mallory die Schmerzen. Außerdem kommt das Baby.«

Gemmas Gedanken drehten sich verwirrt im Kreis. Ein Teil von ihr konnte das Herauskommen des Babys ›sehen‹ und Mallory vor den allerschlimmsten Schmerzen abschirmen. Ihr Heilerinneninstinkt war zum Leben erwacht – und war der einzige Teil von ihr, der klargeblieben war. Alles übrige war verwirrend.

Ist dies der Augenblick? Ist es soweit?

Lichtblitze. Ewiges Feuer.

Ist sie es? Beschützt du sie?

Liebe und Zorn.

Laßt sie in Ruhe! weinte Gemma. *Sie ist noch nicht soweit!*

Starre Augen. Lippen, die sich teilen. Zungen, die einen Bann aus Lauten weben. Der zu Unverständlichkeit verhallt. Enttäuschung und Angst.

Laßt uns allein!

Kreise.

Sie fühlte, wie in einer fernen Welt eine neues Leben begann, hörte das Protestgeschrei und die Willkommensrufe. Ihre Hand öffnete sich wie von selbst.

Stille.

Gemma stieß einen tiefen Seufzer aus und fiel in Ohnmacht.

Clare drückte das Neugeborene seiner Mutter in die Arme und schob Kragen auf Seite, dann eilte sie zu Gemma, um nach ihr zu sehen.

»Ist alles mit ihr in Ordnung?« erkundigte sich Mallory. Erschöpfung und Besorgnis mischten sich in ihre Stimme.

»Sie ist in Ohnmacht gefallen«, erklärte die Heilerin, »aber es wird ihr bald wieder bessergehen. Könnte allerdings sein, daß sie eine Beule am Kopf hat.«

»Es ging alles so schnell«, fuhr Mallory fort. »Ich weiß nicht, was ich ohne sie getan hätte. Als sie meine Hand nahm ...«

»Sie verfügt über bemerkenswerte Fähigkeiten«, sagte die Hebamme nachdenklich, »was ihre Reaktion noch seltsamer erscheinen läßt. Wenn sie deine Schmerzen kontrollieren kann, warum nicht dann auch ihren eigenen Zustand?«

»Ich hole Arden«, erklärte Kragen sich bereit. »Wir bringen sie ins Bett.« Er gab seiner Frau einen zärtlichen Kuß, bevor er ging.

Mallory blickte in die tiefbraunen Augen ihrer Tochter.

»Nun, meine kleine Gem, ich weiß nicht, was du meiner Freundin angetan hast«, sagte sie leise, »aber denk dir besser eine gute Erklärung aus, wenn sie wieder zu sich kommt. Mit ihr ist nicht zu spaßen.«

Das Baby sah sie ernst an, so als überlegte es bereits, wie es sich rechtfertigen wollte.

14. KAPITEL

»Ich dachte, bei solchen Gelegenheiten fallen nur Männer in Ohnmacht.« Arden mußte grinsen und war froh, als er sah, wie die Farbe auf Gemmas Wangen zurückkehrte.

Sie waren alleine im Zimmer. Kragen war gegangen, um seine Söhne ihrer neuen Schwester vorzustellen, und Clare, die *alle* ihre Aufgaben zu ihrer Zufriedenheit erledigt hatte, war nach unten gegangen, um sich auszuruhen und etwas Heißes zu trinken. Gemma hatte das Bewußtsein wiedererlangt, kurz nachdem man sie zu Bett gebracht hatte, und war – von dumpfen Kopfschmerzen abgesehen – wieder mehr oder weniger die Alte. Allerdings war sie immer noch verwirrt und hatte Mühe, zu erklären, was geschehen war.

»Ich weiß«, sagte sie gerade. »Ich bin wirklich eine *tolle* Heilerin, so in Ohnmacht zu fallen.« Sie schüttelte den Kopf und bereute die Bewegung augenblicklich.

»Clare war sehr beeindruckt. Sie sagte, du hättest Mallory die Schmerzen genommen«, erwiderte Arden. »Vielleicht bist du deswegen ohnmächtig geworden.«

»Nein. Das war nicht schwer.« Gemma hielt inne und versuchte sich so gut es ging an das Durcheinander in ihrem Kopf zu erinnern. »Ich bin froh, daß ich Mallory helfen konnte – das war schließlich der Grund, weshalb ich hier sein wollte! Die Stimmen sind schuld, daß ich in Ohnmacht gefallen bin.«

»Welche Stimmen?«

»Die mir all die Fragen gestellt haben. So viele Fragen!« Gemma sah ihn aus aufgerissenen Augen an.

»Was du sagst, ergibt keinen Sinn, Liebling.«

»Ich weiß. Die Fragen auch nicht.« Einen Augenblick später versuchte sie, es zu erklären. »Es war wie damals mit Mendle auf dem Turm – als mir all die Magischen Kreise offenstanden. Nur waren die Bilder *diesmal* nicht deutlich, sie verschmolzen alle miteinander. Und *alle* bedrängten mich mit Fragen.«

»Worüber?«

»Über die Zeit. Über Anfang und Ende. Und die kleine Gemma, glaube ich.«

»Das Baby?«

»Aus irgendeinem Grund ist sie wichtig für sie – aber es ist zu früh! Sie ist noch nicht soweit!« Gemma war jetzt sehr aufgeregt und schrie fast.

»Beruhige dich«, versuchte Arden sie zu besänftigen. Er ergriff ihre Hände. »Dem Baby geht es gut. Die Kleine ist in Sicherheit – hier kommt niemand an sie heran.«

»Das dachte ich auch«, erwiderte Gemma, »aber jetzt bin ich nicht mehr so sicher. Wir befinden uns hier *im Tal*, Arden.«

»Das weiß ich«, sagte er und mußte trotz ihres Ernstes lächeln.

»Aber begreifst du nicht, was das bedeutet?« beharrte sie. »Die Kreise der Magie – wenn sie es denn waren – dürften mich hier nicht erreichen können. Das Tal hat mich immer abgeschirmt – vor Cai, vor dem Gesang der Sirenen und all dem anderen. Warum also jetzt nicht?«

»Das fragst du *mich*?«

»Du kennst das Tal besser als jeder andere Außenstehende«, beharrte Gemma.

»Ja, aber ich bin wohl kaum ein Experte, was Magie betrifft!«

»Vor nicht allzulanger Zeit hast du noch behauptet, du seist ein Zauberer«, sagte sie vorwurfsvoll und mußte trotz ihrer Besorgnis grinsen.

»Und das hast du mir geglaubt?«, fragte er und hob die Brauen. »*Sehe* ich vielleicht *aus* wie Wynut oder Shanti?«

Gemma mußte lachen.

»Nein. Gott sei Dank nicht!« Dann sah sie, wie er besorgt die Stirn in Falten legte. »Was ist?«

»Ich versuche mich an etwas zu erinnern, was die beiden mir erzählt haben«, antwortete er nachdenklich. Gemma wartete voller Ungeduld.

»Sie erklärten etwas über das Überleben der Magie«, sagte er langsam. »Wynut meinte, du seist der gegenwärtige

Schlüssel, und die andere – Mallory – *stelle den zukünftigen dar.*«

»Den zukünftigen Schlüssel des Traums?« flüsterte Gemma. »Das Baby?«

Arden zuckte mit den Achseln, dann fiel ihm noch etwas ein.

»Er fuhr fort und meinte, ihr beide wärt von entscheidender Bedeutung – genau das waren seine Worte –, daß euer Einfluß sich jedoch zum Guten oder Schlechten auswirken könne.«

»Oh.« Gemma war bestürzt. »Warum hast du mir das nicht vorher erzählt?«

»Bei allem, was passiert ist, habe ich es schlicht vergessen. Wir hatten seitdem wirklich allerhand um die Ohren«, protestierte Arden.

»Tut mir leid«, sagte sie ruhig, als sie merkte, wie recht er mit seiner Bemerkung hatte.

Ein paar Augenblicke verstrichen schweigend.

»Du hast selbst gesagt, die kleine Gemma sei etwas Besonderes. Vielleicht wart ihr beide zusammen bei der Geburt eine derart starke Kraft, daß die Kreise den Schutz des Tales durchbrechen konnten«, schlug Arden vor.

»Es ist fürchterlich verwirrend«, beklagte sich Gemma, »aber ich hoffe, du hast recht.«

Arden nickte, er verstand, daß sie sich Sorgen machte. Wenn seine Erklärung nicht stimmte, dann konnte dies nur bedeuten, daß das Tal nicht mehr der Zufluchtsort war, den sie alle so dringend nötig hatten. Was *das* bedeutete, wollte er sich lieber nicht ausmalen.

»Mach dir jetzt keine Sorgen deswegen«, meinte er sanft. »Fühlst du dich kräftig genug, sie dir anzusehen?«

»Natürlich.«

Arden half Gemma aus dem Bett, dann gingen sie Arm in Arm in Mallorys Zimmer.

Gemmas hatte einen letzten Wunsch vor dem Hineingehen. Welches Schicksal ihre Namensschwester auch erwartete, sie sollte wenigstens in einem friedlichen Zuhause aufwachsen, das ihr rechtmäßig zustand. Die Alternative dazu war zu furchtbar, um darüber nachzudenken.

Das Baby, das jeder – auf den Wunsch ihrer Mutter – *kleine Gem* nannte, war einen Monat nach Ardens und Gemmas Ankunft im Tal geboren worden. Es war eine idyllische Zeit für sie gewesen. Sie hatten die unvergleichliche Schönheit und Heiterkeit dieses Ortes und die uneingeschränkte Gastfreundschaft der Menschen hier in vollen Zügen genossen. Es bereitete ihnen große Freude, vor der Welt draußen geflohen zu sein, und sie genossen ihre Zweisamkeit wie nie zuvor.

Sie wußten zwar, daß dies eines Tages enden mußte, trotzdem war keiner der beiden auf die plötzliche und schlimme Art vorbereitet, wie es dann geschah. Im Nachhinein schien es, als wäre Gems Geburt der Auslöser für die folgenden Katastrophen gewesen. Damals jedoch sah es so aus, als wäre alles in Ordnung. Das Baby strotzte vor Gesundheit, Mallory und Kragen waren von ihr begeistert, und die beiden Jungs, die alles andere als eifersüchtig waren, waren sehr neugierig, verhielten sich ihrer kleinen Schwester gegenüber liebevoll und beschützend. Gemma litt nicht mehr unter Visionen und gewann rasch ihre alte Kraft zurück.

Ein weiterer Monat verging, ohne daß es große Störungen gegeben hätte. Gemma verbracht viel Zeit mit dem Baby, sah zu, wie es immer größer wurde, blickte ihm in die großen, braunen Augen und fragte sich, was in diesem kleinen Kopf wohl vorgehen mochte. Das Schicksal schien es mit der kleinen Gem nicht schlecht zu meinen.

Doch als sie gerade etwas über einen Monat alt war, trafen Nachrichten ein, daß nicht alles bestens stand. Mehrere Menschen, die in den Hochebenen im Süden des Tales lebten, berichteten, daß sie sich krank fühlten. Das war an sich schon ungewöhnlich, da die Menschen aus dem Tal normalerweise bei außergewöhnlich guter Gesundheit waren. Noch schlimmer war aber, daß die örtlichen Heiler die Ursache der Kranheit nicht entdecken konnten. Es dauerte eine ganze Weile, bis ihnen auffiel, daß alle Opfer dicht am Fluß lebten. Mitterweile gab es weitere, deutlichere Anzeichen dafür, daß eine schlimme Krankheit im Tal ausgebrochen war.

In der Nacht, nachdem Gemma von der rätselhaften Krankheit erfahren hatte, träumte sie zum erstenmal nach ihrem Eintreffen im Tal von den Höhlen und dem Gott Rael. Voller Angst lag sie eine ganze Weile wach.

Am nächsten Tag hatte sich die Krankheit verschlimmert und breitete sich rasch aus. Das Wissen führte dazu, daß jeder im Tal mitlitt. Die Ursache der Epidemie war ein Rätsel, einen derartigen Ausbruch hatte man noch nicht erlebt, nicht einmal während der Dürrezeit. Gemma und Mallory warfen so manchen angsterfüllten Blick auf die Kinder und waren froh, daß, im Augenblick zumindest, die schlimmsten Auswirkungen der Krankheit auf den Süden beschränkt blieben.

Jon war es, der ihnen das ganze Ausmaß des Grauens vor Augen führte. Er hatte mit seinem Bruder am Fluß gespielt, der noch immer kräftig floß, obwohl die Wintersonnenwende nur noch weniger als einen halben Monat entfernt war. Die Jungs entdeckten einen großen Fisch, merkten aber dann, daß er anders war als alle, die sie bislang gesehen hatten. Irgend etwas stimmte nicht mit ihm.

Jon, den diese glitschigen silbrigen Geschöpfe faszinierten, watete ins Wasser, um sich die Sache aus der Nähe anzusehen. Der Fisch tanzte, auf der Seite liegend, auf der Wasseroberfläche und machte keine Anstalten, davonzuschwimmen. Jon streckte vorsichtig die Hand aus, bekam seinen Schwanz zu fassen, dann hob er das widerstandslose Etwas aus dem Wasser. Es bewegte sich noch immer nicht.

»Er ist tot«, lautete Vances Kommentar vom Ufer.

»Seine Augen sind ganz komisch«, sagte Jon. »Milchig.«

Er piekste den Fisch mit einem Finger seiner freien Hand. Ein paar Schuppen fielen ab und wurden von der Strömung davongetragen.

»Er muß furchtbar viel gegessen haben«, meinte er, als er den aufgeblähten Bauch des Tieres betrachtete.

»Bring ihn her«, meinte Vance zu ihm.

»Wir bringen ihn nach Hause und zeigen ihn Arden«, entschied Jon. »Er kennt sich mit seltsamen Tieren aus.« Er watete ans Ufer, und die beiden Jungs machten sich auf den Weg quer über die Felder.

»Er stinkt ekelhaft«, sagte Vance, als sich dem Hof näherten. »Trag ihn besser nicht ins Haus.«

Jon sah es ein und legte den Fisch auf die Erde, bevor er ins Haus lief.

»Kommt mal her und seht, was ich hier habe!« brüllte er, und ein paar Augenblicke später folgten ihm Arden, Gemma und seine Mutter nach draußen.

»Jetzt sieht er nicht mehr so schön aus«, sagte er traurig. »Vorhin hat er noch geglänzt.«

Bevor die Erwachsenen Gelegenheit hatten, irgendeine Bemerkung zu machen, hatte Jon sich einen Stock geschnappt und stocherte damit in seiner Beute herum – als wollte er den Fisch dafür bestrafen, daß er nicht mehr schön aussah. Als er mit einem Ausrufs der Ekels zurückwich, sahen die anderen, was ihn so angewidert hatte.

Der Bauch des Fisches war aufgeplatzt und seine Eingeweide quollen heraus. Die Innereien hatten eine leuchtend grüne Farbe.

Arden hatte Mühe, sich nicht zu übergeben. Er schnappte nach Luft und sah wieder den vergifteten Flußlauf im Lichtlosen Königreich vor sich, die unbarmherzige Ausbreitung der Verschmutzung.

»Nein!« schrie er. »Nicht *hier*. Bitte nicht hier!«

Jon lief zu seiner Mutter und fing an zu weinen.

»Halte sie davon fern!« riet Gemma ihnen, die blaß geworden war.

»Vance, lauf und hole deinen Vater«, wies Mallory ihn an, und ihr älterer Sohn tat, wie ihm aufgetragen.

»Sorgt dafür, daß niemand ihn berührt!« erklärte Gemma ihnen, die sich wieder etwas beruhigt hatte. »Holt eine Schaufel, legt ihn in einen Behälter und vergrabt ihn dann tief in der Erde.« Selbst aus der Entfernung spürte sie die Ausstrahlungen des Bösen, all ihre Heilerinneninstinkte sträubten sich.

»Das wird nichts nützen.« Arden drehte sich zu ihr um, sein Gesicht wirkte verhärmt. »Verstehst du nicht? Es liegt am Fluß! Wenn der Fluß vergiftet ist, dann ist das ganze Tal verdammt.«

Jon, der in den Armen seiner Mutter lag, weinte noch heftiger.

Während der nächsten paar Tage wurde das Tal von viel Leid heimgesucht. Die Krankheit breitete sich aus, Pflanzen, die nah am Fluß standen, wurden braun und starben ab, Bäume verfaulten an ihrem Standort. Man konnte die Kadaver von Fischen und anderen Tieren im Fluß treiben sehen.

Die Gemeinde tat, was sie konnte. Man versiegelte die Auffangbecken, um die Vorräte an Frischwasser vor dem Verderben zu schützen, und siedelte ganze Familien vom Flußufer in die höher gelegenen Regionen um. Darüber hinaus jedoch konnte man nicht viel tun, außer darauf hoffen, daß dieses Unheil vorüberging – oder daß der Fluß zur Wintersonnenwende, die jetzt nur noch wenige Tage entfernt war, austrocknen würde, damit das Tal sich erholen konnte.

Angesichts dieser gräßlichen Bedrohung schwankten Ardens Gefühle zwischen Wut und Hilflosigkeit. Die Vorstellung, das Tal könnte schließlich doch verloren sein, deprimierte ihn zutiefst. Er wollte in die Berge gehen, zur Quelle des Flußes, oder zurück nach Newport, um Jordans Hilfe zu gewinnen – oder vielleicht im Lichtlosen Königreich um Rat fragen. Er wollte *irgend etwas* tun. Doch seine Ideen zerschlugen sich allesamt, und so blieb erund half, wo er konnte.

Gemmas Fähigkeiten waren natürlich sehr gefragt. Sie konnte zwar einige der Symptome der Grün-Krankheit mildern, doch sie konnte sie weder heilen, noch erkannte sie ihre Ursache. Sie arbeitete unermüdlich, aber das Herz war ihr schwer, und jeden Abend kehrte sie mit der Befürchtung nach Hause zurück, jemand aus Mallorys Familie könnte das jüngste Opfer der Epidemie geworden sein. Die größte Sorge bereitete ihr Jon. Doch vier Tage nachdem er den Fisch gefunden hatte, war er noch immer wohlauf – wenn auch ungewöhnlich blaß und still.

Eines Nachmittags kam Gemma aus ihren Zimmer herunter, um mit Mallory zu sprechen, die in der Küche war.

»Den Jungs geht es gut«, sagte Gemma leise, weil sie die kleine Gem nicht stören wollte, die in einer Wiege nah am Feuer lag. »Ich wünschte, von allen anderen könnte ich dasselbe behaupten.«

»Wird es schlimmer?« fragte Mallory.

Gemma nickte und wollte gerade noch etwas sagen, als alle Probleme des Tales mit einem Schlag aus ihren Gedanken verschwanden. Sie starrte Mallory an und sah, daß sich dasselbe im Ausdruck ihrer Freundin wiederspiegelte. Entzücken und Entsetzen waren zu gleichen Teilen gemischt.

Der Gesang der Sirenen erklang in ihrem Kopf, unaussprechlich süß, voller Sehnsucht und Verlockung, inzwischen aber auch mit einem Unterton von Grauen und Angst.

Das Tal war keine Zufluchtstätte mehr.

Während der Verstand der beiden Frauen noch versuchte, alles zu begreifen, wurden sie bereits überwältigt von der wundervollen, tödlichen Musik. Dann erregte plözlich ein anderes Geräusch ihre Aufmerksamkeit.

Die kleine Gem war aufgewacht, hatte einen zufriedenen Ausdruck im Gesicht und sang leise vor sich hin.

DRITTER TEIL

EIN LICHT AUS DEM NORDEN

15.
KAPITEL

An dem einsamen Passagier, der von dem Handelsschiff an Land ging, schien nichts sonderlich bemerkenswert. Die Hafenstadt Altonbridge im östlichen Cleve hatte in den letzten Tagen gewiß ungewöhnlichere An- und Abreisen gesehen. Es war fast fünf Monate her, daß die Gilde gestürzt worden war, und der Untergrund war dem Beispiel seiner Gefährten aus Great Newport gefolgt und hatte damit begonnen, die Regierung der Stadt neu zu organisieren. Das anfängliche Chaos war überstanden, trotzdem gab es überall noch Spuren des Aufruhrs. Der Neuankömmling war nur ein winziges Fädchen in einem gewaltigen sich ständig verändernden Wandteppich, und niemand schenkte ihm Beachtung.

Selbst wenn, hätte sein Äußeres wohl kaum Aufsehen erregt. Er war jung und sah auf jene jungenhafte Art gut aus, die so viele Frauen attraktiv finden. Sein braunes Haar war glatt, und er trug es länger, als es in Cleve Mode war. Er war von schmächtiger Gestalt und hatte nur ein kleines Bündel bei sich, das er über die Schulter geworfen hatte, sowie eine seltsam konstruierte Holzkiste.

Bei näherem Hinsehen jedoch wäre einem aufmerksamen Beobachter vielleicht etwas Interessantes aufgefallen. Das jugendliche Gesicht war von Sorgenfalten gezeichnet, die zu einem so jungen Menschen nicht zu passen schienen. Seine grünen Augen wirkten alt, und sein Blick hatte etwas verborgen Trauriges, das manche als gehetzt beschrieben hätten. Und – das war das ungewöhnlichste von allem – aus der Kiste drang ein schwaches Summen.

Der Mann blieb unschlüssig ein paar Augenblicke auf dem Kai stehen, besah sich das Treiben in den Hafenanlagen und die umliegenden Gebäude – von denen noch einige in Trümmern lagen – und das Gedränge der Menschen. Fast schien es, mit der Ankunft hier habe er sein einziges Ziel im Leben erreicht, und nun, da er angekommen war, sei ihm den Grund für sein Herkommen entfallen. Eine vorübergehende Verwirrung mischte sich in die Traurigkeit seines Blicks.

Doch dann riß er sich sichtlich zusammen und machte sich mit festen Schritten auf den Weg. Dabei trug er seine Lasten mit einer Leichtigkeit, die im Widerspruch zu seinem schmächtigen Körperbau stand. Er fragte einen Passanten nach dem Weg, marschierte geradewegs zum nächstgelegenen Gasthaus und nahm ein Zimmer, ohne sich zu vergewissern, ob es auch geeignet war. Er war erschöpft nach einer sehr langen Reise und hatte Ruhe bitter nötig. Obwohl der feste Boden unter seinen Füßen einer gewissen Gewöhnung bedurfte, war die Vorstellung eines Bettes, das sich weder neigte noch wankte, unwiderstehlich. Nun, da er sich – endlich – auf dem sagenhaften Südkontinent befand, glaubte er seine Suche bis zum nächsten Tag aufschieben zu können.

Obwohl es erst früher Abend war, ließ der Reisende seine Tasche auf den Boden fallen, setzte die Kiste behutsam auf dem Tisch ab, zog sich aus und kletterte ins Bett. Er wollte sich gerade unter den Laken entspannen, als er fluchend feststellte, daß er vergessen hatte, die Tür abzuschließen. Er wußte, daß er sich in dieser unbekannten Stadt fern der Heimat vor unwillkommenen Besuchern schützen sollte, doch die Wärme und Gemütlichkeit des Bettes wiegten ihn bereits in den Schlaf. Er starrte auf den Schlüssel, runzelte die Stirn, dann murmelte er ein paar Worte und machte eine kleine Geste mit der Hand.

Auf der anderen Seite des Zimmers drehte sich der Schlüssel langsam im Schloß. Es gab ein lautes Klicken, und der Fremde entspannte sich. Und mußte lachen.

Jetzt hast du all die Jahre deine Fähigkeiten abgestritten, und dann benutzt du sie für etwas so Banales wie das hier. Was für eine Verschwendung! dachte er. *Aber was soll's, es ist mir egal!*

Als er einschlief, lächelte er noch immer.

Cai kannte Gemma, seit sie ein kleines Mädchen war. Schon damals waren sie dicke Freunde gewesen, und der Zauberer war bei der jungen Prinzessin stets gern gesehen. Immer war er bereit zu irgendwelchen Spielen oder gewillt, sich mit ihr über Dinge zu unterhalten, die andere Erwachsene nicht verstanden oder nicht erklären wollten. Zudem war sein Bienenschwarm eine ständige Quelle der Faszination. Jeder wußte, daß alle Zauberer Vertraute hatten, doch Cai war insofern einzigartig, als sein Vertrauter nicht ein einzelnes Tier war, sondern eine Einheit, die aus vielen Individuen innerhalb einer Gruppe bestanden. Er tauschte sich mit dem *Schwarm* aus, nicht mit den einzelnen Bienen. Die meisten Menschen fanden die Tiere lästig oder sogar furchterregend, Gemma hielt das jedoch für dumm.

Cai seinerseits fand, daß seine junge Gefährtin bemerkenswert unterhaltsam und überraschend aufmerksam war. Damals hatte er großen Gefallen an der vertrauten Gesellschaft zahlreicher eher reiferer Frauen gefunden, trotzdem fand er immer Zeit für Gemma, und bei einer berühmt gewordenenen Gelegenheit hatte er allen Grund, für ihre hingebungsvolle Freundschaft mehr als dankbar zu sein. Im Verlauf eines gefährlichen aber lebenswichtigen magischen Experiments hatte der Schwarm auf den geistigen Zustand seines Zauberers reagiert, die Kontrolle verloren und den Palast terrorisiert, während Cai bewußtlos dalag. Obwohl sie erst sieben war, hatte Gemma die wild gewordenen und gequälten Bienen beruhigt, sie zu ihrem Herrn zurückgebracht und ihm damit das Überleben ermöglicht – und die Fortsetzung des magischen Prozesses.

Wenig später hatten sie über die dramatischen Geschehnisse gesprochen, und ein Teil dieser Unterredung war Gemma bis zum heutigen Tag deutlich im Gedächtnis geblieben.

»Es würde mich keineswegs überraschen, wenn du eines Tages selbst eine Zauberin werden würdest«, hatte er zu ihr gesagt.

»Würdest du mich dann heiraten?« hatte sie ihn prompt gefragt.

Es war nicht das erste Mal, daß das kleine Mädchen ihm

diese Frage stellte, aber es sollte das letzte Mal sein. Die Tage ihrer Unschuld waren gezählt, und die entsetzlichen Umwälzungen des *Schleifens* hatten alles verändert. Für Cai brachten sie das tragische Ende seines Glaubens in die Magie, und er lehnte es ab, sich länger als Zauberer zu betrachten.

Während Gemma zu einer wunderschönen jungen Frau heranwuchs, war dies der einzige Streitpunkt zwischen ihnen. Sie konnte nicht verstehen, warum all das *Gute*, das man mit Zauberei erreichen konnte, zwangsläufig verlorenging, sobald man ihr Potential für das *Böse* zerstörte. Er erklärte, alle Magie habe zwei Seiten und dürfe niemals wieder angewandt werden, wenn sie einmal zu solch schändlichem Zweck mißbraucht worden war. Er wurde wütend, als sie darauf hinwies, daß er seine Kräfte noch immer zum Heilen benutze, daß er nicht wie andere Menschen altere, und die Bienen bei ihm geblieben seien. Cai rechtfertigte sich, so gut es ging, versuchte, ihr diese Unstimmigkeiten mit Mitteln der Vernunft zu erklären und verachtete sich selbst dafür. Mittlerweile war ihm klar geworden, daß er sich geirrt hatte, und dieses Wissen war eine Quelle tiefen, bitteren Bedauerns. So vieles hätte anders sein können. Wenn nur …

Trotz ihrer Meinungsverschiedenheiten waren die beiden ständig zusammengeblieben und oft fälschlicherweise für ein Liebespaar gehalten worden. Cai hatte den Körper eines geschmeidigen und gutaussehenden Zwanzigjährigen, obwohl er in Wirklichkeit doppelt so alt war. Cai hatte sich tatsächlich in Gemma verliebt, hatte es aber nie zugegeben, nicht einmal sich selbst gegenüber, bis es schließlich zu spät war. Sie waren jedoch sehr gute Freunde, und er hatte viele Hoffnungen und Wünsche mit ihr geteilt.

Sie standen sich also sehr nahe, und so hatte ihn ihre heimliche Abreise sehr verletzt. Sie hatte ihn verärgert, verraten und sehr allein zurückgelassen, unfähig, in der Gesellschaft anderer Trost zu finden. Er begann, ein Doppelleben zu führen. Tagsüber war er nach außen hin glücklich und ein wenig geistesabwesend, und jeder am Hof liebte ihn, nachts jedoch wurde er wieder zum Zauberer, ganz gleich, wie emsig er versuchte, es vor sich selbst zu leugnen. Schon immer hatten ihn Träume verfolgt und gezwungen, gewisse tragische Ereignisse aus der Vergangenheit erneut zu durchleben. In Gemmas Abwesenheit wurden diese Träume noch quälender. Als die Monate vergingen und sie noch immer nicht zurückkam, verbrachte er mehr und mehr Zeit in seinem Schlupfwinkel in den Bergen und sehnte sich nach Frieden.

Und dann, in einer schlimmen Nacht, hatte ein neuer, noch lebhafterer Traum seine Welt wieder einmal auf den Kopf gestellt. Gemma war wie ein Geist in sein einsames Zimmer getreten, und Angst hatte ihn gepackt, bis er schließlich begriff, wie weit sie sich entfernt hatte und wie mächtig sie geworden war. Er war hilflos, doch seine Schwäche wurde für sie zum Geschenk – dem einzigen, das er noch zu bieten hatte –, als sie ihm die Geheimnisse entriß, die er so lange verborgen hatte. Doch selbst im Traum hatte er ihr seine Liebe nicht gestehen können.

Danach waren die Kontakte zu Gemma selten, wenn auch sehr real geworden: Tagträume, während derer er sich mit ihr unterhalten konnte, auch wenn er nicht immer alles sagen konnte, was er wollte. Sie wurde zu einem immer anwesenden, wenn auch schrecklich weit entfernten Phänomen in seinem Geist – außer in jenen Zeiten, wenn sie an jenen geheimen Ort verschwand, der sie, zu seinem Leidwesen, verborgen hielt. Wie auch immer, die Augenblicke, in denen er mit ihr unmittelbar kommunizieren konnte, waren selten – und wurden dadurch sehr wertvoll.

Zum erstenmal war dies geschehen, als sie ihre ganz besondere Fähigkeit einsetzte – von der Cai wußte, daß sie mächtiger war als seine jemals sein würde –, um zwei kranke Kinder gesund zu machen. Damals hatte er sie eingewiesen, denn er hatte erkannt, daß ihr Wissen ihren Fähigkeiten nicht ebenbürtig war. Er konnte sie überzeugen, daß dies keine *echte* Magie, sondern lediglich Heilkunst war – und damit etwas, das die Mühe lohnte.

Das zweite Mal war unendlich beängstigender gewesen. Gemma flog in einem Drachen, genau so, wie sie es früher mit ihm zusammen gemacht hatte, doch diesmal hatte ihr

Flug etwas Selbstmörderisches. Cai war so lange wie es ging bei ihr geblieben, doch als er schließlich überzeugt war, daß sie sterben würde, hatte ihn die Verzweiflung gepackt. Also verließ er sie und sagte vieles, das er später bereute. Dennoch war jedes Wort seiner letzten Nachricht ernst gemeint.

»Sorge dafür, daß alle stolz auf dich sind. So wie ich. Ich habe dich immer geliebt, Gemma. Behalte mich nicht in zu schlechter Erinnerung.«

Seine düsteren Vorahnungen schienen dadurch bestätigt zu werden, daß Gemmas Anwesenheit mehrere Monate lang völlig aus seinem Kopf verschwand. Cai hatte die Hoffnung fast aufgegeben, als er ohne Vorwarnung einen lebhaften und unbestreitbar glücklichen Traum von Gemma hatte und bereits am nächsten Tag feststellte, daß er kurz mit ihrem zu neuem Leben erwachten Geist sprechen konnte. In diesem Augenblick erfuhr er auch von dem geheimen Ort und der Verborgenen, von der sie so viel gelernt hatte.

»Du hättest es mir beibringen können«, hatte sie halb tadelnd, halb bedauernd gesagt.

Er hatte dies mit Hinweis auf seinen erschütterten Glauben abgestritten, Gemma war jedoch hartnäckig geblieben und hatte ihn gefragt, ob er ihn nie würde zurückgewinnen können.

»Vielleicht mit *deiner* Hilfe«, hatte er geantwortet – und sogar begonnen, selbst an diese Möglichkeit zu glauben.

Es war jedoch eine andere Vision, die ihm wirklich neue Hoffnung machte – und sein Entsetzen noch vergrößerte.

Sie stand vor einem Wall aus blauen Flammen von uralter, geheimnisvoller Kraft. Cai wußte, daß er nicht alleine mit ihr war und hatte ihr voller Zuversicht die Hilfe angeboten. Ihre Willenskraft war gewachsen, gestärkt durch Adrias Unterricht, und hatte sie befähigt, den Wall zu durchbrechen. Zu seiner Bestürzung verlor er sie dann jedoch bis zu der schicksalhaften Schlacht auf einem Turm hoch über einer unbekannten Stadt. Dort hatte er ihr seine Hilfe anbieten und sie ihr trotz ihrer beharrlichen Weigerung aufdrängen können – genau wie es all die anderen Beteiligten getan hatten. Doch bald wurde ihm bewußt, daß etwas auf entsetzliche Art nicht stimmte. Er wurde zunehmend verwirrt und ängstlich, schließlich erhob sich der Schwarm in die Lüfte und surrte um seinen Kopf in einer zornigen Wolke. Wahnsinn drohte, als ihn plötzlich die Kräfte verließen, dann jedoch kehrten sie auf ebenso mysteriöse Weise zurück, wie sie verschwunden waren. Er wußte, daß Gemma überlebt hatte, alles andere jedoch war in Rätsel gehüllt, und er sehnte sich danach, noch einmal mit ihr sprechen zu können.

Und so fällte er schließlich jenen Entschluß, der ihm schon so viele Monate auf dem Herzen gelegen hatte. Er nahm sich vor, nach Süden zu reisen und sie zu suchen.

Jetzt, fast fünf Monate später, nach unzähligen Verzögerungen und einer Reise, die in auf fast jede Insel der bewohnten Welt geführt hatte, war er schließlich in jenem Land angekommen, wo er – wenn überhaupt – seine verlorene Schülerin finden würde.

Sein einziger Kummer war, daß ihm im letzten Monat Gemmas Anwesenheit erneut versagt geblieben war.

Wie soll ich dich finden, wenn du nicht zu mir sprichst? fragte er sich. *Dies ist ein weites Land.*

Cai vertagte das Problem bis zum Morgen und schickte eine tröstliche Botschaft an den Schwarm in seinem Reisestock, dann fiel er in einen tiefen, traumlosen Schlaf.

16.
KAPITEL

Der Alptraum begann in der Stunde des Wolfes, auch wenn Cai dies erst später bewußt wurde, als er schweißgebadet und voller Angst verfolgte, wie das Licht in die Welt draußen vor seinem Zimmer zurückkehrte.

Flüchtige, vage Bilder von Blut machten einem überwältigenden Gefühl der Verwirrung Platz. Cai wußte, daß Gemma in seinem Traum eine zentrale Rolle spielte, auch wenn er sie nicht deutlich sehen konnte. Alles war verschwommen, unscharf und ungreifbar. Wichtige Dinge geschahen, blieben ihm jedoch verborgen. Seine Verzweiflung wuchs, er schrie Fragen in die Nacht. Die Beklemmung schnitt durch seinen Körper wie eine Klinge.

Widerstrebende Gefühle tosten in seinem Innern. Dann, in einem einzigen Augenblick der Klarheit, erkannte er in Gemmas Gesicht das Spiegelbild seiner Bestürzung. Er rief ihr etwas zu, und obwohl er ihre Antwort nicht hören konnte, stand fest, daß sie verärgert war. Beschämt und voller Angst zog er sich zurück.

Jetzt erschien eine andere Frau in seinem Traum. Die Bilder von Blut und Schmerzen gingen von ihr aus, Cai spürte aber, wie Gemma diese Last auf sich nahm. Er wollte sie aus diesen unerträglichen Qualen retten, aber er war machtlos. Als Gemma dann ein weiteres Mal seine Gegenwart verschmähte, erkannte Cai, daß dieser Traum nicht allein seiner war. Die anderen waren wieder da, genau wie auf dem Turm. Doch sie waren ebenso fern und verwirrt wie er. Die Offenbarung dauerte nur einen Augenblick.

Er hörte einen Ruf des Protests und der Begrüßung, einen Schrei, der ihn mit düsteren Ahnungen erfüllte.

Und dann herrschte Stille.

Und eine schwarze Leere, so still und leer wie der Tod.

Beim Aufwachen fühlte er sich wie eine Stoffpuppe, die man erst in eisigem Wasser ausgewaschen und dann durch eine Mangel gedreht hatte. Obwohl er schweißgebadet war, zitterte er. Sein Herz pochte, und er fühlte sich so schwach, daß er sich nicht rühren konnte. Er lag still und ließ sich jedes Bild der grauenhaften nächtlichen Vision noch einmal durch den Kopf gehen.

Gemmas Ablehnung hatte ihn bis ins Mark getroffen. Früher schien ihr seine ferne Anwesenheit willkommen gewesen zu sein – ihre früheren freudigen Reaktionen waren ganz sicher nicht gespielt. Was war also diesmal anders? Er kam sich verloren vor, niedergeschlagen. Wenn Gemma ihn weder brauchte noch wollte ... War seine lange und beschwerliche Reise dann umsonst gewesen?

Blut und Schmerzen. Im Kopf hörte er erneut den Schrei des Babys und drohte in einer Flut widerstrebender Gefühle zu versinken – in dem Staunen über das neugeborene Leben, der Liebe für das Kind, in dem Haß und der Eifersucht, die er für den Vater empfand. Dann erkannte er, daß es nicht Gemmas Kind war. Wessen Kind war es dann – und wieso war seine Geburt so wichtig? In welcher Verbindung stand Gemma dazu?

Cai sehnte sich danach, ihre Anwesenheit wieder zu spüren, damit er wenigstens Gelegenheit hatte, mit ihr zu sprechen – doch da war nichts.

Eine schwarze Leere, so still und leer wie der Tod.

Die Weigerung stieg ungefragt in seinem Innern empor. Gemma ist *nicht* tot! Und diese Gewißheit entsprang nicht einfach eine irrationalen Sehnsucht. Der Kontakt, so sehr er ihn verstörte, war noch da gewesen. In diesem Augenblick erkannte er, daß Gemma sich an ihrem geheimen Ort aufhalten mußte, wo die Geschehnisse von der Außenwelt nicht eingesehen werden *sollten*. Deswegen war sie auch so verärgert gewesen – deswegen hatte sie sie alle fortgeschickt!

Seine Stimmung kippte völlig, und fast hätte er gelacht. Schon die Tatsache, daß er sie gesehen hatte, wurde zum Symbol dafür, wie nahe sie sein mußte. Seine Reise war nicht umsonst gewesen.

»Wenn dieses Land dich beherbergt, Gemma, dann werde ich dich finden«, gelobte er laut.

Dann kam ihm ein weiterer Gedanke, und er beruhigte sich und dachte darüber nach. Was immer in jener Nacht geschehen war, es war ein Zeichen dafür, daß mächtige Kräfte am Werk waren. Magische Kräfte. Hier stand mehr auf dem Spiel als eine davongelaufene Prinzessin.

Cai grinste gequält. Die letzten fünfzehn Jahre hatte er damit verbracht, sich gegen die Vorstellung zu sperren, daß Magie noch existierte, und hatte seine eigenen Kräfte als bedeutungslose Anachronismen abgetan – als Überbleibsel aus einer Zeit schlimmen Übels. Einzig Gemma hatte ihm offen widersprochen, und ihre Streits waren oft verbittert gewesen. Er hatte versucht, seine Welt in eine Form zu pressen, in die sie nicht paßte – eine Form, wie er sie wollte, nicht wie sie wirklich war. Das war ihm jetzt klargeworden; in seinem Herzen hatte er es seit jenem erschütternden Traum von Gemma gewußt, doch erst der Kampf auf dem Turm hatte ihn gezwungen, der Wahrheit ins Auge zu sehen.

Dieses Eingeständnis war bitter und schwierig gewesen und hatte ihm eine Menge abverlangt. Über weite Strecken seiner Reise war er verzweifelt und unglücklich gewesen. Die Vorstellung, daß die Magie wieder zum Leben erwacht und er ein Teil von ihr war, hatte ihn abgestoßen. Trotzdem zwang er sich, sich seine früheren Fähigkeiten ins Gedächtnis zu rufen, und war in gewissem Maß erleichtert, die Zauberei wieder auszuüben. Seine schlummernden Geisteskräfte hatten ihn in den dazwischenliegenden Jahren schwer belastet; diese Last war nun endlich von ihm abfgefallen.

Cai sandte eine stille Botschaft an den Schwarm. Die Bienen kamen aus den kleinen, in den Stock gebohrten Löchern hervor und flogen im Zimmer umher. Der Zauberer beobachtete sie mit einem zufriedenen Funkeln in den Augen. Jedenfalls brauchte er jetzt keine Schuldgefühle mehr zu haben, wenn er sich mit den Bienen austauschte. Sobald seine Suche begann, würden sie ganz offen bei ihm sein – wie es sich für Vertraute gehörte.

Cai lächelte und stieg aus dem Bett. Er fühlte sich zwar noch immer schwach und fröstelte in der kühlen Morgenluft, doch er trug eine neue Entschlossenheit in seinem Herzen. Rasch zog er sich an und konnte es kaum erwarten, mit der Suche zu beginnen.

Diesmal bemerkten die Bürger von Altonbridge den Ankömmling. Sein eigenes Erscheinungsbild war zwar unverändert, doch wurde er jetzt von einer kleinen, dunklen, über seinem Kopf schwebenden Wolke begleitet, die rätselhaft summte. Der Schwarm war zwar nicht gefährlich, trotzdem nahmen manche Leute rasch Reißaus. Wer sich die Mühe machte, den Herrn des Schwarms genauer zu betrachten, sah die stählerne Entschlossenheit in seinen grünen

Augen. Manche entdeckten dort sogar ein amüsiertes Funkeln. Zum erstenmal seit vielen Jahren genoß Cai seine Verbindung mit den Bienen – und die Wirkung, die ihre Anwesenheit erzeugte.

Entschlossen schritt er durch die frühmorgendlichen Straßen. Ein schwarzer Umhang schützte ihn vor dem dünnen, kühlen Nebel, der vom Hafen her heraufzog. Der Wirt seines Gasthauses hatte ihm vorgeschlagen, sich mit einem Mann namens Chad in Verbindung zu setzen, und ihm den Weg zu dessen Haus erklärt. Offenbar war dieser Mann ein führendes Mitglied einer Gruppierung, die unter dem Namen *Untergrund* bekannt war. Nach Ansicht des Gastwirts konnte man diesen Untergrund am ehesten als Regierung der Stadt bezeichnen.

Der Untergrund, überlegte Cai. *Sind das die Leute, denen Gemma helfen wollte? Oder sind es diejenigen, die sie bekämpfen wollte?*

Jetzt wünschte er sich, ihr länger zugehört zu haben, doch diese ersten Kontakte waren nur kurz gewesen. Sein Instinkt sagte ihm, daß dieser Untergrund Gemmas Verbündete waren, aber beweisen konnte er das nicht. Sein Wirt hatte ihm ein wenig über den Machtkampf erzählt, der vor kurzem in Altonbridge stattgefunden hatte, aber von einem einzelnen Mann konnte er kein vollständiges Bild erwarten.

Geh behutsam zu Werke, mahnte der Zauberer sich zur Vorsicht.

Er erreichte das gesuchte Haus und klopfte beherzt an. Nach wenigen Augenblicken öffnete sich die Tür, und ein Mann schaute heraus. Er hatte eine Scheibe Brot in seiner rechten Hand und kaute herzhaft. Beim Anblick seines Besuchers stockte sein Kiefer, und er warf einen argwöhnischen Blick auf den Bienenschwarm.

Cai grinste breit. »Bist du Chad?« erkundigte er sich.

Der Mann nickte, den Blick immer noch nach oben gerichtet.

»Mein Name ist Cai. Ich bin ein Zauberer von den Inseln im Norden.« Cais Lächeln wurde breiter. *So gehe ich also behutsam zu Werke!* dachte er leicht amüsiert.

Chad schluckte und senkte den Blick, um dem Besucher ins Gesicht zu sehen.

»Ich kann sie fortschicken, wenn sie dich stören«, sagte Cai. Chad antwortete nicht. »Kann ich reinkommen?« fragte Cai. »Ich habe ein paar Fragen, auf die ich eine Antwort brauche, und man hat mir gesagt, daß du mir helfen kannst.«

Chad fand seine Haltung wieder.

»Tut mir leid«, meinte er. »Normalerweise bin ich nicht so zurückhaltend mit meiner Begrüßung. Komm rein.« Er winkte Cai mit dem Stück Brot ins Haus. »Aber laß die Bienen draußen.«

»Natürlich.«

Cai ging an seinem Gastgeber vorbei und betrat einen düsteren Raum. Auf einem schlichten Holztisch waren Speisen ausgebreitet.

»Ich frühstücke gerade. Willst du mir Gesellschaft leisten?«

»Nein, danke«, antwortete Cai. »Ich habe schon gegessen.«

»Du bist früh auf den Beinen«, meinte Chad und deutete auf einen Stuhl für seinen Gast. »Bitte entschuldige mich einen Augenblick.«

Er ging in einen angrenzenden Raum, und Cai hörte eine kurze, geflüsterte Unterhaltung, konnte aber nicht verstehen, was gesprochen wurde. Dann das Geräusch einer Tür, die schnell geöffnet und wieder geschlossen wird, und Chad kam zurück ins Zimmer.

»Stört es dich, wenn ich zu Ende esse?« fragte er und setzte sich an den Tisch. »Ich erwarte gleich noch andere Besucher.«

»Bitte.«

»Was sind das für Fragen, auf die du eine Antwort brauchst?«

»Ich habe ein wenig von den letzten Ereignissen hier mitbekommen«, begann Cai, »aber ich würde gerne von jemandem mehr darüber hören, der in vorderster Front dabei war.«

»Das ist stark übertrieben«, brummte Chad.

»Aber du bist doch ein Mitglied des Untergrunds?«

»Ja, aber ein Fußsoldat, kein General.«

»Du bist sicher zu bescheiden«, sagte Cai, doch Chad zuckte nur mit den Achseln. »Ich habe gehört, im Turm hat ein entscheidender Kampf stattgefunden«, versuchte der Zauberer ihn auszuhorchen.

Chad nahm einen Mundvoll Essen und kaute langsam. Dann schluckte er und betrachtete Cai mit echter Neugier.

»Das war in Newport, nicht hier«, erklärte er.

»Entschuldige. Ich bin erst kurz in diesem Land«, erwiderte der Zauberer. »Wo liegt das?«

»Great Newport, Hauptstadt von Cleve. Das liegt ungefähr zweihundert Meilen westlich von hier«, antwortete sein Gegenüber. »Entlang der Küstenstraße.«

»Eine Frau namens Gemma war in diesen Kampf verwikkelt, nicht wahr?« fragte Cai. Sein Herz klopfte schneller.

»Was hast du mit Gemma zu schaffen?« wollte Chad wissen, der argwöhnisch geworden war.

»Sie ist eine Freundin von mir«, antwortete Cai benommen vor Freude, trotz der Vorsicht des anderen Mannes. Dieser Mann kannte Gemma! Endlich hatte Cai das Gefühl, unter Freunden zu sein – ihren Freunden – und daß er sie bald finden würde.

»Ich kenne sie schon seit ihrer Kindheit«, fuhr er fort. »Weißt du, wo sie sich im Augenblick aufhält?«

Chad schüttelte den Kopf.

»Aber du kannst mir helfen, es herauszufinden?«

»Warum willst du sie finden?«

Cai gab nicht die Antwort, die ihm augenblicklich in den Sinn kam. Statt dessen erklärte er Chad, was er sich selbst eingeredet hatte, um seine Reise zu rechtfertigen.

»Wichtige Dinge geschehen in unserem Land. Gemma spielt dabei eine entscheidende Rolle – und Magie ebenfalls. Als ihr Freund und als Zauberer fällt auch mir dabei eine Rolle zu, doch vorher muß ich sie finden. Ich bin von so weit her gekommen ...«

Ein Klopfen an der Tür unterbrach ihn.

»Herein!« rief Chad und wirkte fast erleichtert, als ein schlanker, drahtiger Mann den Raum betrat. Er schob seine feuchte Kapuze zurück, nickte Chad zu, dann drehte er sich um zu Cai, der sich von seinem Platz erhob.

»Du bist also der Zauberer«, meinte der Neuankömmling.

Cai nickte. »Ganz recht.«

»Er behauptet, Gemma zu kennen«, warf Chad ein. »Er sagt, sie seien zusammen aufgewachsen.«

Das stimmt nicht ganz, dachte Cai, korrigierte das naheliegende Mißverständnis aber nicht.

»Ich habe ihm nichts verraten, was nicht allgemein bekannt ist«, stellte Chad leicht abwehrend fest.

Ich kann ihnen nicht verübeln, daß sie mir nicht trauen, entschied Cai. Trotzdem war er enttäuscht. *So nah und doch so ...*

»Vergib uns, aber in der Vergangenheit hatten wir Gründe, Fremden gegenüber mißtrauisch zu sein«, erklärte der Neue wie als Antwort auf Cais unausgesprochene Worte. »Ich heiße Dale.«

»Ich bin Cai.«

»Ich habe von dir gehört.«

»Dann kennst du Gemma?« rief Cai.

»Schon möglich.« Dale war noch immer vorsichtig. Er konnte sich nicht erinnern, daß Gemma während ihres Ritts vom Tal nach Altonbridge von einem Cai gesprochen hatte, doch in einem späteren Gespräch mit Hewe war der Name aufgetaucht. Er zermarterte sein Hirn bei dem Versuch, sich zu erinnern, was gesprochen worden war, doch ohne Erfolg.

»Bitte«, sagte Cai. »Kannst du mir sagen, wo sie sich aufhält?«

Dale antwortete mit einer Frage.

»Kannst du beweisen, daß du ihr Freund bist?«

Der Zauberer seufzte. Gemmas Schutz war wirklich ausgezeichnet.

»Ich kann euch von ihrem früheren Leben erzählen«, meinte er. »Ich war es, der ihr beigebracht hat, einen Drachen zu fliegen. Und ich weiß, daß sie von diesem Können Gebrauch gemacht hat, seit sie hier ist.«

Dale sah ihn abschätzend an.

»Ich weiß nichts über ihr Leben, bevor sie nach Cleve gekommen ist«, sagte er. »Beschreib sie mir.«

»Sie hat rotes Haar«, begann Cai.

»Das weiß jeder«, murmelte Chad, doch Dale gab ihm ein Zeichen, daß er schweigen solle, und Cai fuhr fort.

»Ihre Haut ist hell und voller Sommersprossen. Ihr Augen sind grau. Sie ist einundzwanzig, fast zweiundzwanzig jetzt. Und sie ist wunderschön.«

Dale nickte.

»Woher weiß du von ihren Heldentaten hier?« fragte er.

»Manchmal verschmelzen unsere Gedanken miteinander«, erwiderte der Zauberer. »Nicht oft, und wenn, dann nur für kurze Zeit. Aber ich habe einen Teil ihres Fluges aus den Bergen gesehen, und ich habe gesehen, wie sie durch die blaue Wand gegangen ist. Und der Kampf auf dem Turm …« Er erinnerte sich. »Und wie sie die Kinder in Keld geheilt hat.«

»Diese Geschichten sind allgemein bekannt«, zeigte sich Dale keineswegs überrascht. »Du hättest sie in einem Gasthaus aufschnappen können.«

»Warum sollte ich?« fragte Cai verzweifelt. »Was könnte ich mir davon versprechen, fälschlicherweise zu behaupten, Gemma zu kennen? Und was muß ich tun, um dich zu überzeugen, daß ich tatsächlich ihr *Freund* bin?«

Der andere antwortete nicht, also versuchte es der Zauberer erneut.

»Es gab noch ein weiteres Mal«, sagte er. »Als sie die Verborgene aufgesucht hat.«

»Was?«

»Diese alte Frau, die ihr geholfen hat. Adria.«

Cai bemerkte Dales vorübergehende Verwirrung und schöpfte neue Hoffnung. »Sie hat Gemma gezeigt, wie sie ihre magischen Fähigkeiten einsetzen kann«, fuhr er fort. »Das geschah kurz nachdem Gemma ihren *besonderen Ort*, wie sie es nennt, verlassen hatte.« Er behielt sein Gegenüber genau im Auge, in der Hoffnung, endlich von ihm akzeptiert zu werden. Eine ganze Weile verstrich, ohne daß jemand etwas sagte.

Dale überlegte fieberhaft. Er und Hewe waren bei Gemma gewesen, als sie Adria aufgesucht hatte, und seines Wissens waren sie die einzigen, die etwas von der Begegnung wußten. Trotz seines Mißtrauens fühlte er sich allmählich beeindruckt.

»Kannst du beweisen, daß du ein Zauberer bist?« fragte er unvermittelt.

Cai dachte einen Augenblick lang nach. »Ich gebrauche Magie nicht gerne leichtfertig«, sagte er, »aber ich denke, dies ist eine angemessene Gelegenheit.« Er schnippte mit den Fingern, und eine abgebrannte Kerze auf dem Tisch entzündete sich. Ein Wink mit der Hand, und sie war wieder erloschen. Chad stockte der Atem, Dale jedoch blieb gelassen.

Mal sehen, wie du darauf reagierst, dachte Cai mit einem Anflug von Boshaftigkeit. Er war ihr Mißtrauen allmählich leid. Ihm war aufgefallen, daß eines der Fenster offenstand, und schickte dem Schwarm eine Nachricht. Ein paar Augenblicke später begannen die Bienen, in das Zimmer hineinzuströmen. Chad und Dale gingen in Deckung, entnervt vom zornigen Summen des Schwarms, das durch die Enge des Raumes noch lauter wirkte.

Langsam sammelten sich die Bienen an einer Wand, und der Lärmpegel reduzierte sich zu einem leisen Summen. Die beiden Mitglieder des Untergrunds erhoben sich nervös und betrachteten erstaunt die Wand. Die winzigen Insekten hatten sich zu schimmernden Buchstaben in lebhaftem Gold und Schwarz formiert.

GENÜGT DAS? fragten sie.

17. KAPITEL

Dale führte Cai rasch durch das Gewirr der Straßen. Der Bienenschwarm schwebte über ihren Köpfen. Dale hatte zahlreiche Verpflichtungen, die seine Aufmerksamkeit verlangten, und hatte, ausgelöst durch die letzte Demonstration des

Zauberers, eine Möglichkeit gesehen, zwei Fliegen mit einer Klappe zu schlagen und sich gleichzeitig davor zu schützen, getäuscht zu werden. Instinktiv hatte er mit dem Mann aus dem Norden Freundschaft geschlossen, doch in den letzten Jahren hatte zu viele Betrügereien gesehen, um irgend etwas – oder irgend jemanden – allein nach dem äußeren Schein zu beurteilen.

»Wo gehen wir hin?« fragte Cai. Sie hatten Chads Haus rasch und ohne die Angabe eines Ziels verlassen.

»Ich möchte dich jemandem vorstellen«, antwortete Dale. »Sie arbeitet in unserem Hauptquartier in der Nähe des Stadtzentrums.«

»Weiß sie, wo Gemma ist?« erkundigte sich der Zauberer sofort.

»Nicht besser als ich auch«, gab Dale zurück.

»Wie kann sie dann helfen?«

»Weil sie Gemma ebenfalls wiederfinden will.«

»Wiederfinden?«

»Zana traf auf dem gleichen Schiff in Cleve ein wie Gemma. Sie gehörte zur selben Gruppe. Kurze Zeit später wurden sie getrennt, aber jetzt setzt sie mir schon seit Monaten zu, ich soll erlauben, daß sie Gemma suchen darf.«

»Dann weißt du also doch, wo sie ist!« rief Cai, gleichzeitig erregt und empört.

Dale schüttelte den Kopf.

»Ich will es dir erklären«, begann er geduldig. »Gemma blieb nach dem Kampf im Turm noch einige Monate in Great Newport, aber das Letzte, was ich gehört habe ist, daß sie fortgegangen ist, um sich auszuruhen.«

»Wohin?« fragte der Zauberer, der überzeugt war, daß sie ihren geheimen Ort aufgesucht hatte.

»Ich weiß es nicht«, gab Dale zurück. *Auch wenn ich es mir wahrscheinlich denken kann*, dachte er. »Man hat mir erzählt, Gemma und Arden befänden sich an einem sicheren Ort und dürften nur im äußersten Notfall gestört werden.«

»Wer ist Arden?«

»Ein enger Freund von ihr. Hat ihr, glaube ich, einmal das Leben gerettet.«

Cai wurde von einem Gefühl ergriffen, das er sich weigerte, als Eifersucht zu erkennen. Er schob es von sich und fragte, »Woher hast du diese Information?«

»Von einem meiner Kollegen, Hewe. Ich glaube, im Augenblick hält er sich in Great Newport auf. Und dorthin werde ich auch dich und Zana schicken.«

Ah, wenigstens ein kleiner Fortschritt, dachte Cai. Er fragte sich kurz, ob Dale ihm etwas verheimlichte.

»Jedenfalls«, fuhr der Südländer fort, »ist es fast einen Monat her, seit Hewe zuletzt dort war. Es ist also durchaus möglich, daß Gemma inzwischen wieder nach Newport zurückgekehrt ist.«

Die Vorstellung hob Cais Stimmung beträchtlich.

»Und wenn nicht, müßtest du dort zumindest etwas über sie in Erfahrung bringen können«, schloß Dale. *Und wenn du nicht der bist, der du zu sein behauptest, werden dir Jordan und Hewe schon sehr bald auf den Zahn fühlen*, fügte er für sich hinzu. Er hatte nicht die Absicht, den Fremden in das Tal zu führen, wo Gemma nicht unter dem Schutz des mächtigen Untergrunds stand.

Das Hauptquartier in Altonbridge befand sich in einem Gebäude, das einer Mietskaserne ähnlich sah. Dort waren einst die Büros der Gilde untergebracht gewesen, der kürzlich gestürzten Regierungs- und Handelsorganisation. Dale bat Cai in einen kleinen Raum, den ein riesiger Schreibtisch fast gänzlich füllte, hinter dem eine attraktive dunkelhaarige Frau Anfang Dreißig saß. Sie redete mit einem jungen Mann, der neben ihr stand.

»Nein. Nein. Nein!« sagte sie gerade. »Sie sollten *dorthin* gehen.« Um ihre Worte zu unterstreichen, tippte sie mit den Zeigefinger auf ein Blatt Papier, das auf dem Schreibtisch lag. Sie warf einen kurzen Blick auf die Neuankömmlinge, gab zu erkennen, daß sie sie wahrgenommen hatte, redete aber weiter. »Der Trupp aus der Reel Street braucht frühestens in zwei Monaten Dachziegel, aber wenn die Häuser in Nordviertel nicht bald gedeckt werden, sind sie bis zum Frühling zerstört. Geh und sag Bevin Bescheid, und sorge dafür, daß er weiß, wohin er gehen soll.«

Der junge Mann verließ eilig den Raum, wobei er den beiden Männern entschuldigend zulächelte.

»Hoffentlich bringst du mir Verstärkung«, meinte die Frau zu Dale. »Kein Mensch hier hat auch nur einen blassen Schimmer, wie man eine Stadt regiert.«

»Was würden wir ohne dich nur tun, Zana?« grinste Dale.

»Sehr viel weniger wahrscheinlich«, gab sie kopfschüttelnd, aber mit einem Lächeln zurück. »Wer ist das?«

»Ein Freund von Gemma.«

»Oh.« Zana starrte Cai an. »Also keine Verstärkung?«

»Ich glaube nicht, daß ich im organisatorischen Bereich von großem Nutzen wäre«, meinte Cai.

»Er ist Zauberer«, fügte Dale als Erklärung hinzu.

»Oh«, machte Zana noch einmal. Es entstand eine Pause. »Gibt es noch etwas, das ich wissen sollte?«

»Ja«, meinte Dale. »Du wirst mit ihm nach Newport gehen.«

Vier Stunden später trafen sich Cai und Zana wie vereinbart in einem nahe gelegenen Gasthaus. Dale hatte Zana die Situation kurz erklärt und die beiden dann alleine gelassen, damit sie ihre eigenen Pläne schmieden konnten. Sie hatte die Gelegenheit, nach Newport zu kommen, sofort beim Schopf ergriffen, denn sie sah darin sowohl eine Möglichkeit, der endlosen Mühen zu entgehen, die der Wiederaufbau in Altonbridge mit sich brachte, als auch Gemma wiederzusehen – darauf hatte sie schon eine ganze Weile gewartet. Dale hatte unter vier Augen mit ihr gesprochen, hatte ihr seine Befürchtungen erläutert und sie gebeten, den Neuankömmling genau im Auge zu behalten, doch das hatte ihre Begeisterung nicht dämpfen können.

Cai war bereits dort, als sie kurz nach Mittag eintraf. Der Wirt begrüßte sie herzlich und schenkte ihr ungefragt etwas zu trinken ein. Auf dem Weg zum Tisch des Zauberers winkte Zana verschiedenen anderen Gästen zu.

»Auf deine Gesundheit«, sagte sie und nippte anerkennend an ihrem Glas. »Der beste Wein in der Stadt.« Sie ließ sich entspannt auf ihren Stuhl fallen und betrachtete Cai neugierig. »Wo sind die Bienen?«

»Auf dem Dach«, erklärte er. »Ich denke, der Wirt hätte etwas dagegen, wenn sie hier drinnen wären.«

»Da ist was dran«, gab sie ihm recht. Die beiden lächelten sich an.

»Wann brechen wir auf?« wollte Cai wissen.

»Du hast es eilig«, kommentierte sie.

»Ich komme von weit her – und hätte viel eher kommen sollen.«

Zana nickte nachdenklich.

»Nun, ich werde ein paar Tage brauchen, um die Dinge hier zu regeln«, entschied sie. »Ich kann nicht einfach so fort«, erklärte sie, als sie seinen bestürzten Ausdruck sah. »Das würde das Chaos bedeuten.« Sie hielt inne. »Oder besser, es wäre ein noch schlimmeres Chaos, als es ohnehin schon ist. Bis dahin könnten wir uns gegenseitig ein wenig kennenlernen. Wo wohnst du?«

»Im Dolphin. Es war der erste Gasthof, den ich gefunden habe.«

»Du hast Glück gehabt«, meinte sie. »Die meisten Gasthäuser in der Nähe des Hafens sind ziemlich schlecht.«

»Du scheinst dich gut auszukennen …«, sagte er.

»Ich war selbst mal in der Branche«, erklärte Zana. »Ich hatte mein eigenes Gasthaus auf Haele, bevor ich hierherkam.«

»Daher hast du also deine Geschäftskenntnisse.«

»Ha! Beim Aufbau einer Stadt zu helfen, ist ein *klein wenig* anders.«

»Dale meinte, du seist auf dem gleichen Schiff gekommen wie Gemma.«

»Stimmt. Sie gehörte zu einer Gruppe von Leuten, die sich die *Schwalben* nannten. Ich habe ihnen dabei geholfen, ein Schiff zu finden – hat allerdings nicht viel genützt, wie sich herausstellte.«

»Wieso?«

Zana erzählte ihm von Tod ihres ständig betrunkenen Kapitäns, dem daraufffolgenden Schiffbruch, der sie an einen menschenleeren Abschnitt der Küste Cleves geworfen hatte. Sie fuhr fort und beschrieb ihre Versuche, Unterschlupf zu finden, sowie Gemmas rätselhaftes Verschwinden.

»Monatelang dachte ich, sie sei tot, doch dann hörte ich durch den Untergrund Gerüchte über sie. Sie ist jetzt ziemlich berühmt.« Sie erzählte Cai, was sie über Gemma erfahren hatte, und er erkannte vieles davon aus seinen Fernkontakten wieder.

»Vermutlich sind die Erzählungen ein wenig ausgeschmückt«, schloß Zana, »aber selbst dann ist irgend etwas an meiner Reisegefährtin sehr wichtig.«

Cai nickte. In dieser Hinsicht brauchte man ihn nicht zu überzeugen.

»Als ich herausfand, daß sie lebt, wollte ich sofort los und sie besuchen«, fuhr Zana fort, »doch zu diesem Zeitpunkt war ich bereits in all das hier verstrickt.« Mit einer Handbewegung zeigte sie auf die Stadt ringsum.

»Warum bist du überhaupt hierhergekommen?« erkundigte sich Cai. »Hast du denselben Ruf verspürt wie die Schwalben?«

»Nein. Mein Grund war viel banaler«, erwiderte sie mit einem versonnenen Lächeln. »Ich habe keine Familie, und der einzige Mann, den ich je gemocht habe, war bereits nach Süden gesegelt – *er* hatte den Ruf vernommen. Schließlich beschloß ich, ihm zu folgen.«

»Und hast du ihn gefunden?«

»Nein – und vermutlich werde ich ihn auch nie finden. Selbst wenn er sich noch in Cleve aufhält und nicht weiter nach Süden gereist ist – ich könnte jahrelang suchen, ohne ihn zu finden. Hier geht es anders zu als auf den Inseln.«

»Das tut mir leid.« Cai hätte ihr gerne erzählt, daß ihn die Liebe auf den Südkontinent verschlagen hatte, brachte aber kein Wort über seine Lippen. Trotzdem war es wie ein stillschweigendes Band zwischen ihnen. Sie waren beide hierhergekommen, weil sie jemanden suchten.

»Es war ohnehin eine törichte Idee«, meinte Zana. »Das war mir schon klar, bevor ich hierherkam.«

»Töricht ist nicht das Wort, das ich gebrauchen würde«, widersprach Cai ruhig. »Menschlich vielleicht.«

Das läuft auf dasselbe heraus«, erwiderte sie. »Sieh doch, was in diesem Land geschehen ist. Wenn das kein Beweis ist für die Torheit der Menschen, dann weiß ich es nicht.«

Bei einem weiteren Glas erzählte sie Cai von ihrer Ankunft in Altonbridge, zusammen mit den Leuten, die von den *Schwalben* noch übrig waren. Monatelang hatte sie, gefangen in ihrer Armut, in der elenden Barackensiedlung außerhalb der Stadtmauern gelebt. Die restlichen *Schwalben* hatten sich kurz nach ihrer Ankunft verstreut, und Zana war alleine und ohne Freunde zurückgeblieben. Dann war der Untergrund an sie herangetreten, und sie hatte in deren Vorhaben eine Ablenkung von der hoffnungslosen Suche nach ihrem verschollenen Liebhaber gefunden. Aufgrund ihrer Intelligenz und ihrer Fähigkeiten wurde sie schon bald ein wichtiges Mitglied der Organisation, doch erst nach der Revolution kamen ihre Fähigkeiten richtig zum Vorschein. Irgend jemand mußte versuchen, Ordnung in den Trümmerhaufen namens Altonbridge zu bringen, und sie stürzte sich bereitwillig auf diese Aufgabe, arbeitete lange und hart. Ihr Murren war nur gespielt.

Zana sprach bescheiden von sich, doch Cai durchschaute ihre Selbstbezichtigungen und den Spott über ihre offenkundig scharfe Intelligenz, und war nicht überrascht, daß sie solche Fortschritte erzielt hatte. Er sah aber auch ihre Verletztheit und machte sich Gedanken über ihre Vergangenheit. *Ich habe keine Familie*. Er hätte ihr gerne dabei geholfen, diese inneren Wunden zu heilen, aber er wußte, daß er sich viel zu sehr selbst heilen mußte, um ihr eine große Hilfe sein zu können. Bei all seiner neuen Entschlossenheit war Cai nicht blind für seine Grenzen.

»Sich von der Gilde und ihrer widerwärtigen Korruption zu befreien, war das Beste, was dieser Stadt passieren konnte«, schloß Zana, »aber es ist schade, daß es Blutvergießen und so viel Leid gekostet hat. Wenigstens kann *ich* mit meinen eigenen beschränkten Mitteln beim Wiederaufbau helfen.«

»Du stellst dein Licht unter den Scheffel«, meinte Cai ernst zu ihr.

Zana zuckte mit den Achseln.

»Das ist genug über mich«, meinte sie. »Erzähl mir von dir, Zauberer.«

Cai zuckte zusammen.

»So hat mich seit Jahren niemand mehr genannt«, begann er, und fügte dann, als er ihr Unbehagen sah, hinzu, »Ich bin es selbst schuld. Ich habe mich bei Chad auf ziemlich dramatische Art eingeführt, in der Hoffnung, er könnte mich zu jemandem bringen, der mir hilft.«

»Also bist du nun ein Zauberer oder nicht?« fragte sie amüsiert.

»Ich bin einer. Aber mir wäre es lieb, wenn du die Bezeichnung nicht in der Öffentlichkeit gebrauchen würdest.« Die langen Jahre, in denen er seinen Zaubererstatus geleugnet hatte, hatten bei Cai eine Abneigung gegen diesen Titel erzeugt, auch wenn er jetzt zu seinen Fähigkeiten stand.

»Also gut. Erzähl mir von deinem Leben vor Gemmas Abreise.«

Cai schwieg eine Weile.

»Hat sie viel darüber erzählt, über mich?« fragte er schließlich.

»Eigentlich nicht«, erwiderte Zana. »Aber keiner der *Schwalben* hat je viel über seine Vergangenheit gesprochen. Sie waren alle von der Zukunft besessen, davon, hierherzukommen – die Götter wissen, warum.« *Ich hätte es nicht so eilig gehabt*, dachte sie für sich, *wenn ich einen so attraktiven Mann zurückgelassen hätte.*

»Ich kenne Gemma, seit sie ein kleines Mädchen war«, begann Cai. »Ich war der Experte für Heale ... am Hof ihres Vaters.«

»Am *Hof* ihres Vaters?«

»Sie ist eine Prinzessin, obwohl ihr selbst das nie viel bedeutet hat. Ihr Bruder regiert noch immer die Insel – oder was daraus geworden ist.«

»Während der *Zerstörung*?« Zanas Überraschung war offenkundig.

»Ja. Diese Katastrophe hat vieles verändert, nicht zuletzt auch die Form der Insel.« Cais Erinnerungen an diese Zeit waren äußerst schmerzhaft.

»Genau wie in Haele«, sagte Zana und mußte an die entsetzlichen Zeiten denken, als der Vulkan ausgebrochen war, die Insel aus dem Meer gezwungen wurde und sie auf das zwanzigfache ihrer ursprünglichen Größe anwuchs.

»Danach«, fuhr Cai fort, ohne seine und Gemmas enge Beteiligung an diesem alles verändernden Ereignis zu erwähnen, »waren wir Gefährten, gute Freunde. Wir hatten immer nur einen einzigen Streitpunkt.«

Zana hob ihre Brauen zu einer stummen Frage.

»Magie«, sagte er leise. »Ich war der festen Ansicht, sie sei gestorben, und sie war nicht bereit, das hinzunehmen. Am Ende hat das sie fortgetrieben.« Zana empfand tiefes Mitleid für ihn – so traurig sah er aus.

»Und jetzt hast du deine Meinung geändert?«

»Ja.«

»Warum?«

»Ihr Verschwinden war ein großer Schock für mich; er zwang mich, viele Dinge zu überdenken.« Cai gab sein ernstes Gesicht auf und mußte grinsen. »Ich kam ins Grübeln, verfluchte hilflose, tote Gegenstände, und führte mich im großen und ganzen auf wie ein Idiot. Die Ereignisse zwangen mich dann, die Wahrheit einzugestehen. Selbst dann brauchte ich noch eine lange, um meinen Mut zusammenzunehmen und tatsächlich aufzubrechen. Auch das mußte Gemma mir aufzwingen.«

»Wie meinst du das?«

Cai erklärte seine Traumverbindung mit Gemma und seine Überzeugung, daß sich wichtige Dinge zusammenbrauten.

»Wenigstens versuche ich zu helfen«, schloß er. »Mit meinen bescheidenen Mitteln.«

Sie lächelten sich über den Tisch hinweg an.

18. KAPITEL

»Hast du auch ganz bestimmt keine Bedenken, ganz alleine mit ihm loszuziehen?« Dale war besorgt und wollte sichergehen, daß Zana mit dem Plan einverstanden war.

»Ja«, beruhigte sie ihn. »Ich glaube nicht, daß man uns behelligen wird. Die Straße ist mittlerweile viel sicherer. Außerdem weißt du ganz genau, daß du niemanden als Begleitschutz für uns entbehren kannst.«

»Ich hatte eigentlich mehr an die Gefahr von *ihm* gedacht«, meinte ihr Kollege.

»Ich mag ihn«, antwortete sie schlicht. »Das Risiko gehe ich ein.« Sie und Cai hatten sich in den vergangenen zwei Tagen verschiedene Male getroffen, und sie hatte sich nie auf irgendeine Art bedroht gefühlt. Er war immer freundlich und liebenswürdig aufgetreten, und Feuer in den Augen hatte er nur dann, wenn er von Gemma sprach. Er hatte Zana sogar dem Schwarm vorgestellt, damit sie in seiner Gegenwart nicht mehr nervös war – oder zumindest nicht allzu sehr.

»Wir mögen dich alle sehr«, meinte Dale, noch immer unsicher. »Ich sähe es überhaupt nicht gerne, wenn dir etwas zustoßen würde.«

»Es ist nett, daß du dir Sorgen machst«, gab sie mit einem Lächeln zurück, »aber ich komme schon zurecht.« Insgeheim dachte sie, daß Dale vermutlich größere Angst hatte, seine fähige Verwalterin zu verlieren, denn sie als Menschen. Er dachte nur an seine Arbeit – und hatte nie durchblicken lassen, daß er sie als Frau sah. *Wenigstens war Cai das aufgefallen!* dachte sie. Der hatte ihr mehrmals Komplimente über ihr Aussehen gemacht. Das war sehr angenehm, auch wenn sie sich nach einem langen Arbeitstag müde und von Sorgen gezeichnet fühlte. Es war nur eine Belanglosigkeit, aber sie wußte es zu schätzen.

»Außerdem«, fuhr sie fort, »wenn er als Zauberer tatsächlich über irgendwelche Macht verfügt, nützen ein paar bewaffnete Männer ohnehin nicht viel!«

»Bis jetzt hat er nur ein paar Kunststückchen vorgeführt«, stellte Dale fest.

»Beides geht nicht!« meinte Zana daraufhin mit einem Lachen. »Wenn er nur ein Schauspieler ist, stellt er keine wirkliche Gefahr dar, und ich kann selbst auf mich aufpassen. Und wenn er ein mächtiger Zauberer ist, dann nützt mir eine Wache überhaupt nichts.«

»Schon gut. Schon gut.« Dale hob die Hände zum Zeichen, daß er sich geschlagen gab. »Sei einfach vorsichtig, das ist alles, und denke daran, daß du diejenige bist, die ihn zu Gemma führen wird. Sorge dafür, daß er das nie vergißt. Er wird nie zu Jordan und Hewe durchkommen, wenn du nicht für ihn bürgst.«

»Ich werde vorsichtig sein«, versprach Zana. Daß ein echter Zauberer auch ohne ihre Hilfe sein Ziel erreichen würde, behielt sie für sich.

Jetzt, da der Entschluß einmal gefällt war, wurde Dale wieder geschäftsmäßig, gab Zana Nachrichten für Jordan mit, empfahl ihr Orte, wo man unterwegs absteigen und Schutz finden konnte, wenn man sich außerhalb der Reichweite eines Dorfes befand.

»Deine Pferde und die Ausrüstung sind bereit«, schloß er. »Mehr als zwei Tiere können wir nicht entbehren, ihr werdet euch also etwas zurückhalten müssen.«

Zana nickte. Sie dachte an die bevorstehenden Nächte und stellte sich vor, wie das Licht der Sterne sich in Cais grünen Augen spiegelte. Wieder sah sie diese Traurigkeit, die trotz seines Lächelns ständig dicht unter der Oberfläche lauerte. Und zum erstenmal kamen ihr Bedenken, daß sie der Reise so bereitwillig zugestimmt hatte.

»Zeigst du mir ein wenig Zauberei?«

»Nein!«

Cais sofortige, schroffe Weigerung verletzte Zana und hinterließ ein beklemmendes Gefühl. Sie hatte den Vorschlag ganz unbeschwert gemacht, schließlich war ihre Neugier immer größer geworden, und ihre Freundschaft hatte sich vertieft. Sie waren jetzt seit vier Tagen unterwegs und hatten fast den halben Weg nach Great Newport hinter sich. In dieser Nacht hatten sie zum erstenmal kein Dach über dem Kopf, und die Abgeschiedenheit ihres Lagerplatzes hatte Zana ermutigt, ihre Bitte auszusprechen. Jetzt starrte sie ins Lagerfeuer und fragte sich, ob sie den Zauberer falsch eingeschätzt hatte. Die gemeinsamen Tage waren schnell vergangen, belebt durch Gespräche und seine Wißbegier. Trotzdem war es Cai immer gelungen, von Themen abzulenken, die seine Vergangenheit betrafen, und sie statt dessen zu bewegen, mehr über das Land zu erzählen, das sie durchquerten. Er hatte eifrig zugehört und viele kluge Fragen gestellt, die irgendwie Zanas Vorstellungen über Cleve klären halfen. Cai interessierte alles an der Region: ihre Politik und Geschichte, die Geographie und die Menschen. Ihre religiösen Vorstellungen und fremdartigen Kulte faszinierten ihn, und Zana erzählte ihm alles, was sie über die Grauen Vandalen, die Blauflammensekte und die alte Abtei wußte. Oft bedauerte sie, daß ihr Wissen so begrenzt war und mußte ihn immer wieder daran erinnern, daß sie eine Nordländerin war wie er, und daß alles, was sie erzählte, aus zweiter Hand stammte.

Besonders ihre Beschreibung der Elementalen machte Cai neugierig.

»Hoffentlich sehen wir unterwegs welche«, hatte er gesagt.

Zana teilte seine Begeisterung über diese Aussicht nicht, behielt ihre Meinung aber für sich.

Während des gesamten Ritts hatte Cai Zana zuvorkommend und taktvoll behandelt, hatte den Schwarm außer Sichtweite untergebracht, solange sie sich in Dorfgasthöfen aufhielten, und hatte dafür gesorgt, daß es seine Begleiterin so bequem wie möglich hatte. Sie war zu der Überzeugung gelangt, daß er sie mochte – wenigstens ein bißchen.

Doch das schien sie sich jetzt mit ihren ungeschickten Worten, die sie augenblicklich bedauerte, verscherzt zu haben. *So habe ich mir das nicht vorgestellt,* dachte sie bitter und hüllte sich noch fester in ihr Gewand. Der Himmel war wolkenlos, weit oben leuchteten die Sterne, und die Nachtluft war kalt. Sie kauerte sich näher ans Feuer.

»Tut mir leid«, sagte Cai leise. Er hatte ihr Unbehagen bemerkt, seine Gefühle aber nicht in Worte fassen können. Zana hob den Kopf und sah ihn an, sagte aber nichts. Ihr verletzter Blick zwang ihn, einen Versuch der Erklärung zu machen.

»Man sollte Magie niemals für Belanglosigkeiten mißbrauchen«, sagte er leise und mußte zu seiner eigenen Schande an einen Schlüssel denken, der sich langsam im Schloß drehte. »Sie ist dafür zu ernst, zu wichtig. Wenn wir sie mißbrauchen, kann das fürchterliche Folgen haben.« Er hielt inne. »Ich wollte dich nicht anfahren. Ich habe die Magie bloß so lange geleugnet, daß es mir bereits schwerfällt, über sie zu sprechen.«

»Verzeih mir«, meinte Zana leise. »Das wußte ich nicht.«

Da sie seine Rechtfertigung so einfach hinnahm, fühlte er sich paradoxerweise genötigt, weitere Erklärungen abzugeben, und plötzlich stellte er fest, daß er über Zauberei sprach – obwohl er sich geschworen hatte, das nie wieder zu tun.

»Magie ist eine Form der Energie«, erklärte er ihr und erinnerte sich an seinen eigenen Unterricht vor vielen Jahren. »Sie ist hier gespeichert«, fuhr er fort und tippte sich an die Stirn. »Der Verstand eines jeden Menschen verfügt über weit mehr Fähigkeiten, als normalerweise genutzt werden.«

»Soll das heißen, daß *jeder* ein Zauberer werden kann?« fragte Zana überrascht.

»Das wohl nicht«, gab er zurück. »Man braucht dazu eine bestimmte Begabung und Auffassungsgabe. Aber jeder hat Magie in sich, nur können die meisten sie nicht auf sinnvolle Weise gebrauchen. Der Trick der Zauberer« – seine Wortwahl entlockte ihm ein versonnenes Schmunzeln – »besteht darin, daß sie die Energie speichern und so genau ausrichten, daß sie einen bemerkbaren Effekt in der Außenwelt erzielen. Dazu ist eine Menge Wissen, Geduld und harter Arbeit erforderlich.«

»Ich könnte also ein Wunder vollbringen, aber es wäre so unbedeutend, daß sich nicht wirklich etwas verändern würde?«

»Die Welt ist voller Magie, doch meist sieht man sie nicht – aus eben diesem Grund. Stell dir einen Hammer und einen Nagel vor. Lege den Hammer auf den Nagel, und nichts geschieht. Erst wenn man fest zuschlägt, wird der Nagel hineingetrieben. Und doch ist es derselbe Hammer, derselbe Nagel. Nur die Energiemenge hat sich geändert.«

»Du wärst ein guter Lehrer«, meinte Zana.

Cai mußte an Gemmas Worte denken – *Du hättest es mir beibringen können*. Die Erinnerung erinnerte ihn an seine eigenen Unsicherheiten.

»Wenigstens war es früher so«, meinte er nüchtern zu Zana.

»Wie meinst du das?«

»Nun, *jetzt* hat sich etwas verändert«, antwortete er. »All die alten Zauberer sind verschwunden – bis auf mich. Ich weiß nicht, warum ausgerechnet ich überlebt habe, oder warum meine Kräfte erhalten geblieben sind.«

»Es gibt *keine* Zauberer mehr auf den Inseln? Keinen einzigen?«

»Nicht die, die wir gekannt haben«, erwiderte Cai. »Mit der Zerstörung hat sich alles verändert. Vielleicht kann Gemma es erklären.«

»*Du* bist der einzige Zauberer?« sagte Zana tonlos. »Fühlst du dich dadurch nicht ziemlich ...?«

»Einsam?« meinte Cai. »Doch.«

Eine Zeitlang herrschte wieder Schweigen, während Zana, ohne Erfolg, nach ein paar tröstlichen Worten suchte. Dann fuhr Cai fort, »Besonders weil ich alles haßte, wofür Zauberei einst stand. Ich sah nur das Böse, das sie hervorgebracht hatte, und weigerte mich zuzugeben, daß sie noch immer etwas Positives bewirken konnte.«

»Armer Kerl«, sagte Zana zärtlich. Im Schein des Feuers wirkte Cai mit seinem gesenkten Blick so jung und niedergeschlagen, daß sie ihn am liebsten in den Arm genommen und getröstet hätte wie eine Mutter ihren Sohn. Dann veränderte sich das Bild in ihrem Kopf. Sie schreckte davor zurück und rief sich den Grund für ihre Reise nach Cleve ins Gedächtnis, und fragte sich, ob ihr früherer Geliebter vielleicht noch lebte.

»Es war mein eigener, dummer Fehler«, gab Cai angewidert zu. »Ich hätte auf Gemma hören sollen.«

»Wir werden sie finden«, stellte Zana voller Zuversicht fest. *Es bleibt uns gar nichts anderes übrig*. Plötzlich war es ihr sehr wichtig geworden, daß Cai auch in Zukunft zufrieden war.

Am nächsten Morgen standen sie früh auf und kamen aus ihren getrennten Zelten hervor, als die Sonne am östlichen Horizont aufging. Sie frühstücken schnell, brachen dann die Zelte ab und wollten gerade auf ihre Pferde steigen, als Zana stöhnte.

»Ich bin das viele Reiten nicht gewöhnt«, beklagte sie sich. »Mir tut der ganze Körper weh.«

»Tut mir leid«, meinte Cai, sofort eifrig um sie bemüht. »Ich hätte daran denken sollen.« Er ging zu ihr. »Nimm meine Hände.«

Zana tat es und fragte sich, was er vorhatte. Ihre Blicke trafen sich, als seine Zaubererenergie in ihren Körper strömte, ihre kalten Glieder erwärmte, und ihr die Schmerzen und die Steifheit nahm.

»Besser?« erkundigte er sich nach einer Weile.

Sie nickte, stumm vor Staunen. Sie fühlte sich gesünder, lebendiger und besser als seit vielen Jahren.

»Dann komm«, wies er sie an und half ihr in den Sattel.

Als sie das kurze Stück zurück zur Küstenstraße geritten waren, hatte Zana ihre Fassung wiedergefunden.

»Das war unglaublich«, meinte sie. »Danke.«

»Eigentlich ist es ganz einfach«, gab er schmunzelnd zurück. »Ich habe deinem Körper nur bei etwas unterstützt, was er ohnehin getan hätte – mit der Zeit.«

»Was mich betrifft, hast du gerade bewiesen, daß Magie zu einem guten Zweck eingesetzt werden kann«, stellte Zana fest und erwiderte sein Lächeln. »Die wohltuende Wirkung war *deutlich*!«

»So hat man mir schon lange nicht mehr geschmeichelt«, lachte Cai. »Gefällt mir eigentlich ganz gut.«

»Das war keine Schmeichelei«, gab sie zurück. »Jedes Wort war ernst gemeint. Außerdem bin ich sicher, daß die Frauen nur des Lobes voll sind über dich.«

»Ach, das war früher einmal so«, antwortete er, »vor langer, langer Zeit.«

Zana warf ihm einen fragenden Blick zu.

»Das wollte ich dich schon lange fragen«, meinte sie. »Du hast mir erzählt, du seist bereits Zauberer gewesen, als Gemma noch ein Kind war, aber ...«

»Ich bin nicht so jung, wie ich aussehe«, unterbrach er sie. »Zauberei hat ihre Eitelkeiten, mußt du wissen! Ob ich will oder nicht.«

Zana war froh, daß Cai darüber scherzen konnte, doch verwirrt war sie noch immer.

»Ich bin doppelt so alt wie Gemma«, erklärte Cai. »Mein Aussehen ist eine der angenehmen Randerscheinungen.«

»Oh.« Zana spürte, wie ihr die Farbe in die Wangen stieg.

An jenem Tag ritten sie unter einem klaren, blassen Himmel. Sie hatten die Salzsümpfe passiert und näherten sich jetzt der unfruchtbaren Gegend, wo die Küstenstraße die Diamantenwüste berührte. Der Wind wehte aus Südwest – genau über die Wüste –, daher war der klare Himmel keine Überraschung.

Sie waren beide in Gedanken. Zana hielt ein wachsames Auge auf die Felsen und Sanddünen, denn sie wußte, daß die *Schwalben* in dieser Gegend erst auf Elementale und dann auf die tödlichen *Grauen Vandalen* gestoßen waren. Cai war sich ihrer unangenehmen Erinnerungen an diese Gegend bewußt, und auch er empfand eine deutliche Beklemmung. Seit Mittag hatte ihn irgend etwas in der Luft zunehmend unter Spannung gesetzt. Irgendwie schien es ihm die Brust zusammenzuschnüren, und sein Herz klopfte wie wild. Wäre der Gedanke nicht so vollkommen abwegig gewesen, er hätte vermutet, ein gewaltiges Unwetter stünde bevor. Unruhig sah er sich um, konnte aber nichts entdekken, was sein eigenartige Vorahnung erklärt hätte.

Als die Himmelsraben plötzlich mit unheilvollem Donnern über ihre Köpfe hinwegrasten, erschraken sowohl Cai als auch Zana so heftig, daß sie fast von ihren Pferden gefallen wären. Als sie ihre verängstigten Rösser wieder beruhigt hatten, stand bereits fest, daß die gewaltigen Vögel aus Metall sich nicht für sie interessierten. Statt dessen flogen die Himmelsraben mit unglaublicher Geschwindigkeit weit hinaus aufs Meer. Es war nur noch ein unangenehmes Brummen zu hören.

»Sie halten auf diese Wolke zu«, meinte Zana und spähte in die Ferne.

Cai sagte nichts. Der Anblick der fürchterlichen Himmelsraben hatte ihn gelähmt.

»Etwas ist merkwürdig daran«, fuhr Zana fort. »An der Wolke, meine ich. Sie war vorher nicht da – und im Innern leuchten blaue Blitze auf – wie bei einem Gewitter.«

Cai sah angestrengt hin und stellte fest, daß sie recht hatte.

»Aber normalerweise gibt es keine Gewitterblitze in einer einzelnen Wolke«, wandte er ein. »Außerdem haben wir keinen Donner gehört.«

»Die Himmelsraben fliegen tatsächlich dorthin!« rief Zana. »Sieh!« Schweigend verfolgten sie, wie sich gelbes Licht unter der Wolke ausbreitete. Dann blitzte es noch einmal, und das Licht warf rings um die Wolke gespenstische Schatten. Eine ganze Weile verstrich, dann erreichten die Geräusche der Explosionen die Reisenden, die fassungslos waren.

»Was geschieht dort?« hauchte Zana, doch Cai antwortete nicht. Seine gesamte Aufmerksamkeit war auf die ferne Schlacht gerichtet.

Die Himmelsraben waren kaum zu erkennen. Er konnte gerade sehen, wie sie die Wolke, zornigen Insekten gleich, umschwirrten. Es folgten weitere Explosionen. Dann plötzlich, ohne Vorwarnung, umgab ein riesiger, leuchtend orangefarbener Feuerball sowohl die Wolke als auch die drei Himmelsraben. Cai und Zana bedeckten ihre Augen, um sie vor der blendenden Helligkeit zu schützen. Sie währte nur wenige Augenblicke.

Sie schauten wieder auf, als der Donner der bislang mächtigsten Explosion über sie hinwegrollte. Die weit entfernte Wolke schien trotz des Chaos unverändert, doch von den Himmelsraben war nichts mehr zu sehen.

Cai und Zana waren ein paar Augenblicke abgelenkt, als sie ihre Pferde beruhigten, doch dann schauten sie sich an und sahen, wie sich Angst und Bestürzung in den Augen des jeweils anderen spiegelte.

»Das sind Kräfte, die mein Begriffsvermögen übersteigen«, meinte Cai. »Damit will ich nichts zu schaffen haben.«

»Ich auch nicht«, stimmte Zana ihm hastig zu. »Ist es vorbei?«

»Hoffentlich!«

Sie machten sich also wieder auf den Weg und warfen dabei so manchen Seitenblick hinaus aufs Meer. Eine halbe Stunde verging, bevor sie auszusprechen wagten, was ihnen beiden längst klar war.

»Sie kommt näher«, sagte Zana und hatte Mühe, ihr Entsetzen zu bezwingen.

»Ich weiß«, gab Cai zurück. Er klang ruhiger als er tatsächlich war. »Ich begreife das nicht – sie bewegt sich *gegen* die Windrichtung.« Eine düstere Ahnung überkam ihn.

»Können wir ihr aus dem Weg gehen?«

»Hoffentlich. Bei ihrem gegenwärtigen Kurs müßte sie vor uns vorüberziehen. Wir warten hier ein Weilchen und lassen sie passieren.«

Sie stiegen ab, streichelten ihre noch immer nervösen Pferde, dann setzten sie sich schweigend auf die Erde, um die Wolke zu beobachten. Die gespenstischen blauen Blitze waren noch immer da – deutlich zu erkennen.

Sie erkannten beide im selben Augenblick, was geschah, und sahen sich entsetzt an. Worte waren überflüssig. Sie sprangen in die Sättel und zwangen die nervösen Pferde zu einem wilden Galopp. Irgendwie hatte die Wolke ihren Kurs geändert und hielt genau auf die Stelle zu, wo sie gesessen hatten. Wenn sie nicht vor ihr fliehen konnten, würde sie direkt über ihnen vorbeiziehen – eine Vorstellung, an der keiner der beiden Gefallen fand.

Die Pferde donnerten weiter, getrieben von ihrer eigenen Furcht wie auch der ihrer Reiter, doch alle Mühe war umsonst.

»Sie kommt!« überschrie Zana das Rauschen des Windes. Über ihnen ragte die Wolke und verdeckte die Sonne. Plötzlich schien es kalt zu sein.

»Reite weiter!« brüllte Cai nach hinten. »Vielleicht können wir ihr immer noch entkommen.« Doch schon im nächsten Augenblick wurde klar, daß er sich geirrt hatte.

Eben noch galoppierten sie dahin, und kurz darauf wurden sie wie von unsichtbaren Händen aus dem Sattel gerissen und vor Entsetzen schreiend in die Luft geschleudert. Die Erde unter ihnen drehte sich schwindelerregend, während Zana und Cai in den Himmel gehoben wurden. Dann plötzlich war die Erde ganz verschwunden.

Sie befanden sich *im Innern* der Wolke.

19.
KAPITEL

Sie wurden von der Wolke verschluckt, aber nur wenige Augenblicke lang in dem grauen Dunst festgehalten. Kurz darauf fanden sich Zana und Cai in der eleganten Eingangshalle eines eleganten, altmodischen Landsitzes wieder. Ihre plötzliche Landung war nicht hart und ruckartig gewesen, wie zu erwarten gewesen wäre, vielmehr war nur ein Geräusch zu hören, das wie das Zerplatzen einer Seifenblase klang. Instinktiv streckten sie die Hände aus und hielten sich aneinander fest. Zana schloß die Augen, sperrte so ihre unglaubliche Umgebung aus und vergrub ihr Gesicht an Cais Schulter. Der Zauberer sah sich verwundert um und versuchte gleichzeitig, seinen Verstand, der wie gelähmt war, wieder zum Leben zu erwecken. Sein Herz schlug wild wie eine Trommel, doch das bedrückende Gefühl einer düsteren Ahnung war verschwunden. Es schien, als hätte er genau hierauf gewartet, und jetzt blieb ihm nichts weiter übrig, sich damit abzufinden, so gut es ging. *Das ist fürwahr Zauberei*, sagte er zu sich selbst, *aber mächtiger als alles, was ich je erreichen kann*.

Ein vertrautes Summen lenkte ihn ab. Er hob den Kopf und war froh, daß der Bienenschwarm mit ihm zusammen hergebracht worden war. Er schickte ihm eine Nachricht zur Beruhigung. Die Antwort der Bienen überraschte ihn und half ihm widerum, seine strapazierten Nerven zu beruhigen.

Dieser Stock ist ungefährlich. Dem Schwarm geht es gut.

Tatsächlich benahmen sich die Bienen, als wäre nichts Außergewöhnliches geschehen. Sie flogen weder hektisch durcheinander, noch gaben sie jene zornigen Geräusche von sich, mit denen sie normalerweise ihr Mißfallen oder Unbehagen ausdrückten.

Die Zellen sind vollständig, wenn auch nicht ganz, fügten sie rätselhaft hinzu. Cai befragte sie, bekam aber keine rechte Vorstellung, was sie meinten.

Der Zauberer sah sich in der weiten, gefliesten Eingangshalle um, die bis auf Zana, ihn und den Schwarm völlig leer war. Mehrere Holztüren gingen von ihr ab, schienen aber alle fest verschlossen zu sein. Eine geschwungene Treppe führte hinauf zu einer Empore mit einem hölzernen Geländer. Im Schatten des oberen Stockwerks waren weitere Türen zu erkennen.

Dank der Wärme in Cais Armen hatte Zanas Zittern etwas nachgelassen. Er betrachtete sie besorgt, als sie ihr bleiches Gesicht hob.

»Alles in Ordnung?« erkundigte er sich leise.

»Natürlich nicht!« gab sie zurück. Ihre Stimme war schrill und übermäßig laut. Dann lachte sie nervös. »Wo sind wir?«

»Keine Ahnung. Aber wer immer uns hierhergebracht hat, muß einen Grund dafür gehabt haben.«

»Klingt geheimnisvoll«, meinte sie. Sie war ruhiger geworden, ihre Stimme aber bebte noch immer.

»Die Bienen haben keine Angst«, versuchte Cai sie zu beruhigen. »Das ist immer ein gutes Zeichen.«

Zana hob hoffnungsvoll den Kopf, bereit, sich an jeden Strohhalm zu klammern.

Komm schon! befahl Cai sich selbst. *Du bist ein Zauberer. Dann benimm dich auch endlich wie einer!*

»Sollen wir uns ein wenig umsehen?« fragte er laut.

»Na schön«, meinte sie leise.

Sie löste sich nur widerwillig aus seiner beruhigenden Umarmung, und obwohl sie es dann doch tat, hielten sie sich noch weiter an den Händen.

»Wo sollen wir anfangen?« fragte Cai.

»Keine Ahn…«, setzte Zana an, doch dann hielt sie inne und stieß einen kleinen Schrei aus, als eine der Türen heftig aufgerissen wurde. Entsetzt verbarg sie sich hinter ihrem Begleiter.

Durch die offene Tür drang das Geräusch von Gelächter, gefolgt von zwei fremdartigen Gestalten. Die erste war einen Kopf größer als Cai, die zweite dagegen kaum mehr als halb so groß. In allen anderen Belangen waren sie identisch. Beide trugen unförmige braune Gewänder und riesige Schlapphüte aus Leder. Sie hatten lange, spitze Nasen, und ihre strahlenden Augen leuchteten im Schatten unter ihren Hutkrempen. Der fremdartige Eindruck wurde durch zottige graue Bärte noch unterstrichen, die ihnen bis fast auf die Hüfte reichten. Der kleinere der beiden Männer hielt ein Buch in den langen Fingern seiner verknöcherten Hände, doch im Augenblick las er nicht darin. Er war zu sehr mit Lachen beschäftigt.

»Wie Motten ums Licht!« rief der Größere.

»Um ein *unsichtbares* Licht«, gab der andere zurück, und wieder brüllten sie vor Lachen. »Und dann feuern sie mit ihrem armseligen Feuerwerk auf *uns*. Was für eine Zeitverschwendung!«

»Welche *Zeit* wird denn verschwendet? Keine!« Diese Bemerkung rief einen derartigen Sturm von Gelächter hervor, daß die beiden Männer sich krümmten, sich ihre Bäuche hielten und keuchend nach Atem rangen.

»Und dann haben sie sich gegenseitig getroffen!« kreischte der kleinere. »Whoosh! Bang! Weg waren sie!«

Die beiden Männer umarmten sich und legten ein kleines Tänzchen hin; dann lösten sie sich voneinander und versuchten, sich wieder zu beruhigen.

Cai und Zana verfolgten diesen außergewöhnlichen Auftritt mit sprachlosem Staunen. Sie wußten, daß man sie bemerken würde, sobald die Ausgelassenheit nachließ.

»Äh ...«, setzte Cai an und räusperte sich.

Die Neuankömmlinge drehten sich um und sahen ihn an.

»Bei den Gräbern der Ewigkeit«, meinte der Große. »Endlich seid ihr hier!«

»Wurde auch langsam Zeit«, fügte der andere gereizt hinzu. »Wir haben einen wahren Meister *gebraucht*!«

»Ich hab' dir doch gesagt, daß er auftaucht.«

»Ich bin nur froh, daß deine Forschung sich endlich ausgezahlt hat.«

Cai verlor bei dieser Diskussion die Beherrschung.

»Wer seid ihr?« brüllte er.

Die beiden sahen ihn sichtlich überrascht an.

»Ich bin Wynut«, meinte der Große. »Und mein Magierkollege hier ist Shanti.« Sein Ton war plötzlich förmlich geworden.

»Ich bin ...«, begann Cai.

»Wir wissen, wer du bist«, fuhr Shanti dazwischen. Seine Gereiztheit war ihm deutlich anzumerken. »Wir haben dich schon überall verfolgt.«

»Mich?«

»Ja, dich! Wieso bist du so überrascht? Du bist *der letzte Zauberer*, oder etwa nicht?« Der Funken in den halbverborgenen Augen wurde heller.

»Ich ... vermutlich ... ich ... kann sein«, stammelte Cai, der durch den gereizten Ton der Frage die Fassung verloren hatte.

»Was wir allerdings nicht wissen«, warf Wynut ein, »ist, wer das hier sein soll.« Er deutete auf einen Punkt hinter Cai.

»Das ist Zana, meine Freundin und Führerin.«

»Kann man ihr vertrauen?« erkundigte sich Shanti scharf.

»Natürlich!« Jetzt war Cai verärgert. »Und euch?« brüllte er fast.

Seine schroffe Frage hatte eine unterschiedliche Wirkung auf die beiden Magier. Shantis Gesicht verfärbte sich erst rot, dann violett, und er schien am Rande eines Anfalls zu stehen, Wynut dagegen gluckste nach kurzem Zögern nur beglückt.

»Eine gute Frage«, bemerkte er. »Man kann – und ich hoffe, es euch auch beweisen zu können.«

»Gut«, antwortete Cai augenblicklich. »Ihr könnt damit anfangen, indem ihr erklärt, wieso man uns auf so lächerliche Art entführt hat. Wir hätten getötet werden können! Wo sind wir überhaupt?«

»Und wann können wir wieder nach Hause?« flüsterte Zana ihm ins Ohr. Zum Glück klang sie einigermaßen normal. Cai drehte sich um und lächelte sie an.

»Ich entschuldige mich dafür, daß ihr so plötzlich hergeholt worden seid«, gab Wynut, ernst geworden, zurück. »Leider ging es nicht anders. Wir haben die genaue Art der Schnittstelle nicht immer unter Kontrolle.«

»Du bist doch ein Zauberer, oder?« warf Shanti ein. »Du müßtest dich mit diesen Dingen auskennen.« Er klang zwar ausgesprochen mürrisch, doch sein Gesicht hatte wieder seine normale Farbe angenommen.

»Ich habe Zauberei noch nie dazu mißbraucht, unschuldige Opfer gegen ihren Willen zu transportieren«, entgegnete er heftig. »Was für eine Art Magie ist das?« Zana drückte seinen Arm ermutigend, und sein Selbstvertrauen stieg ein wenig mehr.

Shanti wurde still und zog ein mürrisches Gesicht.

»Was ist eine Schnittstelle?« fragte Zana plötzlich, und die drei Männer sahen sie überrascht an.

»Die Grenze zwischen den Zeitstufen«, antwortete Wynut. »Die Ebene, die die Vergangenheit von der Zukunft trennt, oder wie in diesem Fall, deine Zeit von der Nicht-Zeit. Du siehst, *dieser* Ort treibt durch die Zeit.« Er breitete die Arme aus in der Erwartung, seine Antwort würde sie zufriedenstellen.

»Hätte ich bloß nicht gefragt«, flüsterte Zana.

Cai lächelte, dann kehrte er zu seiner vorigen Frage zurück.

»Wieso habt ihr mich verfolgt?« wollte er wissen.

»Soll das heißen, du *weißt* es nicht?« Shanti sah aus, als könnte er jeden Augenblick vor Verzweiflung platzen, sein Kollege jedoch behielt die Ruhe.

»Wir haben bereits zu viele deiner Fragen beantwortet«, meinte Wynut gelassen. »Als Meister wirst du dir sicher über die Folgen eines Verhaltens im klaren sein, das man als Einmischung deuten könnte.«

Der Magier hob eine Hand, bevor Cai etwas einwenden konnte.

»Bitte«, sagte er. »Komm mit. Wir werden alles erklären, so gut wir können. Du brauchst uns nicht weiter auszufragen. So wird es besser sein.«

»Ohne die Frau wäre es einfacher«, knurrte Shanti.

»Sie bleibt bei mir«, beharrte Cai.

»Also gut«, willigte Wynut kurz darauf ein. »Wir müssen sehr behutsam vorgehen. Aber kommt jetzt mit, wir werden versuchen, es zu erklären.

20. KAPITEL

Zana hielt Cai einen Augenblick zurück.

»Das muß die schwebende Stadt sein«, flüsterte sie ihm zu. »Du erinnerst dich – ich habe dir von ihr erzählt. Diese beiden Männer haben Gemma und Arden geholfen.«

»Hoffentlich können sie auch uns helfen«, erwiderte er leise. »Glaubst du wirklich, daß sie das können?«

»Der Untergrund sucht schon seit Ewigkeiten nach diesem Ort«, fuhr Zana fort. »Es gibt hier Bibliotheken voller Bücher mit geschichtlichen Aufzeichnungen von Ereignissen, die noch nicht geschehen sind. All die Dinge, die *viel-*

leicht geschehen könnten ... glaube ich.« Sie runzelte die Stirn. »Den Teil habe ich nie so ganz verstanden. Einige der Gerüchte über diesen Ort sind ziemlich wild.«

»Das überrascht mich nicht«, bemerkte Cai trocken.

»Kann sein, daß die Zeit hier nicht im üblichen Sinn vergeht«, rief Wynut aus dem angrenzenden Raum herüber. »Das ist aber kein Grund, sie zu vergeuden.«

»Komm«, sagte Zana und versetzte Cai einen vorsichtigen Stoß.

Sie betraten einen Raum, der vom Boden bis zur Decke mit Büchern vollgestopft war. Das einzige Möbelstück war ein großer Schreibtisch, um den mehrere bequeme Stühle standen. Das Ganze wurde von strahlend hellen Kugeln beleuchtet, die an den Deckenbalken hingen. Cai betrachtete die endlosen Bücherreihen und fragte sich, welche Vergangenheit – oder Zukunft – sie wohl enthielten.

Shanti zog ein Kissen auf den Stuhl hinter dem Schreibtisch, dann setzte er sich, während Wynut einen der Lehnsessel nahm und Cai und Zana mit einem Wink aufforderte, ebenfalls Platz zu nehmen. Als alle saßen, begann Wynut zu sprechen. Seine Stimme klang langsam und bedächtig, als wollte er etwas einem Kind erklären, und doch enthielt sie einen Unterton von Erregtheit.

»Bitte, hört mich zu Ende an und widersteht der Versuchung, irgendwelche Fragen zu stellen«, begann er. »Glaubt mir, es ist notwendig.« Er hielt inne und deutete mit einer Handbewegung auf all das, was sie umgab. »Wir sind hier eine Anomalie«, stellte er fest. Dann fügte er hinzu: »Als das Zeitalter des Chaos begann und die Magie endete, wurden wir von Kräften aus der Bahn geworfen, die mächtiger sind als jene, die unsere Welt geformt haben. Als Zauberer konnten wir nicht existieren – und taten es dennoch. Es gab keine Zeit, zu der wir gehören durften, darum landeten wir *außerhalb* der Zeit.

Wie ihr euch vorstellen könnt, hat uns das viele Unannehmlichkeiten bereitet, nach einer Weile jedoch erkannten wir die Möglichkeiten, die sich uns boten. Wir sind weit herumgekommen – in jedem Sinn – und haben viel Wissen erworben. Wir haben immer darauf gehofft, das Blatt wenden und die Magie wieder einsetzen zu können, um uns so in die Welt zurückzuversetzen. Das ist aber keine leichte Aufgabe, wenn die unendlichen Verästelungen der Zeit sich ständig weiter teilen.«

»Komm zur Sache«, fauchte Shanti. »Wir brauchen keine Lektion in Zeitrechnung. Die Waagschalen geraten mit jedem Augenblick, den sie hier sind, mehr aus dem Gleichgewicht.«

»Das Risiko müssen wir eingehen«, fauchte Wynut zurück. »Muß ich dich daran erinnern, daß ein Fehler jetzt allem ein Ende machen könnte?« Es kam keine Antwort, also fuhr er, wieder in gemäßigtem Ton, fort.

»Ihr werdet sicher einsehen, daß der Art, wie wir die Welt in Echtzeit beeinflussen können, Grenzen gesetzt sind. Diese Grenzen sind strikt – weshalb auch eure Fragen gefährlich sind, sowohl für euch als auch für uns. Gingen wir zu weit, würde dies das Gefüge aus Raum und Zeit zerreißen, was – im wörtlichen Sinn – unvorstellbare Folgen hätte. Wir müssen also mit großer Vorsicht vorgehen. Bislang waren unsere Kontakte auf untergeordnete Aktionen einiger weniger wichtiger Leute beschränkt. Jede Aktion birgt eine Vielzahl möglicher Auswirkungen, die nicht alle vorhergesehen werden können und die bislang nur Teil einer Verzögerungstaktik waren, mit dem der unvermeidliche, alles entscheidende Konflikt hinausgezögert wurde.

»Das hat sich jetzt geändert. Die Zukunft der Erde steht auf dem Spiel, und die Entscheidung muß bald fallen. Aus diesem Grund seid *ihr* hier.«

»Das paßt doch ausgezeichnet, findest du nicht?« meinte Shanti voller Spott. »Der letzte Zauberer beginnt die letzte Schlacht.«

Anfangs ergaben ihre Worte keinen Sinn. Dann begriff Cai und war entsetzt. Er konnte *unmöglich* derjenige sein, den sie suchten! Er war nicht wichtig. Er war doch nur hier, um Gemma zu finden. Er wollte dies leidenschaftlich bestreiten, doch seine Kehle war wie verschlossen. Das Atmen fiel ihm schwer.

»Über der Welt hängt eine große Bedrohung«, meinte Wynut. »Die Bedrohung einer Zerstörung in einem fürchterlichen, noch nie dagewesenen Ausmaß.«

Die Zerstörung, dachte Cai. *Dazu darf es nicht noch einmal kommen!*

»Diesmal jedoch«, fügte Wynut hinzu, als könnte er Cais Gedanken lesen, »wird *niemand* überleben.«

Cai starrte ihn an. Die Unfaßbarkeit dieser Äußerung linderte seine geistigen Qualen und verschärfte sie gleichzeitig noch. *Niemand?*

»Niemand, außer uns – vielleicht«, sagte Shanti. »Doch unsere Unsterblichkeit wäre ein viel qualvollerer Fluch als der schlimmste Tod.« Eine kaum zu ertragende Traurigkeit lag in der Stimme das Magiers, die in eigenartigem Widerspruch zu seiner früheren Gereiztheit stand.

Cai hörte ein Schluchzen und drehte sich zu Zana um. Sie starrte ihn an, Grauen und Fassungslosigkeit spiegelte sich in ihren Augen. Tränen liefen ihr über die aschfahlen Wangen. Er versuchte zu lächeln, doch sein Gesicht war wie erstarrt. Die Bienen hatten ihren vorübergehenden Aufenthaltsort verlassen und flogen kreuz und quer durcheinander: ein Spiegelbild der inneren Unruhe des Zauberers.

»Aber bestimmt …«, setzte Cai an, hielt dann inne, als Wynut eine Hand hob und um Ruhe bat.

»Es gibt allerdings noch Hoffnung«, meinte der größere der beiden Magier und brachte damit wieder ein wenig Beruhigung in Cais chaotische Gedanken. »Aber sie verringert sich mit jedem Tag, und nur dadurch, daß du das ganze Ausmaß des Bösen kennst, mit dem du es zu tun hast, darfst du darauf hoffen, es zu besiegen.«

Ich? dachte Cai verzweifelt. *Das kann doch nicht sein.* Aber dann zwang er sich, daran zu denken, daß es noch Hoffnung gab. Er hatte Wynut von Anfang an geglaubt. Wenn die Niederlage von vorneherein feststand, machte es keinen Sinn, daß der Magier ihm etwas erzählte. Mit Mühe schob er seine Befürchtungen auf Seite und war wieder bereit, zuzuhören.

»Es besteht zwar die Möglichkeit, daß die befürchtete Zerstörung niemals wirklich stattfindet«, erklärte Wynut, »doch das allein wird uns nicht retten. Die Bedrohung *an sich* genügt bereits, um uns alle zu verdammen. Du mußt nicht nur verhindern, daß diese Bedrohung jemals wirklich wird, sondern auch verhindern, daß sie *möglich* bleibt.«

Eine Flut von Fragen überschwemmte Cais Gedanken, doch er hielt seine Zunge im Zaum, denn er wußte, daß er sie nicht stellen durfte.

Dann sprach Shanti; und er trug einen Text vor, offenkundig ein Zitat. Cai konnte nicht einmal raten, woher er stammte.

Denk an den Traum
Und daran, woher er stammt.
Wahnsinn des Einen
Bedeutet den Tod aller.

Noch während Cai die Worte in den Ohren klangen, wußte er, daß er sie immer wieder hören würde. Sie hatten sich bis an sein Lebensende in sein Gedächtnis eingebrannt.

Stille senkte sich über den Raum. Zana hatte aufgehört zu weinen, und die Bienen hatten sich wieder friedlich niedergelassen.

Das kann unmöglich alles sein! dachte Cai, während sein Blick zwischen Shanti und Wynut hin und her wanderte. *Dabei könnt ihr es unmöglich belassen!* Doch keiner der beiden machte Anstalten, noch etwas zu sagen, und Cai hatte es die Sprache verschlagen, so daß er nicht um jene Hilfe bitten konnte, die er so dringend brauchte. Ganz anders Zana.

»Was sollen wir denn *tun*?« platzte sie heraus. Die drei Männer sahen sie an. Sie waren schockiert, das konnte man in ihren Gesichtern deutlich erkennen.

»Es muß doch ...«, setzte sie erneut an, wurde jedoch von Shanti unterbrochen, der »Ruhe!« donnerte. Der kleine Zauberer hatte sich erhoben und stand jetzt auf dem Stuhl hinter seinem Schreibtisch. Er hätte vollkommen lächerlich gewirkt, wäre die Situation nicht so offenkundig ernst, und seine Gefühle nicht so heftig. »Deine Torheit wird uns alle vernichten!« Er wandte sich an Cai. »Kannst du sie nicht bändigen?«

»Das ist nicht fair«, beschwerte sich Zana heiser. »Ihr müßt uns doch *irgend etwas* sagen können. Bis jetzt habt ihr nur in Rätseln gesprochen.«

»Zana, bitte«, flehte Cai sie leise an. »Sie können nichts anderes tun.«

»Egal, was«, beharrte sie. »Nur irgendeine Kleinigkeit, an die wir uns halten können.«

Wynut und Shanti sahen sich besorgt an. Einen Augenblick später fällten sie ihren Entschluß – ein kurzes Flackern, und sie waren verschwundern.

»Nein! Kommt zurück!« kreischte Zana verzweifelt, dann brach sie auf ihrem Stuhl zusammen und fing wieder an zu weinen. Cai ging zu ihr und legte ihr den Arm tröstlich um die Schultern.

»Sie haben uns bestimmt alles gesagt, was sie uns sagen konnten«, meinte er beschwichtigend. »Die Entscheidung liegt nicht bei ihnen.«

»Wahrscheinlich muß man *Zauberer* sein, um das zu begreifen«, antwortete sie verbittert, wischte sich die Tränen fort und machte ein finsteres Gesicht.

»Ich verstehe es wirklich nicht«, gab Cai zu, »aber ich weiß, daß sie die Wahrheit sprechen.«

»Aber was sie sagen, ergibt keinen Sinn«, wandte sie ein. »Es klingt alles so erschreckend – und dann behaupten sie, es sei an dir, alles wieder in Ordnung zu bringen – aber wie, das verraten sie dir nicht!« Sie war mittlerweile wütend geworden. »Ist es das, was sie unter *Hilfe* verstehen?«

»Vielleicht wird es später klarer«, gab er mit einer Mischung aus Hoffnung und Zweifel in der Stimme zurück. »Ich weiß so wenig über dieses Land – vielleicht, wenn mir mit Gemma darüber sprechen ...«

»Du setzt all deine Hoffnungen auf dieses arme Mädchen«, meinte Zana. »Ist das nicht ein bißchen viel für einen einzelnen Menschen?«

Cai wußte keine Antwort darauf. *Und angenommen, du findest sie gar nicht?* überlegte er. *Was dann?* Er hatte seine lange

Reise in völliger Verzweiflung begonnen, mit den Wochen war seine Hoffnung jedoch ständig gewachsen. Alles schien gut für ihn zu laufen – diese unerwartete Einmischung jedoch hatte alle seine Zweifel aufleben lassen, und neue Schrecken waren hinzugekommen. *Der letzte Zauberer, der die letzte Schlacht beginnt*. Wieder einmal schreckte er vor der Bedeutung von Shantis Aussage zurück und suchte sein Heil in der Tat.

»Komm«, meinte er entschlossen. »Verschwinden wir von hier.«

»Ach so, wir können also einfach zur Eingangstür hinausspazieren, ja?« gab Zana voller Sarkasmus zurück. »Wir befinden uns im Innern einer Wolke, schon vergessen?«

Bilder ihres schwindelerregenden Aufstiegs blitzten vor seinen Augen auf, und eine ganze Weile stand er da und wirkte verloren und unsicher. Zanas Stimmung wechselte von Verzweiflung zu Zuneigung für ihren verwirrten Begleiter. Inmitten all des Wahnsinns, der hier geschah, war dies etwas Wirkliches, Menschliches – damit konnte sie etwas anfangen.

»Bist du wirklich so alt, wie du behauptest?« fragte sie ihn. »Im Augenblick siehst du aus wie ein kleiner Junge.«

Cai schüttelte den Kopf und lächelte matt.

»Gehen wir zurück in die Halle«, schlug er vor. »Dort sind wir angekommen, vielleicht können wir von hier verschwinden, wenn wir dorthin zurückkehren.«

Zana verkniff sich die Bemerkung, daß derartige Logik unter den gegebenen Umständen nicht passend schien, und stand auf. Sie verließen die Bibliothek langsam, setzten vorsichtig ein Fuß vor den anderen, als erwarteten sie, jeden Augenblick im Boden zu versinken. Die Flügeltüren schlossen von selbst sich hinter ihnen. Der Bienenschwarm summte friedlich über ihren Köpfen, ansonsten war es in der Halle still.

»Die Türen sind alle mit Symbolen verziert«, bemerkte Zana. »Nur die großen dort drüben nicht.«

Sie machten eine Runde durch die Halle und betrachteten die Schnitzereien: eine Eichel, ein Kleeblatt, eine Rose, ein

Falke. Durch die Sprünge rings um den Rahmen der unmarkierten Türen zog es, doch sie wagten nicht, die Klinke anzufassen.

»Was jetzt?« fragte Zana, doch Cai machte ihr ein Zeichen, still zu sein. Von oben waren gedämpfte Stimmen zu hören. Als sie sich umdrehten, um einen Blick auf den Treppenaufgang zu werfen, öffnete sich auf der Empore eine Tür, und Wynut kam heraus. Er blickte über das Geländer und wikkelte seine langen Finger um die oberste Stange. Bevor er jedoch etwas sagen konnte, ertönte aus dem Raum hinter ihm Shantis Stimme.

»Das sollte er eigentlich längst wissen!« schimpfte er erzürnt. »Das kann *unmöglich* der Grund dafür sein, daß wir aufgehalten werden. Deine Berechnungen müssen falsch sein.« Verärgert murmelte er etwas vor sich hin.

Wynut überging seinen Magierkollegen und sprach zu den beiden unten.

»Thaumaturgie war noch nie Shantis Stärke«, meinte er mit einem resignierten Achselzucken. »Ich möchte mich für die Verzögerung entschuldigen. Irgend etwas hindert uns daran, in die Welt zurückzukehren, aber wir wissen nicht genau, was.«

»Großartig«, hauchte Zana.

»Aber wir arbeiten daran«, fuhr Wynut fort. »Bitte habt Geduld mit uns.« Damit machte er kehrt, schlenderte zurück ins Zimmer und gluckste dabei vor sich hin.

»Ich weiß nicht, was dich so amüsiert«, hörten sie noch Shanti sagen, dann wurde die Tür geschlossen, und in der Halle war es wieder still.

»Sie sind verrückt«, sagte Zana. »Völlig, absolut *verrückt*!«

»Das glaube ich nicht«, erwiderte Cai vorsichtig. »Sie sehen die Dinge nur anders als wir.«

»Das kann man wohl sagen«, meinte sie und schüttelte bestürzt den Kopf. Dann räusperte sie sich. »Ich weiß nicht, wie du darüber denkst, aber ich könnte einen harten Drink gebrauchen.« Es kam vom Herzen.

»Versuch das, Schätzchen«, antwortete eine fröhliche Stimme. »Das gibt dir wieder Farbe auf die Wangen.«

Verblüfft wirbelten sie herum, um die neu Hinzugekommene zu betrachten, eine untersetzte, matronenhaft wirkende Frau. Sie hielt ein Tablett in der Hand, auf dem zwei Gläser standen, in denen eine bernsteinfarbene Flüssigkeit blinkte.

»Schmeckt gut«, beharrte sie und lächelte ermutigend. »Wein mit einem kleinen Extra – etwas Besonderes.«

Cai hatte sich als erster von seiner jüngsten Anfall von Sprachlosigkeit erholt.

»Darf ich fragen, wer du bist?« fragte er und nahm eines der angebotenen Gläser.

»Ich? Ich bin nur die Haushälterin«, lachte sie. »Niemand von Bedeutung.«

»Weißt du irgend etwas über das, was die beiden uns erzählt haben?« fragte Zana und warf einen Blick hinauf zur Empore.

»Du liebe Güte, nein. Sie hantieren ständig mit Magie und anderem Unfug herum. Manchmal sind sie so vertieft, daß sie glatt das Essen vergäßen, wenn ich mich nicht um sie kümmern würde. Laßt es euch schmecken.«

Damit machte sie auf dem Absatz kehrt und watschelte davon.

»Geh nicht fort!« rief Zana, doch die Tür hatte sich bereits hinter der Haushälterin geschlossen. Zana versuchte ihr nachzugehen, doch die Tür ließ sich nicht öffnen.

»Köstlich«, meinte Cai. »Probier mal. Du bist schließlich unsere Expertin für Getränke.«

»Als Weinkoster hat man mich bestimmt nicht hergeholt!« gab sie zurück, probierte aber trotzdem einen Schluck aus ihrem Glas. Das Getränk war kühl, aromatisch und sehr stark. »Andererseits«, meinte Zana und nahm einen größeren Schluck, »hilft mir ein Gläschen vielleicht dabei, diesen Ort hier besser zu verstehen.«

Sie lächelten sich an und waren beide froh, daß sie ein wenig ihre Fassung wiedergefunden hatten. Dann, wie auf eine stumme Übereinkunft hin, gingen sie hinüber zur Treppe, setzten sich auf die unterste Stufe und tranken weiter.

»Ich frage mich, was aus den Pferden geworden ist« sagte Zana. »Sie waren bestimmt ebenso entsetzt wie wir, als wir davongeflogen sind.«

Cai betrachtete sein Glas. Die Flüssigkeit darin schien erschreckend schnell weniger zu werden.

»Vielleicht haben sie es nicht einmal bemerkt«, sagte er nachdenklich. »Schließlich befinden wir uns außerhalb der Zeit, solange wir hier sind.«

»Jetzt fang *du* nicht auch noch an«, beschwerte sich Zana.

»Deswegen konnten auch die Himmelsraben nichts tun«, fuhr der Zauberer fort, als wollte er sich selber etwas klarmachen.

»Dann sollten wir vielleicht alle herholen, um hier zu leben«, schlug sie vor. »In der wirklichen Welt ist es nicht ganz so einfach, sich vor den Himmelsraben zu verstecken.« Sie hatte gesehen, welche Zerstörung sie in Altonbridge erzeugt hatten. Ihr Glas war fast leer. Sie hob ihre freie Hand und schnippte mit den Fingern. »Bedienung!«

Ein unmenschlicher Schrei als Antwort brachte ihr Lachen zum Verstummen. Sie wirbelten herum, blickten hoch und sahen sich dem nächsten überraschenden Bewohner dieses seltsamen Ortes gegenüber.

Die große Schildpattkatze hockte auf einer der obersten Stufen, den Schwanz ordentlich um die Füße gelegt. Ihnen blieb gerade genug Zeit, ihr Erscheinen zu registrieren, als sie bemerkten, daß das Miauen des Tieres nicht, wie es das hätte tun sollen, verklungen war, sondern sich durch ein Echo entfaltete und mit jedem Augenblick an Vielschichtigkeit und Klarheit gewann. Sie starrten das reglose Tier mit aufgerissenen Augen an, während sein Schrei sich nach und nach in verständliche Sprache verwandelte.

»Ein Gefühl der Ausgewogenheit ist in allen Dingen wichtig. Andererseits ist ein Sturz nichts weiter als eine Möglichkeit, das Gleichgewicht wiederzuerlangen.«

Die Bienen umsummten sie überrascht und aufgeregt, Cai und Zana dagegen waren sprachlos. Die Katze warf einen kurzen Blick auf den Schwarm, fühlte sich aber offensichtlich nicht bedroht. Sie miaute noch einmal, dann leckte sie sich ihre Vorderpfote und begann, sich das Gesicht zu putzen. Wieder entwickelte sich ein langgezogener Schrei zu deutlicher Sprache. Cai und Zana waren diesmal zwar vorbereitet, trotzdem war dieser Effekt das Seltsamste, was sie je gehört hatten.

»Der Schlüssel wird die Tür öffnen«, hieß es. »Anderseits kann man Schlösser auch auswechseln.«

Cai und Zana sahen sich verdutzt an.

»Was hat das zu bedeuten?« dachte Cai laut nach.

»Noch mehr irre Rätsel«, murmelte Zana angewidert, als die Katze den nächsten Schrei ausstieß.

»Das Alter mag sich an die Jugend wenden. Andererseits bedeutet Unschuld Macht.«

Zana schlug sich die Hände vor die Ohren. Ihr Glas fiel zu Boden und zersprang.

»Ich halte das nicht aus!« schrie sie.

Cai dagegen war fasziniert. Die Worte der Katze ergaben für ihn wenig Sinn, doch irgend etwas regte sich in seinen Gedanken. Er wollte gerade eine weitere Frage stellen, als er Shanti hörte, der seine Stimme triumphierend erhoben hatte.

»Siehst du! Wir bewegen uns wieder. Soviel zu deinen Berechnungen.«

Wynut brummte irgendeine Antwort, doch Cai hörte längst nicht mehr zu. Die Wände, der Fußboden, alles ringsum löste sich auf, und ihre Umgebung wurde neblig und unwirklich.

»Warte!« rief er der regungslosen Katze zu. »Geh nicht fort!«

Doch es war zu spät. Das Landhaus verschwand, und Cai und Zana schwebten schwerelos in einem Nebel, der voller rätselhafter blauer Lichter hing.

Als es hell wurde, stieß Zana einen Schrei aus. Tief, tief unter ihnen drehte sich die Erde wie verrückt, während sie auf sie zustürzten.

Während dieser beängstigenden Augenblicke waren beide überzeugt, sterben zu müssen. Tatsächlich wurden sie aber sanft in ihre Sättel ihrer dahinfliegenden Pferde gesetzt, die weitergaloppierten, als sei nichts geschehen.

Es gelang ihnen, ihr Gleichgewicht zu halten, und sie brachten ihre widerspenstigen Pferde unter Kontrolle. Sie schauten hinauf zur Wolke und sahen, daß sie nach Südosten weiterzog.

Beim Absteigen gaben Zanas Beine nach, und sie setzte sich mit einem Plumps in den Staub. Cais Beine fühlten sich ebenso unsicher an, also taumelte er zu ihr und setzte sich neben sie.

»Wir sind zurück!« sagte sie leise, als könnte sie ihr Glück nicht fassen.

Er nickte. Er war ebenso erleichtert wie sie.

»Ist das wirklich alles passiert?« fragte sie.

»Wenn nicht«, antwortete er, »dann haben wir uns beide an nichts weiter als der Luft berauscht.«

Zana feixte.

»Das ist nicht möglich«, entschied sie mit Nachdruck. »Und ich weiß, wovon ich rede. Schade, daß wir diesen Wein nicht mitnehmen konnte – davon könnte ich jetzt wirklich einen Schluck gebrauchen.«

Sie waren zu erschöpft, um weiterzureiten oder sich um ein Versteck zu kümmern und schlugen an Ort und Stelle ihr Lager auf. Sie zündeten ein Feuer an und kochten sich etwas zu essen, aßen aber nur wenig. Stundenlang unterhielten sie sich und versuchten, erfolglos, aus ihrem Erlebnis klug zu werden. Sie wußten beide, daß es wichtig war, doch keiner von ihnen wußte, was er davon halten sollte.

In dieser Nacht schliefen sie im selben Zelt, froh über die Gesellschaft und die Wärme.

In seinen Träumen kehrte Cai in die schwebende Stadt zurück, wo er von Tür zu Tür rannte und jede aufriß. Hinter jeder Schwelle erwartete ihn das gleiche Bild, trotzdem rannte er weiter, endlos weiter, in der Hoffnung, die nächste könnte anderes sein.

Schließlich erreichte er erschöpft und angsterfüllt die letzte Tür, die letzte Möglichkeit. Das Symbol, das man ins Holz geschnitzt hatte, stellte ein Paar Waagschalen dar, die, wie es schien, durch einen Fisch aus dem Gleichgewicht gebracht wurden. Aus irgendeinem Grund machte dies Cai noch mutloser. Er streckte seine zitternde Hand aus und öffnete die Tür.

Doch es war wie bei all den anderen. Die Bibliothek war verschwunden, und an ihre Stelle war eine verwüstete Landschaft getreten. Alles war voller Asche und Rauch, der über zerborstene und geschwärzte Felsen zog. Feuer loderten in der Ferne, und geschmolzenes Gestein wurde gen Himmel geschleudert, wo es auf düstere Wolken traf. Die Trostlosigkeit war vollkommen. Es war ein Bild bar jeden Lebens.

Schweißgebadet und verstört wachte er auf.

»Nein«, stöhnte er. »Nein!«

»Was ist?« wollte Zana wissen. Ihre Stimme klang ernsthaft besorgt.

»Ich habe das Ende der Welt gesehen«, brachte er keuchend hervor.

21. KAPITEL

Fünf Tage später trafen Cai und Zana in der Stadt Great Newport ein. Zana gab sich der Torwache sofort zu erkennen und bat, man solle sie zu Jordan und Hewe bringen. Mittlerweile hegte sie bezüglich Cai keine Zweifel mehr und vertraute ihm vollkommen. Sie hatte Briefe für Jordan dabei, aber vor allem wollten sie Hewe kennenlernen. Wie es schien, hatte er Gemma und Arden zu jenem geheimen Ort begleitet und wußte, wo sie sich aller Wahrscheinlichkeit zur Zeit aufhielten.

Man führte sie durch belebte Straßen ins Stadtzentrum. Wegen der Bienen wurden sie für eine Weile äußerst neugierig betrachtet, doch die Menschen in Great Newport hatten in den vergangenen paar Monaten so manche Merkwürdigkeit gesehen und kehrten schon bald zu ihren Geschäften zurück.

Zana war beeindruckt von den Fortschritten, die die Stadt seit den Verwüstungen während der jüngsten Auseinandersetzung gemacht hatte. Vielleicht lag es an der Rolle, die Great Newport in der Vergangenheit gespielt hatte, daß der Wiederaufbau hier weiter fortgeschritten war als in Altonbridge. Zana hatte von den Zerstörungen gehört, die sowohl der Turm als auch die Himmelsraben angerichtet hatten, und war daher noch überraschter, wieviel man hier erreicht hatte. Überall wuchsen neue Gebäude empor. Aus eigener Erfahrung wußte sie, wie schwer es war, Großbauten zu organisieren.

Doch das Beeindruckendste von allem war die deutlich erkennbare Zielstrebigkeit der Menschen ringsum. Niemand schien zu resignieren, und bei vielen der Arbeiten herrschte ein Gefühl der Gemeinsamkeit, das herzerwärmend war. Zana war hocherfreut und beeindruckt, dabei konnte sie nur einen kleinen Teil dessen sehen, was in Newport geschah. Daß eine derart gespaltene und unterdrückte Stadt eine solche Verwandlung durchmachen konnte, war ein Zeichen dafür, daß man die Leistung von Jordan und seiner Untergrundbewegung zu schätzen wußte.

Man brachte sie zu einem der beeindruckenden Gebäude am Platz des Colosseums und ließ sie in der Eingangshalle warten. Cai war sichtlich ungeduldig, und die Bienen wurden immer aufgeregter. Sie hatten sich unterhalb der hohen Decke niedergelassen, doch selbst von dort war ihr Summen in dem abgeschlossenen Raum deutlich zu hören, und so mancher Blick fiel auf die merkwürdigen Vertrauten des Zauberers. Selbst Zana, die sich mittlerweile an sie gewöhnt hatte, mußte feststellen, daß sie ein wenig nervös wurde. Cai dagegen schien daran nichts Widriges zu finden. Er war viel zu sehr mit dem nächsten Abschnitt seiner Suche beschäftigt und hörte daher den kleinen Jungen nicht kommen.

»Sind das Eure Bienen, Mister?«

Der Junge zupfte mit einer Hand an Cais Ärmel, während

er mit der anderen nach oben zeigte. Er hatte den Kopf in den Nacken gelegt, damit er den Flug der Bienen verfolgen konnte.

Der Zauberer blickte nach unten, dann sah er kurz, fast unsicher, hinauf zur Decke, so als wisse er nicht recht, ob es seine Bienen seien. Es dauerte ein paar Augenblicke, bis er wußte, wo er war.

»Ja«, sagte er schließlich. »Sie gehören mir.«

»Machen einen ziemlichen Lärm, was?«

»Könnte man sagen.« Cai war es nicht aufgefallen. Er sandte ihnen eine Botschaft zur Beruhigung, und das Summen wurde etwas leiser.

»Habt *Ihr* das getan?« wollte der Junge, offensichtlich beeindruckt, wissen.

»Ja.«

»Laßt sie noch etwas tun.«

»Wie heißt du?« fragte Cai, den die Begeisterung des Jungen amüsierte.

»Marc.«

Die Bienen begannen zielbewußt an der Decke herumzukrabbeln, und kurz darauf stand dort für alle sichtbar Marcs Name – in Buchstaben aus Schwarz und Gold.

»Donnerwetter!« Der Junge bekam leuchtende Augen, als er den Schwarm offenen Mundes anstarrte. »Wenn ich das den anderen erzähle!«

Er warf einen letzten Blick auf die Bienen, betrachtete einen Augenblick lang ihren Herrn und Meister, dann rannte er aus dem Gebäude so schnell ihn seine kurzen Beine trugen. Cai sah ihm nach und mußte liebevoll an ein anderes kleines Kind denken, das von seinen Vertrauten hingerissen war.

»Sehr eindrucksvoll«, kommentierte eine tiefe Stimme von der anderen Seite der Halle, und Cai drehte sich ruckartig um. Er sah einen großen, breitschultrigen Mann, dessen schwarze Haut selbst für diese südliche Klima dunkel war.

»Bist du Jordan?« fragte er.

»Ja.« Der Mann trat vor und streckte eine Hand zum Gruß

aus. »Sei willkommen, Cai.« Er musterte den Zauberer von Kopf bis Fuß mit seinen dunklen Augen, dann wandte Jordan sich an Zana.

»Und auch du, Zana. Dale hat mir Großes von dir berichtet. Du bist doppelt willkommen.«

»Sieht so aus, als kämt ihr ebenfalls recht gut voran«, erwiderte sie und schüttelte ihm die Hand.

»Kann sein. Aber wir haben immer noch ungeheuer viel zu tun.«

»Sag mir, wenn ich helfen kann«, meinte sie lächelnd. »Es war dumm von mir, anzunehmen, ich könnte mich tatsächlich um die Aufbauarbeit drücken!«

»Zuerst mußt du dich mal ausruhen«, beruhigte Jordan sie. »Schließlich haben wir schon ein paar Fortschritte erzielt ...«

»Zum Beispiel, daß ihr dem kleinen Jungen das Lesen beigebracht habt?«

»Krankenhäuser und Schulen waren vorrangig«, antwortete er schlicht. »Unsere Kinder sind die Zukunft.« Er hielt inne, dann fügte er hinzu, »Wenn du bereit bist – aber erst dann –, hätte ich eine Aufgabe für dich. Experten wie du sind mir eine große Hilfe. Aber zuerst will ich deine Neuigkeiten hören und mich mit Cai unterhalten.«

Und ich mit dir! dachte der Zauberer. *Endlich!* Jordans Art und Auftreten verlangten Respekt, und wegen seiner Ruhe widerstrebte es Cai, seine Ungeduld Luft zu machen. Jetzt verstand er, warum der Führer des Untergrunds so hohes Ansehen genoß.

»Kommt mit«, meinte Jordan zu ihnen. »Ihr seid nach eurer Reise bestimmt hungrig und müde. Ich habe etwas zu essen für euch vorbereitet.«

Sie folgten ihm durch einen düsteren, dunkel getäfelten Gang und ein paar Stufen hinauf, dann bogen sie in einen helles, geräumiges Zimmer ab. Auf einem Tisch an einem der zahlreichen Fenster hatte man eine Mahlzeit vorbereitet, und Jordan bat sie, auf den Stühlen Platz zu nehmen. Die Bienen ließen sich auf einer nahen Wand nieder.

»Kommt Hewe auch?« erkundigte sich Cai, der im Augenblick noch nicht ans Essen denken konnte.

»Ich habe ihm eine Nachricht geschickt«, erwiderte Jordan. »Er wird sich in Kürze zu uns gesellen.«

»Weißt *du*, wo Gemma sich aufhält?«

»Theoretisch, ja.«

»Was soll das heißen?« wollte Cai wissen, in dessen Augen eine leichte Verärgerung aufblitzte.

»Sie ist im Augenblick nicht hier. Aber wir erwarten sie schon bald zurück«, antwortete Jordan ruhig.

»Wie bald? Wo ist sie jetzt?« Cais Stimmung stieg ungeheuerlich.

»Ich weiß nicht genau, wann sie zurück sein wird«, fuhr der andere fort. »Im Augenblick befindet sie sich im Tal. Allerdings weiß ich nicht, wo es liegt – ich war niemals dort und könnte es alleine auch nicht finden.«

»Aber Hewe könnte es finden?« beharrte Cai.

»Vielleicht.«

»Aber ...«

»Warum willst du sie eigentlich finden?« fragte Jordan und schnitt dem protestierenden Cai das Wort ab.

Der Zauberer zögerte. *Wie oft muß ich das noch durchmachen?* stöhnte er innerlich.

»Hat dir Dale das nicht in seinem Brief geschrieben?« fragte er.

»Doch«, meinte Jordan. »Aber ich würde es gerne von dir selbst hören. Dales Vorsicht in Ehren, aber offenbar fand er einige Dinge, die du gesagt hast, ein wenig unglaubwürdig.«

Cai schwieg einen Augenblick und dachte darüber nach. *Ich muß mich also noch immer beweisen,* dachte er voller Bitterkeit. Seine Gefühle schwankten von einem Extrem ins andere.

»Daß Zana hier sicher angekommen ist, spricht für dich«, fuhr Jordan fort, »außerdem scheint sie dir zu vertrauen. Aber ich würde dich gerne besser kennenlernen. Gemma war für uns die allerbeste Freundin, und wir möchten sie vor jeder erdenklichen Gefahr bewahren.«

Dabei beließ es Jordan, und ließ die Bedeutung seiner Worte offen.

»Du glaubst doch nich allen Ernstes, daß ich ihr etwas Böses will!« rief Cai, fuhr halb von seinem Stuhl auf und funkelte wütend über den Tisch hinweg.

»Entschuldige«, antwortete der dunkle Mann leise. Sein Gesicht verriet nichts. »Ich weiß nichts von dir. Und ich möchte dich kennenlernen.«

Cai zwang sich, ruhiger zu werden und sank langsam auf seinen Stuhl zurück. Er atmete tief durch und fing an zu erzählen. In weniger als einer Stunde hatte er Jordan von seinem Hintergrund als Zauberer berichtet, von seinem Verhältnis zu Gemma, seiner jüngsten Reise und – was am allerwichtigsten war – von seinen schrecklichen Ahnungen. Die detaillierten Schilderungen seiner Fernkontakte mit Gemma machten sichtlich Eindruck auf Jordan, und der schwarzhäutige Mann nickte mehrere Male, als stimme er einigen der Mutmaßungen des Zauberers zu.

Schließlich kam Cai zu der Begegnung mit der schwebenden Stadt, und sofort vergrößerte sich Jordans Interesse. Offenbar verband er damit eine große Bedeutung, und so erzählte ihm Cai mit Zanas Hilfe von ihren außergewöhnlichen Abenteuer. Er wiederholte jedes Wort ihrer Unterhaltung mit Wynut und Shanti sowie die rätselhaften Äußerungen der Katze.

Als er fertig war, schwieg Jordan lange. Die Worte des Magiers hatten ihn entmutigt. *Doch diesmal wird niemand überleben*. Vieles blieb nach wie vor unklar, und er konnte ihnen nicht mehr erklären als seine Gefährten – wenn er auch ein oder zwei Ideen hatte.

»*Du mußt nicht nur verhindern, daß die Drohung in die Tat umgesetzt wird, sondern bereits die Möglichkeit, daß es je dazu kommen könnte*«, zitierte er. »Das ist schwierig genug, selbst wenn man weiß, worin die Bedrohung besteht.«

Dann erzählte Cai Jordan von seinem Traum. In seiner Weltanschauung hatte Jordan sowohl Platz für die praktischen als auch die geheimnisvollen Dinge, und er hatte nicht die Absicht, die Vision des Zauberers allein deshalb abzutun, weil sie die äußere Form eines Alptraums hatte.

»Nicht einmal *das Schleifen* hat eine derartige Verwüstung

hervorgerufen«, sagte er langsam, dann riß er sich zusammen und fügte hinzu, »Jetzt ist es an mir, *euch* ein paar Dinge zu erzählen.« Beim Sprechen merkte er, daß er Cais Vertrauen gewonnen hatte. Der Besucher hätte nur dann ein Schwindler sein können, wenn er ihm ein weites und verschlungenes Netz aus Lügen gesponnen hätte. Dafür hätte er sowohl unglaubliche Kenntnisse als auch eine mehr als lebhafte Phantasie benötigt – außerdem hätte er Zana für sein Täuschungsmanöver einspannen müssen. Jordan konnte sich nicht vorstellen, sich jemals so an der Nase herumführen zu lassen. *Und wenn doch, dann ist unser aller Schicksal besiegelt,* entschied er. *Wenn man es genau betrachtet, kann sich eigentlich nur Gemma für ihn verbürgen – und es wird noch eine Weile dauern, bis sie hier ist.* Er beschloß, sich auf das Urteil seines Unterbewußtseins zu verlassen. Er ging hinüber zur Wand und zog an einer Klingelschnur, die dort hing.

Auf dem Weg zurück zum Tisch sah er Cai einen Augenblick lang nachdenklich an.

»Gemma glaubt, daß wir alle bedroht sind, und daß diese Bedrohung aus dem Tiefen Süden kommt«, begann er und fuhr dann fort, ihnen von ihrer Entdeckung des zeitlosen Buches in der Blauflammenkammer unterhalb des Turms und von den darin verzeichneten Untergangsprophezeihungen zu erzählen. Rasch fügte er hinzu, daß sie das Buch durch ihr Tun bereits einmal verändert hatten, und daß Gemma der Ansicht sei, dies könne wiederholt werden.

Es besteht noch immer Hoffnung, erinnerte sich Cai.

»Es scheint logisch«, fuhr Jordan fort, »anzunehmen, daß diese Bedrohung die Gleiche ist wie die, von der die Magier gesprochen haben. Trotzdem fällt es schwer zu glauben, die Waffen, die aus dem Süden stammen müssen – die Himmelsraben und die Strahlen aus dem Turm – könnten, so vernichtend sie auch sein mögen, eine solche Verwüstung anrichten, wie du sie in deinem Traum gesehen hast. Schließlich stammen die Waffen offenbar aus Menschenhand und sind nicht etwa das Produkt irgendeiner bösen, magischen Kraft.«

Er wurde unterbrochen, als Hewe den Raum betrat. Er

trug seine übliche schwarze Kleidung und hatte ein Schmunzeln auf seinem vernarbten Gesicht.

»Ihr habt geläutet, Sir?« fragte er.

»Hewe, dies sind Cai und Zana«, stellte Jordan die beiden vor. »Komm und setz dich zu uns.«

»Zana und ich haben uns bereits kennengelernt«, erwiderte der Mann, der groß war wie ein Bär, und zog einen Stuhl heran. »Gut, dich wiederzusehen.«

»Weißt du, wo Gemma sich aufhält?« fragte Cai.

»Ich weiß, wo sie sich aufgehalten *hat*«, gab Hewe zurück. »Aber ich weiß nicht, ob sie noch dort ist.« Schon allein seine Anwesenheit bewies, daß Jordan beschlossen hatte, Cai zu vertrauen.

»Im Tal?«

Hewe nickte.

»Bringst du mich dorthin?« Cais Ton hatte etwas Dringliches.

Hewe sah Jordan an, der daraufhin antwortete, »Vielleicht wäre es nicht klug, das Tal aufzusuchen.«

»Warum nicht?«

»Gemma hat das Tal vor ...etwas anderthalb Monaten erreicht.« Jordan suchte bei Hewe Bestätigung und bekam sie auch. »Und während all dieser Zeit haben wir nichts von ihr gehört.«

Ebensowenig wie ich, dachte Cai.

»Trotzdem haben wir keinen Grund anzunehmen, daß es irgend etwas gibt, um das wir uns sorgen müßten«, fuhr Jordan fort. »Das Tal stellt eine in sich geschlossene Gemeinschaft dar, die nur sehr wenig Kontakt zur Außenwelt unterhält. Gemma jedoch ist nicht nur dorthingegangen, um sich zu erholen, sondern auch, um bei der Geburt des Kindes einer Freundin anwesend zu sein.«

War dies das Baby? Cai mußte an seine letzte Vision von Gemma denken, an jenen wirren Traum von Blut und Schmerzen – und daran, wie erbost sie seine Einmischung zurückgewiesen hatte. *Natürlich!*

»Wie heißt ihre Freundin?« fragte er.

»Mallory«, antwortete Hewe. »Arden kennt sie bereits seit vielen Jahren.«

Cai zuckte innerlich zusammen, als er Ardens Namen hörte, sagte aber nichts.

»Das Baby müßte bald kommen«, warf Jordan ein.

»Jeden Tag«, bestätigte sein Stellvertreter.

Es wurde vor zwölf Tagen geboren, dachte Cai, sprach es aber nicht aus.

»Gemma hat uns erzählt, sie werde hierher zurückkommen, sobald sie sicher ist, daß Mallory und das Kind wohlauf sind.«

»Wie lang wird sie brauchen, um hierher zurückzukehren?« fragte Cai rasch.

»Ungefähr zehn Tage«, klärte Hewe ihn auf.

»Was ich meine, ist folgendes«, sagte Jordan. »Wenn du jetzt aufbrichst, verpaßt du sie vielleicht. Wahrscheinlich tust du besser daran, hier zu warten. Wir können ihr für alle Fälle immer einen Boten schicken.«

Das machte Cais Ansicht nach Sinn. Wenn das Baby tatsächlich vor zwölf Tagen geboren worden war, wie er annahm, dann befand sie sich so gut wie sicher auf dem Rückweg.

»Ich muß zugeben, ich hatte noch einen Hintergedanken, als ich vorschlug, daß du hierbleiben sollst«, gestand Jordan. »Wir haben hier innerhalb unserer Organisation verschiedene Leute, die über ein gewisses magisches Talent verfügen. Du wirst mir verzeihen, wenn ich das sage, aber solltest du tatsächlich der Zauberer sein, der du zu sein behauptest, dann wären deren Fähigkeiten klein verglichen mit deinen.«

Der letzte Zauberer, dachte Cai und war überrascht, daß ihn Jordans scheinbar zweifelnde Worte nicht verärgerten.

»Zauberei ist, so wie du sie kennst, in diesem Land fremd«, fuhr der schwarze Mann fort. »Und wenn du bereit wärst, uns zu helfen, könnten wir eine Menge von dir lernen.«

Du hättest es mir beibringen können. Cai zuckte zusammen, als er sich an Gemmas bedauernde Worte erinnerte. Er sagte noch immer nichts.

»Ganz besonders«, fuhr Jordan fort, »möchte ich, daß du dir die Blauflammenkammer ansiehst. Seit Gemmas Abreise ist es uns nicht gelungen, dort einzudringen, und wenn wir eine Expedition in den Tiefen Süden planen, muß ich mit eigenen Augen sehen, was zur Zeit in diesem Buch steht.«

Cai wurde bei der Erwähnung der Blauflammenkammer hellhörig, und Jordan hoffte, ihn auf diese Weise zum Bleiben in Newport bewegen zu können. Er war überzeugt, daß sie eine Menge von dem Zauberer lernen konnten.

»Ihr plant also bereits, nach Süden zu reisen?« wollte Cai wissen.

»Ja. Ich habe Gemma versprochen, sobald die Stadt einigermaßen hergerichtet ist und alles einwandfrei funktioniert, brechen wir nach Süden auf«, erläuterte Jordan. »Das ist übrigens ein weiterer Grund dafür, daß wir mir ihrer baldigen Rückkehr rechnen.« Er hielt inne. »Es gibt allerdings noch *andere* Gründe für diese Expedition, die ich dir erläutern möchte.«

»Ich bleibe«, entschlied Cai plötzlich. »Wirst du einen Boten für mich schicken – heute noch?«

»Ich werde mich darum kümmern«, versprach Hewe, und ging, um die nötigen Maßnahmen zu ergreifen.

Jordan grinste breit. Er ergriff sein Glas und erhob es zu einem Trinkspruch.

»Willkommen in Great Newport und in unserer Abteilung des Untergrunds«, sagte er förmlich. »Möge unsere Freundschaft von Dauer sein – zum beiderseitigen Wohl.«

Cai erhob sein Glas und trank. Er war plötzlich sehr hungrig, und als er zu essen begann, sahen Zana und Jordan sich lächelnd an.

22. KAPITEL

»Das ist Wray«, sagte Hewe. »Ein ziemlicher Jammerlappen, aber manchmal ganz brauchbar.«

Wray wirkte wie ein in die Enge getriebenes Tier, und er

zuckte zusammen, als sie sich näherten. Obwohl er nicht mehr viel Zeit bei seinen früheren Kameraden im Lager der Vandalen verbrachte, trug er noch immer graue Kleidung. Es war der einzige Ausdruck von Trotz gegenüber einer Welt, die ihn jetzt mit Verachtung behandelte.

Vor fast anderthalb Monaten war er in Great Newport angekommen, und obwohl die erste Reaktion des Untergrunds auf ihn alles andere als herzlich war, hatte die verschlüsselte Nachricht von Hewe es ihm ermöglicht, die Stadt zu betreten. Er hatte Verbindung zu Jordan aufgenommen, seinem früheren Fanatismus abgeschworen und um eine Chance der Wiedergutmachung gebeten. Viele begegneten den Grauen Vandalen trotz ihrer fortgesetzten Kooperation unter der straffen Führung von Galar noch immer mit Mißtrauen und warnten Jordan, man dürfe Wray nicht trauen. Das ganze Ausmaß seiner früheren Verbrechen könne nie enthüllt werden, argumentierten sie, außerdem sei er bekanntlich sowohl an Gewaltaktionen als auch am Handel mit Drachenblumensamen und an Entführungen beteiligt gewesen. Ein solcher Mann, wurde ihm nahegelegt, habe in ihrer Organisation nichts zu suchen.

Jordan dagegen glaubte an Wrays Reue. Seine jüngste Demütigung durch Arden, Gemma und Hewe und der Umstand, daß ihn seine früheren Kollegen verstoßen hatten, hatten Wray mutlos gemacht. Selbst seine Fähigkeit, Elementale zu kontrollieren – ein Talent, das ihm zu einer Machtposition verholfen hatte – war ihm genommen worden. Sein Selbstwertgefühl lag in Trümmern. Er fürchtete sich buchstäblich vor Schatten.

Ein großer Trupp Grauer Vandalen hatte im Westen von Great Newport ein Dauerlager aufgeschlagen und benutzte dieses jetzt, nachdem sie die Wüstenhöhlen des Lichtlosen Königreiches verlassen hatten, als Hauptquartier. Zu verschiedenen Gelegenheiten hatten sie sich bereits als echte Verbündete erwiesen, waren als Späher eingesprungen und hatten Nachschubkonvois auf der Küstenstraße geschützt. Viele Menschen fanden ihr düsteres Äußeres und ihre kaum verhohlene Heftigkeit beunruhigend, andererseits hatten die Vandalen viel getan, um den Ruf zu widerlegen, daß sie zu Gewalt und Unvernunft neigten.

Galar und seinem jungen Stellvertreter, Tomas, sowie vielen ihrer Kollegen war ein Licht aufgegangen, und diese Gruppe hielt ihre wilderen Brüder jetzt in Schach. Viele Vandalen jedoch frustrierte das Nichtstun. Jetzt, da die Reisenden aus dem Norden nicht mehr ihre Feinde waren, hatten sie niemanden mehr, den sie bekämpfen konnten, und so sehnten sie den Tag herbei, an dem sie nach Süden ziehen konnten. Dort, so lautete die allgemeine Überzeugung, lauerte der wahre Feind.

Im Lager ging es oft derb und laut zu, und es kam zu leidenschaftlichen Streitereien, größtenteils jedoch blieb man unter sich und stellte der Stadt seine Kräfte nur bei Bedarf zur Verfügung.

Jordan hatte Wray diesem Klima, das möglicherweise seinen früheren Fanatismus wieder hätte aufleben lassen, und in dem Wray vielleicht zur Zielscheibe beträchtlichen Zorns geworden wäre, nicht aussetzen wollen und beschloß daher, seinem eigenen Urteil zu vertrauen. Als er erfuhr, daß Wray in der Lage gewesen war, Elementale zu beherrschen, erteilte er dem bereitwilligen Mann den Auftrag, sich den Blauflammenwall unterhalb des Turmes genau anzusehen. Niemand hatte den Raum betreten können, seit Gemma ihn zusammen mit Arden und den Meyrkats verlassen hatte, und Jordan sehnte sich nach einer Gelegenheit, weiter in dem Buch zu lesen, das sich dort drinnen befand.

Wray hatte die Gelegenheit beim Schopf ergriffen, obwohl er den Glauben an seine Fähigkeiten verloren hatte. Seine ersten Versuche blieben zwar erfolglos, machten ihn aber um so entschlossener. Er vergrub sich in den Archiven der Stadt, suchte nach alten Hinweisen auf die Elementalen und die Geheimkammer sowie auf alles andere, das nur entfernt mit ihrem Rätsel in Verbindung stand. In regelmäßigen Abständen kehrte er zu dem schimmernden Wall zurück, um eine neue Theorie auszuprobieren, doch bislang waren alle seine Bemühungen umsonst gewesen.

Jetzt hatte man ihn zu einem Treffen mit Hewe und einem

Stadtfremden in den Raum neben dieser pulsierenden Barriere gebeten. Während er wartete, probierte er seine neue Entdeckung aus. Diese hatte er einer sogenannten *Kräftetabelle* entnommen, die er in einem Jahrhunderte alten Grab entdeckt hatte. Der Wall zeigte jedoch keinerlei Reaktion.

Hewe fuhr fort, nachdem Wray bei seinen ersten Worten bereits zusammengezuckt war. Der riesige Mann machte Wray immer nervös, diesmal jedoch lag die Bedrohung eher in seinen Worten als in seiner eindrucksvollen körperlichen Erscheinung.

»Das ist Cai. Er ist ein Zauberer – von den Inseln im Norden.«

»Ich ... ich habe ihnen niemals etwas antun wollen«, stammelte Wray. »Man hat mich mißbraucht, in die Irre geführt. Jetzt weiß ich, daß der wahre Feind im Süden lauert. Die Nordländer sind unsere Freunde!«

Cais Blick wanderte von dem verängstigten Mann zu Hewe.

»So vernünftig war er nicht immer«, erklärte Jordans Stellvertreter. »Die Götter wissen, was er sich hat zuschulden kommen lassen, bevor ihm ein Licht aufging.«

»Nichts! Gar nichts!« protestierte Wray mit schriller Stimme.

»Vielleicht sollte ich Cai bitten, deine Gedanken zu lesen«, schlug Hewe grinsend vor. »Dann könnten wir sehen, was *wirklich* in deinem Kopf vorgeht.«

Wrays Blick verriet, daß er in Panik geriet, während Cai zusah und sich fragte, zu was dieses armselige Geschöpf wohl nützlich sein könnte. Auch der Zauberer versuchte, sich sein Entsetzen über Hewes Vorschlag nicht anmerken zu lassen. Der große Mann wußte offenbar nicht viel über die Lehrsätze der Magie. Sich am Verstand eines anderen Menschen ohne dessen ausdrückliches Einverständnis zu schaffen zu machen, war undenkbar.

»Keine Sorge«, meinte Hewe vergnügt. »Cai wird weder Zeit noch Energie auf dich verschwenden. Er ist hier, um *dort* hineinzukommen.« Damit zeigte er auf den Blauflammenwall. »Bist du inzwischen weitergekommen?«

»Nein!« blaffte Wray zurück, der nicht wußte, ob er dankbar oder verärgert darüber sein sollte, daß der Zauberer seine Aufgabe übernahm. »Sie können mich nicht ausstehen.«

»Wer kann dich nicht ausstehen?« wollte Cai wissen.

»*Die* da«, gab er zurück. Sein Gesicht zuckte. »Die Elementalen dort drinnen. Sie sind so dicht gedrängt, sie sind so kalt und hart ...ich komme nicht an sie heran.«

»Er ist schon seit Tagen hier unten und kein Stück weitergekommen«, erklärte Hewe. »Ich denke aber, es hält ihn davon ab, Dummheiten zu machen. Sieh zu, wie du alleine weiterkommst. Du wirst Cai doch keinen Ärger machen, oder, kleiner Mann?«

Wray schüttelte heftig den Kopf.

»Sag mir Bescheid, wenn du irgend etwas brauchst«, meinte Hewe zu Cai und machte sich auf den Weg.

Die beiden anderen standen eine Weile schweigend da. Cai betrachtete das flüssige, kraftvolle Wirbeln innerhalb der Barriere, und Wray beobachtete den Zauberer.

»Es heißt, daß du früher mit den Elementalen sprechen konntest«, sagte Cai nach einer Weile.

»Nicht mit diesen hier«, gab der Graue Vandale zurück. »Aber ich konnte die Freien draußen kontrollieren.« Ein Hauch von Stolz schlich sich ein, der jedoch mit der nächsten Bemerkung wieder verflog. »Das ist vorbei.«

»Ich habe nie einen freien Elementalen gesehen«, sagte Cai, den Blick noch immer auf die pulsierende Sperre gerichtet. »Erzähl mir etwas über sie.«

Wray sah den Zauberer verblüfft an, so als hätte er gerade zugegeben, noch nie den Regen vom Himmel fallen gesehen zu haben. Elementale waren immer ein Teil von Wrays Leben gewesen, seit jener Zeit, als er als kleines Kind feststellte, daß er den anderen Jungs angst machen konnte, indem er eines dieser seltsamen Geschöpfe dazu brachte, ihm zu folgen.

»Es sind Geschöpfe, die aus reiner Energie bestehen«, begann er zögernd. »Sie können sich schneller bewegen als der Schall und jede beliebige Form annehmen.« Er fuhr fort, erzählte Cai alles, was er über die rätselhaften Geschöpfe wußte und war erstaunt, daß der Zauberer so aufmerksam zuhörte. Das war doch allgemein bekannt!

»Sie werden also hauptsächlich mit Gebieten in Verbindung gebracht, die am meisten von *Der Zerstörung* … *Dem Schleifen* betroffen waren?« fragte Cai.

»Ja. Aber sie können überallhin.«

Der Zauberer war tief in Gedanken versunken.

»Erkläre mir noch mal, wie du sie kontrolliert hast«, sagte er.

»Durch Willenskraft«, antwortete Wray sofort, inzwischen sicherer geworden. »Nicht jeder kann das. Ich mußte ihnen nur zeigen, wer der Herr ist, dann war es einfach.«

»Einfach?«

»Na ja, anfangs haben sie sich ein wenig gesträubt«, gab Wray zu, »aber schließlich *mußten* sie gehorchen. So hat das funktioniert.«

Cai nickte abwesend, offenbar war er mit den Gedanken woanders.

»Und diese hier?« fragte er und machte eine Handbewegung Richtung Wall.

»Nichts«, gab Wray zurück. »Sie lassen sich nicht bewegen. Zuerst dachte ich, sie müssen eine andere Art der Energie benutzen, doch alle alten Verweise, die ich gefunden habe, deuten darauf hin, daß er tatsächlich aus Elementalen besteht. Die Kraft, die dafür erforderlich war, sie so fest zusammenzuschweißen, muß unglaublich gewesen sein!«

Cai näherte sich langsam der schimmernden Barriere. Aus der Nähe fand er es unmöglich, den Blick auf die strahlenden, wirbelnden Muster zu konzentrieren, doch das Gefühl ungeheurer Kraft war unverkennbar. Die alten Meister, die diese Kammer geschaffen hatten, hatten sie mit unglaublichem Geschick und grausamer Präzision verschlossen. Und doch war sie nicht undurchdringlich. Gemma hatte sie betreten können. Und Arden ebenfalls.

Aber wie?

Als die Feindschaft, die Cai Gemmas unbekanntem Begleiter gegenüber empfand, in seinem Innern hochstieg, begann der Schirm vor ihm heftiger zu pulsieren. Er spürte den Druck seiner Abwehr in seiner Brust.

Sie haben sich ein wenig gesträubt.

Cai war in seine Überlegungen vertieft und hatte daher das Eintreffen des Bienenschwarms nicht bemerkt. Ihr Erscheinen war eine Reaktion auf sein unausgesprochenes Verlangen. Sie hatten ihren Stock verlassen und waren seiner Spur bis tief in das Labyrinth aus Tunnels unterhalb der Stadt gefolgt. Wray bekam Angst und flüchtete sich in einen Durchgang auf der gegenüberliegenden Seite des Raumes. Ehrfurchtsvoll verfolgte er, wie die Bienen den Kopf des ungerührten Zauberers umkreisten.

Er soll Furcht und Haß erzeugen. Das ist seine Stärke, dachte Cai. *Und wenn …?*

Er mußte tief in seiner Erinnerung nach dem Gesuchten graben und entdeckte es im Lachen eines kleinen Mädchens vor langer, langer Zeit. Der Schwarm griff seine Gedanken auf und verstärkte sie, verdeutlichte seine Bilder aus der Vergangenheit. Auch sie hatten die Erinnerung an Gemma entdeckt.

Cai trat einen Schritt vor. Er stieß auf eine derartige Woge der Ablehnung und Haß, daß er fast ins Wanken kam. Seine eigenen Gefühle waren gemischt und drohten die Freude über die Erinnerung an das junge Mädchen zu überwältigen. Dann stützten die Bienen erneut seine Erinnerung, und als der Druck auf ihn nachließ, war er plötzlich in der Lage, die Gefühle zu betrachten, die von den eingesperrten Elementalen ausgingen. Er trat erneut ein Stück weit vor – und fand sich im Innern der Marmorkammer wieder.

Cai drehte sich um, um den blauen Schirm noch einmal zu betrachten – entsetzt über die wilde Grausamkeit, die bereits seine bloße Existenz erzeugte.

Es sind lebendige Wesen!

Er fand die Vorstellung ewiger Gefangenschaft fast unerträglich.

Kein Wunder, daß ihre Furcht und ihr Haß so mächtig sind.

Jetzt hatte sich auch die letzte der Bienen ihm angeschlossen, war durch die Barriere geschlüpft. Gemeinsam machten sie sich an die Erkundung der Kammer.

23. KAPITEL

Die Kammer war fast leer. Das einzige Möbelstück, das sie enthielt, war ein Marmortisch, der am hinteren Ende des Raumes stand. Auf ihm lag ein großes Buch. Cai empfand einen eigenartigen Widerwillen, diese verbotenen Seiten zu lesen, ging an den Wänden entlang und tat, als studiere er deren Konstruktion. Die Bienen waren klüger. Sie flogen direkt zum Tisch, sammelten sich und ließen sich dort zu einem komplexen Muster auf der Oberfläche nieder. Der Zauberer gab nach und näherte sich ängstlich dem Buch.

Will ich das wirklich lesen? Was, wenn es mir von Gemmas Untergang erzählt? Oder meinem eigenen? Wäre es nicht besser, unwissend der Schicksalsschläge zu harren oder ihnen direkt, mit einem kleinen Funken Hoffnung, ins Gesicht zu sehen?

Er warf einen flüchtigen Blick auf die Seiten, die offen vor ihm lagen, und las die Beschreibung von Gemmas Kampf auf dem Turm, der einst über diesem Raum gestanden hatte. Zum erstenmal erkannte er die Bedeutung dieses Konflikts – und sah, wie nahe Gemma einer Niederlage gekommen war. Er begriff noch immer nicht genau, wie es ihr gelungen war, eine Wendung herbeizuführen, erkannte aber, daß seine Beteiligung aus der Ferne keine Rolle gespielt hatte.

»Nur eine Kraft hätte sich diesem Prozeß widersetzen können, und die wäre fast wegen Dummheit und dem Festhalten an überkommenen Vorstellungen gescheitert«, las er laut.

Das hatte einen unangenehmen Unterton. Cai wappnete sich und las weiter.

»Die Diener der Erde errangen einen vorübergehenden Sieg, als der Schlüssel des Traumes ...«

Erinnerungen kamen ungefragt empor und versuchten, sich seiner zu bemächtigen, doch die Formulierung, die am lautesten widerhallte, war *der Schlüssel des Traumes*.

Wo habe ich das schon gehört?

Er dachte kurz nach. Zwei Dinge fielen ihm ein. Shantis Zitat in der schwebenden Stadt hatte mit den Worten begonnen:

Denk an den Traum
vergiß nicht, woher er stammt

Und die Katze hatte gesagt: *Der Schlüssel wird die Tür öffnen. Anderseits jedoch können Schlösser auch ausgewechselt werden.*

Damals hatte all das keinen rechten Sinn ergeben.

Könnte dies die Verbindung zwischen beiden sein? Der Schlüssel zum Traum ist Gemma, das ist offenkundig, aber …

Er las weiter, da er die Einzelteile des Puzzles noch nicht zusammenfügen konnte.

»… die in der stählernen Festung gefangengehalten worden war, hatte den Gesetzen der Magie wieder zu Geltung verholfen und die Kraft des Bringers der Zerstörung gegen ihn selbst gerichtet.

Dieser Rückschlag spornte die Kräfte des Tiefen Südens nur zu noch größeren Anstrengungen an. Ihre Experimente nahmen rasch an Kraft und Größe zu, und schon bald waren sie in der Lage, auf die Anwendung uralter Kräfte zu verzichten und statt dessen eine neue Logik einzusetzen, die sie selbst erschaffen hatten. Ihre Feinde standen ihnen hilflos gegenüber, und ihr Einfluß verbreitete sich rasch in der ganzen Welt. Die alte Ordnung wurde zerstört.

Und das Zeitalter des Chaos begann.«

Cai streckte die Hand aus, sein Herz klopfte wie wild und faßte die Ecke der Seite zwischen Daumen und Zeigefinger. Das Papier fühlte sich dick und doch zerbrechlich an – er erwartete fast, daß es ihm beim Umblättern zwischen den Fingern zerfiel.

Im ersten Augenblick dachte er, die nächste Seite sei leer, doch dann erkannte er, daß die Worte tatsächlich *dort standen*, wenn auch schwer zu erkennen. Er starrte auf sie, bis seine Augen schmerzten, doch sie ergaben keinen Sinn, und er wurde zunehmend zornig und verwirrt. Der Schwarm brummte aufgeregt.

Cai schloß die Augen und versuchte, sich zu beruhigen. Lange Jahre der Beherrschung seiner magischen Fähigkeiten hatten ihm gewisse Kräfte verliehen, und die dienten ihm noch immer, wenn sie auch ein wenig eingerostet waren. Er versetzte sich in einen Zustand der Ruhe, wodurch Energiefunken aufstiegen und sich auf sein Kommando hin miteinander verbanden.

Ich bin ein Zauberer, erklärte er sich selbst.

Der **letzte** *Zauberer,* spottete ein leises Stimmchen.

Ich werde dieses Buch lesen, beharrte er und versuchte, seinem Selbstvertrauen Auftrieb zu verleihen.

Als Cai die Augen öffnete und erneut die Seiten vor sich betrachtete, war er bestürzt. Die Bienen bedeckten die gesamte Oberfläche des Buches in einem sich wellenförmig bewegenden Teppich aus Schwarz und Gold.

Was tut ihr da? fragte er in der Hoffnung, daß sie mit ihrem Instinkt eine Antwort gefunden hatten.

Wir zeichnen Bilder, lautete die rätselhafte Antwort.

Ein Fenster öffnete sich in der Masse krabbelnder Insekten, und Cai beobachtete, wie die Bienenkönigin sich zielstrebig vom einen Ende der freien Fläche zur anderen bewegte. Dabei bildeten sich Worte auf dem freigewordenen Teil der Seite, so als wären ihre Beine in Tinte getaucht. Innerhalb weniger Augenblicke jedoch begann die feine Schrift zu verblassen. Der Zauberer beugte sich vor und begann, ängstlich zu lesen.

»Flüsse aus Stein.«

Ist das alles? fragte er sich sofort. Die Bienenkönigin bewegte sich zielstrebig auf eine neue Lücke zu, und der Vorgang wiederholte sich.

»Feuer am Himmel.«

Und dann:

»... die lange, kalte Finsternis.«

Das ist die Zerstörung, genau wie damals, dachte Cai voller Schrecken.

Die nächsten Botschaften waren weniger apokalyptisch – aber noch rätselhafter.

»... aus dem Einen wurden viele«, was gefolgt wurde von: *»zufällige Teilungen ... undurchdringlich.«*

Und dann ein Satz, der wenigstens ein bißchen Sinn ergab.

»Halte die elementalen Feuer zurück.«

Cai wartete auf weitere Enthüllungen, doch jetzt verließen

die Bienen die Buchseiten, krabbelten auf den Tisch und erhoben sich in die Luft. Er sah ihnen verzweifelt nach.

Könnt ihr mir nicht noch etwas zeigen? flehte er sie an.

Manche Bilder lassen sich nicht zeichnen, erwiderte der Bienenschwarm, dessen facettenreiche Stimme ein wenig betrübt klang.

Ich bin doch nicht nur wegen ein paar unverständlicher Satzbrokken hierhergekommen! dachte Cai insgeheim. *Dahinter muß doch mehr stecken als bloß das!*

Die Bienen hatten sich jetzt fast alle in die Luft erhoben, und die Blätter des Buches waren so unlesbar wie zuvor. Es wirkte höchstens schlimmer, so als hätte der uralte Band die erzwungene – wenn auch nur teilweise – Enthüllung seiner Geheimnisse übelgenommen.

Cai blätterte um. Leere Seiten starrten ihm entgegen, mit den nächsten war es das gleiche. Er blätterte zurück und las erneut die Stelle über Gemmas *vorübergehenden Sieg*. Dann, einer Eingebung folgend, ging er ganz zum Anfang zurück und überflog ein weiteres Mal die ersten Zeilen.

Die Wörter aus Mythen, Märchenbüchern und Legenden flossen nur so dahin, doch sobald er einen Satz beendet hatte, stellte er fest, daß er sich an nichts erinnern konnte. Also mußte er wieder von vorne beginnen. Die Worte waren durchaus klar und deutlich, dennoch blieben sie für seinen Verstand ungreifbar.

Er versuchte es erneut mit einer späteren Seite, doch dasselbe geschah. Sein Kopf fing schließlich an zu schmerzen, und die Schrift vor seinen Augen verschwamm.

Du hast gesehen, was du sehen solltest.

Der Gedanke drängte sich ihm ungefragt auf. Erst dachte er, es sei der Schwarm, dann merkte er, daß die Bienen schwiegen. Er schüttelte sich, plötzlich war ihm kalt, und er spürte, wie die Kälte der eisigen Jahrhunderte in seine Knochen kroch.

Vorsichtig schloß Cai das Buch. Fast hatte er erwartet, daß Staub aufwirbeln würde, doch nichts geschah. Alle seine Sinne sagten ihm, daß er hier nichts mehr in Erfahrung bringen konnte. Woher die Nachricht auch stammte, ihre Endgültigkeit war unmißverständlich.

Als er sich zur Blauflammenbarriere umdrehte, ahnten die Bienen seinen nächsten Schritt und schossen an ihm vorbei zum verborgenen Ausgang.

Halte die elementalen Feuer zurück.

Zum erstenmal überlegte Cai, wie er aus diesem Raum wieder herausgelangen sollte. In seiner Unwissenheit hatte er den Wall aus Elementalen mittels Gedankenmustern durchbrechen können, die seinen eigenen Stärken eine gewisse Kraft verliehen hatten. Jetzt jedoch kannte er die wahre Natur des Walls. Der Widerwille, den er gegenüber seiner Konstruktionsweise empfand, machte es ihm unmöglich, jene grundlegende Freude heraufzubeschwören, die erforderlich war, um hindurchgelassen zu werden. Die herzlose Logik, mit der diese Barriere entworfen war, war ebenso beeindruckend wie abstoßend. Die altberühmten Zauberer hatten die Elementalen zu ewigem Eingeschlossensein verdammt und so dafür gesorgt, daß sie – sei es aus Kenntnis oder Unwissenheit – Angst, Haß und Schrecken auslösten, wo genau die entgegengesetzten Gefühle nötig gewesen wären, um durch sie hindurchzugelangen.

Cai haßte die Zauberei, die sie eingesperrt hatte, und hätte der Qual der Elementalen gerne ein Ende gemacht – doch er wußte, daß eine solche Tat seine Kräfte bei weitem überstieg.

Die Bienen erreichten die Barriere, dann wirbelten sie im Kreis herum und warteten auf ihren Meister. Er stand unsicher mitten im Raum.

Führt kein Weg hier hinaus?

Er hatte die Frage zwar nicht ausdrücklich an sie gerichtet, die Bienen aber antworteten trotzdem.

Doch. Aber nur, wenn du fliegen kannst.

Cai blickte zur hohen Decke hinauf und sah, was sie meinten. Eine quadratische Öffnung befand sich in der Decke – dahinter herrschte völlige Dunkelheit. Die Bienen flogen hinauf, um sie zu untersuchen, und einige von ihnen verschwanden in der Dunkelheit.

Es ist versperrt, erstatteten sie Bericht. *Mit schwarzem Metall.*

Die Späher kamen wieder zum Vorschein.

Es gibt also eine Einstiegsmöglichkeit von oben aus dem Turm, dachte Cai und fragte sich, wieviel Mendle wohl hatte entziffern können. *Wie entscheidet das Buch, was es preisgibt – und wem gegenüber?* Der Zauberer schüttelte den Kopf. Es gab zu viele Fragen und zu wenig Antworten, außerdem sah er sich noch immer dem Problem gegenüber, wie er fliehen sollte.

Wie seid ihr durch die Blauflammen gelangt? fragte er seine Vertrauten.

Honig, Lachen, gesunde Zellen, antworteten die Bienen. *Der Schwarm erneuert sich.*

Cai brauchte eine Weile, bis er dies verstand. Für gewöhnlich waren seine Unterhaltungen mit den Bienen unkompliziert, und er betrachtete sie in dieser Hinsicht wie Menschen. Ihre Bienennatur schlug nur selten bei diesen Gespräche durch, und wenn, waren die menschlichen Parallelen in der Regel deutlich. Diesmal ging es jedoch ein wenig tiefer. Offenbar rief der Schwarm Erinnerungen seiner eigenen Art ab und versuchte, sie so gut wie möglich auszudrücken. Indem sie auf die Grundlage ihres Seins zurückgriffen, versetzten sich die Bienen in die Lage, ihrer schlichten Gefühlswelt die nötigen Reaktionen zu entlocken – und dadurch auch den Elementalen. Sie verhielten sich ausnahmsweise einmal als Bienen – und nicht als Vertraute eines Zauberers.

Zum erstenmal in seinem Leben fragte sich Cai, ob die Bienen von dieser Verbindung profitiert hatten. Als er den Schwarm gefunden hatte, war seine Freude, sein Staunen zunächst so überwältigend gewesen – das langersehnte Eintreffen des ersten Vertrauten eines Zauberers war immer ein gefühlsbeladener Augenblick –, daß er keinen Augenblick über ihre Reaktion nachgedacht hatte. Sie schienen seine Freude immer geteilt zu haben, jetzt jedoch begann er, darüber nachzudenken, wieviel sie vielleicht aufgegeben hatten, besonders, wenn sie, wie jetzt, gezwungen waren, große Strecken zurückzulegen.

Zeigt es mir, bat er sie leise.

Der Schwarm kam auf seinen Meister zugeflogen und umkreiste seinen Kopf in einem Gewirr aus hauchdünnen

Flügeln. Schon bald war ihr Summen das einzige Geräusch auf der Welt. Cai hatte zwar keine Angst, aber verwirrt war er doch. Noch nie hatten sie ihn so behandelt. Er schloß die Augen und zwang sich, kraft seines Willens zu akzeptieren, was immer sie taten, und eins zu werden mit dem Schwarm.

Er wurde *Teil* des Schwarms.

Sein Instinkt erwachte wie ein plötzlich auflodernndes Feuer. Das Fliegen wurde für ihn zur Natur, Kommunikation war ein bedeutungsloser Begriff. Alles Wissen war geteilt. Pflicht, Schutz und das Gespür für Ordnung – gleich der geometrischen Perfektion eines Bienenstocks – stiegen in ihm auf. *Honig, Lachen, gesunde Zellen.*

Irgendwo lächelte ein Mann namens Cai darüber, wie einfach all das war. *Der Schwarm erneuert sich.* Endlose Generationen, die stets wechselten, ohne sich je zu verändern. Eine selbstlose, freudvolle Form der Unsterblichkeit.

Du bist immer schon mit uns geflogen. Die vielfache Stimme des Schwarms hallte laut durch seinen Kopf. *Doch jetzt siehst du klar.*

Wieso habt ihr mir das nie zuvor gezeigt?

Du hast uns nie darum gebeten. Es war eine schlichte Feststellung, die keine Spur von Kritik enthielt.

Wieviel habe ich nur versäumt? überlegte Cai insgeheim.

Er öffnete die Augen – und hatte plötzlich Wrays erstauntes Gesicht vor sich.

24.
KAPITEL

Hinter Cai war ein lautes Krachen zu hören. Er wirbelte herum und sah, daß der Blauflammenwall so kalt und mächtig war wie ehedem. Und doch war er hindurchgelangt! Während seines Flugs mit dem Schwarm hatte er nicht das Gefühl gehabt, sich zu bewegen, irgendwie jedoch hatte er das Unmögliche geschafft.

»Ich dachte, du hättest ihn zerstört«, meinte Wray kleinlaut.

Ihn zerstört? dachte Cai verwundert und drehte sich wieder zu seinem grau gekleideten Begleiter um. »Was ist passiert?« erkundigte er sich.

»Eine ganze Weile gar nichts«, antwortete der andere Mann. »Du warst mindestens eine Stunde lang da drin.« Wray hielt inne und hoffte, Cai werde ihm verraten, was er gefunden hatte. Statt dessen wirkte Cai benommen. Wray zügelte seine Neugier und fuhr fort. »Dann tauchten die Bienen so schnell und plötzlich wieder auf, daß ich sie gar nicht alle verfolgen konnte. Der Wall wurde in der Mitte ganz durchlässig, und auf einmal war er nicht mehr da. Er war völlig verschwunden! Du bist mit geschlossenen Augen hindurchgeschwebt – völlig starr und reglos.«

Geschwebt?

»Dann hast du die Augen aufgemacht und – Zack! – war der Wall wieder da«, schloß Wray. »So als wäre nichts geschehen.« Er hatte den Kopf fragend auf die Seite gelegt.

Was ist passiert? überlegte Cai, noch immer gedankenverloren.

»Ich habe die Marmorkammer gesehen«, gab Wray ihm das Stichwort, um mehr herauszubekommen, doch der Zauberer reagierte nicht. »War das dort hinter dir das Buch? Hast du darin gelesen?« Der Vandale versuchte erfolglos, seine wachsende Ungeduld zu verbergen, und seine Stimme bekam einen quengelnden, nörgelnden Unterton. »Wie hast du den Wall bewegt? Ich muß es wissen!« Er ging einen Schritt auf Cai zu. Anklänge seiner früheren Besessenheit glänzten in seinen Augen. »Red schon!«

Endlich kehrte Cai in die Gegenwart zurück und bemerkte Wrays drohende Körperhaltung. Für einen kurzen Augenblick blitzte die Macht des Zauberers in seinen Augen auf, was Wray auf der Stelle erstarren ließ.

»Ich werde es dir erzählen«, sagte Cai, »aber ich bin selbst nicht sicher, ob ich es verstanden habe.«

»Wie hat Wray deine Erklärung aufgenommen?« erkundigte sich Jordan.

»Nicht sehr gut«, gab Cai zurück. »Er brachte es nicht fertig, seine frühere Herrschaft über die Elementalen mit dem Bedürfnis nach Lachen und einfachem Glück in Einklang zu bringen. Er zitierte bloß aus den alten Verzeichnissen, die er gefunden hatte, und meinte, dort sei kein Hinweis auf so was zu finden.«

»Dafür dürften die Zauberer, die die Barriere errichtet hatten, gesorgt haben«, meinte Jordan nachdenklich.

»Schließlich verlor ich die Geduld mit ihm«, gestand Cai.

»Da bist du nicht der erste«, bemerkte Hewe. »Er ist eine schleimige kleine Kröte.«

»Aber er war sehr fleißig und hat sich sehr hilfsbereit gezeigt«, gab Jordan zu bedenken. »Vielleicht entwickelt er sich ja noch zu einem vernünftigen menschlichen Wesen, wenn er erst mal begreift, was Cai tatsächlich dort vollbracht hat.«

Dafür hatte Hewe nur ein verächtliches Grunzen übrig.

Cai war wieder bei den Führern des Untergrunds, um ihnen in allen Einzelheiten zu erzählen, was sich in der Blauflammenkammer abgespielt, und wie Wray anschließend darauf reagiert hatte. Jordan und Hewe hatten schweigend zugehört. Ihre Gesichter verrieten keinerlei Überraschung, nicht einmal, als Cai bei der Beschreibung seines ›Fluges‹ ins Stammeln kam. Sein Durchschreiten des Walls aus Elementalen hatte sie sehr neugierig gemacht, und natürlich auch die herausgelösten Bruchstücke, die er im Buch hatte lesen können. Jordan versuchte mit seinem schnellen Verstand bereits, das Puzzle zusammenzusetzen und die Teile mit jenen zusammenzufügen, die er bereits in den Händen hielt.

»Die ersten drei Hinweise sind reine Beschreibungen«, sagte er langsam. »Auf den ersten Blick handelt es sich um dieselben Zerstörungen, von denen dir Wynut und Shanti erzählt haben – und die du in deinem Traum gesehen hast.«

»Hoffentlich hat Gemma recht, wenn sie sagt, wir könnten das Buch noch einmal ändern«, bemerkte Hewe. »Bis jetzt sieht unsere Zukunft nicht gerade vielversprechend aus.« Er grinste, und Cai wunderte sich über seine zur Schau gestellte Schnodderigkeit.

»Du mußt den Fatalismus meines Partners entschuldigen«, meinte Jordan, als er Cais Gesichtsausdruck bemerkte.

»Keine Phantasie, das ist mein Problem«, gab Hewe fröhlich zu. »Manchmal hat es Vorteile, wenn man dumm ist.«

Cai wußte sehr wohl, daß Hewe alles andere als dumm war, und erwiderte nichts. Er bewunderte die Art, wie diese beiden Männer über die entsetzlichsten Dinge scherzen konnten. Es war eine Form der Tapferkeit, eine, zu der er sich nicht fähig fühlte.

»Soll ich anfangen, für die Reise nach Süden eine Gruppe zusammenzustellen?« fragte Hewe. »Es wird eine Weile dauern, die Pferde und Vorräte zu organisieren – außerdem müssen wir immer noch entscheiden, wer mitgeht.«

»Gute Idee«, meinte Jordan entschieden. »Es hat keinen Sinn, länger zu warten, und wir sollten auf jeden Fall vorbereitet sein.«

»Galar wird sich bestimmt freuen«, sagte Hewe. »Mich wundert nur, wie er die Vandalen daran gehindert hat, ohne uns aufzubrechen.«

»Es sind bestimmt interessante Reisegefährten«, kommentierte Jordan trocken. »Wir sollten genügend von unseren eigenen Leuten mitnehmen, um sie notfalls unter Kontrolle halten zu können. Wie viele können wir entbehren?«

»Soll ich ehrlich sein?«

»Natürlich.«

»Keinen«, erklärte Hewe. »Aber das hat uns bislang noch nie aufgehalten.« Er verließ mit energischen Schritten den Raum.

»Und Gemma?« erkundigte sich Cai besorgt.

»Wir werden erst in mehreren Tagen zum Aufbruch bereit sein«, beruhigte Jordan ihn. »Der Bote ist vorhin losgeritten. Wahrscheinlich ist sie also zurück, bevor wir aufbrechen. Außerdem möchte ich, daß du vorher noch etwas erledigst, vorausgesetzt, du hast nichts dagegen.«

»Was denn?«

»Geh nach Westen«, antwortete Jordan. »Nach Clevemouth.«

Cai machte ein enttäuschtes Gesicht.

»Du wirst wieder zurück sein, bevor Gemma eintrifft«, fügte der schwarze Mann hinzu, der den Grund für die Befürchtungen des Zauberers richtig erkannt hatte.

»Warum nach Clevemouth?« wollte Cai wissen.

Jordan antwortete nicht sofort, sondern sah noch ein paar Augenblicke aus dem Fenster. Dann sagte er, »Komm mit. Ich möchte dir etwas zeigen.«

Er führte Cai aus dem Gebäude und bog in westlicher Richtung ab. Ihr Weg führte sie an den verkohlten Überresten von Mendles Turm vorbei, doch keiner der beiden achtete sehr auf die makabere Ruine. Jordan hatte einen derart ausholenden Schritt, daß Cai sich beeilen mußte, um nicht zurückzufallen, während sie sich ihren Weg durch Straßen und Gassen bahnten.

»Wohin gehen wir?«

»Zur Stadtmauer«, gab Jordan zurück. »Zum Turm am Westtor.« Weiter erklärte er nichts. Über ihnen stand der Schwarm wie eine lärmende, kleine Wolke, und rief bei denen, die ihn sahen, einige Bestürzung hervor. Jordan wurde mehrfach gegrüßt, und er erwiderte die Grüße, niemand jedoch fragte ihn nach seinem seltsamen Begleiter. In Great Newport wußte jeder, daß Jordan nichts ohne Grund tat, daher mischte sich niemand ein.

Eine halbe Stunde später standen die beiden Männer auf der Spitze des Westturmes. Die große Küstenstraße verlor sich vor ihnen in der Ferne, und ein Stück weiter Richtung Süden konnte Cai die Ansammlung von Zelten sehen, die die Enklave der Grauen Vandalen bildete. Im Norden funkelte das Meer im Licht der untergehenden Sonne.

Jordan schirmte seine Augen ab und blinzelte in die Ferne. Cai tat es ihm nach und fragte sich, wonach sie Ausschau hielten.

»Siehst du es?« fragte Jordan. »Es wird bald kräftiger werden, aber es ist jetzt schon da.«

Cai fragte sich, wovon Jordan sprach, doch dann fiel ihm ein schwacher grüner Lichtkranz rings um die Sonne auf. Er betrachtete die Feuerkugel, die sich dem weit entfernten Horizont näherte, durch halb geschlossene Lider.

Dann wurde das Gleißen schwächer, und die Corona war deutlicher zu erkennen. Rings um die goldene Glut gab es einen grünen Ring, der zu einem leuchtenden blauen Außenring verblaßte. Augenblicke später verfärbte sich die Sonne tiefrot, und verschiedene Violetttöne traten an die Stelle des Grüns. Das Blau jedoch blieb konstant. Nach und nach schwand die Sonne aus dem Blickfeld, doch auch als es dunkler wurde, verlor der Horizont seine blaue Färbung nicht, die sich sowohl nach Norden wie nach Süden erstreckte, so weit das Auge reichte.

»Ein paar Meilen hinter Clevemouth«, begann Jordan und brach mit seinen Worte den hypnotischen Zauber des Sonnenuntergangs, »steht eine gewaltige Blauflammenwand. Sie ist so riesig, daß sie die Sonnenstrahlen ablenkt, wie du eben gesehen hast. Es ist unmöglich, sie zu durchdringen, und niemand weiß, was sich dahinter verbirgt. Wir wissen zwar, was sich *früher* dort befunden hat, jetzt jedoch ...«

»Zufällige Teilungen ... undurchdringlich«, zitierte Cai leise flüsternd. Der Blauflammenwall verblaßte zur Bedeutungslosigkeit neben der Gewaltigkeit dieser Barriere.

»Genau das denke ich auch«, sagte Jordan.

Sie starrten einige Augenblicke nach Westen, während farbige Punkte vor ihren Augen tanzten.

»Vor einiger Zeit hat der Wall aufgehört, sich zu bewegen«, fuhr der Anführer des Untergrunds fort. »Und eine ganze Weile blieb er auch an derselben Stelle. Doch gerade habe ich gehört, daß er sich wieder in Bewegung gesetzt hat. Und zwar Richtung Clevemouth.«

Niemand brauchte Cai zu erklären, welches Chaos und welches Leid das bedeuten würde. Er drehte sich zu seinem Gefährten um und las in seinen Augen denselben Gedanken.

Halte die elementalen Feuer zurück.

»Ich möchte, daß du und Wray ihn euch anseht«, erklärte

Jordan ruhig. »Die meisten Leuten wagen sich zur Zeit nicht einmal in die Nähe des Walls, und ihr beide seid die einzigen, die im Augenblick so etwas wie Experten sind.«

»Ich werde gehen«, beruhigte Cai ihn, »aber ich habe keine Ahnung, ob ich irgend etwas tun kann. Wenn ich ganz ehrlich sein soll, ich bezweifele es. Wie weit ist es bis Clevemouth?«

»Ungefähr hundertfünfzig Meilen Luftlinie, über die Straße aber fast noch einmal die Hälfte mehr«, klärte Jordan ihn auf.

Cai schüttelte erstaunt den Kopf. *So weit entfernt, und doch so deutlich zu erkennen*!

»Zumindest könnt ihr ein paar verwertbare Erkenntnisse gewinnen«, meinte Jordan, dem das Staunen des Zauberers nicht entgangen war. »Wer weiß, wenn das stimmt, was Wray dir erzählt hat, kannst du diesen Wall vielleicht auch verschwinden lassen!« Er mußte grinsen, Cai jedoch bemerkte es nicht.

Ich bin hergekommen, um Gemma zu finden, sagte er sich, *und nicht, um mich mit Kräften anzulegen, die mein Vorstellungsvermögen übersteigen*.

»Komm«, meinte Jordan und legte ihm freundschaftlich die Hand auf die Schulter. »Heute abend können wir nichts weiter tun. Gehen wir etwas essen.« Er ging voran über die gewundene Steintreppe. »Möchtest du noch jemanden mitnehmen?«

»Zana«, antwortete Cai sofort, von seiner Entschiedenheit selbst ein wenig überrascht. »Sie … sie hat mich durch dieses Land begleitet«, fügte er hinzu.

»Also gut«, willigte Jordan ein. »Ich hatte gehofft, sie mit ihren Fähigkeiten hier einsetzen zu können, aber wir werden uns schon durchkämpfen. Hewe wird bestimmt auch mitkommen wollen.« Cai war erfreut darüber. Das Auftreten des kräftigen Mannes hatte etwas Beruhigendes. »Ich würde selbst gerne mitkommen«, fügte Jordan hinzu, »aber ich werde hier gebraucht.« Das war weder Prahlerei, noch enthielt es den Unterton von falscher Bescheidenheit. Es war eine schlichte Feststellung.

Sie speisten zusammen in Jordans Räumen und teilten sich ein einfaches, aber sättigendes Mahl.

»Warum hast du dich ausgerechnet jetzt dazu durchgerungen, Leute nach Süden zu schicken?« wollte Cai auf einmal wissen.

»Nun, wir wußten, daß wir früher oder später gehen mußten«, erwiderte Jordan. »Den Ausschlag hat etwas gegeben, was du uns aus dem Buch erzählt hast.«

»Und was?« fragte Cai verwundert nach.

»Der Satz *ihre Experimente nahmen rasch an Kraft und Größe zu*«, antwortete Jordan. »Und die *neue Logik, die sie erschaffen haben.*« Er hielt inne. »Das stand noch nicht im Buch, als Gemma es gelesen hat.«

»Oh.« Cai kämpfte mit den sich daraus ergebenden Folgerungen. »Es hat sich also verändert, diesmal aber zum Schlechten?«

Jordan nickte. »Es scheint schneller zu werden, deutlicher«, sagte er. »Daraus, und aus dem, was Wynut dir erzählt hat, wird deutlich, daß uns allmählich die Zeit davonläuft. Ganz ehrlich, es gibt hier noch so viel zu tun, daß wir es uns nicht erlauben können, Leute auf eine Mission zu schicken, die sich möglicherweise als Jagd auf Phantome herausstellt. Andererseits können wir es uns auch nicht leisten, es *nicht* zu tun. Ich denke, wir dürfen nicht länger zögern – auch wenn es eine hilflose Geste ist.«

»Wenigstens können wir vielleicht ein paar verwertbare Informationen gewinnen«, sagte Cai, den Jordans abschätziger Kommentar überraschte.

»Du zitierst ganz offenkundig einen sehr klugen Mann«, gab Jordan lächelnd zurück. »Den Rüffel muß ich mir gefallen lassen.«

Cai grinste, und für einen Augenblick sah Jordan den Funken jugendlicher Sorglosigkeit, der früher in den Augen des Zauberers allgegenwärtig gewesen war. Doch er war ebenso schnell wieder verschwunden, und Cai wurde wieder ernst.

»Es hängt alles zusammen, nicht wahr?« meinte Cai ruhig. »Alles – das Buch, die Elementalen, der Tiefe Süden, die Himmelsraben ...« Seine Stimme verlor sich angesichts der Ungeheuerlichkeit des Problems. »Wenn ich nur klug daraus werden würde!«

»Vielleicht können wir einen Anfang machen«, sagte Jordan.

»Und wie?« wollte Cai wissen.

»Glaubst du an die Götter?« fragte Jordan leise.

25. KAPITEL

»Ich weiß nicht, was du mit Göttern meinst«, sagte Cai. »Seit ich in diesem Land bin, habe ich Menschen über sie sprechen hören, doch der Begriff Gott macht für mich keinen Sinn.« Er sah Jordan erwartungsvoll an.

»Ich bin von Natur aus Skeptiker«, begann der Anführer des Untergrunds, »aber die unterschiedlichen Glaubensrichtungen der Menschen haben mich immer fasziniert. So wie ich es verstehe, sind Götter Wesen von ungeheurer Macht, die auf irgendeine Weise unser Schicksal bestimmen. Viele von ihnen werden in diesem Land verehrt. Einige haben keinen Körper und existieren nur als Geister, während andere angeblich die Gestalt riesiger Tiere annehmen. Einige sind allwissend und allgegenwärtig, während andere ihre Grenzen haben. Es gibt Menschen hier, die sich zu einem ganzen Schutzwall aus Göttern bekennen, während andere kategorisch feststellen, ihrer sei der einzige.«

»Auf den Inseln gibt es nichts Vergleichbares«, meinte Cai und versuchte, sich einen Reim auf diese Überwesen zu machen. »Bei uns gibt es den Erd-Geist«, fügte er fast zögernd hinzu. »Ich dachte, davon hätte jeder schon gehört.«

Jordan mußte lächeln. »Worte aus dem Munde eines echten Fanatikers«, meinte er. »Nein, sei bitte nicht gekränkt«, fügte er schnell hinzu. »Nur scheint Toleranz, wenn es den Menschen um ihren Glauben geht, nicht üblich zu sein«. Er hob die Hände, um Cais nächsten Worten zuvorzukommen. »Gemma hat mir etwas über den Erd-Geist erzählt, und von anderen kenne ich verschiedene Versionen der gleichen Idee. Bitte verbessere mich, wenn ich etwas durcheinanderbringe.«

Cai lehnte sich zurück, hörte zu und fragte sich, wohin das führen sollte. Er konnte es sich nicht sofort erklären, also konzentrierte er sich auf Jordans Worte.

»Der Erd-Geist ist ein so mächtiges Wesen, daß seine Träume für uns Wirklichkeit geworden sind. Unsere gesamte Welt ist in den Traumbildern seines Jahrhunderte währenden Traumes enthalten ist. Innerhalb des Traumes gibt es viele Pfade, und es steht in der Macht der Menschen, zwischen ihnen zu wählen. Das Gefüge unserer Welt jedoch und die Pfade selbst werden vom Erd-Geist gebildet.« Er hielt inne, und Cai nickte zum Zeichen, daß er nichts auszusetzen hatte. »Der Erd-Geist ist eine Einheit«, fuhr Jordan, »von der wir alle abhängig sind.«

Ein paar Augenblicke verstrichen schweigend, dann fuhr Jordan fort und sagte einen Text auf, den Cai auswendig kannte, der jetzt jedoch noch unheilvoller klang.

Denk an den Traum
Vergiß nicht, woher er stammt.
Wahnsinn des Einen
Bedeutet den Tod aller.

Das Herz des Zauberers begann voller Panik heftig zu schlagen. Ihm fielen Dinge ein, die noch vor kurzer Zeit undenkbar gewesen wären. Er kämpfte dagegen an, doch ihre unbestreitbare Logik trieb ihn zurück. So viele der Teile paßten jetzt zusammen.

»Der Erd-Geist wird verrückt«, stieß er leise hervor.

Jordan schwieg, während Cai seine Erinnerungen durchforstete und sie zu einem Gefüge ordnete, das ihm nicht gefiel, das er aber auch nicht leugnen konnte.

»›Aus dem Einen werden viele‹«, zitierte Cai. »Das stand in dem Buch.«

»Und es ist eine ziemlich genaue Beschreibung von Wahnsinn«, kommentierte Jordan sachlich.

Cai stellte fest, daß er Wynuts Rat wiederholte, Wort für Wort.

»Eine große Bedrohung hängt über der Welt. Die Bedrohung einer Zerstörung schrecklichen, noch nie dagewesenen Ausmaßes ... die Zerstörung, die wir fürchten, findet vielleicht niemals statt, doch das allein wird uns nicht retten. Allein die Tatsache, daß die Bedrohung *existiert*, könnte reichen, um uns alle zu verdammen.«

»Irgendein Ereignis in der Zukunft ...«, setzte Jordan an.

»In *einer möglichen* Form von Zukunft«, verbesserte Cai ihn.

»... ist so entsetzlich, daß bereits der Gedanke daran den Erd-Geist in den Wahnsinn treibt.«

»Das heißt, selbst wenn es gar nicht geschieht«, beendete Cai den Gedanken, »bekommen wir es trotzdem mit einer neuen Zerstörung zu tun.«

»Das Zeitalter des Chaos«, meinte Jordan.

»Du mußt nicht nur verhindern, daß die Bedrohung in die Tat umgesetzt wird, sondern bereits die **Möglichkeit**, *daß es je dazu kommen könnte«*, zitierte Cai. »Aber wie?«

»Es gibt nur zwei Orte, an denen wir ansetzen können«, meinte der Untergrundführer. »Zum einen am Wall der Elementalen ...«

»Und im Tiefen Süden«, warf der Zauberer ein.

»Der kommt als nächstes dran«, gab Jordan zurück.

So machte sich Cai drei Tage nach seiner Ankunft in Great Newport, begleitet von Zana, Hewe und Wray wieder auf den Weg. Er verließ die Stadt mit gemischten Gefühlen. Angesichts der schrecklichen Ereignisse, welche die Welt zu verschlingen drohten, betrachtete er die Reise nach Clevemouth nur als zweitrangig. Die wirklichen Antworten sah er im Tiefen Süden. Andererseits wollten weder er noch Jordan eine Expedition *dorthin* schicken, bevor sie nicht von Gemma gehört hatten. Mit ein bißchen Glück wäre sie wieder in

Great Newport, wenn Cai seine Mission erfüllt hatte. Dann konnten sie alle zusammen nach Süden reisen und sich dem, was sie dort erwartete, gemeinsam stellen.

Darüber hinaus war die Aussicht, den gewaltigen Wall aus Elementalen zu besichtigen, für ihn ebenso faszinierend wie abstoßend. Zweifellos handelte es sich um einen Anblick von furchterregender Größe, gleichzeitig jedoch war die Vorstellung von Macht in diesem Ausmaß erschreckend. Schon um eine winzige Barriere zu durchbrechen, hatte Cai die Hilfe des Schwarmes benötigt, und jetzt stand ihm ein Zusammentreffen mit etwas unvergleichlich Mächtigerem bevor.

Seit seinem Gespräch mit Jordan hatte Cai alles mögliche über den Blauflammenwall in Erfahrung gebracht. Er unterhielt sich mit denen, die ihn mit eigenen Augen gesehen hatten, und hörte sich die verschiedenen Theorien über seine Herkunft und seine Natur an. Einige davon hätten noch vor wenigen Tagen grotesk für ihn geklungen, jetzt jedoch erzeugten sie eher Unsicherheit als Spott. Die Geläufigste stellte den Wall als eine Trennlinie zwischen zwei Welten dar. Niemand hatte eine rechte Vorstellung, was sich dahinter verbarg – man glaubte nur, daß es *anders* sei –, doch es gab zahlreiche schillernde Vermutungen, angefangen bei ewigem Feuer bis hin zu einer endlosen, öden Eiswüste.

Niemand hatte die Barriere tatsächlich je durchbrochen, doch ein Kapitän zur See behauptete, er habe Vögel darüber hinwegfliegen und Delphine darunter hindurchtauchen gesehen. Cai hatte Zweifel an der Verläßlichkeit des Seemanns, hatte sich seine Geschichte über eine Reise nach Norden aber trotzdem angehört, um festzustellen, wie weit der Wall sich erstreckte. Aus Mangel an Vorräten war das Schiff gezwungen gewesen, vor Erreichen des Endes der Barriere umzukehren. Der Kapitän glaubte demzufolge, die Barriere müsse sich über das gesamte Rund der Erde erstrecken. Denn auch im Süden deutete nichts auf eine Begrenzung hin. Angesichts solch augenscheinlicher Gewaltigkeit war Cai um so mehr überzeugt, nichts unternehmen zu können. Zumindest gab ihm die Reise für den Augenblick ein Ziel –

und Zeit zum Nachdenken. Nach all den gräßlichen Vorahnungen der letzten paar Tage war ein wenig Entspannung willkommen – besonders in Zanas Gesellschaft, die sehr erfreut über die Gelegenheit gewesen war, ihn und Hewe zu begleiten, dem einzigen Mitglied der Gruppe, der sich von ihrer Aufgabe nicht übermäßig beeindruckt zeigte. Die optimistische Einstellung des großen Mannes, sein schlagfertiger Humor und seine gründliche Kenntnis ihrer Reiseroute und der Gebräuche des Landes machten ihn zum idealen Reisebegleiter. Cai sah in ihm bereits einen Freund. Von Wray ließ sich das allerdings nicht behaupten. Der ehemalige Vandale war still und in sich gekehrt und reagierte weder auf Cais Versuche, ihn in ihre Unterhaltungen einzubeziehen, noch auf Hewes bissige Bemerkungen über seine anhaltende Nutzlosigkeit. Cai fragte sich, wieso Jordan darauf bestanden hatte, Wray mitzunehmen. Der Mann schien entschlossen, nichts zum Gelingen beizutragen, blieb mürrisch und verschlossen.

Ihre Reise nach Clevemouth führte sie über die große Küstenstraße. Das war zwar nicht der direkte Weg, war aber besser als der Versuch, die trostlosen, felsigen Täler zu durchqueren, aus denen die Wüste im Westen an ihrem nördlichen Rand bestand. Den größten Teil der Strecke machte die Straße das Reiten recht einfach, manchmal jedoch wand und krümmte sie sich, wenn sie den zahllosen Buchten, Einschnitten und Halbinseln der zerklüfteten Küstenlinie folgte. Alle paar Meilen gab es ein Dorf, eine verstreute Gemeinde aus Farmern und Fischern, die ihren Lebensunterhalt aus dem Meer und auf den schmalen Küstenstreifen gewannen. Die Dorfbewohner waren Kaufleute aus der Stadt gewöhnt, daher riefen die Reisenden kaum Verwunderung hervor. Die Orte verdienten sich ein wenig dazu, indem sie den vorbeiziehenden Reisenden Unterkunft und Verpflegung anboten. Cai achtete darauf, daß seine Bienen keinen Verdacht erregten, beließ sie ihn ihrem ›Reisestock‹, den er auf seine Satteltasche schnallte. Wurden sie doch einmal gesehen, fanden die Dorfbewohner aber nichts besonderes an ihnen. Denn sie waren es gewohnt, mit allen Arten von Tieren zu arbeiten.

Nach sieben Tagen hatten Cai und seine Gruppe Clevemouth erreicht. Mit jedem Sonnenuntergang wurde der blaugrüne Strahlenkranz ausgeprägter. Von den Mauern der westlichen Stadt aus gesehen blieb das blaue Licht selbst während der Nachtstunden hell und warf einen gespenstischen Schein auf die stille Landschaft.

»Wie weit ist es von hier?« fragte Cai Ciel, eine Organisatorin des Untergrunds, die man ihnen als Führer zugewiesen, und die sich nach ihrer Ankunft in Clevemouth ihnen angeschlossen hatte.

»Neun Meilen, nicht mehr«, antwortete sie.

»Wirst du uns morgen begleiten?« fragte Zana.

»Wie ihr wollt. Der Ritt dauert etwas über eine Stunde, und verfehlen könnt ihr ihn wirklich nicht«, erwiderte Ciel trocken. »Eine Stelle ist so gut wie die andere, es macht also wenig Sinn, auf einen bestimmten Punkt zuzuhalten.«

»Du hast ihn also mit eigenen Augen gesehen?« erkundigte sich Hewe.

»Das hat fast jeder hier«, meinte sie. »Ein imposanter Anblick. Da er sich allerdings seit ein paar Monaten nicht bewegt hat, ist er für uns schon zur Selbstverständlichkeit geworden. Vor der Revolution war er fast ständig in Bewegung. Das Land dort draußen ist eine Ödnis, daher waren die ersten Berichte recht vage, aber es gab eine Zeit, als der Wall über dreißig Meilen von hier entfernt war.« Ciel hielt inne und dachte an die früheren Zeiten. »Einige der Farmer sind panikartig vor ihm geflohen, andere wurden einfach komplett geschluckt. Ganze Dörfer sind verschwunden in dem ...was immer sich dahinter verbirgt.«

»Ich will gar nicht daran denken, was geschieht, wenn er die Stadt erreicht«, meinte Zana leise.

»Es gab einen Zeitpunkt, als es so aussah, daß es darauf hinauslaufen würde«, erzählte Ciel. »Aber seit wir das Durcheinander ausgenutzt und uns von der Gilde hier befreit haben, ist der Wall langsamer geworden – er hat sich seit Ewigkeiten nicht bewegt.«

»Wir werden alles tun, damit das auch so bleibt«, meinte Hewe. »Und wenn du morgen lieber nicht mitkommen möchtest, dann haben wir dafür Verständnis.«

Wray starrte schweigend nach Westen. Welche Idee auch immer sich hinter seiner mürrischen Miene verbarg, er behielt sie für sich.

Als erstes fiel ihnen die immense Größe des Walles auf. Ihn mit der Barriere vor der Bücherkammer unterhalb von Great Newport zu vergleichen, war, als wollte man sämtliche Weltmeere an einem Eimer Wasser messen. Die schimmernde blaue Oberfläche erstreckte sich so weit das Auge reichte, sowohl nach Norden als auch nach Süden – und nach oben, wo sie mit dem morgendlichen Himmel verschmolz.

Als zweites fiel ihnen die Stille auf. Sie hatten ihre Pferde, als sie nervös wurden, ein Stückchen weiter hinten zurückgelassen und die letzten anderthalb Meilen zu Fuß zurückgelegt. Aus dieser Entfernung waren ihre Schritte das einzig hörbare Geräusch. Kein Vogel sang, kein Tier rief, nicht einmal der Wind war stark genug, die kahlen Bäume und die Grasbüschel zu bewegen. Cai schien es, als müßte eine solch gewaltige Kraft von einem brüllenden Donnern oder einer überirdischen Musik begleitet werden. Und doch war nicht das geringste zu hören. Die vier Reisenden näherten sich dem Wall und starrten, auf den Schlag ihrer eigenen Herzen lauschend. Selbst Hewe hatte es die Sprache verschlagen.

Aus der Ferne hatte der Wall flach und gerade ausgesehen, jetzt jedoch erkannten sie, daß er sich in leichten Wellen kräuselte – wie die sanfte Dünung eines hochkant vorübertreibenden Meeres. Gleichzeitig bestürzt und fasziniert verfolgte Cai, wie die Äste eines Baumes erst verschluckt, dann wieder freigelassen wurden. Sie schienen sich in keiner Weise verändert zu haben. Sie hörten einfach auf, zu existieren, um gleich darauf erneut erschaffen zu werden.

Der untere Rand des Walls war jetzt nur noch vielleicht fünfzig Schritte entfernt, und jeder der vier spürte seine Gegenwart auf eine andere Weise. Für Hewe war er ebenso unbegreiflich wie der Nachthimmel – unglaublich fern und im wesentlichen bedeutungslos. Sollte sich dieses Phänomen in seine Welt drängen, würde sich jemand anders damit befassen müssen. Er konnte es nur anschauen.

Zana ergriff angesichts der unleugbaren Überlegenheit einer solchen Kraft das Gefühl purer Hilflosigkeit. Im Vergleich *hierzu* war der Mensch fast völlig bedeutungslos. Ganz ähnlich hatte sie empfunden, als während der Zerstörung der Vulkan auf ihrer Heimatinsel heftig ausgebrochen war und die Kraft der Erde auf die Menschen von Haele entladen hatte. Viele waren in dieser Feuerhölle umgekommen, andere dagegen – offenbar zufällig ausgewählt – hatten überlebt, um ihre Häuser auf der neuen, viel größeren Insel wieder zu errichten. Der Gedanke ließ sie erschaudern – genau wie eine Weissagung jüngeren Datums. *Doch diesmal wird niemand überleben.*

Cai wußte, daß er angesichts eines solchen Wesens hilflos war. Auch ohne Überprüfung seiner Theorien war ihm klar, daß seine Fähigkeiten sich im Vergleich zu der Kraft dieses Walls als vollkommen nutzlos erweisen würden. Ebenso nutzlos wie eine winzige Krabbe, die einen Wal attackiert – der Angriff würde nicht einmal bemerkt werden und hätte nicht die geringste Aussicht auf Erfolg. Während er auf die schimmernde Oberfläche starrte, dämmerte ihm allmählich, was die Menschen unter ›Göttern‹ verstanden. Nur der Erd-Geist war imstande, ein derart gewaltiges Monument zu errichten. *Ein Monument seines eigenen Wahnsinns?*

Er stand jetzt ganz still da und sog sämtliche Eindrücke mit allen Sinnen auf. *Wenigstens können wir vielleicht ein paar verwertbare Erfahrungen sammeln.* Cai mußte an Jordans optimistischen Rat denken und lächelte versonnen. *Mehr kann ich unmöglich erreichen*, dachte er.

Allmählich wuchs in ihm die Überzeugung, daß der Wall tatsächlich aus elementalen Kräften geschaffen sein mußte. Allerdings in einer derart unermeßlichen Größenordnung, daß Cai eine Weile benötigte, um die feineren Unterschiede zwischen diesem und seinem winzigen Gegenstück unterhalb von Great Newport zu erkennen. Der Schirm, den er durchbrochen hatte, war mit grausamer Präzision durch Zauberei von außen gebildet worden und vereinte die Energien mehrerer elementaler Wesen zu einem bestimmten Zweck. *Dieser* Wall war weder endlich noch präzise. Er hatte nichts anderes zum Zweck als seine eigene Existenz. Er war unnachgiebig und undurchdringlich.

Und er war ziemlich verrückt.

Diese Erkenntnis dämmerte Cai erst nach und nach, sikkerte in seinen Verstand, wie ein langsam wirkendes Gift sich im Blutkreislauf ausbreitet. Schon ihn sich zu lange aus der Nähe zu betrachten, hieß, den Wahnsinn herausfordern. Die erschreckende Erkenntnis des Wahnsinns des Erd-Geistes war einen weiteren Schritt nähergerückt, und Cai hatte Mühe, sich aus seinen Gedanken zu rütteln.

»Kommt«, sagte er. Seine Stimme klang laut in der gespenstischen Stille. »Hier können wir nichts tun. Reiten wir ...«

Weiter kam er nicht. Als wären seine Worte der Auslöser gewesen, stürzte sich Wray schreiend auf den Wall.

Während die anderen ehrfurchtsvoll erstarrt waren, war in Wray ein Groll aufgestiegen, der schließlich zu heftiger Wut überschäumte.

Früher konnte ich die Elementalen kontrollieren ... und jetzt weiß ich so viel mehr. Die Tage geduldigen Forschens erstrahlten hell in seiner Erinnerung: die uralten Texte, die Flüche des Vermengens und Einsperrens, die auffordernden Rufe. *Die Menschen sind dazu bestimmt, die Wesen zu beherrschen,* dachte er, zwischen Triumph und Hohn schwankend. *Und jetzt weiß ich mehr als jeder andere lebende Mensch. Mehr als dieser schwächliche Zauberer aus dem Norden, der mir meinen Platz und meine Macht streitig machen will.* Wray betrachtete erneut den massiven Wall vor ihm. *Doch das war nichts, verglichen mit dieser Kraft. Beherrsche sie, und du beherrschst die Welt!*

Wut, Angst und Gier gaben seinen Selbsttäuschungen Nahrung, weckten seinen Fanatismus und machten jede vernünftige Überlegung unmöglich. Als Cai das lange Schweigen brach, reagierte Wray sofort. Sein aus dem Gleichgewicht gebrachter Verstand hatte jetzt die Kontrolle übernommen – und hetzte seinen Körper nach vorn, während seine Zunge gestammelte Versionen der alten Zaubersprüche stammelte, die er in den Archiven Newports gelernt hatte.

Die anderen erstarrten bestürzt und reagierten ein paar

Augenblicke lang überhaupt nicht. Dann rannte Cai ihm – trotz seiner Angst – hinterher.

»Nein!« versuchte er ihn zu warnen.

»Laß ihn laufen!« schrie Hewe, doch seine Worte verhallten ungehört, da Cai weitersprintete. Hewe und Zana sahen sich kurz an, dann folgten sie widerstrebend.

Die Überraschung der anderen hatte Wray einen Vorsprung verschafft, und er erreichte den unteren Rand des Walls, bevor Cai ihn einholen konnte. Der Vandale warf sich in den Wall hinein.

Der schluckte ihn in einem Stück. Im schillernden Blau entstand kurz ein grünlich schillerndes Kräuseln, dann war die sanft fließende Bewegung wiederhergestellt. Ein fürchterlicher Schrei zerriß die Luft – und endete wie abgeschnitten.

Cai kam ein paar Schritte vor dem Wall zum Stehen. Die Bienen umschwirrten ihn in einem irren Tanz. Hewe und Zana näherten sich vorsichtig, doch bevor sie ihn erreicht hatten, fällte Cai seinen Entschluß. Er trat, umgeben von den Bienen, einen Schritt nach vorn. Ihr Summen war lauter als je zuvor.

»Cai! Nicht!« rief Zana, und Hewe machte einen Satz nach vorne, um ihn aufzuhalten. Doch sie kamen zu spät, und der Zauberer schien dahinzuschmelzen und war verschwunden.

Cai war eingehüllt in einen gefrorenen, weißen Nebel. Rauhreif glitzerte auf seiner Kleidung, seinen Haaren, und er hörte, wie die Bienen sich über die Kälte beschwerten, spürte, wie ihre Kräfte nachließen. *Sie werden sterben*, dachte er benommen. *Ich muß mich beeilen*. Er sah sich um, konnte aber nichts erkennen – nicht einmal den Boden unter seinen Füßen.

Noch ein Schritt nach vorn, und er erspähte einen grauen verschwommenen Flecken inmitten des Weiß. Wray hatte sich zu einer Kugel zusammengerollt, die Hände vor die Augen geschlagen. Der Zauberer packte ihn unter den Armen und begann, ihn zurückzuziehen. Der Schwarm verlieh ihm ein wenig seiner schwindenden Kraft, trotzdem konnte er nur taumeln und spürte, wie ihn unsichtbare Kräfte niederdrückten.

Cai nahm alle Kraft für einen allerletzten Versuch zusammen. Er spannte seine Muskeln an und sagte sich, *Jetzt oder nie*.

Dann verschwand der Nebel. In verzweifelter Erleichterung starrte Cai auf die Welt hinter dem Wall und sah … nichts.

Er schrie auf und stürzte, während er den leblosen Körpers Wrays hielt. Der Bienenschwarm umsummte seinen Kopf, und die scharfe Kälte wich der Wärme des Morgens. Er hörte Zana verzweifelt fragen: »Alles in Ordnung«, besaß aber nicht die Kraft, zu antworten. Dann spürte er, wie er aufgehoben und fortgetragen wurde, und das Gefühl der Kälte wurde weiter zurückgedrängt. Sacht wurde er auf dem Boden abgelegt.

»Ich gehe Wray holen«, sagte Hewe. Sein Ton verriet, daß er ihren grau gekleideten Kollegen ebenso gerne zurücklassen würde. »Hol ihm etwas zu trinken.« Schwere Schritte entfernten sich.

»Hier, nimm das«, meinte Zana. Nach einer Pause fügte sie hinzu: »Willst du nichts?«

Cai konnte nicht antworten. Als er keinerlei Anstalten machte, die Wasserflasche zu ergreifen oder auch nur anzusehen, kam Zana ein schrecklicher Verdacht.

»Cai«, flüsterte sie vor ihm kniend und ergriff seine Hände. »Kannst du mich nicht sehen?«

Der Zauberer schüttelte langsam den Kopf, den Blick auf einen Punkt irgendwo oberhalb ihrer rechten Schulter gerichtet.

Er war vollkommen blind.

26. KAPITEL

Der Weg zurück nach Newport war für die vier Reisenden wie ein Alptraum. Cais plötzliche Behinderung hatte ihnen allen einen Schock versetzt und bedeutete, daß er bei jeder Kleinigkeit nun Hilfe brauchte. Besonders den Zauberer selbst versetzte sein fehlendes Sehvermögen in Schrecken. Er hatte sich immer einer vollkommenen Gesundheit erfreut, selbst, als er seine magischen Fähigkeiten geleugnet hatte. Nichts gegen seine Blindheit unternehmen zu können, machte es für ihn noch schwerer, sich darauf einzustellen, daß er Hilfe brauchte. Die Folge war, daß er oft gereizt auf Zana reagierte, die nie von seiner Seite wich. Er haßte sich für seine Unfreundlichkeit und entschuldigte sich oft, denn er wußte, daß sie die letzte war, die es verdient hatte, seinen Unmut zu spüren. Zana ihrerseits war verzweifelt und enttäuscht, dennoch hielt sie verbissen an ihrer Aufgabe fest und tat Cais gelegentliche Grausamkeiten ab als Nachwirkungen der Schmerzen und des Schocks. Ihre Freundschaft war hart erkämpft, und ein paar harte Worte würden ihr jetzt kein Abbruch tun.

Wray hatte keinen körperlichen Schaden von seinem Zusammenstoß mit dem Wall der Elementalen davongetragen, doch dafür war sein Verstand jetzt verwirrt. Er reagierte auf die anderen, tat, was man ihm sagte, sprach aber kaum – und wenn, dann gab er sinnlose Laute von sich, die eher Tierlauten glichen als der menschlichen Sprache. Ihn zu fragen hatte sich als sinnlos herausgestellt, und schließlich hatte Hewe die Geduld verloren. Wray hatte sich geduckt und gekreischt, bis Hewe den verängstigten Mann aus Verzweiflung derb zu Boden schleuderte. Er hätte Wray mit Freuden sich selbst überlassen können, doch Cai bestand darauf, daß sie ihn mitnahmen.

»Irgend etwas ist ihm dort drinnen zugestoßen«, erklärte der Zauberer. »Es könnte wichtig sein – und wir müssen herausfinden, was es war.«

»*Dir* ist dort drinnen etwas zugestoßen wegen dieser kleiner Kröte«, gab Hewe wütend zurück. »Außerdem, was nützt er jetzt noch? Er ist völlig irre!«

Es sah tatsächlich danach aus, als hätten sich Cais düstere Vorahnungen des Wahns im Falle Wrays bewahrheitet. Abgesehen davon, daß er sich nicht vernüftig artikulieren konnte, hatten seine Augen einen wilden, starren Blick bekommen, und er fuchtelte mit den Armen herum und zeigte ohne erkennbaren Grund auf beliebige Gegenstände. Auf dem Weg zurück nach Newport hielt er sich von Hewe so weit wie möglich fern, was den Untergrundmann zu der Bemerkung veranlaßte, er müsse allem Anschein nach doch noch einen Funken Verstand besitzen. Wenn Wray tatsächlich einmal etwas *sagte*, richtete er das Wort fast ausschließlich an Cai, was den Zauberer mehrere Male auffahren ließ. Es war, als versuchte Wray ihm etwas mitzuteilen, doch obwohl Cai aufmerksam hinhörte, konnte er keinen Sinn in den seltsamen Lauten erkennen.

Die besten Heiler Clevemouths hatten an Cais Augen keinen sichtbaren Fehler entdeckt. Seine Blindheit war für sie ein Rätsel. Er hatte nichts anderes erwartet, und nach einem nutzlosen Tag in der Stadt hatte er darauf bestanden, daß sie den Rückweg antraten. Cai hatte jetzt noch einen weiteren Grund, sich ein Wiedersehen mit Gemma zu wünschen. Beim Erwachen ihrer heilerischen Fähigkeiten war er aus der Ferne dabei gewesen und wußte, wenn irgend jemand ihm helfen konnte, dann sie. Er dachte immer häufiger an sie, während die Meilen langsam dahinkrochen.

Auf dem Rückweg waren Hewes Kraft und Kenntnisse noch wichtiger für die Gruppe, und er wurde zum unbestrittenen Führer in allen Belangen. Manchmal ging es quälend langsam voran, doch ohne ihn wäre alles viel schlimmer gewesen.

Sie waren noch immer zwei Tage von Newport entfernt, als Cai eines Morgens mit einem bangen Gefühl im Herzen erwachte. In seinen Träumen konnte er noch immer sehen, doch jeden Morgen beim Aufwachen traf ihn die Erkenntnis, daß es nicht so war. An diesem Morgen war es besonders schlimm für ihn.

»Zana«, rief er leise. »Ist es schon morgen?«

»Die Dämmerung ist kaum vorbei«, erwiderte sie schläfrig von ihrem Bett auf der anderen Seite des Zimmers aus. »Schlaf wieder ein.«

»Irgend etwas geschieht«, sagte er. »Etwas Schreckliches.«

»Was meinst du damit?« fragte sie und versuchte, richtig wach zu werden. »Wo?«

Im Dorfgasthof war alles still.

»Das weiß ich nicht«, gestand Cai.

»Soll ich Hewe holen gehen?«

»Nein ...es ist nur so ein Gefühl. Laß ihn schlafen.«

Eine Zeitlang schwiegen sie, keiner der beiden versuchte jedoch, wieder einzuschlafen.

»Ist dir inzwischen deutlicher geworden, was mit dir geschehen ist?« erkundigte sich Zana.

»Nein. Ich habe mir den Kopf darüber zerbrochen, aber ich kann mich noch immer an nichts erinnern, was mich weiterbringen würde.«

»Hast du die Bienen gefragt?«

»Natürlich. Aber sie können mir nichts sagen. Sie erinnern sich nur an die Kälte, und daß wir Wray gefunden haben, der sich zu einer Kugel zusammengerollt hatte.«

»Wieso ist Wray nicht ebenfalls erblindet?«

»Dazu fällt mir nur ein, daß er nicht versucht hat, in die Welt hinter dem Wall zu blicken. Als ich ihn fand, lag er mit den Händen über dem Kopf auf der Erde.«

Der Bienenschwarm war in den letzten Tagen zu einer großen Quelle des Trosts für Cai geworden. Zum Glück hatten sie unbeschadet überlebt und ermöglichten ihm einen vertrauten Umgang mit seiner dunklen Welt. Er spürte sie jetzt, sie ruhten sich aus – die düstere Vorahnung ihres Herrn hatte sie noch nicht aufgescheucht.

Spürt ihr nichts Seltsames? fragte er sie, ohne sich große Hoffnungen zu machen.

Bewegung. Zeichen. Von weit her, lautete ihre verhallende Antwort.

Cai wollte sie gerade fragen, was sie damit meinten, als

plötzlich im angrenzenden Zimmer ein Tumult losbrach. Erst waren zusammenhanglose Schreie von Wray zu hören, dann bat sich Hewe wütend Ruhe und Frieden aus. Es folgten die Geräusche eines Kampfes, Laute wie die eines Tieres und schließlich das dumpfe Krachen eines Körpers, der auf dem Boden aufschlug.

»Ich gehe nachsehen, was los ist«, meinte Zana rasch. Sie stand auf und raffte das Gewand um ihren Körper. Als sie auf den Flur eilte, begegnete sie Hewe, der gerade aus einem Zimmer kam.

»Ich wußte, daß es ein Fehler war, mein Zimmer mit diesem tobenden Verrückten zu teilen«, meinte er mit finsterer Miene. »Jetzt ist er völlig durchgedreht. Ich schwöre, so wie er mit den Armen herumgefuchtelt und gequakt hat, könnte man meinen, er wollte fliegen.«

»Was ist passiert?«

»Ich habe keine Ahnung. Eben noch schlief ich friedlich, im nächsten Augenblick sprang *er* schon wie toll herum und kreischte, als wollte er die Toten wecken. Ich bat ihn aufzuhören, und zwar höflich, aber das tat er nicht, also mußte ich meine Bitte etwas drastischer formulieren«, schloß er, sich die Knöchel reibend.

Zana ging an ihm vorbei in sein Zimmer. Wray lag auf den Dielenbrettern, alle viere von sich gestreckt.

»Ist er verletzt?« fragte sie atemlos.

»Ach, er wird's überleben«, gab Hewe fast bedauernd zurück. »Aber möglicherweise wird er eine Weile Kopfschmerzen haben. Alles in Ordnung mit Cai?«

»Ja«, antwortete sie und kniete neben dem bewußtlosen Wray nieder. »Aber er fühlt, daß heute noch etwas Schlimmes geschehen könnte.«

»Da ist er nicht der einzige«, stellte Hewe fest.

Weit im Süden war die Versammlung komplett. Sie hatten in dichten Reihen Aufstellung genommen und warteten bewegungslos in der bitteren Kälte. Jedes der metallenen Gesichter blickte nach Westen, hinaus über die Kette des Kalura-

Gebirges, als die eben aufgegangene Sonne die schneebedeckten Gipfel beschien. Sie blickten von ihrem Aussichtspunkt auf der Bergflanke westwärts und hatten in der Ferne den höchsten Gipfel vor sich – *Dar Emberoth* –, in dessen Herz, so hieß es in den Legenden, der größte Juwel auf der ganzen Welt ruhte, ein Schatz von unschätzbarem Wert, der jede Vorstellung übertraf. Doch die Gehirne hinter den metallenen Masken beschäftigten sich nicht mit Legenden, fragten sich nicht, weshalb sie hier ausharrten. Sie stellten keine Fragen. Der Große Führer würde es ihnen beizeiten erklären. Dies war die zentrale Gewißheit ihres wohlgeordneten Lebens.

Und nun rollte seine tiefe, erhabene Stimme über die Menge hinweg, die mit Leichtigkeit jeden der hier Angetretenen erreichte. Es war die Stimme ihres Gottes.

»Man hat euch hierhergerufen, damit ihr Zeugen jener Kraft, jener Stärke werdet, die mich befähigen wird, auch weiterhin zu siegen. Ich bin unbesiegbar, einzigartig und allmächtig.« Es entstand eine kurze Pause, bevor der unsichtbare Sprecher fortfuhr, doch seine Zuhörer verharrten reglos, ohne zu murren. »Ihr seid hier, damit euer Glaube bekräftigt wird. Glaube kann Berge versetzen. Seht her!«

Es begann als fernes Grollen. Dann plötzlich entstand ein ungeheurer Lichtblitz, der die Sonne hinter ihm zu einer schwachen Kerze degradierte. Die optischen Sensoren in den Masken der Zuhörer reagierten augenblicklich, schützten deren Augenlicht vor dem hellen Schein und ermöglichten es ihnen, zu verfolgen, wie der Blitz an Größe und Intensität zunahm. Dann war das Feuer erloschen, und an seine Stelle trat eine gewaltige Quellwolke, die in die Höhe schoß und den halben westlichen Himmel auszufüllen schien. Graubraune Streifen erstreckten sich in den Himmel – gleich einem monströsen Baum, dessen Wurzeln bis zum Mittelpunkt der Erde reichten.

Den Versammelten stockte vor Verblüffung der Atem; die Erhabenheit des Schauspiels hatte ihnen ehrfürchtige Scheu eingeflößt. Dann erreichte sie die Schallwelle. Es war ein tiefes Donnergrollen, das immer weiter anschwoll – als wollte es alle anderen Geräusche der Welt übertönen.

Als der Donner sich schließlich gelegt hatte, fuhr ein Wind über die Versammlung hinweg. Kaum mehr als eine leichte, aber warme Brise.

Mittlerweile hatte die Wolke ihren Höhepunkt erreicht und löste ihre Verbindung zu Erde. Als sich die unteren Regionen der schweren Rauchglocke hoben, ging eine weitere Woge des Staunens durch die Menge. Es war jetzt erkennbar, daß sich die Landschaft vor ihnen radikal verändert hatte. Wo einst Berge gestanden hatten, befand sich jetzt ein rauchendes Tal.

Dar Emberoth existierte nicht mehr.

Wray sah es als erster, unternahm jedoch keinen Versuch, die Aufmerksamkeit der anderen darauf zu lenken, während er hinter ihnen ritt und seinen verletzten Stolz sowie seinen geschwollenen Kiefer pflegte. Irgendwie wußte sein verwirrter Geist, daß Cai von seiner Entdeckung in Kenntnis gesetzt werden wollte, und er zog ein boshaftes Vergnügen daraus, diese sowohl dem Zauberer als auch Zana und Hewe zu verschweigen, die die Veränderung mit eigenen Augen hätten sehen können. Er konnte sie alle nicht ausstehen. *Der große Dummkopf, der mich in seiner Blödheit mit Verachtung straft, hat mehr Verstand in den Fäusten als in seinem Kopf. Diese unterwürfige Frau ist unbedeutend. Und der Zauberer, der sein Augenlicht nicht retten konnte, als er dem gegenüberstand, was ich allein gesehen habe! Er glaubt, er hat mich gerettet! Mich! Der keine Hilfe brauchte, der den Wall der Elementalen allein und ohne Hilfe geplündert hat. Pah! Ich werde es ihnen zeigen. Meine Zeit wird kommen.*

Wieder starrte er nach Süden. Es war noch immer da. Wray unterdrückte ein Lachen und zuckte dann vor Schmerz zusammen, als sein geschundenes Gesicht sich beschwerte. Als Zana sich umdrehte, wandte er sich rasch ab, um sein Geheimnis nicht preiszugeben, doch es war zu spät. Zana blickte nach Süden und sah es sofort. Sie rief nach Hewe, der ein Stück vor ihnen ritt.

»Hewe, siehst du etwas – da drüben, im Süden?«

Widerwillig drehte er den Kopf.

»Die Wüste«, stellte er sachlich fest.

»Dahinter. Im Himmel.«

Hewe drehte sich widerstrebend um. Er sehnte das Ende dieser Reise herbei, und seine Gedanken waren ganz auf ihre Ankunft in Great Newport gerichtet. Unter normalen Umständen gefiel es Hewe, mit neuen Gefährten unterwegs zu sein, doch diesmal war das anders gewesen. Nachdem er sein eigenes Unvermögen vor dem Wall aus Elementalen hatte eingestehen müssen, fiel es ihm jetzt schwer, mit einem blinden Zauberer und einem verrückt gewordenen Grauen Vadalen zurechtzukommen. Er reagierte dennoch auf Zanas Drängen – und zügelte sein Pferd.

»Eine Wolke«, schlug er vor.

»Eine *solche* Wolke habe ich noch nie gesehen«, gab Zana zurück, als sie und Cai ihn erreicht hatten.

»Was ist? Wovon sprecht ihr?« wollte der Zauberer wissen.

»Dort drüben über dem südlichen Horizont steht eine riesige Wolke«, beantwortete sie seine Frage. »Sie sieht unnatürlich aus.«

»Beschreib sie mir«, befahl er.

»Sie sieht aus wie ein riesiger Baum«, sagte Zana langsam. »Oben dick und unten dünner.«

»Sie ist braun«, fügte Hewe hinzu. »Außer ihr ist keine andere Wolke zu erkennen.«

Hinter ihnen fing Wray plötzlich wild an zu brabbeln und mit einem Arm herumzurudern. Bevor einer der anderen reagieren konnte, hatte er seinem Pferd die Sporen gegeben und hielt auf Great Newport zu.

»Laß ihn laufen«, meinte Hewe angewidert. »Mit ein bißchen Glück fällt er herunter und bricht sich den Hals, bevor er ankommt.«

Cai fröstelte. Er hatte einen kalten, harten Kloß in der Magengrube. Zana sah ihn besorgt an.

»Hat das irgend etwas mit deinem schlechten Gefühl von heute morgen zu tun?« fragte sie ihn.

»Keine Ahnung«, erwiderte der Zauberer. »Ich weiß es einfach nicht.«

Als sie weiterritten, blickten Hewe und Zana immer wieder nach Süden. Der Tag schleppte sich dahin, und die geheimnisvolle Wolke löste sich allmählich auf und nahm dabei, als die Winde sie in verschiedene Richtungen wehten, immer wieder phantastische Formen an.

Sie fanden Wray kurz nach Mittag. Er stand tieftraurig neben seinem erschöpften Pferd, diesmal jedoch machte sich nicht einmal mehr Hewe die Mühe, sich über den Irren aufzuregen, sondern ritt einfach vorbei. Wray stieg wieder auf und schloß sich der Gruppe kleinlaut an.

Erst als die Dunkelheit hereinbrach, fielen Cai die Worte wieder ein, die an seinem Unterbewußtsein genagt hatten, seit man ihm von der Wolke berichtet hatte.

Dieser Rückschlag jedoch spornte die Kräfte des Tiefen Südens zu noch größeren Anstrengungen an. Ihre Experimente nahmen rasch an Kraft und Größe zu …

27. KAPITEL

Als die Reisenden endlich wieder in der Hauptstadt Cleves eintrafen, erfuhr Cai zu seinem Entsetzen, daß Gemma nicht zurückgekommen war. Der Bote war auch nicht zurückgekommen – und obwohl dessen Verschwinden Jordan Sorgen bereitete, konnte dieser nicht viel tun. Hewe erbot sich, selbst ins Tal zu reiten – er war der einzige aus der Gruppe, der die Reise schon einmal unternommen hatte –, doch das verhinderten die Ereignisse.

»Es kann alle möglichen Gründe haben, weshalb er nicht zurückkommt«, versuchte Jordan den traurigen, blinden Zauberer zu trösten.

»Rymer ist ein guter Mann«, warf Hewe ein, »außerdem habe ich ihm den Weg genau beschrieben. Aber das Tal verfügt über seltsame Mittel, sich vor Außenstehenden zu schützen. Gemma hat einmal gesagt, der einzige Grund, weshalb *ich* es gefunden habe, sei der, daß es mir bestimmt gewesen sei. Vielleicht trifft das diesmal nicht zu.«

»Warum nicht?« meinte Cai. »Sie muß doch wissen, wie dringend wir sie brauchen.« Doch dann wurde ihm klar, daß dies nicht unbedingt der Fall sein mußte. Zusätzlich fiel ihm ein, daß sie seinen jüngsten Versuch zur Kontaktaufnahme zurückgewiesen hatte. *Vielleicht beschützt sie noch immer das Baby,* dachte er verzweifelt. *Was mache ich jetzt?*

Viel später erfuhren sie, daß Rymer nicht einmal bis ins Tal vorgedrungen war. Als das bekannt wurde, war jedoch bereits so viel passiert, daß dies zu wenig mehr als einer Fußnote in den Annalen jener ereignisreichen Zeit wurde. Rymer war, Hewes Anweisungen folgend, mehrere Tage lang geritten, doch jedesmal, wenn er glaubte, sich dem Tal zu nähern, schien sich die Landschaft zu verändern, so daß sein Weg niemals eindeutig war.

Mehrere Tage lang wanderte er ziellos umher, bevor er schließlich aufgab und nach Great Newport zurückkehrte, um von seinem Scheitern zu berichten.

Inzwischen wurde Jordan und seinen Gefährten klar, daß sie nicht länger auf Gemma warten konnten. Die Ereignisse überschlugen sich. Die seltsame Wolke war auch in Great Newport gesehen worden und hatte Anlaß zu zahlreichen Spekulationen gegeben. Besonders die Grauen Vandalen zeigten sich aufgeregt und behaupteten, dies sei das Omen, das den Beginn ihrer großen Expedition verkündete. Ihre Unruhe wuchs, und kurz nach Cais Rückkehr errichteten sie außerhalb ihres Lagers ein großes Freudenfeuer, in dem sie all ihre Besitztümer verbrannten, die auf der Reise nicht benötigt wurden, um so zu signalisieren, wie sehr sie sich der Aufgabe verpflichtet fühlten.

»Viel länger werde ich sie nicht zurückhalten können«, meinte Jordan dazu. »Wenn wir nicht vorsichtig sind, gibt es eine offene Rebellion.«

Die nächsten Tage lieferten ihm den Beweis, daß die Reise nach Süden eine absolute Notwendigkeit war. Es gab zwar noch immer keine Nachricht von Gemma, dafür aber zahlreiche aus anderen Quellen – und immer waren sie schlecht.

Anfangs schien es nur ein Gerücht zu sein, doch die Berichte waren so nachhaltig, daß man sie ernst nehmen mußte. Seltsame Gezeiten brandeten gegen die Küste, und viele Meeresgeschöpfe hatten sich aufs Land geworfen, offenbar, um Massenselbstmord zu begehen. Delphine, Kraken, sogar Wale und zahlreiche andere Geschöpfe waren ohne sichtlichen Grund gestorben. Die Insel Jed hatte ihr unberechenbares Verhalten wiederaufgenommen, war einen Tag erschienen um am nächsten wieder zu verschwinden. Himmelsraben waren in großer Zahl dabei beobachtet worden, wie sie aufs Meer hinausflogen, besonders nachts, und hoch oben im Norden hatte man ein unglaublich helles Licht gesehen. Nur wenige Seeleute wagten es, die sicheren Häfen zu verlassen.

Jeder Bericht wies auf eine Zeit des Umsturzes hin, was die unheilvollen Worte vom *Zeitalter des Chaos* besonders treffend erschienen ließ, und schließlich erklärte Jordan sich mit einem Zeitpunkt einverstanden, zu dem ihre Streitkräfte nach Süden ziehen sollten. Die Zusammensetzung der Gruppe wurde noch beratschlagt, der Aufbruch stand aber jetzt fest. Zwei voneinander unabhängige, aber gleichermaßen verzweifelte Eingaben unterstrichen, das Eile dringend geboten war.

Die erste wurde von einem aufgelösten Reiter aus Clevemouth vorgebracht. Er traf nur vier Tage nach Cais Gruppe ein – doch in dieser kurzen Zeit hatte sich bereits viel verändert. Sechs Tage zuvor hatte sich der Wall der Elementalen erneut in Bewegung gesetzt – und zwar in Richtung auf Clevemouth. Sein Fortschreiten sei zwar langsam, aber stet, und die Mehrzahl der Einwohner befand sich bereits auf der Flucht über die Küstenstraße. Schluchzend erklärte ihnen der Bote, sein Zuhause sei inzwischen sicher gänzlich von dem unbezwingbaren Wall geschluckt worden. Von der Evakuierung hatte er nicht viel mitbekommen, doch die wenigen Einzelheiten, von denen er berichten konnte, waren schlimm genug. Jordan beruhigte ihn, so gut es ging, und entließ ihn zu einer Mahlzeit und seiner wohlverdienten Ruhe.

»Damit wäre es entschieden«, beschloß der Anführer des Untergrunds. »Wie bald können wir aufbrechen?«

»Morgen«, erklärte Hewe ihm. »Aber mir wäre es lieber, wenn wir einen weiteren Tag zur Vorbereitung hätten. Der heutige Tag ist fast schon vorbei.« Er, Cai und Zana, mittlerweile zur ständigen Begleiterin des Zauberers geworden, hatten sich die betrübliche Geschichte mit wachsendem Entsetzen angehört. Sie wußten, wie überwältigend die Auswirkungen des Elementalenwalls sein konnten. Der Wahnsinn zog wortwörtlich durchs Land.

»Was können wir tun?« fragte Zana hilflos.

»Nicht viel«, antwortete Jordan. »Wir können uns auf die Ankunft der Flüchtlinge vorbereiten und versuchen, ihre Not so gering wie möglich zu halten. Und wir können denen Hilfe schicken, die sich noch weiter hinten auf der Straße befinden. Die Dörfer werden bald überrannt werden.« Er hielt inne. »Wir werden für sie tun, was wir können. Aber jetzt liegt unsere einzige Chance darin, die Wurzel des Übels zu finden und zu zerstören. Ich wünschte nur, wir hätten nicht so lange gewartet. Gemma oder nicht.«

»Vielleicht hatten die Vandalen die ganze Zeit schon recht«, schlug Hewe verbittert vor.

»Der Wall scheint zu der Zeit an Tempo zugelegt zu haben, als die Wolke auftauchte«, meinte Cai ruhig.

»Ja, das ist mir auch aufgefallen«, gab Jordan zurück. »Wenigstens haben wir eine grobe Vorstellung, in welche Richtung wir uns halten müssen!«

Die zweite Eingabe um Hilfe wurde am darauffolgenden Morgen vorgebracht, als Jordan eine Nachricht empfing, daß zwei Krieger aus dem Lichtlosen Königreich in der Stadt eingetroffen seien und ihn dringen sprechen müßten. Er eilte hinab in die unterirdischen Tunnels, denn er wußte, daß die Besucher das Treffen im Dämmerlicht erheblich angenehmer finden würden. Cai wollte ihn begleiten, da ihn die Erzählungen von dieser seltsamen Rasse fasziniert hatten. Man redete es ihm aus. Er kam zwar ohne sein Augenlicht zunehmend besser zurecht, doch das Bewegen in unbekanntem Gelände war noch immer schwierig und zeitraubend. Er war enttäuscht, daß er die Menschen aus dem Lichtlosen Königreich nicht kennenlernen konnte, bekam jedoch versprochen, daß Jordan ihm nach seiner Rückkehr ausführlich Bericht erstatten würde.

»Die grundlegenden Tatsachen lauten wie folgt«, erklärte Jordan ihm später. »Du weißt, daß sich das Gift in ihrem Gebiet von Süden her ausbreitet. Daher haben sie verschiedene Trupps – Kontrolltrupps – in die gefährlichsten Regionen ausgesandt, um genau festzustellen, woher die Verschmutzung stammt, damit wir sie *überirdisch* lokalisieren können. Sie haben einigen Erfolg gehabt, aber darauf komme ich gleich. Vor ein paar Tagen haben alle südlichen Trupps Erschütterungen gemeldet, Erdrutsche und eine Störung im normalen Verlauf der unterirdischen Flüsse. Sie wurden davon überrascht, einige Einzelheiten sind daher noch ein wenig unklar, aber die Gesamtauswirkungen sind deutlich genug. Das Tempo, mit dem das Gift sich ausbreitet, ist drastisch gestiegen, größtenteils aufgrund eines plötzlichen Wasseranstiegs auf einigen Teilstrecken des Flusses. Die Überschwemmung hat einige Siedlungen zerstört, und einige der Kontrolltrupps sind abgeschnitten worden.« Jordan stieß einen leisen Seufzer aus, als er an seine Freunde unter der Erde dachte. »Die Propheten haben uns benachrichtigt, daß nur wenig von ihrem Land zu retten übrig ist, wenn die Quelle der Verschmutzung nicht ausfindig gemacht und vernichtet wird. Die Grünkrankheit hat bereits viele Opfer gefordert.« Seine Stimme versagte, und Hewe wandte den Kopf ab. Noch nie hatte er Jordan den Tränen so nahe gesehen – es war wahrlich kein angenehmer Moment.

»Um so mehr ein Grund, sofort aufzubrechen«, meinte Cai.

»Ja«, pflichtete Jordan ihm bei, der allmählich seine Fassung wieder erlangte. »Sie brauchen uns, um eine Armee nach Süden zu entsenden, und wenigstens in dem Punkt konnte ich sie beruhigen. Ich wünschte nur, wir wären *früher* aufgebrochen!«

»Vorbei ist vorbei«, meinte Zana voller Mitgefühl zu ihm. Auch sie hatte Jordans Kummer bemerkt und wußte, daß dieses seltsame Lichtlose Königreich bei ihm einen tiefen Eindruck während seines Besuchs der dortigen Höhlen hinterlassen hatte. »Was jetzt zählt, ist die Zukunft.«

»Du hast recht«, erwiderte er. Er lächelte sie zwar dankbar an, aber die Traurigkeit wich trotzdem nicht aus seinen Augen. »Manchmal jedoch muß man lange, sehr lange mit der Vergangenheit leben.«

Es entstand eine Pause, in der jeder von ihnen seine ganz persönliche Wahrheit in dieser Bemerkung fand. Dann brach Jordan endlich den Bann, den er selbst erzeugt hatte.

»Genug davon«, meinte er entschieden. »An die Arbeit. Jedenfalls haben wir jetzt eine klarere Vorstellung von unserem Ziel, und das haben wir dem Lichtlosen Königreich zu verdanken.«

»Wohin also?« fragte Hewe rasch, der froh war, sich wieder praktischen Dingen widmen zu können.

»Es gibt drei Möglichkeiten«, erwiderte Jordan. »Als erstes wäre da der Wasserfall, von dem Arden uns erzählt hat, dort, wo der Berg in Bewegung geraten ist. Dort scheint einer der Ausgangspunkte des Gifts zu liegen. Außerdem haben sie dort einen Weg an die Erdoberfläche gefunden. Dort können wir also mit dem Kontrolltrupp zusammenstoßen. Dann gibt es einen zweiten Eingang, gut zwanzig Meilen westlich von dort, wenn er auch nicht im Zusammenhang mit der Verschmutzung zu stehen scheint. An beiden Punkten haben sie Leute postiert, die uns erwarten.«

»Und die dritte?«

»Ungefähr fünfundvierzig Meilen südlich des Wasserfalls. Dort war es ihnen nicht möglich, sehr dicht unter die Oberfläche zu gelangen, weil die Verschmutzung zu stark ist.«

»Wie weit sind diese Punkte von der Stelle entfernt, wo wir die Wolke gesehen haben?« erkundigte sich Cai.

»Das wissen wir nicht«, antwortete Jordan. »Und bis wir näher dran sind, besteht auch keine Möglichkeit, es herauszufinden.«

»Je schneller wir also dorthinkommen, desto besser«, stellte der Zauberer nüchtern fest.

»Wie? Bist du sicher, daß du immer noch mitkommen willst?«

»Versuch nur, mich aufzuhalten«, gab Cai zurück, dessen Entschlossenheit offenkundig war.

»Ich bin vielleicht blind, aber ich bin noch immer ein Zauberer ... und ich habe nicht den weiten Weg gemacht, um hier tatenlos herumzusitzen!«

Jordan warf Zana einen kurzen Blick zu.

Sie nickte und beantwortete damit seine unausgesprochene Frage.

»Das könnte ein harter Ausflug werden«, stellte Hewe fest. Als Antwort erhielt er einen derart vernichtenden Blick, daß er sofort schützend die Hände hob. »Ich habe kein Sterbenswörtchen gesagt«, erklärte er den anderen grinsend.

Der Expeditionstrupp, der Great Newport bei Tagesanbruch verließ, bestand aus gut achtzig Personen. Über die Hälfte von ihnen waren Graue Vandalen unter dem Kommando von Galar und Tomas. Deren gute Stimmung stand im Gegensatz zu dem ernsten Auftreten der restlichen Gruppe, die von Jordan und Hewe angeführt wurde. Die Stadt blieb in den fähigen Händen ihrer Stellvertreter Egan und Ambros, die beide betrübt darüber waren, daß man sie zurückließ – und gleichzeitig doch auch ein wenig erleichtert.

Cai hatte drauf bestanden, daß Wray ihn begleitete. Der Vandale brachte noch immer kein verständliches Wort hervor, und fast jeder begegnete ihm mit Geringschätzung und Mißtrauen. Der Rest ihrer Gruppe bestand aus Mitgliedern des Untergrunds, die man wegen ihrer Zähigkeit, ihrer Fähigkeit, zu überleben und ihrem Geschick beim Kampf ausgewählt hatte. Heiler und Kräuterkundige befanden sich ebenfalls darunter.

Der Aufbruch am frühen Morgen wurde von vielen Bewohnern der Stadt mit nachdenklichem Schweigen verfolgt. Für sie war es ein deprimierender Anblick, ein Zeichen dafür, daß die Unruhe in ihrem Leben auch weiter anhalten würde.

Die Truppe schien erbärmlich klein, um sie gegen den unbekannten, aber offenbar mächtigen Widersacher aufzubieten. Doch man war nicht in der Lage gewesen, Proviant und Ausrüstung für eine größere Truppe bereitzustellen. Es wurden bereits Pläne geschmiedet, eine größere Zahl Soldaten auszubilden und Vorräte für eine zweite Gruppe zu sammeln, doch das war ein Projekt auf lange Sicht. Jordan war sich darüber im klaren, daß sofort gehandelt werden mußte.

Ihr Weg sollte sie erst nach Süden führen, wo sie den unwirtlichen, wenig besiedelten Landstrich zwischen den beiden großen Wüsten Cleves durchquerten. Von dort aus wollten sie ins Vorgebirge des gewaltigen Massivs ziehen und nach Südosten abschwenken. Das würde sie in die Nähe der Kontaktpunkte des Lichtlosen Königreiches bringen. Ein großer Teil ihrer Route führte durch unbekanntes Gebiet, doch sie hatten allen an verfügbaren Karten studiert und hofften in den Dörfern entlang der Strecke Hilfe zu bekommen. Alles Übrige mußte unterwegs entschieden werden.

Die lange Karawane aus Pferden bewegte sich in einem gemächlichen Tempo, und es wurde wenig gesprochen. Eine Gruppe Vandalen hatte sich freiwillig bereit erklärt, als Späher voranzureiten, doch Jordan befahl ihnen, die Tiere für die vor ihnen liegenden härteren Zeiten zu schonen. Sie gehorchten. Die Aussicht auf mehr Beschäftigung in der nahen Zukunft stimmte sie versöhnlich.

Die winterliche Kälte gestattete es ihnen, den ganzen ersten Tag nach Verlassen von Great Newport durchzureiten. Der kürzeste Tag lag gerade erst sechs Tage zurück, es war also wichtig, das Tageslicht voll auszunutzen. Ihr Mittagsmahl aus Fleisch und Brot aßen sie, ohne haltzumachen, und so ging es ohne Pause bis zum Spätnachmittag weiter.

Cai ritt neben Zana, so daß sie, falls erforderlich, hinübergreifen und seine Zügel greifen konnte. Als ihn eine weibliche Stimme ansprach, ging er ganz selbstverständlich davon aus, daß sie es war. Dann bemerkte er seinen Irrtum.

Cai. Bist du das, Cai?

»Gemma?« In seiner Überraschung und Freude rief der Zauberer laut ihren Namen, und Zana war nicht die einzige, die ihn seltsam ansah.

Gemma, wo bist du? Es tut so gut, wieder mit dir Verbindung aufzunehmen!

Ich bin im Tal, antwortete sie, doch irgend etwas in ihrem Tonfall ließ Cais Freude rasch abklingen.

An deinem geheimen Ort? fragte er zögernd nach.

Ja, antwortete sie, *doch es schützt mich nicht mehr, und heute nachmittag habe ich den Gesang der Sirenen gehört. Irgend etwas Schreckliches passiert, Cai.*

Sie hörte sich so elend an, daß Cai es nicht fertigbrachte, ihr zu antworten.

Bist du noch da? erkundigte sie sich ängstlich.

Ja.

Ich muß in den Tiefen Süden, Cai. Wirst du mir helfen?

Natürlich, gab er zurück. *Ich bin zur Zeit auf dem Weg nach Süden, zusammen mit Jordan. Wir treffen uns dort.*

Du bist in Cleve? stieß Gemma überrascht hervor. Freudiges Staunen hellte ihre düstere Stimmung auf.

Du hast doch nicht etwa geglaubt, ich würde dich für immer allein lassen, oder? Der selbstironische Klang seiner Worte – so lahm er auch war – brachte Gemma zum Lachen.

Dann sehen wir uns also am Wasserfall, meinte sie. *Das ist im Augenblick Ardens und mein Ziel.*

Wir treffen uns dort, gab Cai zurück, *aber sehen werde ich dich nicht.*

Aber warum nicht? Was ist passiert? wollte sie wissen.

Ich bin blind, Gemma.

Es entstand eine kurze Pause, dann meldete Gemma sich wieder zu Wort.

Aber du hast doch noch andere Augen, meinte sie. *Sieh her!*

Und dann, obwohl Cais Körper noch immer fest im Sattel saß, stellte er fest, daß er von oben auf die lange Reihe von Pferden vor ihm herabblickte. Die Perspektive war eigentümlich, bewegte sich und wies zahlreiche Facetten auf, so daß er eine Weile brauchte, um zu erkennen, was er sah.

Ich muß jetzt fort, sagte Gemma mit einer Mischung aus Lachen und Furcht in der Stimme. *Viel Glück, Cai.*

Nein! schrie er. *Geh nicht fort*! Doch es war zu spät, und der Kontakt war wieder abgerissen. Cai ritt weiter, verwirrt vom Durcheinander neuer Empfindungen.

Willkommen im Schwarm, meinten die Bienen zu ihm. *Unsere Augen sind die deinen.*

VIERTER TEIL

TRAUMSTEIN

28. KAPITEL

Im Morgenlicht des Tages der Sommersonnenwende kam der Steinclan zusammen, um seine heilige Pflicht zu tun. Die Meyrkats bildeten einen weiten Kreis um den grauen Monolithen, der im Zentrum der Diamantenwüste stand. Jeder einzelne von ihnen wurde von einem geheimnisvollen Impuls geleitet, der den kürzesten Tag erkannte – sie nannten es die Zeit, in der die Winde wechselten –, und eigentlich benötigten sie die Anweisungen von Od, ihrem unbestrittenen Führer, nicht. Seit der Stamm sich aufgeteilt hatte – gleich nach dem Ritual der Wintersonnenwende zusammen mit Gemma – war Od bei den restlichen Meyrkats zum dominanten Männchen aufgestiegen. Er war recht eigenwillig und konnte dogmatisch sein, aber er war auch kräftig und entschlossen, und der Clan fühlte sich unter seiner Führung sicher.

Er war es auch, den sie in allen Dingen, die den senkrecht stehenden Stein betrafen, fragen konnten. An diesem Tag jedoch gehorchten sie ihrem Instinkt und waren auf seine telepathischen Botschaften fast gar nicht angewiesen. Nichtsdestotrotz sprang er wichtigtuerisch inmitten seines Clans umher, sorgte dafür, daß sie alle im gleichen Abstand standen und daß die jüngsten unter ihnen diesem Anlaß den nötigen Respekt entgegenbrachten. Endlich war er zufrieden, sprang zu dem ihm zugedachten Platz hinüber und schloß damit den Kreis. Dann richtete er sich auf seinen Hinterbeinen auf, reckte den Kopf in die Höhe und ließ die langen Krallen seiner Vorderpfoten herabhängen. Nach einem letzten Blick auf die Versammlung, mit dem er sich vergewisserte, daß alles bereit war, richtete Od seine spitze Schnauze und die hellen, schwarzumrandeten Augen auf den Gott-Himmel-Feuer-Stein. Er spürte die Glut der Verantwortung und war plötzlich stolz auf seinen Clan. Er hatte befürchtet, durch ihre verminderte Zahl könnte ihre Aufgabe schwierig und für den Stein unzufriedenstellend ausfallen, doch jetzt waren alle Zweifel verschwunden.

Wir singen.

Als der Clan auf seine stumme Ankündigung reagierte, spürte jeder einzelne von ihnen, wie die Musik seine kleine Brust erfüllte. Selbst die Babys, die zu klein waren, um das Lied schon einmal gehört zu haben, fielen ein, angeleitet von ihren Eltern und ihren eigenen Empfindungen.

Ihre hohen Stimmen erhoben sich schrill in die ruhige Wüstenluft. Jeder einzelne von ihnen kannte seinen Part im Krallen-Zyklus – fünf ineinander verflochtene Tonfolgen, verwoben zu einem vielschichtigen, dissonanten Gebilde –, und jeder einzelne erfüllte mit seinem Gesang sein Versprechen an den Gott im Innern des Steins, wie es die Tradition verlangte. Dieses Jahr jedoch sangen sie auch für die Clanmitglieder, die nicht mehr bei ihnen waren – die Wanderer. Der Steinclan war entschlossen, sich des Vertrauens ihrer Gefährten würdig zu erweisen. Die Musik erschallte noch immer, während die Sonne am Osthimmel aufging.

Allein Gemma hatte bereits einmal gehört, wie die Meyrkats den Stein ansangen. Für die meisten Menschen hätte ihre Musik derb und unangenehm geklungen, Welten entfernt von den gängigen Vorstellungen musikalischen Wohlklangs. Und doch besaß ihre verschrobene Dissonanz eine unleugbare gefühlsmäßige Kraft, und während die einzelnen Worte für menschliche Ohren unverständlich blieben, erhob sich ihre Botschaft und stand in der Luft.

Bitte meinen Bruder, sich zu rühren
Denn das Jahr ist um

Dann, eher als sie es erwartet hatten, begann der Monolith sich zu bewegen, und die Stimmen der Meyrkats wurden lauter und frohlockten bei diesem Anblick.

Langsam, geräuschlos neigte sich der Schaukelstein, bis er schließlich mit einem kaum hörbaren Klicken in einer anderen Position zur Ruhe kam. Ihr Werk war getan, und die Meyrkats lösten den Kreis auf, heulten vor Freude und sprangen mit steifen Beinen in die Luft. Lediglich Od verharrte ruhig, und seine Augen leuchteten vor Zufriedenheit über ihre Leistung; er fragte sich aber, welchen Effekt sie auf die Welt außerhalb ihres Gebietes haben würde, auf Gemma und die Wanderer – wo immer sie waren.

Während der Steinclan feierte, ertönte ein vertraute tiefes Rumpeln im Fels unter ihren Füßen.

Weit entfernt im Süden veränderte ein anderer Schaukelstein als Antwort auf das unterirdische, aus Magie geborene Signal seine Stellung. Doch Od hätte darin keine Folge des Gesangs seines Clans gesehen. Der Schaukelstein *hier* hatte die Größe eines Berges, und die gewaltige Masse bewegte sich mit einem grauenhaft schwerfälligen Knirschen. Der Effekt glich dem eines kleinen, örtlich begrenzten Erdbebens. Der Boden bebte meilenweit im Umkreis und verursachte zahlreiche kleinere Steinschläge. Eine besondere Folge der Veränderung bestand jedoch darin, daß sie den Lauf des Flusses änderte, der gleich südlich des Berges in ein tiefes Becken stürzte. Wo zuvor die Wasser ein Tal westlich des Berges hinuntergerauscht waren, ergossen sie sich jetzt in eine frisch geöffnete Schlucht östlich von ihm. Drei Tage später würden die Bewohner des Tals des Wissens bemerken, daß der Wasserstand ihres Flusses dramatisch gefallen war. Noch ein paar Tage später, und das Flußbett wäre völlig trocken. Diese neue und ersehnte Dürre würde neue Hoffnungen wecken, daß die Krankheit, die sie befallen hatte, zurückging. Der Fluß trug seine tödliche Fracht an einen anderen Ort.

Als das Beben aufhörte, war D'vors Kontrolltrupp geteilt worden. Der Lärm und die Erschütterung waren ungeheuerlich gewesen, und in den Höhlen und Tunnels ringsum hatte es mehrere kleine Steinschläge gegeben. Hinter einem davon waren C'lin und V'dal gefangen.

J'vina reagierte als erste, rief nach ihren verschwundenen Kollegen und kletterte stolpernd auf der Suche nach einem Durchgang über die frisch herabgefallenen Gesteinsbrokken.

»Sei vorsichtig!« warnte D'vor sie. »Das Gestein hat sich noch nicht wieder stabilisiert.«

»Und zerreiß die Seidenfischbandagen nicht«, fügte C'lin, ganz Heilerin, hinzu. »Die Verschmutzung ist hier so stark, daß selbst ein kurzes Entblößen sehr gefährlich sein könnte.«

J'vina ignorierte sie beide und stolperte weiter, dicht gefolgt von den Meyrkats. Die Wanderer hielten sich jetzt bereits einige Monate in dem ausgedehnten unterirdischen Reich auf, das bei den Überirdischen unter dem Namen *Lichtloses Königreich* bekannt war. Irgendein sechster Sinn hatte sie zu J'vina, ihrer kriegerischen Freundin, geführt, die sie in Great Newport kennengelernt hatten. Seit ihrer Ankunft war die besondere Verbindung zwischen dem Clan und der Soldatin gewachsen, und mittlerweile reagierten sie instinktiv auf die Wünsche des anderen. Mit ihr teilten sie nicht, wie mit Gemma, die Gedankenübertragung, aber dies war fast ebensogut.

»V'dal! C'lin! Könnt ihr mich hören? Alles in Ordnung bei euch?« J'vinas Bemühungen wurden mit einer Reaktion belohnt.

»Wir sind unverletzt!« erwiderte V'dal mit durch den dazwischenliegenden Fels gedämpfter Stimme.

Die anderen Mitglieder des Kontrolltrupps atmeten gemeinsam erleichtert auf.

»Kommen wir bis zu euch durch?« rief D'vor und manövrierte sich vorsichtig an J'vinas Seite.

»Nein. Da sind ein paar dicke Brocken Geröll, und die Zwischenräume sind zu eng, um durchzukommen – selbst für die Meyrkats.«

»Kann man es umgehen?«

»Ja. Es sei denn, sämtliche anderen Tunnel sind ebenfalls

blockiert.« V'dal, der Führer der Gruppe, klang zuversichtlich. »Aber möglicherweise müssen wir ein ganzes Stück zurück, es könnte also ein Weilchen dauern. Was wollt ihr machen?«

»Wir bleiben hier«, entschied D'vor, »dann könnt ihr uns finden.«

»In Ordnung. Bis später.« C'lin klang munter, so als mache ihm das Abenteuer Spaß.

»Seid vorsichtig!« warnte C'tis die beiden.

»Können wir irgend etwas tun, damit ihr uns besser findet?« wollte J'vina wissen.

»Zündet ein Feuer an«, gab V'dal zurück. »Und stoßt in regelmäßigen Abständen einen Schrei aus.«

»Bei deiner lieblichen Stimme müßte das gleichzeitig auch als Warnung vor irgendwelchen widerlichen Biestern dienen, die in der Nähe lauern«, fügte C'lin hinzu.

»Paß auf, daß der Witzbold sich nichts tut«, feuerte J'vina zurück. »Wir brauchen seine Muskelkraft noch, als Gegenstück für unseren Verstand.«

»Ich werde mein Bestes tun«, versprach V'dal, und sie konnten hören, wie C'lin neben ihm lachte. »Macht uns was Heißes zu trinken, dann sind wir um so schneller da.«

Also warteten sie und lauschten den schwachen Geräuschen, als V'dal und C'lin aufbrachen. Als J'vina und D'vor wieder zu ihren Kollegen stießen, schlugen sie in einem Teil der Höhle, der während des Bebens stabil geblieben war, ein behelfsmäßigen Lager auf. Sie zündeten ein Feuer an, wobei sie einen besonderen Brennstoff verbrannten, der glühte und Wärme erzeugte, ohne dabei in Flammen aufzugehen.

»Meint ihr, sie kommen durch?« fragte T'via. Sie war das sechste Gruppenmitglied, das man nicht so sehr wegen ihrer praktischen Fähigkeiten ausgewählt hatte, sondern weil sie eine Repräsentantin der Propheten war, jener schwarzgewandeten Mystiker, die das Lichtlose Königreich regierten.

»Wenn es irgend möglich ist, wird V'dal sie durchbringen«, antwortete D'vor ernst. V'dal war der Führungsspezialist der Gruppe, und seine ausgedehnte Kenntnis aller Tunnels und Höhlensysteme ihrer unterirdischen Welt übertraf bei weitem die der anderen. Selbst hier, in vergleichsweise wenig kartographierten Regionen, machte ihn sein Richtungsgefühl und sein Gedächtnis zum besten Navigator.

»Wollen wir's hoffen«, meinte J'vina mit dem für sie typischen Fatalismus. »Ich weiß nicht, ob einer von *uns* den Weg aus diesem Rattenloch fände.«

»Was hat eurer Ansicht nach das Beben ausgelöst?« fragte C'tis, als sie an ihren Getränken nippten.

»Der kürzeste Tag«, gab D'vor zurück. »Der Zeitpunkt, an dem sich der Flußrhythmus verändert. Das hier könnte eine Folge desselben Ereignisses gewesen sein. Auch wenn Tag und Nacht unter der Erde gewöhnlich eher durch Arbeit und Ruhe als durch hell und dunkel definiert wurden, bewiesen die Kristallflöze, die einen Bruchteil des Sonnenlichts hineinließen, daß ihr Zeitzyklus dem der Oberwelt entsprach. »Der Schaukelstein – Arden hat uns von ihm erzählt, erinnert ihr euch?«

»Ja. Aber so etwas hat er noch nie hervorgerufen«, widersprach J'vina.

»So weit südlich hat sich noch niemand aufgehalten, als es passierte«, gab C'tis zu bedenken.

»Niemand, der noch bei Sinnen ist, würde das wollen«, gab die Soldatin zurück.

»Das war nicht immer so«, meinte T'via sanft. Sie war die Ruhigste im Kontrolltrupp, und normalerweise gab sie ihre Ansichten nur zum besten, wenn sie gefragt wurde oder wenn es direkt die Belange der Propheten betraf. »Denkt doch an *Soulskeep*.«

Sie befanden sich augenblicklich einen Tagesmarsch südlich von der Höhle, die unter den Namen *Soulskeep* bekannt war. Diese hatte vor einiger Zeit ein gutes Stück innerhalb der Grenzen ihres Landes gelegen, befand sich mittlerweile aber in den vergifteten Regionen, die man durch Metalltüren und Pufferzonen abgeriegelt hatte. Nur wenige wagten sich in ihre Nähe, und seit vielen Flußzyklen hatte sich niemand mehr südlich von ihr aufgehalten.

Für die gesamte Bevölkerung des Lichtlosen Königreiches

bot dies reichlich Anlaß zur Trauer, besonders betroffen waren jedoch die Propheten und ihre Helfer. T'via konnte sich an *Soulskeep* nur noch vage aus ihrer Kindheit erinnern und sehnte sich danach, es endlich wiederzusehen. Die Höhle war *Rael* geweiht, dem Gott der Unterwelt, und dort wuchsen auch die Raelpilze im Überfluß. Das Verspeisen dieser Pilze war gefährlich, für die Propheten aber lohnend, da es eine eigenartige Substanz namens *Erdwildheit* erzeugte, die es ihnen ermöglichte, die Wünsche der Götter zu erkennen. Gelegentlich half es ihnen auch, in die Zukunft zu schauen. *Soulskeep* war ein rätselhafter, ehrfurchtgebietender Ort, jetzt jedoch schien es, als sei er für immer verloren.

»Arden meinte, *Soulskeep* befindet sich fast genau unter dem Wasserfall«, warf C'tis ein. »Und genau dort lag das Bewegungszentrum, das bewirkt, daß der Fluß seinen Lauf ändert.«

»Richtung Norden könnte es also äußerst schwierig werden«, meinte J'vina und sprach damit einen Gedanken aus, den sie alle gedacht hatten. In dieser Richtung ging es nach Hause.

»Kann sein«, sagte D'vor. »Wenn V'dal zurück ist, werden wir mehr wissen.

29. KAPITEL

Der Kontrolleur starrte auf das ständig wechselnde Muster aus Lichtern und Skalen auf der Schalttafel vor ihm und stieß einen wüsten Fluch aus.

»Schon wieder!« Vor allem Wut und Enttäuschung waren aus seiner Stimme herauszuhören, doch da war auch ein Teil Angst. Sein Vorgesetzter kam herbei und beugte sich über seine Schulter.

»Was gibt's?«

»In den Abflußröhren gibt es einen Stau. Der Druck steigt, und ich will mir lieber nicht vorstellen, was geschieht, wenn er nicht bald sinkt. Möglicherweise werden wir einen Teil der Anlage abschalten müssen.«

»Ausgeschlossen! Das kommt überhaupt nicht in Frage!«

»Aber ...«

»Kein Aber! Wir können absolut *nichts* abschalten, und das ist mein letztes Wort. Schaffen Sie einen Wartungstrupp nach unten, *und zwar sofort*, und machen Sie denen klar, daß sie diese Leitungen freibekommen müssen – und zwar schnell!«

Der Kontrolleur drehte sich um und gehorchte, dabei wunderte er sich über diese Druckveränderungen, die seinen Vorgesetzten scheinbar so unklug reagieren ließen. Zum erstenmal fragte er sich, ob seine eigene hohe Stellung innerhalb des Netzes das wert war. Vielleicht wäre es besser – ganz sicher wäre es *einfacher* –, zu den unteren Dienstgraden zu gehören, ohne Nachdenken zu gehorchen und nichts weiter als einfache Zufriedenheit zu kennen. Er tippte den entsprechenden Notfallcode ein, dann machte er kehrt, um die verräterischen Meßgeräte in der Reihe der Energiezufuhr zu beobachten. In einigen Kammern war die Temperatur bereits deutlich angestiegen, die Pumpen hatte Mühe, die ablaufenden Flüssigkeiten gegen den ständig steigenden Druck hinauszupressen. Wenn die Hitze sich weiter staute ... dem Prüfer schauderte.

Sein Vorgesetzter war ein kleines Stück zurückgetreten. Er konnte sich nicht überwinden, den Informationsfluß zu beobachten, der ihren Untergang verkünden mochte. Insgeheim haderte er mit seinem Schicksal. *Warum ausgerechnet jetzt, kurz nachdem wir den Befehl bekommen haben, den Energieausstoß zu erhöhen? Ich wußte, daß das Röhrensystem, das wir nach dem Dammbruch letztes Jahr gebaut hatten, nicht halten würde. Ich hab' es ihnen gesagt, aber haben sie mir vielleicht zugehört? Natürlich nicht!* Er betrachtete den Bildschirm mit den Reaktionen der Apparatur, auf dem das Vorankommen des Wartungstrupps angezeigt wurde. *Beeilung, Leute, Beeilung!* flehte er stumm. *Wir können jetzt nicht abschalten!*

Die Befehle des Großen Führers waren recht präzise gewesen. Der Komplex sollte bis zur Höchstleistung hochgefahren und auf diesem Niveau gehalten werden, bis er andere Anweisungen gab. Die ständig steigende Bedarf der Stadt und die Experimente ihrer riesigen Gemeinde mußten abgedeckt werden. Und dann war da natürlich noch die Frage nach den Materialien, die für die Entwicklung der neuerdachten Waffen des Großen Führers gebraucht wurden. Erst vor ein paar Tagen war eins von ihnen auf spektakuläre und höchst erfolgreiche Weise getestet worden. Ein kompletter Berg war verdampft, auf bloßen Knopfdruck verschwunden. Ihr Führer hatte gejubelt, doch dieser Triumph hatte ihn lediglich noch ungeduldiger gemacht. Hunderte, Tausende weiterer Waffen müßten hergestellt werden, hatte er ihnen erklärt. Nur dann könne ihr Traum von absoluter Herrschaft Wirklichkeit werden.

Und nur, wenn man das Kraftwerk an seiner Leistungsgrenze fuhr, konnten die flüchtigen und potentiell gefährlichen Materialien produziert werden, die für all dies erforderlich waren.

Viele auf den oberen Rängen hatten den Zorn der Großen Führers bereits zu spüren bekommen. Er duldete kein Versagen und strafte mit grimmiger Härte. Der Leiter der Energieabteilung hatte nicht die Absicht, sein nächstes Opfer zu werden.

»Sie bewegen sich nicht schnell genug!« fauchte er, den Blick auf die Anzeigen geheftet. »Sagen Sie ihnen, sie sollen sich beeilen, oder ich lasse sie allesamt deprogrammieren. Und sehen Sie zu, daß Sie die Zusatzkühlsysteme zum Laufen kriegen.«

Dann endlich entnahm er der Anzeige, daß der Wartungstrupp im Inspektionsfahrzeug saß und sich auf die schadhafte Leitung zubewegte.

Macht schon! drängte er den unsichtbaren Trupp. *Beeilt euch!*

Die vier Mitglieder des Wartungstrupps hatten sich kaum im Inspektionsfahrzeug angeschnallt, als es bereits davonschoß und rasch an Tempo gewann, während es den Tunnel parallel zu den Ablaufröhren hinunterjagte. Ihre hastig übergworfene Schutzkleidung war unbequem, aber man hatte sie über die Dringlichkeit ihrer Mission nicht im unklaren gelassen, und niemand beschwerte sich.

Die Entdeckung, daß sich jede beliebige Menge Abfall in das tiefe Höhlensystem unterhalb der Stadt pumpen ließ, war für dessen Konstrukteure ein großer Segen gewesen. Sie brauchten sich keine Sorgen mehr über die Vergiftung ihrer eigenen Umgebung oder die Lagerung des Gifts zu machen. Es ließ sich leicht entsorgen, wurde von der durch nichts aus der Ruhe zu bringenden Erde geschluckt.

Sicher, es hatte das eine oder andere Problem gegeben, doch die waren allesamt rechtzeitig bewältigt worden. Neue Tunnels waren gegraben worden, um auf dem ersten Teil der unterirdischen Reise ein schnelles Abfließen zu garantieren, außerdem hatte man verschiedene Flüsse umgeleitet, um die riesigen Wassermengen bereitzustellen, die für die Kühlung und Reinigung der Stadt und ihrer Maschinerie erforderlich waren. Scheiterte ein Experiment, versuchte man ein anderes, und nach und nach arbeitete das gesamte System fehlerfrei. Bis jetzt.

Der Wartungstrupp wurde von einem älteren Ingenieur angeführt, F21M. Seine Stellvertreterin war H73F; sie stand zwei Stufen in der Hierarchie unter ihm, war aber dennoch intelligent und kenntnisreich. Die beiden wurden von zwei untergeordneten Mechanikern begleitet, die zu der Angelegenheit ihre beträchtliche Muskelkraft beisteuern konnten, falls dies erforderlich sein sollte.

Während der Fahrt starrten sie meist geradewegs nach vorn, ihre stählernen Gesichter vollkommen regungslos. Gelegentlich warfen sie einen flüchtigen Blick auf die Anzeige am Metallreif, den man ihnen um ihre Handgelenke geschweißt hatte. Auf diesen Armreifen waren ihre Netznummern verzeichnet, unter der endlos blinkenden Anzeige, die ihre Position im System bekanntgab, und die, falls nötig, Anweisungen der Kontrolle weiterleitete. Winzige rote Lämpchen zeigten an, daß alles normal funktionierte.

Das Sirren des Wartungsfahrzeugs wurde leiser, als es an Geschwindigkeit verlor und dann am Ende der Röhre hielt. Die Mannschaft stieg aus, und als F21M und sein Stellvertreter sich hastig daranmachten, die Anzeigen der Überwachungsstation abzulesen, gaben sie den beiden anderen ein Zeichen, daß sie warten sollten. Er versuchte probeweise ein paar der Knöpfe, dann schüttelte er den Kopf.

»Sieht ganz so aus, als läge das Problem weiter unten«, meinte er. »Im offenen Gestein.«

H73F nickte zum Zeichen, daß sie derselben Ansicht war, sagte aber nichts.

»Signalüberwachung«, fügte der ältere Ingenieur hinzu. »Wir gehen zu Fuß weiter.« Seine Stellvertreterin gehorchte, und F21M sowie die beiden Mechaniker suchten ihr tragbares Gerät zusammen.

»Überwachung hat bestätigt«, berichtete H73F. »Das Fahrzeug soll zurückgeschickt werden, um weitere Arbeiter herunterzutransportieren.«

»Gut. Sagen Sie ihnen, wir brauchen das schwere Gerät. Und sorgen Sie dafür, daß von jetzt an alles von der Bodenbasis aus geschickt wird.«

»Jawohl, Sir«, erwiderte seine Stellvertreterin. Nachdem er die entsprechenden Signale ausgesandt hatte, machte sie kehrt und übernahm ihren Teil der Ausrüstung.

»Gehen wir.« F21M führte sie durch die Versiegelung und in das Höhlensystem. Währenddessen bemerkten sie ganz in der Nähe das Donnern von gewaltigen Wassermassen.

›Felsdunkel‹, das unterirdische Gegenstück zur Abenddämmerung, rückte rasch näher, und J'vina wurde ungeduldig. Noch immer gab es kein Zeichen von T'via und C'lin, daher hatte sie vorgeschlagen, einen Suchtrupp loszuschicken. D'vor hatte dies mit der Begründung untersagt, ein solcher Schritt könne die Chance auf eine vollständige Wiedervereinigung nur verringern, und J'vina hatte seine Autorität akzeptiert, auch wenn sie ihre Ungeduld nur schlecht verbergen konnte.

Auch die Meyrkats bekamen plötzlich große Angst; die Stimmung ihrer Soldatenfreundin hatte sie angesteckt. Bislang hatten sie alle Härten des Lichtlosen Königreichs mehr oder weniger unbeschadet überstanden. Selbst die vergifteten Bereiche schienen ihnen nichts anhaben zu können, auch wenn C'tis noch nicht herausgefunden hatte, warum sie nicht unter der Grünkrankheit litten, die ihr eigenes Volk und ihre Tiere befiel. Die Meyrkats besaßen ein dickes Fell, aber das spielte sicher nur eine untergeordnete Rolle. Sie konnte bestenfalls vermuten, daß ihre Oberweltnatur geeigneter war, der Infektion zu widerstehen – Ardens Genesung vor einiger Zeit hatte dies bereits vermuten lassen. Dennoch war C'tis besorgt, *ihre* hartnäckige Widerstandsfähigkeit könnte sich bald abgenutzt haben – besonders, wenn sie sich zu lange in diesen stark verseuchten Gebieten aufhielten.

J'vina durchmaß nach wie vor ihre enge Höhle und rief in den Tunneleingang hinein, bis sie heiser war. Der Clan begleitete sie auf diesen Ausflügen und unterstützte sie mit seinen durchdringenden Schreien.

D'vor verzog angesichts des Lärms das Gesicht.

»Vielleicht hatte C'lin recht«, bemerkte C'tis mit einem Grinsen. »Dieser Lärm müßte eigentlich *alles* abschrecken.«

»Bald wird es dunkel sein, und sie werden nicht mehr weitergehen können«, meinte J'vina gereizt. »Wo sind sie überhaupt gelandet?«

»Sie werden schon kommen, sei unbesorgt«, beruhigte T'via sie.

Die Soldatin rief erneut, mußte daraufhin husten und kam zum Feuer zurückgeeilt, die Hand nach etwas zu trinken ausgestreckt. Die Krallen der Meyrkats kratzten über den nackten Fels. In der Stille, die darauf folgte, vernahm der Kontrolltrupp ein schwaches Geräusch.

»Das sind sie!«

Im Nu war alles auf den Beinen und lauschte angestrengt.

»Dort drüben«, sagte T'via leise und zeigte auf einen der

nördlichen Tunnels. D'vor ging zu dessen Eingang und rief etwas. Zu ihrer großen Freude kam prompt die Antwort.

Wenige Augenblicke später traten V'dal und C'lin in den rötlichen Widerschein des Feuers. Ihren Worten nach zu urteilen war das Wiedersehen eine Kleinigkeit gewesen, trotzdem waren die beiden sichtlich sehr erleichtert.

»Schön, daß ihr auf uns gewartet habt«, scherzte C'lin und versuchte lässig zu klingen. »Habt ihr uns etwas zu essen aufgehoben?«

»Und wo bleibt der versprochene Drink?« wollte V'dal wissen.

Nachdem die allerersten Bedürfnisse gestillt waren, erkundigte sich D'vor nach Neuigkeiten aus dem Tunnelsystem. Die beiden Männer sahen sich an. Ihre Gesichter hatten plötzlich etwas Grimmiges bekommen.

»Sieht nicht gut aus«, begann V'dal. »Der Flußpegel ist in kurzer Zeit stark gestiegen, allerdings ohne vorhersagbares Schema. Einige Höhlen scheinen überhaupt nicht betroffen zu sein. Wir mußten weit zurücklaufen, um sie zu umgehen, daher haben wir etliche zu Gesicht bekommen.« Er hielt inne, als widerstrebe es ihm, weiterzusprechen.

»Und?« beharrte J'vina.

»Nun, ganz sicher bin ich natürlich nicht«, meinte V'dal, »und bestimmt gibt es noch *andere* Routen, die wir ausprobieren können, aber ... so wie es aussieht, gibt es keinen Weg zurück nach Norden.«

»Wir sitzen in der Falle«, sagte C'tis kaum hörbar.

»Das weiß ich nicht«, sagte V'dal ernst. »Aber sicher weiß ich, daß die mir bekannten Routen alle durch Wasser oder Gestein blockiert sind.«

»Es *muß* doch eine Möglichkeit geben, sie zu umgehen«, sagte T'via, und der Schrecken über ihre Lage stand ihr in den Augen geschrieben.

»Wahrscheinlich«, gab V'dal ihr recht und versuchte, zuversichtlich zu klingen.

»Aber es könnte eine Weile dauern, einen Weg zu finden?« hakte D'vor nach.

»Ja.«

Sie alle wußten, was das zu bedeuten hatte. Ihre Nahrungsmittelvorräte waren begrenzt, und es bestand wenig Hoffnung, sie hier, wo alles Leben vergiftet war, aufzufrischen. Auf jeden Fall wußten sie, daß C'lin der Meinung war, die Seidenfischbandage könne den Ausbruch der Grünkrankheit nur hinauszögern. Bei einem langen Aufenthalt in den verseuchten Gebieten wäre der Mangel an Nahrungsmitteln so ihr geringstes Problem.

»Jetzt fließt noch mehr Wasser nach Norden?« erkundigte sich D'vor.

»Ja. Viel mehr.« V'dal atmete tief durch. »Außerdem ist es stark verschmutzt. Ich habe ein paar der neuen Kanäle getestet.«

»Die Lage zu Hause wird sich rasch sehr stark verschlechtern«, meinte C'lin betrübt.

Eine Weile sagte niemand etwas.

»Wir haben also keine große Wahl, oder?« stellte J'vina mit grimmiger Entschlossenheit fest. »Wir müssen nach Süden.«

»Ja«, gab D'vor ihr recht, der die Logik dessen nicht bestreiten konnte. »Offenkundig liegt unsere einzige Hoffnung jetzt darin, die Quelle der Verschmutzung zu finden und sie auszuschalten ...«

»Bevor es zu spät ist«, beendete C'lin für ihn.

Für ein paar Augenblicke war jedes Mitglied des Kontrolltrupps in seine eigenen Gedanken versunken. Dann erschütterte ein dumpfes Grollen einer fernen Explosion die schwermütige Stille. Als das Gestein ringsum erzitterte, blickten sie instinktiv nach oben.

»Schon wieder?« meinte T'via atemlos.

»Nein«, antwortete V'dal zuversichtlich. »Das war erheblich schwächer. Und von Menschenhand.«

Die Echos und Erschütterungen verhallten, doch die Luft in der Höhle hatte sich plötzlich verändert.

»Wasser«, stieß C'tis hervor.

»Irgend jemand verschiebt so ganz für sich die Flüsse hier«, bemerkte C'lin.

»Dann los, stellen wir fest, wer das ist«, meinte J'vina, von

Tatendrang gepackt. »Vielleicht sind wir näher dran als wir glauben.« Sie erhob sich und zog ihr Schwert zischend aus der Scheide. »Welcher Tunnel, V'dal?«

»Augenblick mal«, kam D'vors Kommando, der sich ebenfalls erhob. »Wir tun das gemeinsam – und organisiert.« Rasch traf er seine Vorbereitungen, dann machte sich der Trupp auf in den Tunnel, der auf dem direktesten Weg auf die Explosion zuzuhalten schien. Er war eng und nur wenig mehr als kopfhoch.

»Ich will nur hoffen, daß sie das Wasser nicht durch *diesen* Durchgang leiten«, merkte C'lin an. »Das könnte etwas eng werden.«

»Du kannst doch schwimmen, oder?« feixte J'vina.

F21M betrachtet zufrieden das Ergebnis seiner Hände Arbeit. Die Zentrale würde begeistert sein. Sie hatten zwei Erdrutsche beiseite geräumt und so dem abfließenden Wasser die Möglichkeit gegeben, auf den Normalpegel zurückzukehren. Beim zweiten Erdrutsch war eine Verzweiflungstat nötig gewesen, doch man hatte die Sprengladungen perfekt bemessen und das Hindernis entfernt, ohne daß das Tunneldach weiter eingestürzt wäre. Der Strom der Abwässer donnerte vorbei auf seinem Weg in die unkartografierten Tiefen der Erde.

»Also gut«, befahl er. »Zurück zur Überwachungsstation.«

Sie stapften durch den Tunnel, ihre starken Stablampen leuchteten ihnen den Weg. Die Lichtstrahlen zeigten die seltsame Schönheit der Gesteinsformationen, die sowohl Boden als auch Decke zierten, und trafen funkelnd auf die Kristallflöze. Nur wenige Menschen hatten diese Schönheit je zu Gesicht bekommen, dennoch beachtete der Wartungstrupp kaum seine Umgebung, die sie nur als Wegstrecke von einem Arbeitsplatz zum anderen betrachteten.

Sie waren fast eine Stunde gegangen, als L290M, der vorneweg ging, plötzlich stehenblieb und den Strahl seiner Stablampe in einen der Seitentunnel richtete.

»Was war das?«

»Ich habe nichts gehört.« F21M holte ihn ein und linste in den Tunnel. Er konnte nichts Ungewöhnliches erkennen.

Dann vernahmen alle vier das unmißverständliche Klikken von Metall auf Stein.

»Vielleicht der andere Trupp«, flüsterte H73F. In diesem Augenblick wurde mit erschreckender Gewißheit deutlich, daß die Neuankömmlinge *nicht* aus der Wartungsabteilung stammten.

Zwei ungeheuer große, schwarze Gestalten kamen hinter Stalagmiten hervorgesprungen. Sie schienen zwar keine Gesichtszüge zu haben, gaben aber trotzdem entsetzliche Geräusche von sich und schwenkten primitive Waffen aus Stahl.

»Eindringlinge!« schrie F21M, griff nach seiner Waffe und feuerte mit einem Katapult auf einen der Angreifer. Der Metallbolzen traf das Wesen mitten auf die Brust, wo er explodierte und eine klaffende, blutende Wunde hinterließ. Als das Wesen zu Boden sackte, fiel ein zweites über den Mann her, der gefeuert hatte, und tötete ihn mit einem einzigen Hieb seines Schwerts, wobei es ihm fast den Kopf abtrennte.

Und dann schien es, als wären diese riesigen, schwarzen gesichtslosen Ungeheuer überall und hätten es auf ein Gemetzel abgesehen. F21M blieb gerade noch genügend Zeit mitanzusehen, wie seine beiden anderen Kollegen getötet wurden, dann war der erste Angreifer schon über ihm, schlug ihm die Waffe aus der Hand und erhob sein Schwert zum tödlichen Schlag. Er reckte seine linke Hand vor, um ihn abzuwehren, obwohl er wußte, wie sinnlos sein Handeln war.

Von irgendwo kreischte eine Stimme, »Nein! Wir brauchen ihn lebend«, dann senkte sich die Klinge blitzschnell, trennte den Arm oberhalb des Handgelenks ab, machte aber kurz vor seinem Kopf halt. F21M starrte fassungslos auf das Blut, das aus dem Stumpf spritzte, dann fiel er in Ohnmacht.

J'vina stand über dem Körper des bewußtlosen Ingenieurs und atmete schwer.

»Ich hätte dich töten sollen, du Bastard«, zischte sie.

»Kannst du ihn retten?«, fragte D'vor C'tis. »Er muß uns ein paar Fragen beantworten.«

»Ich werde es versuchen«, meinte die Heilerin und schob die Kriegerin vorsichtig zur Seite. »Es ist vorbei, J'vina«, sagte sie leise.

»Erst B'van und L'tha, und jetzt C'lin«, stellte V'dal traurig fest.

»Es wird noch mehr Tote geben, bevor das hier vorbei ist«, meinte D'vor voller Bitterkeit. Der Verlust seines Kameraden traf ihn ebenso hart wie alle anderen, aber er wußte, daß sie noch etwas zu erledigen hatten. Die Chance, den Tod ihrer Kollegen zu rächen, mußten sie sich erst verdienen.

Ganz plötzlich wich die Spannung aus J'vina. Ihre rasende Wut ließ nach. Sie trat einen Schritt zurück und betrachtete die verstreut auf dem Boden liegenden Leichen.

»Ich bin froh, daß wir uns das Seidenfischband über die Augen gebunden haben«, meinte sie, an niemand bestimmtes gerichtet. »Ihre Lampen waren schrecklich hell.«

D'vor und V'dal knieten nieder, um ihre toten Feinde zu untersuchen und nahmen dafür die Schutzhauben ab, damit sie deren Gesichter sehen konnten. Kalte, stählerne Masken starrten sie an, tote Augen in metallischen Höhlen. V'dal versuchte, einem die Maske abzunehmen und stellte fest, daß sie festsaß. Ihm stockte vor Entsetzen der Atem, als er die Wahrheit erkannte.

»Sie ist mit dem Schädelknochen verbunden«, sagte D'vor mit Ekel in der Stimme. »Man hat ihnen ihre wirklichen Gesichter entfernt.«

»Genau wie bei Mendle«, flüsterte V'dal leise.

»Was ist das?« fragte T'via mit leiser Stimme und zeigte auf die Metallbänder, die man um die Handgelenke der Leichen befestigt hatte. Sie untersuchten die Armreife, konnten sich aber keinen Reim auf die Zahlen machen, die dort auftauchten. Die Armreifen ließen sich nicht entfernen.

»Als ob jemand versucht hätte, sie von Menschen in etwas Mechanisches umzuwandeln«, sagte T'via.

»Ich habe seinen Zustand vorübergehend stabilisiert, aber er hat einen schweren Schock«, meinte die Heilerin. »Schwerer, als ich es mir erklären kann. Mit Glück überlebt er vielleicht eine Weile, aber ich habe keine Ahnung, wieviel ihr aus ihm herausbekommt, selbst *wenn* er wieder zu sich kommt.« Sie hatte die Wunde verätzt und bandagiert, und dann ihre speziellen Fähigkeiten dazu benutzt, den Körper des getroffenen Mannes zu untersuchen. Noch etwas anderes als der Verlust seiner Hand hatte sein Nervensystem traumatisiert – dessen war sie sicher.

»Tu, was du kannst«, meinte D'vor zu ihr.

»Könnte der Schockzustand vielleicht etwas hiermit zu tun haben?« fragte J'vina. Sie hielt die abgetrennte Hand vorsichtig zwischen Daumen und Zeigefinger. Der Metallstreifen war immer noch um das blutverschmierte Handgelenk geklemmt.

»Keine Ahnung«, antwortete C'tis, der trotz ihrer Erfahrung als Heilerin übel geworden war. J'vina warf die Hand in eine dunkle Ecke. Das blinkende rote Licht war längst erloschen.

30. KAPITEL

»Er hat versucht, danach zu greifen, als ich ihn traf«, meinte J'vina und drehte den seltsamen Metallgegenstand in ihren Händen. »Könnte es vielleicht eine Art Waffe sein?«

»Ich weiß es nicht«, meinte T'via. »Ich bin nicht einmal sicher, ob ich es überhaupt wissen will.«

Nachdem sie Zeugen von C'lins grausamem Tod geworden waren, hatten sie sich mit äußerster Vorsicht an die Untersuchung der verschiedenen Ausrüstungsgegenstände gemacht.

»Wo bleibt dein Erkundungsdrang?« fragte die Kriegerin, die rasch wieder zu ihrer üblichen zuversichtlichen Haltung zurückgefunden hatte.

»Paß nur auf, daß euch auf euren *Erkundungen* nicht das Hirn herausgeblasen wird«, warnte V'dal. T'via zuckte bei seinen Worten zusammen, J'vina dagegen lachte nur.

»Ein guter Soldat hat für seinen Grips nicht viel Verwendung«, meinte sie. »Alles andere allerdings ist ganz praktisch. Ich werde also vorsichtig sein.« Sie linste in die offene Röhre hinein, die einen Teil des seltsamen Apparats bildete. »Vielleicht muß man hier irgend etwas hineinstecken.«

»Oder es kommt etwas heraus«, schlug T'via vor.

»Angenommen, dieses Teil hier ist der Griff«, fuhr J'vina fort und paßte es in ihre Hand, »dann zeigt das Rohr von dir fort, du könntest also recht haben. Genau! Und dann paßt mein Finger genau auf diesen kleinen Hebel hier – seht ihr, hier, in seinem eigenen Schutzring.«

»Ein Abzug?« erkundigte sich D'vor.

»Aber wo sind die Bolzen?« J'vina war verwirrt. »Nun, es gibt nur eine Möglichkeit, es herauszufinden.«

»Nein!« brüllte D'vor, doch es war bereits zu spät. J'vina hatte das Rohr bereits auf einen nahen Stalagtiten gerichtet und auf den Abzug gedrückt – mit überraschendem Ergebnis. Mit einem gedämpften Knall zuckte das Metall in ihrer Hand, und ein großer Gesteinsbrocken fiel zu Boden. Mehrere kleinere Splitter flogen durch die Höhle und sirrten wie wild gewordene Insekten.

Verblüfftes Schweigen.

»Ich glaube, das Ding behalte ich«, meinte J'vina selbstgefällig. Sie hörte sich an, als wäre sie mit ihrem Experiment mehr als zufrieden.

»Richte es bloß nicht auf mich«, meinte V'dal scharf, hin- und hergerissen zwischen Schock und Lachen.

»Und keine weiteren Tests, ohne daß sie vorher abgesprochen werden, *bitte*«, verpaßte D'vor ihr einen Rüffel.

»Er kommt zu sich«, stieß C'tis plötzlich hervor, und alles versammelte sich um den Fremden, dessen Augen sich mit zitternden Lidern öffneten. Er stöhnte, und Schmerz, Angst und Verwirrung war seinen Augen abzulesen, wenn auch sein stählernes Gesicht so ungerührt blieb wie immer.

»Mein Band«, krächzte er. »Ich muß es wiederhaben.« Die

Worte klangen unnatürlich, da sie aus reglosen Lippen kamen.

»Du hast deine Hand verloren«, klärte D'vor ihn auf. »Wir können sie nicht ersetzen.«

»Nicht doch«, flüsterte C'tis. »Er will sein Band. Den Armreif, den er am Handgelenk hatte.«

»Ohne es ... die Netzdarstellung ...«

»Was redet er da?« wollte J'vina wissen.

»Verloren ...« Jetzt lag etwas Gequältes in seiner Stimme, und es hörte sich an, als würde er zu weinen anfangen.

»Wir werden dir helfen«, meinte C'tis freundlich zu ihm. »Was hast du hier unten gemacht?«

Das Metallgesicht drehte sich langsam und sah sie an.

»Du hast *so große* Augen«, wunderte er sich.

»Woher kommst du?« versuchte es C'tis erneut.

»Wartungsabteilung.«

»Wie heißt du?« wollte D'vor wissen.

»F21 ...« Die Stimme des Mannes schwand dahin. »Ich weiß es nicht«, stellte er bestürzt fest.

Seine Befrager sahen sich an.

»Er ist nicht zu gebrauchen«, stellte J'vina schroff fest. »Was er sagt, ergibt keinen Sinn.«

»Sei still!« fauchte D'vor sie gereizt an.

Die Kriegerin entfernte sich angewidert. Sie war mit ihrer Geduld am Ende, auch wenn sie ihrem Truppführer die Abfuhr nicht nachtrug. *Das ist lächerlich*, dachte sie. *Wir werden nichts aus ihm herausbekommen*.

»Wartet«, sagte C'tis ruhig. »Vielleicht habe ich hier etwas.« Sie hatte die dem Mann verbliebene Hand festgehalten und die Veränderungen in seinem Körper registriert. »Er hat eigenartige Substanzen im Blut, doch ihr Pegel sinkt schnell. Vielleicht war dieses Band ihre Quelle, und der Schock geht zum Teil auf Entzugserscheinungen zurück.«

»Wer könnte Menschen so behandeln?« meine T'via unvermittelt. »Das ist ganz übel!«

»Der Große Führer hat das so angeordnet«, lautete die unerwartete Antwort. »Zu unserem eigenen Schutz. Gehorsam ist Gesetz.« Er blickte von Gesicht zu Gesicht, als sähe er sie zum allererstenmal. »Ihr gehört nicht zu den Auserwählten.« Er brach erneut ab, sichtlich verwirrt. »Man hat eure Gesichter nicht verbessert ...« Eine neue und entsetzliche Angst schlich sich in seine Stimme, als er trotzig schrie, »Das Netz wird uns vor Schmerzen schützen!« Er riß seine Hand aus C'tis Zugriff und hob sie vor seine Maske. Mit seinen Fingern betastete er die kalte, glatte Oberfläche, dann schrie er auf. Für jeden einzelnen aus dem Kontrolltrupp war es der gequälteste, entsetzlichste Laut, den er je gehört hatte. Er war angefüllt von der Erkenntnis äußersten Entsetzens, und endete in einem jämmerlichen Schluchzen völliger Hoffnungslosigkeit.

Bestürztes Schweigen.

»Er ist wieder in Ohnmacht gefallen«, hauchte C'tis.

Als der Mann das nächste Mal erwachte, waren J'vina und V'dal nicht dabei. Sie waren weiter in den Tunnel vorgedrungen und versuchten herauszufinden, wohin die Fremden hatten gehen wollen. D'vor hatte den Trupp nicht aufteilen wollen, wußte aber, daß er J'vina etwas zu tun geben mußte, um ihre wachsende Unruhe abzuwenden.

C'tis bat den Truppführer und T'via, eine Weile auf Distanz zu bleiben, während sie versuchte, ihrem gequälten Patienten etwas Linderung zu verschaffen. Er wand sich schluchzend – obwohl ihm keine Tränen über seine Metallwangen liefen –, doch schließlich gelang es ihr, ihn zu beruhigen. D'vor hatte ihr gesagt, was sie fragen solle, sobald sich eine weitere Befragung als möglich herausstellte, doch bevor sie Gelegenheit hatte, damit anzufangen, atmete der Mann tief durch und sprach klar und deutlich.

»Eldrin. Das war ... das ist mein Name.«

»Wieso hast du dich vorher nicht daran erinnert?« fragte sie sanft nach.

»Ich war ... ich war etwas anderes. Jemand anderes. Sie haben mich gezwungen, zu vergessen.« Sein Blick wanderte zu dem abgetrennten Handgelenk, und seine gesunde Hand krampfte fest um die der Heilerin, als ihn eine Woge aus Schmerz übermannte. »Es war alles so wundervoll, als wir hierherkamen.«

»Wohin?« fragte C'tis schnell.

»In die Stadt. Da waren so viele Menschen. Und die Energie ...« Er sah die Heilerin aus traurigen Augen an. »Was ist nur schiefgegangen?« fragte er verzweifelt.

»Was hast du hier unten gemacht, in den Höhlen?«

»Den Abfluß gereinigt«, gab er zurück.

»Welchen Abfluß?«

»Den für das Kraftwerk und den Abfall aus der Stadt.«

»Das Gift.«

»Ja. Aber das spielt keine Rolle. Es fließt tief in die Erde, wo es niemandem etwas anhaben kann.«

Ein paar Augenblicke lang herrschte Schweigen. D'vor war froh, daß J'vina nicht dabei war. Er wagte nicht sich vorzustellen, wie ihre Reaktion auf eine solche Bemerkung ausgesehen hätte.

»Was würde geschehen, wenn das Abfließen unterbrochen wird?« fragte D'vor ruhig nach, und C'tis wiederholte die Frage.

»Wir müßten die Energieaggregate stilllegen«, gab er zurück. »Sonst würden sie sich überhitzen und explodieren.«

»Und was geschähe dann?«

»Die gesamte Stadt würde zerstört werden – es würde so heiß werden, daß das Gestein schmilzt. Unvorstellbar.«

»Aber ein weiteres Abfließen gäbe es dann nicht?«

»Danach gäbe es *überhaupt* nichts mehr.«

D'vor konnte seinen Jubel kaum für sich behalten. Das war die eine verzweifelte Chance, auf die sie gehofft hatten. Wenn es ihnen gelang, die Stadt der Fremden zu zerstören, vielleicht würde dann auch ihr unterirdisches Reich gerettet. Sein Trupp würde wahrscheinlich dabei draufgehen, aber das wäre eine geringer Preis für ihr Volk.

»Wie kommt man von hier in die Stadt?« wollte C'tis wissen.

»Das Netz wird euch nicht hineinlassen«, erwiderte Eldrin.

»Aber wenn ich ein Teil des Netzes werden würde?« fragte sie.

»Nein!« stieß er plötzlich vehement hervor. »Das ist unmöglich – außerdem ist das Netz … nicht mehr das, was es sein soll. Es ist böse. Man hat uns reingelegt.«

»Dann hilf uns«, sagte C'tis. »Wir machen das wieder gut.«

Für einen kurzen Augenblick flammte Hoffnung in seinen Augen auf, um sogleich wieder zu erlöschen.

»Das kannst du nicht«, stellte er tonlos fest. »Wer *seid* ihr?«

»Wir sind die Menschen, die in diesen Höhlen leben«, beantwortete C'tis seine Frage.

»Hier unten?« Er war sichtlich erstaunt.

»Ja.«

»Bei den Göttern!« meinte er dann mit Verzweiflung in der Stimme. »Was haben wir nur getan?«

»Wirst du uns nun helfen?«

Ein Weile kam keine Antwort. C'tis spürte seine innere Zerrissenheit. Sowohl sein Verstand als auch sein Körper waren gezwungen, schmerzhafte Korrekturen vorzunehmen. Sie hatte Mühe, ihn vor einem Rückfall in den Schockzustand zu bewahren.

»Warum hattest du dieses Band an deinem Handgelenk?« wollte D'vor wissen.

Das innere Chaos des Fremden verstärkte sich. C'tis hätte D'vor gerne gebeten, still zu sein, doch sie war so sehr mit ihrer Arbeit beschäftigt, daß sie nicht zu sprechen wagte, sonst hätte sie ihre Konzentration verloren.

»Mein Name …«, sagte der Mann, »wurde geändert. »Für die Erkennung. Mein Platz ist im Gitternetz. Befehl von der Überwachung.«

»Und dein Gesicht?« erkundigte sich D'vor.

Nein! entfuhr C'tis ein stummer Schrei. *Nicht diese Frage!*

Sie spürte, wie Eldrin ihr entglitt. Und in ihrer Verzweiflung machte sie D'vor Handzeichen, er solle schweigen. In diesem Augenblick gab der Körper des Fremden den ungleichen Kampf auf. Das Trauma lähmte sein Gehirn, und das überstrapazierte und gestreßte Herz explodierte.

»Er ist tot«, stellte C'tis mit leiser Stimme fest.

»Sein Leben hier war ein einziger Alptraum«, versuchte T'via sie zu trösten. »Wenigstens ist er davon jetzt erlöst.«

Ihr bedrücktes Schweigen wurde wenige Augenblicke später von J'vinas schneidendem Pfiff zerrissen.

»Gefahr«, warnte D'vor, und alles sprang auf die Füße. »Schnappt euch, was ihr ohne Mühe tragen könnt. Schnell!«

J'vina und V'dal platzten in die Höhle.

»Da kommen Männer!« keuchte die Kriegerin atemlos. »Eine Menge. Männer wie er.« Sie stieß mit dem Finger nach dem Toten. Die Meyrkats krabbelten und sprangen um sie herum, so daß es aussah, als würde der Höhlenboden leben. »Aber wir haben festgestellt, woher sie kommen.«

»Gut«, gab D'vor. »Dann nichts wie raus hier, bevor sie *uns* finden.«

Sie flohen in das Labyrinth aus Höhlen und Tunnels, hatten ihre Verfolger bald abgehängt und verließen sich darauf, daß V'dal – und ihre Instinkte – sie wieder zurückführen würden. Endlich fühlten sie sich vor einem Angriff sicher und schlugen in einer kleinen Höhle ihr Lager auf. Dort diskutierten sie ihr neuerworbenes Wissen. Was zu tun war, schien klar – auch wenn es ihnen allen Angst einjagte.

»Ich wünschte, es gäbe eine Möglichkeit, den Propheten eine Nachricht zukommen zu lassen, damit die Leute wissen, was wir vorhaben«, meinte D'vor.

»Vielleicht gibt es eine«, sagte T'via ruhig, und ihre Gefährten drehten sich um und sahen sie an.

»Und wie?« wollte D'vor wissen. »Du hast doch gehört, wie V'dal meinte, sämtliche Routen seien blockiert.«

»Hiermit«, erwiderte sie und hielt einen Splitter durchsichtigen Gesteins zwischen Daumen und Zeigefinger.

»Diamantkristall?« fragte C'tis.

T'via nickte. »Es handelt sich um ein Stück des größeren Kristalls, den P'tra in Midholm aufbewahrt. Jeder Vertreter in den Kontrolltrupps besitzt einen, wir dürfen sie aber nur in Augenblicken größter Not vorzeigen.«

»Nun, ich bin froh, daß du den Ernst unserer Lage erkannt hast«, lautete V'dals trockener Kommentar.

»Was kann man damit machen?« wollte J'vina wissen, die neugierig geworden war.

»Ich *hoffe*, daß er mich in die Lage versetzt, mit P'tra in Verbindung zu treten – oder wer von den Propheten gerade den großen Stein bewacht«, gab T'via zurück, deren Stimme ein wenig ins Stocken geriet.

»Bildtransfer? Durch dieses winzige Ding?« C'tis war erstaunt.

»Die Verbindung zählt, nicht die Größe. Von einem Geist zum anderen, von Kristall zu Kristall.«

»Beim Rael!« stieß D'vor hervor. »Warum hat uns vorher noch nie jemand davon erzählt.«

»Weil der Gebrauch mit Gefahren verbunden ist.« T'vias Tonfall hatte an Sicherheit gewonnen, trotzdem konnte sie ihm noch immer nicht in die Augen sehen. »Es entzieht sowohl dem Propheten als auch dem Anrufer Energie. Der Gebrauch über größere Entfernung hinweg *kann* zu Schäden führen ... oder sogar zum Tod.«

»Oh.« D'vors Zorn ließ nach.

»Schäden?« hakte C'tis nach.

»In meinem Verstand«, erläuterte T'via. »Schlägt die Verbindung fehl, werde ich euch nachher nicht mehr viel nützen können.«

Es entstand ein längeres Schweigen, während dessen sich sich alle die Bedeutung des Gesagten durch den Kopf gehen ließen.

»Ich bin bereit, es zu versuchen«, versicherte T'via ihnen nach einer Weile.

»Obwohl wir so weit entfernt sind?« fragte D'vor ruhig.

»Ja. Was wir hier tun, könnte das Schicksal unseres ganzen Volkes entscheiden. Weiß du einen besseren Grund dafür, ein solches Risiko einzugehen?«

Niemand antwortete.

»Ihr geht laufend irgendwelche Risiken ein«, fuhr sie fort. »Jetzt bin ich an der Reihe. Wir *müssen* die Propheten warnen.«

D'vor war sich noch unschlüssig.

»Bist du sicher?« erkundigte er sich schließlich.

»Natürlich. Aber ich habe eine Bedingung«, antwortete T'via prompt.

»Und die wäre?«

»Sollte ...mein Verstand tatsächlich zerstört werden, belaßt mich nicht einfach in diesem Zustand. Ich wäre euch nur hinderlich. Bringt es zu Ende.«

»Wir sollen dich töten?« D'vor war erschüttert.

»Nein!« stieß C'tis hervor.

»Wahrscheinlich kommt es nicht dazu«, wiegelte T'via ab und gab sich alle Mühe zu lächeln. »Aber wenn doch, möchte ich bestimmt nicht weiterleben. Das *müßt* ihr mir versprechen.«

»Das kann ich nicht«, gestand D'vor ihr traurig.

»Seht doch, wenn es eine Möglichkeit gibt, daß C'tis mich rettet, dann weiß ich, daß ihr es versuchen werdet. Aber wenn nicht ... das müßt ihr mir versprechen«, wiederholte sie.

Nach endlosem Schweigen fällte D'vor seinen Entschluß.

»Also schön«, sagte er leise. »Vorausgesetzt, es besteht keinerlei Hoffnung.«

»Gut«, sagte T'via und fuhr dann fort, um den anderen keine Gelegenheit zu geben, etwas zu sagen. »Wenn ich den Kontakt tatsächlich herstellen kann, werdet ihr mit dem Propheten sprechen müssen. Meine gesamte Kraft wird darauf gerichtet sein, die Verbindung aufrechtzuerhalten.« Sie war jetzt ganz sachlich. »Ich weiß nicht, wieviel Zeit ihr haben werdet, also müßt ihr euch vorher überlegen, was ihr ihnen erzählen und welche Fragen ihr stellen wollt. Und jetzt muß ich meinen Verstand ausrichten. Ich rufe euch, wenn ich soweit bin.«

Sie entfernte sich und ging ans andere Ende der Höhle.

»Das meinst du doch nicht ernst, daß du sie töten willst«, flüsterte ihm C'tis erregt zu.

»Nein, aber ...« D'vor schüttelte den Kopf.

»Aber was?«

»Es ist ihre Entscheidung. Und unser Versprechen«, sagte V'dal ruhig.

»Aber es wäre nicht richtig!« Die Heilerin in C'tis war außer sich.

»Beten wir, daß es nicht dazu kommt«, schloß V'dal.

Sie warteten schweigend, bis T'via nach ihnen rief.

»Ich bin soweit«, sagte sie. »Sobald das Bild klar ist, könnt ihr sprechen.

Die anderen eilten zu ihr, während D'vor noch rasch in seinem Kopf den Bericht abfaßte.

»Zieh nicht so ein besorgtes Gesicht«, meinte sie zu ihm, mittlerweile sogar lächelnd. »Darauf habe ich mich mein ganzes Leben lang vorbereitet.«

»Viel Glück«, meinte J'vina zu ihr.

»Ich halte mich bereit, wenn du fertig bist«, fügte C'tis hinzu.

T'via nickte zum Zeichen, daß sie verstanden hatte, dann schloß sie die Augen.

»Bereit?« fragte sie.

»Ja.«

Mehrere Herzschläge lang geschah überhaupt nichts. Dann begann der Kristall zu leuchten, der auf T'vias ausgestreckter Handfläche lag. Dann stieg eine kleines Wölkchen geheimnisvollen Rauchs auf, wuchs und nahm Gestalt an. T'via saß vollkommen still, als das Bild vor ihr entstand. Anfangs schwankte es noch, doch schon bald erkannten die Zuschauer P'tra, die Prophetin. Ihre langen Gewänder und ihre nachtgiftschwarzen Augen wurden in perfekter Verkleinerung abgebildet. Anfangs schien sie verwundert, dann besorgt. Sie sah krank aus.

»T'via? Was tust du? Was ist?«

»P'tra, hier ist D'vor. Ich habe wichtige Neuigkeiten. Wir haben die Quelle des Gifts gefunden, und es besteht die Möglichkeit, daß wir sie vollständig zerstören können.« Jetzt hatte er ihre volle Aufmerksamkeit, und die Mattheit und das Gequälte verschwanden völlig aus ihrem Gesicht. »Aber wir sind von zu Hause abgeschnitten und werden wahrscheinlich nicht zurückkommen. Wir werden hier ein so gewaltiges Feuer entzünden, daß das Gestein schmilzt. Das wird zwar den Giftstrom aufhalten, könnte aber den

Tod all derer bedeuten, die sich in den südlichen Siedlungen aufhalten. Du mußt alle so weit wie möglich nach Norden schaffen.«

»Du bringst gute Neuigkeiten, D'vor«, erwiderte P'tra, »aber ich fürchte, sie kommen zu spät. Die Grünkrankheit grassiert mittlerweile, und wir werden uns nicht mehr davon erholen. Wir können uns nicht bewegen – die Attacke kam zu heftig, zu plötzlich. Aber das Feuer erwarten wir mit Freuden. Wer weiß, vielleicht wird es unser Reich für ein zukünftiges Volk reinigen.«

D'vor brachte kein Wort heraus. Das Herz war ihm zu schwer. All die Mühen – *umsonst*?

»Die Verbindung wird schwächer«, fuhr P'tra fort. »Lebt wohl. Ihr habt unseren Segen – tut, was ihr für richtig haltet. Und kümmere dich um meine prächtige T'via. Ich fürchte, sie ist ...«

Das Bild kräuselte sich, brach dann zusammen. T'via seufzte einmal auf, dann sackte sie zu Boden. C'tis eilte herbei und kniete neben ihr.

»Es hat funktioniert«, hauchte T'via voller Verwunderung. Dann bekamen ihr Blick etwas Glasiges, und sie sagte nichts mehr.

C'tis versuchte in hektischer Verzeiflung, ihr heilerischen Fähigkeiten im Körper ihrer Freundin einzusetzen, stieß jedoch auf Widerstand. T'vias gesamtes Wesen stülpte sich um, und ihr Verstand brach zusammen und verwandelte sich in eine kalte, undurchdringliche Masse. Verzweifelt schrie C'tis auf, doch T'vias Glieder wurden starr, und ihr gesamter Körper kam zur Ruhe. Nur ihr Herz schlug noch. Alles Übrige war zerstört.

Die Heilerin sah zu den drei verbliebenen Gefährten hinüber, und der Ausdruck auf ihren Gesichtern verriet ihr das Schlimmste. Diese zweite Tragödie, so kurz nach P'tras fürchterlichen Neuigkeiten, hatte sie gelähmt. J'vina faßte sich und stand über T'vias leblosem Körper.

»Gibt es nichts, was du tun kannst?« erkundigte sich die Kriegerin gütig.

»Nein. Sie ist dahin.« C'tis kam auf die Beine. »Und jetzt?« fragte sie und wandte sich an D'vor.

Als Antwort erhielt sie einen gedämpften Knall. Sie wirbelte herum und sah J'vina über ihrer gefallenen Kollegin stehen, den metallischen Apparat in der Hand haltend. Der kleine Metallbolzen hatte ein sauberes Loch in T'vias Brust gebohrt und ihr Herz endgültig zum Stillstand gebracht.

J'vina wandte sich von ihrer Tat ab und sah ihren Kollegen ins Gesicht. Tränen liefen ihr über die Wangen.

»Sie war die Tapferste von uns allen«, erklärte J'vina mit erstickter Stimme. »Sie hat es verdient, daß wir unser Versprechen halten.«

V'dal reagierte als erster. Er ging zu J'vina, nahm sie in seine Arme und hielt sie fest, während sie sich ausweinte. Niemand hatte J'vina zuvor weinen sehen – daher hatten ihre Freunde keine tröstlichen Worte für sie. Es blieb J'vina selbst überlassen, den Bann zu brechen.

»Jetzt gibt es nur noch eins zu erledigen«, meinte sie düster. »Rache.«

31.
KAPITEL

Der Tag der Wintersonnenwende war gekommen und vorübergegangen, als Jordan und sein verzweifeltes Grüppchen von Gefolgsleuten immer tiefer in die Berge vordrangen. Sie kamen gut voran, erkundigten sich in jedem Dorf, in das sie kamen, nach dem Weg und lösten dabei gleichzeitig ihre Nachschubprobleme. Es war ihr Plan, den Treffpunkt westlich des Wasserfalls anzusteuern. Dort hofften sie, Nachrichten aus dem Lichtlosen Königreich zu erhalten, um anschließend zu entscheiden, wie sie vorgehen wollten. Ein paar von ihnen sollten dann weiterziehen bis zum Wasserfall selbst, wo sie sich mit Gemma und Arden treffen sollten. Weiter konnten sie bislang noch nicht planen.

Einige der Vandalen waren mit diesem Teil des Landes vertraut, ihre Kenntnis der Bergregion sorgte in Verbindung mit ihrer beflissenen und eifrigen Spähertätigkeit dafür, daß Jordan voller Zuversicht darauf vertraute, den gesuchten Ort zu finden. Der Eingang selbst war sicher gut versteckt, allerdings würden sich ihre unterirdischen Freunde nicht, wie in der Vergangenheit, vor den Oberweltlern verstecken, sondern vielleicht sogar nach ihnen Ausschau halten.

Die gute Stimmung und der Eifer von Galars Männern war ansteckend, und so fiel es leicht, lange Stunden mit halbleerem Magen im Sattel zu verbringen. Mit jedem Tag boten sich neue Ausblicke, man bekam das Gefühl, etwas erreicht zu haben, die Erwartung stieg. Selbst Cai wurde von dieser Woge der Begeisterung mitgerissen. Seine Stimmung bekam durch sein neues Sehvermögen und das bevorstehende Wiedersehen mit Gemma Auftrieb, auch wenn er sich darüber im klaren war, daß die weiteren Ereignisse sehr gefährlich werden würden. Selbst, wenn seine Theorie nur teilweise stimmte, würde die Welt nie mehr so sein, wie sie einmal gewesen war – im Guten wie im Schlechten.

»Manchmal denke ich, die Vandalen sind verrückt«, meinte Hewe, als er zwei grau gewandete Späher davongaloppieren sah, um eine weitere mögliche Route auszukundschaften. »Und dann wird mir klar, daß wir *alle* verrückt sind. Es ist eiskalt hier oben.«

»Hochländer waren immer schon der Ansicht, daß die Leute von der Küste verweichlicht sind«, lachte Jordan. »Der Speck sollte eigentlich reichen, um dich warm zu halten!«

»Speck?« stieß sein Stellvertreter in gespielter Empörung hervor. »Ich werd's dir zeigen, das sind feste Muskeln.«

»Und zwischen deinen Ohren?« versuchte Zana, ihn aufzuziehen.

»Jetzt fang *du* nicht auch noch an«, gab Hewe zurück. »Ich dachte, Damen wären höflich.«

Die Bienen summten geräuschvoll in ihrem Reisestock.

»Was das Wetter anbelangt, ist der Schwarm mit dir einer Meinung«, sagte Cai. »Ich muß ihnen helfen, warm zu bleiben.« Der Zauberer war praktisch blind, solange die Bienen sich im Stock aufhielten, doch zur Zeit war es schwierig, sie für längere Zeit draußen sicher zu verwahren, daher war Cai bereit, seine Behinderung hinzunehmen.

»Sie besitzen mehr Verstand als die meisten Menschen hier«, erwiderte Hewe.

»Das«, sagte Cai ernst, »ist allerdings wahr. Ihr einziger Fehler war, daß sie sich mit mir zusammengetan haben.«

»Ich kann mir ein schlimmeres Schicksal vorstellen«, meinte Zana und wünschte sich, sie hätte den Mund gehalten. Hewe warf ihr einen abschätzenden Blick zu, Cai schien es jedoch nicht gehört zu haben.

Sie ritten in südöstlicher Richtung durch ein tiefes Tal. Steinige Hänge erhoben sich zu beiden Seiten, auf deren oberem Rand Eis und Schnee glitzerte. Die Luft war dünn und kalt, und der wolkenlose Himmel verhieß eine weitere frostige Nacht.

»Wenn ich raten müßte«, meinte Hewe, »würde ich sagen, wir befinden uns bereits östlich dieser eigenartigen Wolke.«

»Wahrscheinlich hast du recht«, stimmte Jordan ihm zu, »aber meine größte Sorge ist es, ob wir uns auf dem richtigen Weg befinden, um mit den Gruppen aus dem Lichtlosen Königreich zusammenzutreffen. Wir brauchen die Informationen von ihnen.«

»Vielleicht hat es sich bei der Wolke um eines der *Experimente* des Tiefen Südens gehandelt«, schlug Cai vor. »Wäre es nicht sinnvoll, sich von ihrem Operationszentrum fernzuhalten?«

Jordan nickte.

»Oder es war wirklich nur eine Wolke«, meinte Zanan, »und hatte mit all dem hier nichts zu tun.«

»Nein«, meinte Cai zu ihr. »Irgendwie hängt das alles zusammen.« Er wollte gerade fortfahren, als das Geschrei der zurückkehrenden Grauen Vandalen seine Aufmerksamkeit erregte. Sie gestikulierten wild.

»Mich überrascht, daß sie nicht herunterfallen«, kommentierte Hewe kopfschüttelnd, als der Anführer der Vandalen, Galar, sich zu ihnen gesellte.

»Sieht aus, als hätten sie etwas gefunden«, meinte der.

»Wenn sie das ganze Theater veranstalten, ohne etwas gefunden zu haben«, gab Hewe zurück, »dann werde ich persönlich dafür sorgen, daß sie herunterfallen!«

Galar warf dem dicken Mann einen sorgenvollen Blick zu, während Hewe bloß grinste.

Die beiden Vandalen kamen näher und zügelten ihre schwer atmenden Pferde. Gleichzeitig fingen sie an zu sprechen, bis Galar dazwischenfuhr, »Einer nach dem anderen! Omrick!«

»Wir haben den Eingang entdeckt«, antwortete der Vandale.

»Seid ihr sicher?«

»Er paßt genau auf die Beschreibung, und das Signal ist mehr als deutlich.«

»Wo?« wollte Jordan wissen.

»Auf der anderen Seite dieses Kammes«, antwortete Omrick und deutete auf einen kleinen Paß zwischen zwei Bergen südlich des Tals. »Vielleicht anderthalb Meilen vom Gipfel entfernt. Das Geläuf ist gut. Sollen wir weiter vorreiten?« Sein Eifer wirkte fast ein wenig peinlich.

»Nein. Wir reiten zusammen. Gib das weiter.« Jordans Befehl wurde augenblicklich ausgeführt, wenn auch widerwillig. »Da haben wir Glück gehabt«, meinte der schwarze Mann.

»Vielleicht«, sagte Cai. »Aber vermutlich ist hier mehr als Glück im Spiel.«

Die anderen warfen dem Zauberer einen Blick zu, sagten aber nichts.

»Sagt mir Bescheid, wenn der Eingang in Sicht ist«, fuhr Cai fort. »Ich will ihn sehen können.«

»Natürlich«, gab Zana zurück.

Die lange Kolonne der Pferde schwenkte nach rechts ab und begann den Aufstieg zum Paß. Wie Omrick berichtet hatte, war der Untergrund sicher, doch der steile Anstieg bereitete vielen der schwächeren Pferde Mühe. Zana sagte Cai Bescheid, als sie den Gipfel erreicht hatten; er ließ daraufhin den Schwarm frei. Wie immer überkam ihn einen Augenblick lang ein starkes Gefühl der Verwirrung, als die Welt mit einem schwindelerregenden Wirbel in sein Blickfeld rückte.

Vor ihnen lag ein weiteres Tal, das bis auf die blutrote, an einem Metallpfahl inmitten der nackten Felsen wehende

Fahne nichts Auffälliges hatte. *Wir nähern uns*, dachte der Zauberer. Wenn die Berichte stimmten, ist Gemma vielleicht nur noch wenige Meilen entfernt. *Warum hast du nicht Verbindung zu mir aufgenommen?* fragte er sich im stillen. Ihre letzte kurze Unterhaltung lag nur Tage zurück, doch Cai kam es ewig vor.

Der Reiterzug ritt hinab ins Tal und sammelte sich neben den Felsen. Jordan und Hewe gingen zusammen mit Cai, Zana und Galar zu Fuß weiter und schlängelten sich zwischen den Felsbrocken hindurch, bis sie den Fahnenmast erreichten.

»Ich kann nichts erkennen«, meinte Hewe, während er sich umschaute.

»Die Eingänge sind nicht so angelegt, daß man sie leicht finden kann«, erklärte Jordan ihm. »Teilt euch auf und sucht.«

»Nicht nötig«, meint Cai. »Das können die Bienen für uns übernehmen.«

Der Schwarm stieg in die Luft und begann, die Gegend einzukreisen. Der Zauberer geriet als Reaktion auf die Bilder, die sie ihm sandten, leicht ins Wanken, dann zeigte er auf eine schmale Spalte, in der die Bienen verschwanden.

»Dort drinnen.«

Die Gruppe, angeführt von Jordan, zwängte sich hinein.

»Diese Leute sind doch angeblich so groß!« beschwerte sich Hewe.

»Groß ja, aber nicht dick«, gab sein Anführer zurück.

Drinnen angekommen, fanden sie sich in einer dunklen Höhle mit niedriger Decke wieder. Das Summen der Bienen war sehr laut.

»Hallo!« Die einzige Antwort war ein gedämpftes Echo. »Gehen wir rein«, meinte er. »Vielleicht können sie nicht so dicht bis unter die Erdoberfläche gehen.«

»Können wir kein Licht machen?« fragte Hewe.

»Nein. Wir könnten sie blenden. Cai, Zana, möchtet ihr lieber hier warten?«

»Nein«, erwiderte der Zauberer. »Die Bienen sehen in diesem Licht besser als du, und ich kann mich so gut wie jeder andere vorantasten.«

»Ich dachte, sie erwarten uns«, meinte Galar.

»Vielleicht sind sie aufgehalten worden«, schlug Zana vor.

»Gehen wir und finden es heraus«, meinte Jordan, und sie machten sich, vorsichtig auftretend, auf den Weg.

Wie sich herausstellte, führte noch ein weiterer Weg in die Höhle hinein, und der befand sich am gegenüberliegenden Ende, im tiefsten, dunkelsten Winkel. Obwohl sich ihre Augen allmählich an das fehlende Licht gewöhnten, konnten sie dahinter nichts erkennen. Jordan ging erneut voraus, bewegte sich mit Vorsicht und testete jeden einzelnen Schritt und Halt behutsam. Als er ein paar Schritte weit in den Tunnel vorgedrungen war, stieß er einen weiteren Ruf aus. Diesmal folgte eine schwache Erwiderung, kaum mehr als ein Flüstern, doch es ermutigte sie, weiterzugehen.

Nach ein paar Schritten war vor ihnen ein ganz schwaches Licht zu erkennen, und kurz darauf traten sie hinaus in eine weitere Höhle, die von dünnen Kristallflözen in der Decke beleuchtet wurde. Zwei Männer lagen nebeneinander auf dem unebenen Boden, und die Oberweltler eilten rasch zu ihnen.

»Wird auch langsam Zeit, daß ihr auftaucht«, hauchte einer von ihnen, den Blick auf Jordan geheftet. Der Körper des Mannes war mit schwarzen Bandagen umwickelt, doch sein blasses Gesicht und seine großen Augen lagen frei, und selbst in diesem schwachen Licht war deutlich zu erkennen, daß er sehr krank war. Der andere Mann war unzweifelhaft tot.

»Wir haben uns beeilt, so gut es ging«, erwiderte Jordan ruhig. »Kannst du ihm helfen, Cai?« fragte er in der Hoffnung, daß die Heilkünste des Zauberers nicht durch den Wall aus Elementalen zerstört worden waren.

»Spart euch die Mühe«, gab der Mann zurück. »Es ist die Grünkrankheit. Die kann jetzt nichts mehr aufhalten. Hebt euch eure Kräfte auf und hört zu. Ich habe Neuigkeiten für euch.«

Sie scharten sich um ihn. Sein Leiden stimmten sie traurig, trotzdem lauschten sie gespannt auf das, was er zu sagen hatte.

»Uns bleibt nicht mehr viel Zeit«, meinte er mit krächzender Stimme. Anfangs dachten seine Zuhörer, er bezöge sich damit auf seine eigene Krankheit, doch dann wurde deutlich, daß er die mißliche Lage des Lichtlosen Königreichs selbst meinte.

»Während der letzten Tage hat sich die Verschmutzung stark verschlimmert. Der Flußpegel ist schnell angestiegen, höher als je zuvor, und das Gift ist *schlimmer* als je zuvor. Die Grünkrankheit ist jetzt eine Seuche. Möglicherweise ist es bereits zu spät, sie aufzuhalten, aber ...« Er hielt inne und hüstelte geschwächt.

»Aber?« drängte Jordan sanft.

»Es besteht noch eine letzte Möglichkeit«, fuhr der Mann fort. »Die meisten unserer Kontrolltrupps im Süden sind draufgegangen – ich bin der letzte aus unserer Gruppe. Wir wurden abgeschnitten, doch D'vor und sein Trupp sind noch im Einsatz. Sie sind durchgekommen – und haben die Quelle der Verschmutzung gefunden.«

»Wo?« Jordans Stimme hatte einen dringlichen Unterton angenommen.

»Offenbar befindet sie sich fünfunddreißig Meilen südlich des Wasserfalls, vielleicht ein wenig weiter. Als der Berg sich bewegte, befanden sie sich genau unter ihm. Sie haben einen der Bastarde aus der Stadt gefangengenommen ...« Den Kranken verließen rasch die Kräfte.

»Aus welcher Stadt?« hauchte Zana, doch der Mann schien sie nicht zu hören.

»D'vor meinte, die Blockaden könnten eine Überhitzung des Kraftwerkes erzeugen, und das wiederum würde bedeuten, daß ein gewaltiges Feuer entsteht ... so heiß, daß sogar *Stein* schmilzt ... Es würde die gesamte Stadt und somit die Quelle der Verschmutzung vernichten.«

»Aber es würde mehr vernichten als nur die Stadt!« meinte Cai voller Angst.

»Das ist es wert«, erwiderte der Mann. »Helft ihnen. Sie sind unsere einzige Hoffnung.«

»Woher willst du das alles wissen, wenn du abgeschnitten warst?« erkundigte sich Hewe.

»Kristall«, stieß der Sterbende mühsam hervor. »B'sal

hier ...« Damit zeigte er auf seinen Gefährten – »hat sein Leben dafür geopfert, euch diese Information zu beschaffen. Er war einer der besten Leute der Propheten.« Seine Stimme hatte einen verärgerten Unterton angenommen. »Bei dem Wasserfall ist niemand«, fuhr er fort. »Nachdem der Berg sich bewegt hatte, kamen wir nicht mehr an die Oberfläche. Geht einfach zur Stadt und helft D'vors Trupp. Sie sind unsere einzige Hoffnung«, wiederholte er.

»Wir werden gehen«, versprach Jordan. »Und wir werden tun, was immer wir können. Du weißt gar nicht, wie sehr wir deine Hilfe zu schätzen wissen. Bist du sicher, daß wir nichts für dich tun können?«

»Du bist Jordan, hab' ich recht?«

Der schwarze Mann nickte.

»Wir hätten uns eher kennenlernen sollen ... Sollte einer aus meinem Volk das hier überleben, dann erzählt ihnen, daß R'ven seine Rolle im Kampf gerne übernommen hat. Ich würde nur zu gerne noch euern Sieg erleben.«

»Dein Opfer wird nicht vergessen werden«, meinte Jordan, dann bemerkte er, daß der Mann ihn nicht mehr hören konnte. Obwohl er ein Zyniker war, betete Jordan für R'van zu Gott Rael, dann erhob er sich und bat die anderen hinaus. Niemandem war nach Reden zumute, als sie sich ihren Weg zurück durch den Irrgarten aus Felsen bahnten. Als sie wieder zu ihren Gefährten stießen, ging die Sonne bereits hinter den Bergen im Westen unter. Die Reisenden hatten den Wunsch ihrers Anführers erahnt und bereits das Lager für die Nacht aufgeschlagen, und die folgende Diskussion fand um ein wärmendes Feuer statt.

»Wir müssen trotzdem noch zum Wasserfall«, erklärte Cai. »Dort wollte Gemma uns treffen.«

»Ich weiß«, gab Jordan zurück. »Außerdem ist es vielleicht auch der schnellste Weg in die Stadt.«

»Wenigstens wissen wir jetzt erst einmal, wohin wir uns wenden müssen«, erwiderte Hewe. »Erst nach Osten, dann nach Süden.«

»Stimmt«, antwortete Jordan. »Sorgen macht mir bloß, was wir tun sollen, wenn wir dort sind.«

32.
KAPITEL

Während Jordan und seine Truppen über R'vens Informationen diskutierten und sich auf die Nacht vorbereiteten, genossen Arden und Gemma die höchst willkommenen Annehmlichkeiten der Gästehütte in Keld. Sie war trocken und sauber, und auf dem Rost in der Steinmauer loderte ein Feuer. Dies war eine eindeutige Verbesserung gegenüber den wenigen Stunden unruhigen Schlafs, den sie nach ihrem hastigen Aufbruch aus dem Tal hatten ergattern können, wo die einzige Wärme von ihnen selbst stammte.

Trotz der Eile, mit der sie von Mallorys Haus aufgebrochen waren, hatten die Menschen aus dem Tal für reichlich Vorräte gesorgt und ihnen vier Pferde beschafft, um ihnen das Reisen zu erleichtern. Und diesmal kannten sie im Gegensatz zu ihrer ersten Reise in die Berge ihr Ziel. Weder Krankheit noch Probleme bei der Orientierung hatten sie aufgehalten, und als Folge davon waren sie ausgezeichnet vorangekommen. Sie hatten jeden Augenblick des ihnen zur Verfügung stehenden Tageslichts genutzt, waren manchmal, wenn das Gelände geeignet war, sogar im Dunkeln weitergeritten.

Nach acht Tagen zu Pferde war der Wasserpegel des Flusses, dem sie folgten, rasch gefallen. Kurze Zeit später war er nur noch ein Rinnsal.

»Der Berg hat sich wieder bewegt«, meinte Arden hoffnungsvoll. »Vielleicht wird doch noch alles gut für das Tal.«

»Od hat sein Versprechen offenkundig nicht vergessen«, erwiderte Gemma und sandte im stillen ihren Dank an den Steinclan. »Wenigstens ein Teil der Magie funktioniert noch.« Dann wurde ihr die andere Folge der Tat der Meyrkats bewußt, und ihre Freude erlosch. »Aber wenn das Wasser nicht ins Tal fließt …«

»Oh.« Ardens Miene wurde finster. *Wird es denn nie möglich sein, beide zu retten*? dachte er unglücklich.

Um so mehr Grund hatten die beiden, rasch weiterzukommen.

Alles in allem brauchten sie nur zwölf Tage, um Keld zu erreichen. Sie kamen in der Abenddämmerung an und wurden von den hocherfreuten Dorfbewohnern begrüßt, die sich erinnerten, daß Gemma die Heilerin war, die zwei ihrer todkranken Kinder wieder gesund gemacht hatte. Auf der Stelle wollten sie ihr zu Ehren ein Fest veranstalten. Das redete sie ihnen aber aus. Und sie nahm auch nur einen kleinen Teil der Lebensmittel und des kostbaren Bergmets an, den sie ihr aufdrängten, und erklärte ihnen, was sie und Arden mehr als alles brauchten, war ein Nacht erholsamen Schlafs unter einem freundlichen Dach. Trotzdem wollten die Dorfbewohner wissen, wie ihr erstaunlicher Flug im vergangenen Jahr geendet, und ob er das gewünschte Resultat erzielt hatte. Daher unterhielt man sich ausgiebig, bevor die Reisenden sich in die Gästehütte zurückziehen durften. Sie wurden von den Kindern aus dem Dorf begleitet. Die waren hocherfreut darüber, daß die beiden Besucher mittlerweile verheiratet waren, und grinsten und kicherten, bis ihr Oberhaupt, Ehren, ihnen sagte, sie sollten sich auf ihre Manieren besinnen. Daraufhin löste die Kinderschar sich auf, und Gemma und Arden schlossen deutlich erleichtert, aber trotzdem mit einem Lächeln auf dem Gesicht, die Tür hinter sich.

»Ich könnte tagelang schlafen«, meinte Gemma.

»Das ist auf jeden Fall besser als unser Zelt«, meinte Arden. »Ich wäre allerdings überall glücklich, solange du bei mir bist.«

Die beiden lächelten sich an. In einer Welt, in der nichts sicher schien, waren sie sich nur ihrer Liebe gewiß.

»Es sind gute Menschen«, meinte Gemma.

»Stimmt. Und sie haben allen Grund, dich gut zu behandeln«, gab er zurück. »Schade, daß wir nicht länger hierbleiben können – es gefällt mir, als Ehrengast behandelt zu werden.«

»Wir haben etwas zu erledigen.«

»Ich weiß. Mit ein bißchen Glück müßten wir morgen bei dem Wasserfall sein. Glaubst du, Cai ist bereits dort?«

»Keine Ahnung«, erwiderte sie und bemerkte den leicht angespannten Unterton in Ardens Stimme, sobald er von dem Zauberer sprach. *Wovor fürchtest du dich bloß, mein Liebster?* wunderte sie sich, legte die Arme um ihn und schmiegte sich dicht an ihn, als sie vor dem Feuer standen.

»Weißt du, es ist seltsam«, fuhr sie fort. »Seit wir das Tal verlassen haben, habe ich weder seine Gegenwart spüren noch mit ihm sprechen können. Man sollte meinen, wo er jetzt so nahe ist ...« Sie hielt inne, als sie spürte, wie Arden sich anspannte. »Cai ist ein lieber Freund von ganz früher«, erklärte sie ihm ruhig. »Aus einer Zeit, als ich noch nicht wußte, daß es dich gibt. Von ihm hast du nichts zu befürchten.«

Arden sah fort, dann drehte er sich wieder um und sah ihr in die Augen.

»Aber du hast ihn geliebt?« Das war halb eine Frage, halb ein Vorwurf.

»Ja. Aber nur so, wie man einen guten Freund liebt«, wiederholte sie.

»Weiß *er* das auch? Er hat dich doch auch geliebt, oder?«

»Vermutlich.«

»Und er ist ein Zauberer.«

Diese entschiedene Feststellung verwirrte Gemma. »Was hat das damit zu tun?« wollte sie wissen. »Außerdem bist du auch einer.« Sie mußte lächeln.

»Er ist ein *echter* Zauberer«, entgegnete er scharf. »Gegen Magie komme ich nicht an, Gemma.«

»Brauchst du auch nicht!« erwiderte sie heftig. »Sei doch nicht so dumm!«

Der zornige Blick in seinen Augen wich einer plötzlichen Bockigkeit.

»Arden, *bitte*, versteh doch. Ich freue mich darauf, Cai wiederzusehen«, erklärte Gemma und drückte ihn noch fester an sich. »Er ist ein Freund, und ich hoffe, daß er uns dabei helfen kann, das Tal und das Lichtlose Königreich zu retten. Aber ich liebe dich, du bist es, mit dem ich mein Leben verbringen will. Was muß ich noch tun, um das zu beweisen? Wenn du immer noch nicht weißt, wie ich empfinde, mußt du dir den Kopf untersuchen lassen!« Jetzt war sie ungehalten.

»Entschuldige«, meinte Arden nach ein paar Augenblikken leise. »Ich bin wirklich dumm. Mir macht nur die Vorstellung Kummer, daß es ihn gibt.«

»Warte, bis du ihn kennenlernst«, sagte Gemma schnell. »Ich bin sicher, ihr werdet euch mögen.«

Arden nickte, auch wenn er immer noch zu zweifeln schien, und Gemma gab ihm einen Kuß.

»Laß uns ins Bett gehen«, sagte sie. »Wir müssen morgen früh aufbrechen.«

»Außerdem brauchen wir unsere Kräfte für die Reise«, fügte er hinzu.

Sie mußten beide lachen. Es war ein alter Scherz zwischen den beiden – und jetzt deswegen besonders komisch, weil sie wußten, daß sie die Warnung einfach in den Wind schlagen würden.

Sie brachen am nächsten Morgen bei Dämmerung auf, trotz der Proteste der Gattin des Oberhaupts, die der Ansicht war, sie brauchten eine gute Mahlzeit, bevor sie sich auf den Weg machten. Das ganze Dorf war auf den Beinen, um sie zu verabschieden, und Gemma bekam ein besonderes Lebewohl von den beiden Kindern mit auf den Weg, denen sie das Leben gerettet hatte. Guten Mutes ritten sie und Arden erfrischt davon und waren mehr als bereit für den letzten Teil ihrer Reise und das Wiedersehen, das für ihre Welt so viel bedeuten konnte.

Anfangs ritten sie nach Südosten und streiften beim Verlassen der Ebene des Maiden Moores die Ausläufer des Berges Blencathra. Vor ein wenig mehr als einem Jahr waren sie diesen Weg schon einmal geritten, doch nur Arden war es gelungen, bis zum Wasserfall vorzudringen.

»Hoffentlich ist die schwebende Stadt diesmal nicht wieder unterwegs«, meinte Arden.

»Ohne ihre Hilfe hätten wir niemals erreichen können, was wir erreicht haben«, erwiderte Gemma, »doch diesmal gebe ich dir recht. Ich will einfach nur weiterkommen! Müßten wir jetzt nicht Richtung Süden weiterreiten?«

»Im nächsten Tal«, erklärte er ihr, »und dann nach oben – zwischen den beiden Bergen dort hindurch.«

»Welcher der beiden ist es, der sich bewegt?« wollte Gemma wissen. Sie hatte zwar schon selbst die Erfahrung dieses Phänomens gemacht, trotzdem fand sie es noch immer schwer, es zu glauben.

»Der linke«, antwortete Arden.

Sie ritter weiter, beobachteten die Landschaft vor sich, und hatten bis zum Spätnachmittag den Punkt erreicht, wo das Flußbett verschwand. Der Fluß endete ganz einfach.

»Hier bin ich beim letzten Mal fast durchgedreht«, gestand Arden. »Es ergab einfach keinen Sinn.«

Danach war das Tal trocken und vergleichsweise eben. Große Felsbrocken wechselten ab mit trockener Erde und verdorrten Grasbüscheln. Doch es war nicht das Tal, nicht einmal die Berggipfel im Osten und Westen, die jetzt ihre Aufmerksamkeit erregten. Aus der Ferne hörten sie ein dumpfes Donnergrollen, und es dauerte nicht lange, bis sie den ewigen und doch sich stets verändernden Dunstschleier sehen konnten, der den Wasserfall ankündigte. Die letzten Sonnenstrahlen fielen in schrägem Winkel ins Tal und bildeten in der Gischt einen perfekten Regenbogen – wie eine magische Brücke zwischen den zwei Bergen.

Dahinter befand sich der Wasserfall selbst. Er war über hundert Schritte hoch und stürzte von einer schwarzen Klippe hinab in ein Felsbecken voll weißer Gischt. Das Ganze lag hinter einem Nebelschleier, die tosende Kraft und die wilde Schönheit waren hypnotisierend.

Aus der Nähe aber war das Getöse entnervend. Die Pferde scheuten, und sie waren sehr darauf bedacht, sich vor dem jähen Abgrund zum Becken fernzuhalten.

»Einmal reicht!« brüllte Arden über das Getöse hinweg. »Diesmal bleibe ich auf dem Trockenen!«

»Gut!« schrie Gemma zurück. »Kannst du jemanden entdecken?«

»Nein. Gehen wir ein Stück weiter nach Westen!« rief er

nach hinten und zeigte durch den Dunst in die immer dunkler werdende Dämmerung des Abends. »Und suchen uns eine ruhigere Stelle für das Lager!«

Die Pferde gehorchten bereitwillig, und als sie sich von dem furchteinflößenden Sturzbach entfernten, wurde der Dunst lichter und der Lärm weniger ohrenbetäubend.

»Sind das nicht Lagerfeuer?« fragte Gemma plötzlich und zeigte nach vorn.

»Könnte sein«, antwortete Arden.

»Dann sind sie schon dort!« stieß sie erfreut hervor und wollte ihrem Pferd gerade die Sporen geben, als Arden Bedenken äußerte.

»Wir wissen nicht sicher, ob sie es sind.« Er hielt inne. »Nähern wir uns vorsichtig.«

Gemma nickte. Seine Vorsicht störte sie ein wenig, trotzdem sah sie ein, daß sie angebracht war. Sie stiegen ab und gingen eine Weile langsam weiter. Dann plötzlich tauchte aus dem Dunkel eine Gestalt auf.

»Hallo, das junge Liebespaar«, begrüßte sie fröhlich eine Stimme. »Hübscher Abend für einen Spaziergang, meint ihr nicht auch?«

»Hewe!« stieß Gemma voller Freude hervor.

33. KAPITEL

Jordan hob den Kopf, als Gemma und Arden in sein großes Zelt kamen.

»Gut abgepaßt«, meinte er mit einem breiten Grinsen. »Wir sind selbst erst heute nachmittag hier eingetroffen.«

»Wo ist Cai?« erkundigte sich Gemma sofort.

»Er hat ein eigenes Zelt«, antwortete Jordan. »Gehst du ihn holen, Hewe? Es wird nur ein paar Augenblicke dauern«, fuhr er fort, als er das Zögern in Gemmas Gesicht bemerkte. »Kommt rein, ihr zwei, und setzt euch. Es gibt eine Menge zu besprechen.«

»Weißt du, was hier gespielt wird?« fragte Arden.

»Nicht genau, aber was immer es ist, wir sind jetzt sehr viel dichter dran. Wir werden es bald wissen.«

Die Zeltklappe bewegte sich, und Gemma sprang auf, als Cai hereinkam. Er stand ihr gegenüber, sah so jugendlich und gut aus wie immer, doch er hatte Falten in seinem Gesicht, an die sie sich nicht erinnern konnte, und seine grünen Augen fanden sie nicht. Die Bienen begleiteten ihn, einige flogen dicht um seinen Kopf, andere hockten auf seinen Schultern. Ihr sanftes Surren brachte alte Erinnerungen zurück.

»Es tut gut, dich zu sehen, Cai«, sagte Gemma sanft. Sie hatte einen Kloß in der Kehle.

Einen Augenblick lang erwiderte der Zauberer nichts. Es schien, als überlegte er sich die passendste Antwort.

»Es tut auch gut, dich zu sehen, Gemma«, sagte er schließlich. »Ich wünschte nur, ich könnte es mit eigenen Augen tun.«

Nach ihrer viele Monate währenden Trennung waren beide verlegen und wußten nicht, was sie als nächstes sagen solten. Ihre Unterhaltungen aus der Ferne waren oft unbeschwert und ohne Hemmungen gewesen, doch jetzt, persönlich, war es offenbar nicht so einfach, die Fäden ihrer alten Freundschaft wieder aufzugreifen. Schließlich trat Gemma einen zögernden Schritt nach vorn. Cai reagierte und breitete die Hände aus. Daraufhin ging sie erfeut auf ihn zu und fiel ihm in die Arme. Der Schwarm surrte über ihren Köpfen.

»Du bist genauso schön wie in meiner Erinnerung«, sagte er zärtlich.

»War ich so lange fort?« sagte sie leise.

»Ein Leben lang«, antwortete er.

Im Zelt war es still geworden. Als sie sich voneinander lösten, kamen Hewe und Zana herein. Gemma staunte, als sie ihre alte Reisegefährtin wiedersah und drückte sie heftig, bevor sie sich umdrehte und alle miteinander bekannt machte.

»Das ist Arden«, sagte sie. »Mein Ehemann.«

Cai reagierte nicht, doch Zana hinter ihm unterdrückte ein Husten. Hewe gluckste vor Freude.

»Ich bin froh, daß du endlich eine ehrenhafte Frau aus ihr gemacht hast«, meinte er.

Arden erhob sich langsam mit ausdrucksloser Miene und reichte Cai die Hand. Der Zauberer ergriff sie, doch keiner der beiden sagte etwas. Gemma beobachtete sie besorgt und wünschte sich verzweifelt, daß die beiden sich mochten.

»Du bist ein glücklicher Mann, Arden«, meinte Jordan.

»Ich weiß«, erwiderte er, noch immer Cai ansehend.

»Gratuliere«, meinte Cai ruhig. »Ich wünsche euch beiden ewiges Glück.«

»Danke«, antwortete Arden. »Ich habe viel von dir gehört, Cai. Hoffentlich können wir Freunde werden.«

Gemma lächelte. Sie war froh, daß die beiden sich ihretwegen Mühe gaben.

»Ich habe auch Glück gehabt«, meinte sie zu Jordan.

»Zweifellos«, erwiderte er. Der Führer des Untergrunds war sich der Spannung bewußt, die auf diesem Gespräch lastete, aber er wußte auch, daß sie viel zu besprechen hatten und die Nacht heraufzog. »Setzt euch doch. Jetzt, wo wir endlich alle zusammen sind, müssen wir entscheiden, was als nächstes zu tun sein wird.« Alles gehorchte, und man rückte eng zusammen. Gemma bemerkte die etwas besitzergreifende Art, wie Zana Cai beim Hinsetzen half.

»Bevor wir beginnen, möchte ich versuchen, etwas für Cais Augenlicht zu unternehmen.«

Jordan nickte. »Natürlich.«

Sie kam herüber und ergriff die Hände des Zauberers. Sie ließ ihre Sinne fortgleiten, bewegte sich nach und nach in seinen Körper hinein und suchte die Krankheit. Erinnerungen kamen hoch – an einen massiven blauen Wall, der lähmend kalt war, an einen weißen Nebel, der sich plötzlich lichtete – doch sie konnte sich keinen Reim darauf machen. Die Bilder zogen vorüber, und sie setzte ihre Untersuchung fort, verfolgte hartnäckig ihr Ziel, doch ohne Erfolg. Schließlich zog sie sich enttäuscht zurück.

»Ich kann nicht feststellen, was mit deinen Augen nicht in

Ordnung ist«, erklärte sie. »Es gibt keinen Grund für diese Blindheit.«

Cai lächelte trübsinnig.

»Das haben mir die Heiler in Clevemouth und Newport auch gesagt«, erwiderte er. »Ob mit oder ohne Grund, ich kann nichts sehen.«

»Dann muß etwas *außerhalb* deines Körpers es hervorrufen«, sagte Gemma hoffnungslos verwirrt.

»Das spielt keine Rolle«, sagte der Zauberer und versuchte nicht ungeduldig zu klingen. »Wir verschwenden unsere Zeit. Außerdem sind die Bienen jetzt meine Augen.«

Gemma kehrte auf ihren Platz neben Arden zurück, und ihr Mann legte ihr den Arm um die Schultern.

»Also«, begann Jordan. »Ich gehe alles durch, was wir in Erfahrung bringen konnten – für Gemma und Arden. Sagt mir, wenn ich etwas auslasse.«

Er redete bis tief in die Nacht, und das Bild, das er zeichnete, war bitter. Cais Theorie, daß der Erd-Geist verrückt wurde, klang durchaus plausibel, und Gemma erschauderte, doch am meisten setzen Arden die neuen Nachrichten aus dem Lichtlosen Königreich zu. Es fiel ihm schwer, sich vorzustellen, daß Träume Wirklichkeit werden konnten, andererseits hatte er mehrere Monate in den unterirdischen Höhlen gelebt und gelernt, die Menschen aus diesem seltsamen Reich zu respektieren und sogar zu lieben. Der Gedanke, all dies könnte zerstört werden, hatte schon deshalb eine ungeheure Wirkung auf ihn, weil er eine persönliche Vorstellung davon hatte. Der Gedanke, daß C'tis, D'vor und die anderen noch immer kämpften und einer scheinbar perfekten Lösung nahe waren, gab ihm ein wenig Hoffnung. Er war entschlossen, ihnen auf jede nur erdenkliche Weise zu helfen – und ließ niemanden darüber im Zweifel.

»Wir alle werden ihnen helfen«, versuchte Jordan ihn zu beruhigen. »Sobald es hell wird, brechen wir nach Süden auf. Unser Problem ist, daß wir nicht genau wissen, womit wir es zu tun haben. Wir haben nicht gerade eine mächtige Armee hier, und die Waffen, die dieser unbekannten Stadt möglicherweise zur Verfügung stehen, sind vielleicht mächtiger als alles, was wir uns auch nur *vorstellen* können. Denkt doch nur an Mendles Turm!«

»Zumindest können wir für eine Art Ablenkung sorgen«, hielt Arden dagegen. »Mehr brauchen D'vor und seine Gruppe vielleicht gar nicht, um ihren Plan auszuführen.«

»Ist dir klar, daß wir alle getötet werden können, wenn sie Erfolg haben und wir uns irgendwo in der Nähe aufhalten?«

»Welche Wahl bleibt uns denn?« meinte Arden. »Wir können nicht einfach fortlaufen und sie ihrem Schicksal überlassen. Außerdem reden wir hier über die Zukunft der ganzen Welt!«

»Darin sind wir uns alle einig«, antwortete Jordan ruhig. »Ich wollte nur sichergehen, daß jeder weiß, worauf er sich einläßt.«

»Laß mich eins klarstellen«, sagte Arden später. Er und Gemma waren beide schrecklich müde, doch sie wußten, daß sie in dieser Nacht nicht einfach würden einschlafen können. Wie immer fanden sie Trost in den Armen des anderen.

»Wenn wir die Stadt zerstören, zerstören wir dann nur die Quelle der Verschmutzung, oder befreien wir auch die Welt von der Bedrohung durch ein Übel, das sich hier zusammenbraut, und verhindern so die *Möglichkeit*, daß es sich weiter ausbreitet?«

»Ja«, meinte Gemma leise.

»Und genau *das* hat den Erd-Geist in den Wahn getrieben, weshalb er dann auch wieder gesunden müßte – und wird es all diese Eigentümlichkeiten, wie zum Beispiel der Wall aus Elementalen und die verschwindenden Inseln, dann nicht mehr geben?«

»So lautet die Theorie«, gab sie zu. »Aber ich glaube nicht, daß das alles so einfach werden wird, Arden.« Ihre Stimme verriet, daß sie große Angst hatte.

»Für mich hört sich das *überhaupt* nicht einfach an«, widersprach Arden. »Was macht dir Sorgen?«

»Eine Menge.«

»Und?« fragte er, nachdem er vergeblich darauf gewartet hatte, daß sie fortfuhr.

»Dieses Feuer«, begann sie zögernd. »Es wird weit mehr als nur die Stadt zerstören. Du hast gehört, was sie gesagt haben. ›So heiß, daß *Stein* schmelzen wird.‹ Was, wenn das Gift dadurch *verbreitet* statt eingeschlossen und vernichtet wird? Was, wenn diese Explosion, dieses Feuer genau das ist, wovor der Erd-Geist sich fürchtet? Wenn ihn *das* verrückt macht, dann helfen wir dabei, eben jene Katastrophe herbeizuführen, die wir zu verhindern hoffen!«

»Eine Menge ›wenns‹«, erwiderte Arden, dem ihre Worte den Mut genommen hatten. »Was können wir statt dessen tun?«

»Ich weiß es nicht«, gestand Gemma jämmerlich. »Ich begreife weder, was hier geschieht, noch was diese *neue* Logik bedeutet. Ich hatte mich gerade erst mit der Magie abgefunden – und jetzt wird schon wieder alles auf den Kopf gestellt.«

»Vielleicht kannst du die Kreise dafür gewinnen, uns zu helfen«, schlug Arden ruhig vor. »*Cai* könnte dir doch dabei helfen.« Gemma nahm ihn noch fester in den Arm. Sie wußte, wieviel Mühe ihn dieses Eingeständnis gekostet hatte, der Zauberer könne ihr vielleicht auf eine Weise helfen, wie er es nicht vermochte. Sie wußte, daß Arden, zumindest unterbewußt, in Cai noch immer einen Rivalen sah.

»Vielleicht«, meinte sie leise. »Irgendwie spielt Magie hierbei eine wichtige Rolle. Warum sollte ich sonst der Schlüssel zum Traum sein?«

»Du hast das Buch schon einmal verändert«, erinnerte er sie. »Wir können es noch einmal tun.« *Es gibt noch immer Hoffnung*. »Es steht keineswegs *fest*, daß die Zukunft dem Chaos gehört.«

»Das sage ich mir ja auch immer wieder«, erwiderte sie. »Nur nützt es nicht viel.« Eine Weile lagen sie schweigend da, dann fügte Gemma kleinlaut hinzu: »Außerdem habe ich Angst.«

»Die haben wir alle«, erklärte er ihr.

»Angst um *uns*. Wir hatten so wenig Zeit.«

»Aber wir müssen es tun – sonst könnte die gesamte Welt vernichtet werden.«

»Ich weiß ... aber ich möchte dich nicht verlieren.«

»Das wirst du auch nicht«, versprach er. »Was immer geschieht, wir werden zusammenbleiben.«

Das Zelt war voller Träume.

Gemma befand sich wieder im Tal und blickte in die großen, braunen Augen ihrer Namensschwester. Das Baby lächelte, und ringsum erschallte Musik.

Die kleine Gemma sprach. Ihr Stimme war ein sanfter Singsang, kindlich und doch unglaublich erwachsen.

»Ich wollte dich wiedersehen, Tante Gemma. Es tut mir leid – ich wollte dir nicht weh tun. Mummy meint, mit dir dürfe man nicht spaßen. Warum bist du fortgegangen?«

»Ich mußte, Kleines.«

»Du hättest mich in die Berge mitnehmen können, bis ganz hoch oben.«

»Nein. Dafür bist du jung. Zu klein.«

Die Kleine sah sie aus ihren ernsten, braunen Augen vorwurfsvoll an.

Dann plötzlich schwenkte die Szene um auf Gemmas Abschied. Zu ihrer großen Freude war Kris gekommen, um sich von ihr und Gemma zu verabschieden. Der verkrüppelte Mann hatte ein Geschenk mitgebracht, einen dünnen, aus einem unbekannten Material hergestellten, wundervoll gearbeiteten Stab. Er hatte darauf bestanden, daß Gemma ihn mitnahm, hatte aber nicht erklärt, warum. Also packte man ihn zu ihrem Gepäck, und sie ritten gen Süden und stiegen hinauf in die Berge. Hoch hinauf.

Das Zelt war voller Träume.

Arden war Teil eines Kreises aus Menschen. Er kannte sie alle gut, konnte aber ihre Gesichter nicht erkennen. Irgend etwas stimmt nicht mit ihren Gesichtern. Alle blickten nach innen, zur Mitte des Kreises, wo ein Mann aus dem festen Erdboden hervordrang und vor ihnen Gestalt annahm. Mit wachsender Beklemmung erkannte Arden, um wen es sich handelte.

Gemma trat aus dem Kreisbogen hervor, und Arden stieß einen stummen Schrei aus, als er sah, daß ihr Gesicht unter einer Maske aus kaltem Metall verborgen war.

Sie kniete nieder und bot ihren Stab der Kraft, das Symbol all ihrer Magie, jenem Mann dar, der jetzt vor ihnen stand.

Ardens toter Vater nahm ihn mit einem Lächeln entgegen.

34. KAPITEL

Die vier übriggebliebenen Mitglieder des Kontrolltrupps hatten mehrere Tage lang ein tödliches Versteckspiel gespielt. Die Stadt hatte Einheiten stahlgesichtiger Soldaten in die Höhlen entsandt, um sie zur Strecke zu bringen, doch trotz ihrer überlegenen Ausrüstung war es ihnen nicht gelungen, dem geschickten Ausweichen ihrer Beute etwas entgegenzusetzen.

J'vina führte den Rückzug an, obwohl sie am liebsten geblieben wäre, gekämpft und von ihrem zerstörerischen Können Gebrauch gemacht hätte – um so wenigstens ein wenig Rache zu nehmen. Sie sah jedoch ein, daß ihr übergeordnetes Ziel wichtiger war, und widmete ihre Fähigkeiten ganz der Sicherheit ihrer Gefährten. J'vinas immense Zielstrebigkeit war beängstigend, doch sie war gut in dem, was sie tat, und die anderen befolgten ihre Anweisungen, ohne Fragen zu stellen.

»Auf jeden Fall haben wir sie gehörig aufgescheucht«, meinte V'dal während einer ihrer kurzen Atempausen. »Offenbar haben die Leute, die wir getötet haben, bei ihnen in hohem Ansehen gestanden.«

»Ich glaube nicht, daß das der Grund ist«, widersprach

D'vor. »Sie glauben, daß wir für die Erdrutsche verantwortlich sind, die ihren Abfluß blockieren – *das* ist es, was ihnen Sorge macht.«

»Natürlich«, stimmte V'dal ihm leise zu. »Ich hätte selbst darauf kommen können.«

»Was meinst du also?« fuhr D'vor fort. »Können wir dafür sorgen, daß sie sich *richtig* Sorgen machen?«

»Ich denke schon«, erwiderte der Führer. »Genaues läßt sich schwer sagen – es gibt so *viele* Tunnel –, und ein paar sind noch immer nicht in den Karten aufgeführt –, doch wenn wir den richtigen Zeitpunkt abpassen, gibt es tatsächlich Möglichkeiten, ihren ach so wichtigen Abfluß zu blokkieren.«

»Sehr gut«, meinte D'vor sichtlich zufrieden. »Was können wir also tun?«

Zwei Tage später, bei Felsdunkel, begann ihr Angriff. Jeder wußte, was er zu tun hatte, und hatte sich entsprechend vorbereitet. Die Patrouillen aus der Stadt waren jetzt selten geworden – offenbar glaubte man, die Eindringlinge seien entweder tot oder irgendwie entkommen –, und so hatten sie freien Zugang zu den Höhlen und Tunneln, die den giftigen Abfluß umgaben.

Als Kontrolltrupp des Lichtlosen Königreichs waren sie mehrere Male an Operationen beteiligt gewesen, bei denen es darum ging, Tunnels zu öffnen oder zu blockieren, dies jedoch war das größte Projekt, das sie je in Angriff genommen hatten. V'dal hatte es unter Zuhilfenahme seiner gewissenhaft zusammengetragenen Kenntnisse der Felsformationen ringsum geplant. Sie führten nur eine kleine Menge Sprengstoff mit sich und mußten sichergehen, daß er so effektiv wie möglich eingesetzt wurde. Das jüngste Erdbeben hatte mehrere Schwachstellen in der Gesteinsstruktur hinterlassen, daher war V'dal zuversichtlich, daß ihr Angriff sich als vernichtend erweisen würde. Er würde nicht nur den größten Teil der Abflußtunnel blockieren, sondern auch viele der Wartungstunnel füllen, so daß es für jemanden aus der Stadt praktisch unmöglich wurde, an die Hauptleitungen heranzukommen.

Felsdunkel kam, und V'dal bereitete die Zündschnüre für die Hauptladung vor. Sobald die anderen diese erste Explosion hörten, sollten sie ihre Zündschnüre in Brand stecken und anschließend auf den gekennzeichneten Strecken fliehen. Sie wollten sich in einer Höhle in der Nähe jenes Gebietes treffen, wo ihrer Ansicht nach die Truppen aus der Stadt auftauchen würden. Dies war der Teil, auf den J'vina sich am meisten freute. Schweigend wartete sie, die sieben Meyrkats um sich geschart. Ein leiser, dumpfer Schlag, gefolgt von einer donnernden Erschütterung, verriet ihr, daß der Zeitpunkt gekommen war, und sie lächelte unter ihrem Schutzhelm. Sie setzte die Zündschnur in Brand und beobachtete ein paar Augenblicke lang, wie sie schmauchte, um sich zu vergewissern, daß sie nicht erlosch.

»Das ist für euch alle«, sagte sie laut. »Für B'van, L'tha und C'lin. Und für T'via.« *Besonders* für T'via. Dann wandte sich die Soldatin an die Meyrkats. »Kommt«, kam ihr Kommando. »Auf uns wartet Arbeit.«

Der Clan reagierte freudig und teilte J'vinas Aufregung. Sie lachte über ihre Späße, als sie die Meyrkats fortführte.

Die drei kleineren Explosionen erfolgten fast gleichzeitig. Nach jeder konnte man Geräusche rutschenden und sich verschiebenden Gesteins hören, Geräusche, die für den Kontrolltrupp einst ein Signal der Angst gewesen waren, jetzt aber begrüßten sie sie mit grimmigem Vergnügen.

Der Trupp traf sich wie vereinbart.

»Gut gemacht«, stieß D'vor atemlos hervor. »Und jetzt müssen wir dafür sorgen, daß diese metallgesichtigen Ungeheuer nicht all unsere Arbeit wieder zunichte machen.«

Wortlos führte J'vina sie gegen den Feind. Niemand stritt ihr das Recht dazu ab.

Noch vor Erreichen der Kammlinie wußte Gemma, daß sie am Ziel angekommen waren – das Böse in der Luft ringsum war für sie fast greifbar. Cai spürte es ebenfalls, und die Bienen surrten erregt in ihrem Reisestock.

Die Sonne ging gerade unter, als sie zum erstenmal auf die Stadt hinabblickten. In einem mit Metall gefüllten Tal ragten gewaltige Monolithen in den Himmel, weite Stahl- und Glasflächen warfen sowohl das erlöschende Tageslicht als auch die unzähligen Lichter und Leuchtfeuer der Stadt selbst zurück. Riesige Schornsteine spien Rauch und Dampf aus, und mitten aus dem Herzen der stinkenden Metropole drang ein rätselhaftes, pochendes Geräusch. Aus der Entfernung war keinerlei Bewegung zu erkennen. Der gesamte Komplex wirkte verlassen, völlig unmenschlich.

Jeder einzelne aus der kleinen Armee blickte voller Ehrfurcht auf das Tal hinunter. Niemand zweifelte daran, daß hier tatsächlich das Zentrum all dessen lag, was ihre Welt heimgesucht hatte, das Ziel ihrer angstvollen Reise.

»Sie ist anders als alle Städte, die ich bislang gesehen habe«, gab Galar kleinlaut zu.

»So eine Stadt hat die ganze Welt noch nicht gesehen«, erwiderte Jordan.

»Wie sollen wir *das hier* bloß angreifen?« wollte Hewe wissen. »Wo fangen wir an?«

»Sie liegt mitten in freiem Gelände«, stellte Arden fest. »Wenn sie irgend etwas Vergleichbares wie die Waffen in Mendles Turm besitzen, könnten sie uns wegputzen, bevor wir auch nur in die Nähe kommen.«

»Warte, bis es dunkel ist«, warf Cai ein. Die Bienen waren inzwischen aufgestiegen, und er begutachtete das Problem zusammen mit den anderen. »Dann haben wir größere Chancen, uns ungesehen zu nähern. Und vielleicht kann ich unsere Annäherung ein wenig verschleiern.«

Der letzte Zauberer, der die letzte Schlacht beginnt.

Gemma hatte geschwiegen, seit die Stadt in Sicht gekommen war, und jetzt wandten sich die anderen an sie. Wenn Cai Magie einsetzen konnte, dann konnte sie das gewiß auch.

»Was meinst du, Gemma?« erkundigte sich Jordan.

Doch sie antwortete nicht. Ihr Kopf war voll aufgeregter Stimmen. Es war verwirrend. Sie war sich nicht mal mehr ihrer Umgebung bewußt.

Der Bau fällt. Das Klar-Rauschen hat aufgehört.

Folgt J'vee. Der Clan hat zu tun.

Schwarze-die-sich-häuten werden um ihr Gebiet kämpfen.

Still rief Gemma nach den Meyrkats und wurde mit deren erstaunter und freudiger Begrüßung belohnt.

Das gedämpfte Grollen der unterirdischen Explosionen erreichte die Zuschauer auf der Kammlinie, doch Gemma war noch immer mit ihren eigenen Gedanken beschäftigt.

»Gemma, was ist?« erkundigte sich Jordan besorgt.

»Laß sie«, ging Arden rasch dazwischen. »Es geht ihr gut.« Er wußte, daß Gemmas Verstand gelegentlich auf vielen Ebenen operierte, von denen die meisten sein Begriffsvermögen weit überstiegen. Er wußte auch, daß sie unter keiner unmittelbaren Bedrohung stand.

Wo seid ihr? fragte Gemma den Clan.

Im Riesenbau. J'vee führt uns in den Kampf, antwortete Ox. *Wirst du dich uns anschließen, Clanfreundin*?

Wenn ich kann. Seid ihr unter der Stadt?

Die Meyrkats verstanden das Wort Stadt ganz offenkundig nicht, und so kam es zu einer Verzögerung, bevor Av fragte, *Unter dem Bau, aus dem die Glanzgesichter kommen*?

Ja, erwiderte Gemma, während ihr Bilder von Mendle durch den Kopf blitzten.

Der befindet sich über uns. Dorthin gehen wir jetzt, antwortete Ed. *Das Klar-Rauschen hat drinnen aufgehört. Großer Kampf mit bösem Clan.*

Jetzt?

Ja. Er beginnt, gab Od begeistert zurück.

Gemma löste ihre Gedanken gewaltsam von der kostbaren Gedankenverbindung und kehrte in eine Welt zurück, in der noch immer der Boden bebte. *Verdammt*! dachte sie. *Wir kommen gerade rechtzeitig*!

»Die Meyrkats!« begann sie. »Sie befinden sich im Augenblick unterhalb der Stadt, zusammen mit J'vina und den anderen. Sie blockieren aus irgendeinem Grund die Tunnels, und fangen darin das Wasser auf.«

»Ich dachte, sie wollten ein Feuer entfachen.« Hewe war verwirrt.

»*Was immer* sie tun«, warf Jordan ungeduldig ein, »hat der Angriff begonnen?«

»Ja.«

Menschen waren zusammengekommen, um zu hören, was Gemma zu sagen hatte, und die Nachrichten verbreiteten sich wie ein Lauffeuer. Rufe plötzlich aufkommender Freude und aggressives Kampfgeschrei hallten durch die Menge der Grauen Vandalen, während Jordan und die, die ihm am nächsten standen, überlegten, was sie unternehmen sollten. Die Entscheidung wurde ihnen schließlich aus der Hand genommen. Jetzt, da sie ihrem Ziel so nahe waren, befanden sich die Vandalen in den Fängen verrückter Raserei. Galar und Tomas versuchten zwar, sie zurückzuhalten, doch vergeblich. Vor dieser Menge erzürnter Männer mußten sie kapitulieren. Ein Kriegsruf machte mit wachsender Inbrunst die Runde, der in Gemma fürchterliche Erinnerungen weckte.

»Tod der Teufelsbrut!«

»Galar wird sie niemals zurückhalten können«, meinte Hewe zu Jordan.

»Ich weiß. Was für eine scheußliche Lage.« Der Untergrundführer wandte sich an Cai. »Wir müssen uns von den Vandalen trennen. Kannst du uns jetzt vor der Stadt verbergen?«

»Jedenfalls für eine Weile«, gab der Zauberer zurück. »Ich werde mein Bestes tun.«

»Wer weiß?« meinte Jordan. »Vielleicht genügt es schon, wenn nur ein paar von uns hineingelangen.«

»Tod der Teufelsbrut.«

Die ersten Vandalen brachen aus der Deckung hervor und galoppierten die langen Hänge des Tales hinab. Innerhalb weniger Augenblick hatten sich sämtliche Vandalen in Bewegung gesetzt und griffen wie wild im Halbdunkel an, die Stimmen zu einem blutgierigen Geschrei erhoben. Einige von Jordans Leuten ritten mit ihnen, mitgerissen von der Woge des Kampffiebers.

Jordan verfolgte den selbstmörderischen Angriff mit Entsetzen, dann wandte er sich an Cai.

»Tu, was du kannst«, wies er ihn an. »Es hat keinen Sinn, länger zu warten.«

Cai nahm also all seine Kraft zusammen und bat seine Vertrauten um Hilfe. Er wußte, was er hier vorhatte, würde seine Kraft erschöpfen, und er wußte auch, daß die Zeit der allergrößten Anstrengungen gekommen war. Wenn dies sein Beitrag sein sollte, um so besser.

Ringsum schien es dunkler zu werden, als ihnen Cais gemurmelte Worte in den Ohren klangen. Ein widernatürlichen Nebel hüllte sie ein, und das Bild vor ihnen verschwamm.

»Gehen wir«, befahl Jordan und führte seinen Trupp in gleichmäßigem Tempo den Hang hinunter. In der Stadt vor ihnen gingen immer mehr Lichter an, einige heller als alles, was sie bislang gesehen hatten. Die Vandalen hatten bereits den halben Weg zur Stadt zurückgelegt, gewiß würden die Verteidiger sie bald entdecken. Cais Gruppe ritt weiter. Der Abstand zwischen ihnen und den Vandalen wurde mit jedem Augenblick größer.

»Da!« rief Hewe und zeigte durch das Dunkel. Unten aus dem nächsten Monolithen aus Stahl strömten Menschen hervor. Noch mehr Lichter gingen an und beleuchteten den Hang, über den die Vandalen stürmten. Die Verteidiger eröffneten das Feuer, und zahlreiche Pferde und Reiter stürzten kopfüber zu Boden. Als die überlebenden Reiter die metallgesichtigen Verteidiger erreicht hatten, ging der Kampf von Mann zu Mann weiter. Danach war es unmöglich zu erkennen, was geschah.

»Wenn du die Absicht hast, sie als Ablenkung einzusetzen«, meinte Arden nüchtern, »sollten wir uns beeilen. Bald sind nicht mehr viele von ihnen übrig.«

»Zwischen den Gebäuden dort drüben ist eine Lücke«, rief Hewe. »Und ich kann keine Posten sehen. Sollen wir darauf zuhalten?«

»Wenn niemand eine bessere Idee hat«, fragte Jordan. Er bekam keine Antwort. »Können wir schneller reiten, Cai?«

»Ja«, antwortete der Zauberer. Seine Stimme klang schwach. »Ist sogar besser. Lange halte ich das nicht mehr durch.«

Jordan machte also kehrt und führte seine Gefährten auf geradem Weg den Hang hinab. Sie folgten ihm aufgeregt und mit düsteren Ahnungen im Herzen. Sie wußten, daß sie keine andere Wahl hatten. Jetzt oder nie.

Die Stadt nahm einen immer größeren Teil ihres Blickfeldes ein und überragte sie wie ein Gebirge aus Stahl. Jeder von ihnen starrte sie voller Entsetzen an und fragte sich, ob sie wohl zu ihrem Grab werden würde.

Das heißt, alle bis auf Gemma. Sie sah das monströse Metall-Tal aus einem anderen Blickwinkel. Große, braune Augen, viel jünger als ihre eigenen, starrten voller Angst und Verwirrung auf die Szenerie hinab. Die kleine Gem, mit ihrer Namesschwester jetzt durch ein außergewöhnliches Band verbunden, verfolgte ihr Vorankommen von der Spitze eines Berges aus.

35. KAPITEL

Die Leute an den Schaltpulten verfolgten, wie ihre Instrumente auf die Vibrationen im Erdinnern reagierten.

»Was war denn *das*?«

Besorgt behielten sie die Anzeigen und Lichter im Auge, dann rief einer von ihnen aufgebracht: »Das glaube ich nicht! Die Leitungen sind schon wieder blockiert!«

Einen Augenblick später fügte der andere hinzu: »Es ist sogar noch schlimmer als zuvor. Sieh dir den Druckanstieg an! Unglaublich!« Sie starrten auf die Schalttafeln vor ihnen und wagten kaum zu atmen.

»Die Temperatur steigt schnell. Wir werden einige der Blöcke abschalten müssen.«

Dann sahen sie sich und an überlegten, wer von ihnen wohl die Courage besaß, die Neuigkeiten dem Großen Führer zu überbringen. Ihr Vorgesetzter hatte sich einen guten Augenblick für seine dienstfreie Zeit ausgesucht.

»Schalte durch zum Wartungsteam«, meinte der eine schnell. »Sag ihnen, sie sollen alles an Arbeitern und Gerät herunterschaffen – und zwar *sofort*. Und sag ihnen, sie sollen sich beeilen – es geht hier um uns alle.«

Als der Mann tat, wie ihm geheißen, und beim Sprechen den Kopfhörer zurechtrückte, hielt der andere seinen Blick nach wie vor wie gebannt auf die Anzeigen seiner Instrumente. *Was kann nur passiert sein?* Es sprach jeder Logik hohn, und doch war es so. *Wenn das lange so weiterging, würde hier alles in einem Feuerball explodieren, der die Berge meilenweit im Umkreis einebnen würde.*

Schweißperlen begannen über sein Gesicht zu rollen.

Ed wartete geduldig in seinem Versteck in dem strahlend hellen Bau, der ›Überwachungsstation‹ genannt wurde. Zwar war alles ringsum fremd, trotzdem wußte er, was man von ihm erwartete. J'vee war dahintergekommen, daß die versiegelte Tür zur Überwachungsstation von außen geöffnet werden konnte, wenn man einen metallenen Kreis an der Wand drehte. Sie hatten Ed hineingelassen, bevor sie ihren Plan in die Tat umsetzten. Der Meyrkat verhielt sich völlig still, er war sich seiner Verwantwortung bewußt. *Paß auf,* hatte ihm J'vee bedeutet. *Ruf uns.*

Der Meyrkat spannte sich an, als ein laut zischendes Geräusch den Raum erfüllte. Dann erschien eine bewegliche Baracke, Türen gingen auf, und vier Männer eilten herbei, öffneten die Schleuse und verschwanden draußen in den Höhlen. Ed blieb, wo er war und beobachtete.

Die Türen schlossen sich wieder, und die mobile Baracke verschwand. Ed wartete und hoffte, seine Freunde würden bald zurückkommen. Es dauerte nicht lange, und er wurde durch Ox' Stimme belohnt.

Der Clan ist hier. Wir erwarten deinen Ruf.

Ed erwiderte die Begrüßung, dann hörte er wieder dieses zischende Geräusch.

Die Glänzenden kommen, berichtete er. *Haltet euch bereit.*

Der Vorgang wiederholte sich, und vier weitere Männer

kamen heraus. Diesmal jedoch kam Ed ins Freie und rannte hinüber zu der Baracke. Von draußen waren plötzlich die Geräusche eines heftigen Kampfes zu hören. Augenblicke später führte J'vee die übrigen Meyrkats durch die Schleuse.

»Gute Arbeit«, meinte sie, während sie sich rasch umsah. »Woher sind sie gekommen?«

Steigt in die Baracke, erklärte Ed dem Clan. *Folgt mir.*

Sie gehorchten ohne eine Frage zu stellen, obwohl sie nicht ganz begriffen, was er meinte. Sie waren jedoch sichtlich aufgeregt, und J'vina schätzte ihre Absicht richtig ein.

»Hier hinein!« rief sie und trat durch eine der offenen Türen. Während sie das tat, begannen die Türen, sich von selbst zu schließen. D'vor und V'dal machten einen Satz nach vorn, um sie aufzuhalten, und J'vina klemmte geschickt eine von ihnen mit dem Schwert fest. Ihre Gefährten zwängten sich hinein; dann schlossen die Türen sich krachend hinter ihnen.

»Und was jetzt?« fragte V'dal sich laut und sah sich in dem winzigen Raum um. »Es gibt hier keinen Weg hinaus.«

Der Raum beantwortete seine Frage mit einem Ruck, der alle ins Taumeln brachte.

»Er bewegt sich!« rief C'tis aus, als sie ihr Gleichgewicht wiederfanden. Dann erkannten sie, was geschah.

»Er bringt uns in die Stadt«, sagte D'vor erstaunt.

»Gut«, gab J'vina zurück. »Endlich kommt es zu einem *richtigen* Kampf. Die letzte Gruppe hätte ich auch alleine geschafft.« Selbst C'tis hatte sich damit abgefunden, daß es zu Blutvergießen kommen würde und konnte die seltsame Erregung nicht leugnen, die sie überkam. Sie packte ihr Schwert fest und war entschlossen, bei dieser letzten Verzweiflungstat der Gruppe ihre Rolle zu übernehmen.

»Was immer geschieht«, meinte D'vor ruhig, »wir haben unser Bestes gegeben, und ich bin stolz auf euch alle. Möge Rael mit uns sein.«

Die anderen wiederholten sein Stoßgebet, und die Meyrkats gesellten sich mit ihren pfeifenden Stimmen hinzu, als wären sie derselben Ansicht. J'vina und V'dal mußten lachen.

Ihr Fahrzeug wurde langsamer.

»Machen wir ihnen die Hölle heiß!« brüllte V'dal, als sie zum Stillstand kamen und die Türen aufgingen. Als das Licht hereinflutete, waren die vier Angreifer froh über die doppelte Bandagenschicht, die ihre Augen schützte. Sie stießen in einen riesigen Raum voller Menschen und Maschinen.

Den Mechanikern, die darauf warteten, abtransportiert zu werden, kamen die Menschen aus dem Lichtlosen Königreich wie gesichtslose Ungeheuer vor, wie häßliche, schwarze Riesen, die augenblicklich und gnadenlos über sie herfielen. Ein Dutzend war bereits gefallen, tot oder verwundet, bevor ihre Kollegen überhaupt merkten, was geschah. Die seltsamen Geschöpfe wirbelten herum, ihre tödlichen Stahlklingen durchtrennten Schutzkleidung, Fleisch und Knochen ohne Unterschied. Einige aus den Wartungstrupps flohen in Panik, einige Unternehmungslustigere fanden Waffen und begannen, sich zu verteidigen. Mehrere Schüsse wurden abgefeuert. Einige der Metallbolzen verfehlten ihr Ziel, während andere ihre eigenen Kameraden töteten, doch einer der Schützen hatte ein besseres Augenmaß. D'vor wurde nach hinten gerissen und landete als blutverschmiertes Bündel zusammengekrümmt auf dem glatten Boden. Als J'vina ihren Apparat auf D'vors Angreifer richtete, brachte sich die Mannschaft schnell in Deckung.

Inzwischen leisteten auch die Meyrkats ihren Beitrag zum Chaos und flitzten zwischen den Füßen der Fliehenden hindurch. Sie waren es auch, die die mobile Baracke entdeckten. Einige der Verteidiger waren dort hineingerannt und versuchten, die Tür zu schließen, die von einem ihrer gefallenen Kollegen blockiert wurde. Als sie versuchten, die Leiche auf die Seite zu schieben, trafen die Meyrkats ein, bissen, kratzten und jaulten aus Leibeskräften mit ihren schrillen Stimmen. J'vina sah sie und machte V'dal und C'tis ein Zeichen. Rasch erledigten sie die Männer drinnen. Einmal frei, schlossen sich die Türen augenblicklich. Doch dann tat sich nichts.

»Sitzen wir in der Falle?« stieß C'tis atemlos hervor.

»Drück auf einen der Knöpfe«, schlug V'dal vor.

C'tis drückte also auf einen der Knöpfe, und sofort setzten sie sich in Bewegung. Nach oben.

Die Meyrkats gaben mit aufgeregten Geräuschen zu erkennen, daß sie dies bereits kannten, denn sie waren bereits zuvor in einem Aufzug gewesen. Die anderen natürlich nicht, und bei der ersten Bewegung hätten ihre Knie fast nachgegeben. Ihnen blieb kaum genug Zeit zu erkennen, was eigentlich geschah, als der Aufzug mit einem mechanischen Seufzer zum Stillstand kam und die Türen erneut aufgingen. Sie sprangen mit gezückten Schwertern hinaus, trafen aber auf keinerlei Widerstand. Nach dem Gemetzel unten wirkte der Raum, den sie jetzt betraten, ruhig und friedlich.

Zwei Männer saßen auf der gegenüberliegenden Seite des Raumes, mit dem Rücken zum Aufzug. Sie trugen Kopfhörer und ließen nicht erkennen, daß sie die Ankömmlinge bemerkt hatten. Vor ihnen befanden sich ausgedehnte Instrumententafeln. Dahinter gab es große Fenster, die auf eine riesige, schwach ausgeleuchtete, mit Maschinen und endlos langen Röhren ausgestattete Höhle hinausgingen.

»Wir werden es ihm sagen müssen«, meinte einer von ihnen, als V'dal rasch seinen Kollegen ein Zeichen gab, sich weiter still zu verhalten.

»Was macht denn bloß der Wartungstrupp?« stieß der andere hervor. »Eigentlich müßten sie dort mittlerweile jede Menge Leute haben.«

»Es hat keinen Zweck, sie werden sie nie rechtzeitig freibekommen. Wir müssen jetzt abschalten!« Der Mann hatte Furcht in seiner Stimme.

»Also schön. Du fängst schon mal an, und ich rufe den Führer.«

»Jetzt!« brüllte V'dal, und die drei Eindringlinge sprangen vor, als die beiden Prüfer herumwirbelten und die Gefahr erkannten. Einer von ihnen war auf der Stelle tot, als J'vinas Schwert ihn im Nacken erwischte, und der andere erstarrte, als V'dals Klinge auf seiner Kehle zu liegen kam.

»Zeig mir, wie man dieses Ding abschaltet!« verlangte

V'dal, ohne auf die erschrockenen Mienen der anderen zu achten.

»Was?« Der Mann nahm seinen Kopfhörer ab »Abschalten?« Er wirkte erleichtert, als er seinen Stuhl zurück zur Instrumententafel drehte. »Zuerst drehen wir diese Skalen ...«

»Gut.« V'dal schob den Mann auf Seite und drehte sie alle energisch in die entgegengesetzte Richtung.

»Nein! Nein!« schrie der Prüfer und wurde kreideweiß. »Sie bringen uns alle um!«

»Halt den Mund!« fuhr J'vina ihn an und unterstrich ihre Worte noch mit einem Schwertstoß. Der Prüfer war tot, bevor er den Boden berührte.

Als V'dal fertig war, blinkten überall auf der Tafel rote Lichter auf, und in der höhlenartigen Halle dahinter heulten laut Sirenen. C'tis sah Leute über die Laufwege stolpern und zu den Ausgängen hasten.

»Na, wenigstens passiert endlich was«, bemerkte V'dal mit einem halbirren Glucksen. Er drehte sich zu den anderen beiden um. »Ihr geht raus und bringt sie noch ein wenig mehr durcheinander. Setzt euch ab, wenn ihr könnt – ich bleibe hier und sorge dafür, daß hier niemand dazwischenfunkt.« Mit einer Handbewegung deutete er auf die blinkenden Lichter.

C'tis wollte protestieren, doch J'vina reagierte als erste.

»Wir werden nicht davonkommen«, meinte sie, »aber ein derartiges Chaos anzurichten, ist genau nach meinem Geschmack. Mach's gut, V'dal. Vielleicht sterben wir nicht zusammen, aber im Geist sind wir auf deiner Seite. Möge Rael mit dir sein. Kommt!« Und damit rannte sie in die Außenhalle. Die Meyrkats sprangen hinterher.

»Leb wohl, V'dal«, sagte C'tis ruhig. »Ich würde mir wünschen, in diesen letzten Augenblicken die Einstellung eines Soldaten zu haben.«

»Ich weiß.« Dann nahm er sie für eine viel zu kurze Umarmung in die Arme, bevor sie sich umdrehte und J'vina folgte.

»Tod der Teufelsbrut!«

Der Schlachtruf der Vandalen war noch immer inmitten der Kämpfe, die außerhalb der Stadtgrenze tobten, zu hören. Nach ihrem ungestümen Angriff hatten sie sich Verteidigern gegenübergesehen, deren Zahl und deren überlegene Waffen einen hohen Blutzoll forderten, bevor die Vandalen ihre eher primitiven Waffens ins Spiel bringen konnten. Männer und Pferde irrten ziellos in einem Chaos aus Lärm, Angst und Blut umher. Die Sache der Grauen Vandalen war verloren, doch ihr Fanatismus erlaubte keine Einsicht, daher rannten sie weiter gegen ihre unbarmherzigen, Feinde mit den stählernen Masken an und hoben ein weiteres Mal ihren Ruf gen Himmel.

»Tod der Teufelsbrut!«

Nach und nach lichteten sich ihre Reihen, und ein Ende war bereits in Sicht, als zwei Dinge geschahen. Die Verteidiger der Stadt verloren plötzlich jeden Zusammenhalt, stellten den Kampf ein und sahen sich hilflos um, als hätte man ihnen plötzlich ihr Ziel genommen. Die Vandalen machten sich das zunutze und verdoppelten ihre Anstrengungen.

Das zweite Ereignis jedoch setzte der Schlacht ein jähes Ende. Grell orange-farbene Strahlen schossen aus den umstehenden Gebäuden, und verwandelten mit ihren tödlichen Flammen gewaltige Flächen in verbrannte Erde. Jeder, der von diesen scheußlichen Strahlen erwischt wurde, starb eines qualvollen Todes – Angreifer wie Verteidiger gleichermaßen. Es war, als hätte die Stadt bei der ganzen Angelegenheit die Geduld verloren und beschlossen, ihre Macht ohne Unterschied, aber entschieden einzusetzen.

Die wenigen Überlebenden nahmen Reißaus und flohen.

Die erste von zahlreichen Explosionen zerriß das Kraftwerk. Im Augenblick seines Todes sah V'dal, wie die Flammen auf ihn zu kamen und lächelte. Das Inferno war jetzt nicht mehr aufzuhalten.

Die Stimme des Großen Führers dröhnte durch jedes Gebäude und auf jeder Straße wie die Stimme einer unsichtbaren Gottheit. Sein Volk blieb selbst inmitten der wachsenden Panik stehen, um seinen Worten zu lauschen.

»Mein erstes großes Experiment ist vorüber. Es wird in Feuer enden, in einer Zerstörung, die größer ist, als wir vorhersehen konnten.« Wahnsinn lag in seiner Stimme, aber sie besaß auch eine unleugbare hypnotische Kraft. »Die Stadt wird ein glühendes Monument meiner Größe und der Torheit all jener werden, die sich mir widersetzt haben. Ihr habt mir gute Dienste geleistet, und habt die Ehre, am ersten Teil meines Triumphes teilzuhaben. Ich grüße euch alle.«

Als die Worte des Großen Führers allmählich verklangen, setzte die Panik in vollem Umfang erneut ein. Die schlichte Zufriedenheit der Menschen war für immer dahin, und die Menschen aus der Stadt waren gezwungen, sich mit ihrem Schicksal abzufinden. Ein angsterfüllter Exodus begann.

Einige hielten auf den Startplatz der Flieger zu. Sie wußten, dies war ihre beste, vielleicht einzige Chance zur Flucht. Doch der Weg war versperrt, also mischten sie sich unter die panikartig flüchtenden Massen, die zur Stadtgrenze und weiter bis in die Berge rannten.

Dann meldete sich der Große Führer erneut zu Wort.

»Ich habe die Prioritätskontrolle aller Funktionen übernommen. Ihr könnt eurem Schicksal nicht entkommen, aber euer Opfer wird niemals vergessen werden. Schon bald werden Flieger mit Waffen an Bord starten, die den Tod über die Häuser all jener bringen werden, die es gewagt haben, uns anzugreifen. *Euer Tod bleibt nicht ungerächt!*

Als diese letzten Worte der gewaltigen, körperlosen Stimme um sie verhallten, sahen Jordan und Hewe sich im Schatten ihres Verstecks gegenseitig an.

»Newport?« fragte Hewe flüsternd.

»Und jede andere Stadt dieses Landes«, erwiderte Jordan. »Er ist vollkommen wahnsinnig.«

»Wahnsinnig, aber mächtig«, meinte Arden. »Wenn wir

nicht verhindern, daß diese Waffen zum Einsatz kommen, werden Millionen von Menschen getötet werden.«

»Nicht nur das«, fügte Gemma unerwartet hinzu, die zum erstenmal seit langer Zeit wieder etwas sagte, »wenn sie tatsächlich eingesetzt werden, wird der Erd-Geist verrückt werden, ganz gleich, ob wir diese Stadt zerstören oder nicht.«

»Aber wie können wir sie aufhalten?« wollte Hewe wissen. »Wir wissen ja nicht mal, wo die Flieger sich befinden.«

»Wir müssen *ihn* finden, nicht die Flieger«, warf Zana ein. Sie kniete und hatte den Arm um den erschöpften Zauberer gelegt. »Ihr habt gehört, was dieser Irre gesagt hat. Er kontrolliert alles. Gebietet ihm Einhalt, dann haltet ihr auch die Flieger auf.«

»Aber wir wissen noch immer nicht, wohin wir sollen«, gab Hewe zu Bedenken.

»Der Turm!« stieß Gemma hervor. »Es *muß* einfach dort sein!«

»Welcher Turm?« fragte Jordan verwirrt.

»Gem kann ihn sehen«, erwiderte sie und vergrößerte damit seine Verwirrung noch. »Sie wird uns hinführen.«

Alle sahen sie merkwürdig an, folgten ihr aber, als sie, mit Arden an ihrer Seite, entschlossen davonmarschierte. Sie machten jetzt keinerlei Anstalten mehr, sich zu verstecken und gingen mitten auf der Straße.

»Hier geht es lang!« rief Gemma über ihre Schulter. »Es ist jetzt nicht mehr weit.« Sie fing an zu rennen, und die anderen mußten sich beeilen, um, die Schwerter in den Händen, mit ihr Schritt zu halten. Gemma hatte keine Waffe, sondern hielt den Stab in der Hand, den Kris ihr gegeben hatte. Sie hatte sich an ihren Traum erinnert, darin ein Omen gesehen und ihn an jenem Morgen aus ihrem Gepäck herausgenommen. Der Stab war unverändert. Nichts daran schien besonders, doch sie hielt ihn fest umklammert, als wäre er ein Talisman.

Als sie um eine Ecke bogen, sahen sie ihn – ein riesenhafter Turm aus schwarzem Metall, der sich kaum vor dem Nachthimmel abhob. An der Seite befand sich das Zeichen der aus dem Gleichgewicht geratenen Waagschalen. Hoch darüber leuchtete ein Licht.

»Dort hinauf!« brüllte Gemma über den Lärm der Menschen auf der Flucht und den brennender Gebäude hinweg. Sie klang völlig sicher, und niemand dachte daran, an ihr zu zweifeln.

Als sie zum Sockel des Turmes eilten und sich durch die offene Tür zwängten, erkannte Gemma sofort den Aufzug wieder und führte sie dorthin. Sie drückte auf einen Knopf und die Türen glitten auseinander.

»Er wird uns nach oben bringen«, erklärte sie, »allerdings passen wir nicht alle hinein.«

»Agrin, du übernimmst das Kommando hier«, ordnete Jordan an. »Sorge dafür, daß niemand sonst das Gebäude betritt.«

»Jawohl, Sir.« Der Soldat begann, Befehle zu brüllen und ließ seine Leute ausschwärmen.

»Gehen wir«, drängte Gemma. Sie und Arden standen bereits im Aufzug. »Cai, schaffst du es?«

»Natürlich«, antwortete der Zauberer mit ruhiger Stimme. Er wankte, gestützt von Zana herein, dann zwängten sich Jordan und Hewe hinter ihm hinein.

»Hoffentlich ist das Ding für unser aller Gewicht gebaut«, meinte Hewe. »Ich möchte nicht oben ankommen, um dann mitansehen zu müssen, wie das Seil reißt.«

Der Aufzug raste nach oben, doch Gemma war er noch immer nicht schnell genug. Ungeduldig murmelte sie kaum hörbar vor sich hin.

Es schien eine Ewigkeit zu dauern, bis die Maschine zum Stehen kam. Die Türen glitten auf, und man sah einen großen kreisrunden Raum. Sie sprangen hinaus, die Waffen schußbereit, und bildeten instinktiv einen Bogen, ausgerichtet auf den Mann, der auf der gegenüberliegenden Seite des Raumes stand. Er schaute auf eine große Instrumententafel.

»Ich dachte mir, daß ihr bald hier sein würdet«, sagte der Mann, ohne sich umzudrehen. »Willkommen in meinem Horst.« Seine Stimme klang unbeschwert und überspannt.

Jeder der sechs spürte, wie er zunehmend erstarrte, wie ihre Füße am Boden festzufrieren schienen. Sie waren unfähig, sich zu bewegen, was immer sie versuchten. Als der

Mann sich langsam umdrehte, verfolgten die Beobachter dies mit einer Mischung aus Faszination und Entsetzen, fast als erwarteten sie, das Gesicht eines grotesken Wahnsinnigen zu erblicken. Arden fürchtete plötzlich, seinen Vater wiederzusehen – doch der Mann, der sie gefangenhielt, wirkte vollkommen normal. Er war von schmächtiger Gestalt und hatte ein angenehmes, harmloses Gesicht. Er lächelte, und erst in diesem Augenblick blitzte ein Funke in seinen blassen blauen Augen auf.

»Erkennt ihr meine Stimme nicht?« fragte er, die Unschuld in Person, dann drückte er auf einen Knopf. »Ist es so besser?« Die vertraute Stimme des Führers der Stadt dröhnte hervor, zur Unkenntlichkeit verändert und verstärkt. Er schaltete sie wieder aus.

»Wie ihr seht, bin ich zur Zeit recht beschäftigt«, sagte er milde. »Warum wolltet ihr mich sprechen?«

36. KAPITEL

Sie waren sprachlos. Der Große Führer hatte sie ohne erkennbare Anstrengung in seinen Bann geschlagen. Ihr Verstand schien im selben Augenblick zu erstarren wie ihr Körper. Nur Gemmas Gehirn war noch aktiv; doch sie hatte, weit entfernt, einen anderen Kampf auszufechten.

Tante Gemma, hier ist so eine große Frau.

Nicht jetzt, Gem. Ich habe zu tun.

Aber sie macht mir angst. Ich glaube, sie ist böse. Sie brüllt so laut.

Schlaf weiter, meine Liebling. Ich kann dir jetzt nicht helfen. Das Baby fing an zu weinen, und Gemmas Kopf schmerzte. *Vielleicht ist sie der zukünftige Schlüssel,* schäumte sie innerlich, *aber noch ist sie nicht soweit. Laßt sie in Frieden!*

Wie die Großmutter, nur viel größer, hörte sie Gem leise sagen, bevor ihre Aufmerksamkeit gewaltsam wieder in den kreisrunden Raum gezwungen wurde. Ihr Feind ergriff erneut das Wort.

»Ich will nicht abstreiten, daß euer Einfallsreichtum mir beträchtliche Unannehmlichkeiten bereitet hat. Ich habe euch unterschätzt. Ein Fehler, den ich nicht wiederholen werde.« Die Worte wirkten um so bedrückender durch den sanften Ton, in dem sie ausgesprochen wurden. »Am Ende jedoch wird dies keine Rolle spielen. Das Zeitalter des Chaos, wie ihr es so poetisch nennt, ist bereits gewiß. Zwar wird die Welt ganz anders sein, doch ich werde es sein, der über sie herrschen wird. Durch euren törichten Angriff habt ihr genau das ausgelöst, was ihr so verzweifelt habt verhindern wollen. Ironie des Schicksals, findet ihr nicht?« Er wartete auf eine Antwort, erhielt aber keine und fuhr fort: »Kein Wunder, daß eure kümmerlichen Völker mir nicht gewachsen sind«, sprach er voll glühender Verachtung. »Ich hatte zumindest eine gepflegte Unterhaltung erwartet ... bevor ihr sterben werdet.«

»Vergeßt Ihr nicht etwas?« ergriff Jordan endlich das Wort. »Wenn dieser Ort hier in die Luft geht, dann werdet Ihr ebenfalls sterben.«

Der Große Führer lächelte. »Oh, das glaube ich kaum«, meinte er beiläufig. »Im Augenblick sind wir hier drinnen sicher, und wenn dieser Ort zerstört ist, bin ich bereits weit fort. Mein Himmelsrabe – so nennt ihr sie doch, nicht wahr? – wartet auf dem Dach über uns.« Sein Lächeln wurde breiter. »Möchte mich vielleicht jemand begleiten?« Er trat wieder vor die Instrumententafel und studierte sie ein paar Augenblicke schweigend, bevor er sich erneut ihnen zuwandte.

»Mir bleibt fast noch ein halbe Stunde, bevor ich aufbrechen muß«, meinte er vergnügt. »reichlich Zeit, um euch zu erklären, was geschehen wird.« Er war offensichtlich größenwahnsinnig und weidete sich genüßlich an der Hilflosigkeit seiner Gefangenen.

»Sobald die Temperatur im Hauptkraftwerk ein bestimmtes Niveau erreicht hat – ich bin dann selbstverständlich schon lange fort –, wird das Grundgestein, auf dem es errichtet wurde, zu schmelzen beginnen, und das Ganze wird *in* die Erde versinken. Wenn es auf den glühenden Erdkern stößt, kommt es zu einer Explosion, die stärker sein wird als tausend Vulkane.«

Zana wimmerte leise, und der Große Führer drehte sich um und grinste sie an.

»Die dabei entstehenden Trümmer werden in die Atmosphäre geschleudert und verteilen die Verschmutzung über die gesamte Erdoberfläche. Natürlich werden einige Orte weniger in Mitleidenschaft gezogen werden als andere, doch überall wird das Leben beeinträchtigt werden. Nur wer mich in die unterirdische Stadt begleitet, kann sicher sein, davon verschont zu bleiben. Oh, sie ist viele, viele Meilen entfernt«, versicherte er ihnen, »und bereits vor Jahren errichtet worden – im Hinblick auf ein derartiges Ereignis.« Seine Selbstgefälligkeit wurde unerträglich. »Und vergeßt nicht, viele meiner – *Angestellten* – werden trotz der Verschmutzung auf der Erdoberfläche operieren können. Ihr seht also, ihre Umwandlung hat durchaus ihre Vorteile. Ich werde der absolute Herrscher der Welt sein!«

»Herrscher über eine *tote* Welt!« rief Hewe. »Ihr seid wahnsinnig!«

»Oh, sie wird nicht völlig tot sein«, erwiderte der andere, von Hewes Ausbruch ungerührt. »Nur *anders*. Ich muß allerdings zugeben, einige Orte werden in der Tat wie ausgestorben sein. Eine notwendige Lektion für alle, die übrigbleiben. Ich kann nicht zulassen, daß irgend jemand glaubt, er könne mich angreifen und erwarten, ihm bliebe das volle Maß der Vergeltung erspart.« Er hielt inne und betrachtete ein Gesicht nach dem anderen. »Great Newport ... euer hochgeschätztes Tal ... ein paar unbedeutende Inseln im Norden ... ich brauche bloß auf diesen Knopf zu drücken, sobald die Bewaffnung abgeschlossen ist, und die Himmelsraben werden ihre Ziele ansteuern. Das wird jetzt nicht mehr lange dauern.«

»Und wenn Ihr Euch irrt?« fragte Cai mit schwacher Stimme. »Was ist, wenn die Welt tatsächlich tot sein sollte? Dann werdet Ihr über nichts herrschen.« *Diesmal wird niemand überleben*.

»Ich irre mich nie!« erwiderte der Mann, und zum erstenmal schien er erzürnt.

»Warum tut Ihr das?« flehte Cai. »Ihr seid Zauberer ...«

»Nein!« Die Stimme des Großen Führers fuhr scharf dazwischen. »Ich hasse Magie. Ich habe sie benutzt, um eine neue Entwicklung zu schaffen, sie für meine neue Logik eingespannt, um den Gesang der Sirenen zu erzeugen. Das brachte mir die Menschen, die ich brauchte, deren Verstand ganz auf den meinen eingestellt war. Wir wußten, daß wir gemeinsam eine Technologie erschaffen konnten, die Magie und ihre albernen Dogmen ein für allemal überflüssig machen würde. Zauberei ist nur etwas für Schwächlinge, für die, die *Kreise* benötigen, damit sie ihnen Halt geben. Ich kann auf eigenen Beinen stehen!« Er hatte angefangen zu brüllen, wurde jetzt aber wieder ruhiger. »Mendle hatte die richtige Idee, aber er war zu ungestüm. Mein Sieg dagegen wird durch absolute Gründlichkeit errungen, durch sorgsamste Beachtung jeder Einzelheit.«

Neben den Schaltern, die die Himmelsraben starten würden, wechselten Lämpchen von Rot zu Orange, eine Veränderung, die der Große Führer mit Befriedigung registrierte.

»Jetzt wird es nicht mehr lange dauern«, erklärte er ihnen.

»Aber Ihr benutzt doch Magie«, beschuldigte ihn Cai und versuchte, seine erstarrten Glieder zu recken, doch der, der ihn gefangenhielt, lachte nur.

»Nein. Was euch festhält, ist ein einfaches statisches Feld, das auf das Nervensystem einwirkt – wenn ihr wißt, was das ist.« Seine Verachtung war unverkennbar. »Ich kann es allerdings genau kontrollieren. Das ist der Grund, weshalb ihr sprechen und beobachten, euch aber nicht bewegen könnt.« Er ging auf Cai zu und zeigte mit dem Finger auf sein Gesicht. »*Du* bist der letzte Zauberer, mein Freund. *Ich* werde nie wieder Magie benutzen.«

Die Lichter waren mittlerweile auf Grün gewechselt, doch der Große Führer schien es nicht zu bemerken.

»Selbst dann nicht, wenn Ihr der neue Schlüssel zum Traum sein könntet?« fragte Gemma rasch in der Hoffnung, ihn ablenken zu können. Ideen schossen ihr durch den

Kopf. »Wenn Ihr der Mittelpunkt aller Magie der Welt sein könntet – wäre das kein lohnendes Ziel?«

Ihr Peiniger starrte sie an, während den anderen vor Fassungslosigkeit entsetzt der Atem stockte.

Tante Gemma, die große Frau ist wütend!

Sag der großen Frau, sie soll still sein, erwiderte Gemma. *Wir werden ihr später helfen.*

Sie hatte ihren Vorteil erkannt und preschte weiter vor.

»Habt Ihr vergessen, wie es sich anfühlt, die Kraft der Magie in den Fingerspitzen zu spüren?« fragte sie. »Ohne die Hilfe von Maschinen?«

Dann ergriff Arden das Wort, auch wenn seine Stimme kaum wiederzuerkennen war. Er durchlebte einen Traum.

»Vater«, krächzte er. »Einst war die Magie in dir – erinnerst du dich nicht? Nimm den Stab. Setze deine Liebe wieder ein.«

Bei diesen Worten spürte Gemma, wie neue Kräfte sie durchzogen. Sie rief hinaus zu den Kreisen, und diese antworteten – einige erfreut, andere verängstigt, einige widerstrebend und voller Angst. Cai und der Schwarm, die Meyrkats, die Propheten des Lichtlosen Königreiches, Jordan, Mallory und Arden befanden sich unter den vielen bekannten und unbekannten Gesichtern von Mensch und Tier, die ihr durch den Kopf gingen. Sie waren bereit, zu helfen. Jetzt, wenn nur ...

Der Große Führer starrte Gemma neugierig an.

»Der Schlüssel dazu?« fragte er gedehnt.

»Das ist mein Geschenk an Euch«, sagte Gemma rasch, das Stichwort aus Ardens rätselhafter Äußerung aufgreifend. »Die Magie war einst in Euch. Ihr braucht nichts weiter zu tun, als dies einzugestehen, und Ihr werdet alle Kreise beherrschen. Kehrt Eurer neuen Logik den Rücken. Seid *unser* Führer – nehmt den Stab der Macht von mir entgegen!«

Hewe und Zana protestierten, doch Gemma erkannte, daß er in Versuchung geriet und spürte, wie ihre Muskeln wieder zum Leben erwachten. Sie trat vor, ging neben ihm in die Knie und bot ihm Kris' Stab dar.

Der Tyrann streckte seine Hand aus, und einen wunderbaren Augenblick lang glaubte Gemma, sie hätte gewonnen. Doch dann zog er sie zurück.

»Woher weiß ich, daß dies der Stab der Macht ist?« fragte er unvermittelt. »Ich kann an ihm nichts Ungewöhnliches entdecken.«

»Wie denn auch?« fragte Gemma. »Solange Ihr die Magie in Euch noch leugnet. Öffnet Euch dieser Magie, und Ihr werdet sehen!«

Schweigen legte sich über den Raum.

Bedächtig streckte er erneut die Hand aus, und seine Finger schlossen um ein Ende des Stabes, während Gemma das andere noch immer festhielt.

»*So* war es«, meinte er. »Jetzt erinnere ich mich.«

Als die Kraft und die Unterstützung der Kreise auf Gemma überging, benutzte sie diese, um ihn fest zu binden und einen Bann aus Magie um ihn zu weben, der ihn ebenso fest gefangenhielt wie Bänder aus Stahl, und das, obwohl er sich fluchend und kreischend abmühte und wand.

Dann wurde es still im Raum. Gemma und der Große Führer waren zu einer bizarren Skulptur geronnen, von den anderen konnten sich nur Hewe und Zana rühren. Sie sanken zu Boden, ihre Beine waren gefühllos geworden. Gemmas Falle hatte sich um die Beute und ihren Häscher geschlossen.

»Ein Patt«, stieß der Große Führer zwischen zusammengebissenen Zähnen hervor. »Du kannst mich nicht besiegen, was gedenkst du also jetzt zu tun?«

Das Feuer im Kraftwerk war jetzt so heiß, daß das Metall wie Butter dahinschmolz. Der Oberbau des gewaltigen Gebäudes war längst eingestürzt, und die Flammen hatten auf angrenzende Gebiete übergegriffen. Die Luft war angefüllt von Rauch und Dampf, gelegentliche Explosionen schleuderten Trümmerteile in den Himmel.

Die Stadt, die jetzt von fast allen ihren Einwohnern verlassen worden war, erzitterte unter dem Aufschlag der vielen Trümmerteile. Dann erbebte das gesamte Tal, als schüttelte es sich, um aus einem Alptraum zu erwachen, und Elementale stiegen aus dem Erdboden empor, riesige, wirbelnde Wesen aus blauen Flammen. Es waren Hunderte, Tausende, in denen Licht pulsierte. Jeder, der noch dort war und sie sehen konnte, starrte sie mit Ehrfurcht und Scheu an, überwältigt von den wunderschönen, majestätischen Visionen, die überall in der Stadt tanzten. Sämtliche Kämpfe brachen ab, und selbst wer verzweifelt floh, blieb auf der Stelle stehen und starrte auf das Schauspiel.

Es war, als hätten die Geister der Erde selbst die durch den Großbrand hervorgerufene tödliche Gefahr gesehen und sich erhoben, um sie vom Rest der Welt zu isolieren. Sie schirmten die Erde mit ihren flüssigen Körpern vor der tödlichen Gefahr ab. Sie wuchsen zusammen und bildeten einen Ring, einen kreisrunden Wall, der sich funkelnd zwischen den Bergen und der Stadt bewegte. Keiner, der sie sah, konnte ihre Kraft oder ihre Schönheit bestreiten, doch verglichen mit den Kräften, denen sie sich widersetzen wollten, wirkten die Elementalen schwach und unwirklich. Viele blickten zu lange in die blauen Flammen und fanden ihren eigenen Ausweg – gewissermaßen.

Den Irrsinn.

Diese große Frau ist wieder da! Jetzt sind es viele. *Das gefällt mir nicht. Sie hört nicht auf mich.*

Gemma war hilflos. Die Kreise waren ihr zur Hilfe gekommen, und doch konnte sie nicht fliehen, ohne auch ihren Feind zu befreien. Und nun stand Gem am Rande der Verzweiflung. *Jetzt sind es viele.* In diesem Augenblick fiel Gemma eine andere Bemerkung ein, eine, die ihr das Blut gefrieren ließ. *Aus der Einen werden viele.*

Die kleine Gem sprach mit dem Erd-Geist! *Er ist erwacht!*

Einen Augenblick lang war Gemma in ihre Kindheit zurückgekehrt, wo sie ein anderes Baby sah, das eine solche Unterhaltung erlebt hatte und deswegen umgekommen war.

Zeige sie mir, mein Liebling, sagte sie so ruhig wie möglich. *Zeige mir diese große Frau.*

Augenblicklich sah sich Gemma etwas so Ungeheurem, so ungeheuer Altem gegenüber, daß sie zurückschreckte. Bereits der Versuch eines solchen Kontakts würde den Tod bedeuten – oder zumindest den Irrsinn. Doch das Kind war unverletzt, nur sehr verängstigt.

Das Alter spricht vielleicht zur Jugend. Andererseits jedoch bedeutet Unschuld Macht. Als ihr die Worte der Katze wieder einfielen, erkannte Gemma die Wahrheit. *Sie weiß es nicht!* Weil *sie ein Baby ist, kann sie mit ihm sprechen!* Rasch erteilte sie ihrer kleinen Namensschwester Anweisungen.

Gem, sag der großen Frau, sie soll ruhig sein. Wir versuchen ihr zu helfen, aber sie muß uns etwas Zeit geben.

Ich versuche es, aber sie hört mir nicht zu. Das Kind klang fast empört.

Gemma richtete ihr Augenmerk wieder auf die Kreise und war darauf bedacht, ihren weltlichen Feind so schnell wie möglich loszuwerden. Im Augenblick schien er ein eher belangsloses Problem darzustellen, verglichen mit dem, was noch kommen konnte. Wenn der Erd-Geist sich mit seiner eigene Vernichtung dem durch die Vergiftung hervorgerufenen Chaos anschloß, wäre die Welt allerdings dem Untergang geweiht.

Nachrichten von den Kreisen strömten herein.

Ist es soweit?

Verläßt du uns?

Gemma ignorierte sie und verlangte Ruhe.

»Laß mich gehen!« knurrte der Große Führer und blickte aus Augen auf sie herab, in denen sich eine irre Intensität spiegelte. »Hör auf mit diesem Unsinn!«

»Auf jeden Fall«, versprach sie ruhig, »werde ich Euch hierbehalten, damit Ihr mit uns sterbt.« *Aber das wird nicht reichen,* sagte sie sich.

Hewe war wankend auf die Beine gekommen und kam auf sie zu, das Schwert in der Hand.

»Soll ich ihn töten?« fragte er erschöpft.

»Das kannst du nicht«, erwiderte Gemma. »Die Kraft der Kreise bindet ihn – genau wie mich – aber sie schützt ihn auch vor deinem Schwert.«

»Ich gehöre also nicht zu den Kreisen?« fragte Hewe.

»Nein. Zana auch nicht – deswegen könnt ihr zwei euch auch bewegen«, erklärte Gemma. »Geh und sieh auf der Instrumententafel nach, ob die Himmelsraben schon gestartet wurden.«

Hewe ging langsam hinüber zu der Reihe von Instrumenten und betrachtete sie argwöhnisch.

»Die grün blinkenden Lichter bedeuten allesamt ›aktiv – bewaffnet‹, berichtete er. »Links gibt es noch andere, auf denen ›Abbruch‹ steht. Soll ich sie drücken?«

»Was passiert, wenn er das tut?« fragte Gemma ihren Gefangenen. Er weigerte sich zu sprechen und funkelte sie nur wütend an.

»Drück sie«, meinte sie zu Hewe. Er tat es.

»Alle Lichter sind ausgegangen«, rief er herüber. »Was jetzt?«

Doch inzwischen war Gemma etwas anderes eingefallen, und sie achtete nicht auf ihn. Sie war zu den Kreisen zurückgekehrt.

Unsere Energie schwindet rasch!

Was ist passiert? Du wirst schwächer, Gemma!

Ist es soweit?

Ein Augenblick grimmiger Konzentration bewies, daß ihre Annahme richtig war. *Irgend etwas stimmt nicht. Einer der Kreise fehlt!* Sie begann ihre Suche, durchforstete das endlose Bombardement aus Worten. Nach einer Ewigkeit, wie es schien, fand sie, was sie gesucht hatte. Wynuts Stimme drang in ihren Kopf, ein schwaches, entrücktes Wispern, an das sie sich in dem verzweifelten Bemühen klammerte, die Verbindung aufrechtzuerhalten.

Endlich! rief der Zauberer. *Ich dachte, du würdest uns niemals hören!*

Wir brechen sämtliche Regeln, wenn wir das tun, fügte Shanti hinzu, dessen übliche Gereiztheit durch die wachsende Angst noch gesteigert wurde. *Deine Torheit wird uns alle vernichten.*

Helft mir, flehte Gemma. *Wir brauchen die Kraft des letzten Kreises.*

Das wissen wir! fuhr Shanti sie an.

Wir werden es versuchen, sagte Wynut ruhiger, *aber die Verbindung ist sehr schwach. Wir befinden uns noch nicht in unserer Raumzeit, es gibt also nur eins, das unseren vollen Kontakt verhindern kann.*

Was? fragte sie verzweifelt.

Elementale, erklärte Wynut ihr. *Wir können alles auf dieser Welt durchdringen – nur nicht ihre Kraft. Sie bestehen aus reiner Energie und stehen außerhalb von Raum und Zeit.*

Elementale? Gemma war verwirrter denn je.

Ja! feuerte Shanti zurück. *Du bist umringt von ihnen. Du mußt dich von ihnen befreien, oder wir sind alle verdammt*!

37.
KAPITEL

»Hewe!« rief Gemma. »Geh zu den Fenstern. Befinden sich irgendwelche Elementale in der Nähe der Stadt?«

»Kann ich nicht sagen«, antwortete er einen Augenblick später. »Außer dem Feuer kann ich nichts erkennen!« Er fluchte leise.

»Wir könnten einen Handel machen«, schlug der Große Führer plötzlich vor. »Es ist noch Zeit. Oder *willst* du sterben?«

»Du bist nicht in der Position, zu verhandeln«, erwiderte Gemma scharf. Sie ärgerte sich darüber, daß er ihre Konzentration gestört hatte.

»Begleite mich im Flieger«, beharrte er. »Verlasse diese Schwächlinge. Wir sind uns so ähnlich, du und ich. Macht ist unser natürliches Kapital. Zusammen …«

»Nein!« Sie wußte, daß er versuchte, sie hereinzulegen – und die Andeutung, sie könnten sich ähnlich sein, machte sie noch wütender. »Halt den Mund!« *Und laß mich nachdenken*.

Doch er machte weiter, denn er wußte, daß sie nichts tun

konnte, um ihn daran zu hindern, und Gemma war gezwungen, die abscheulich schleimige Stimme zu überhören, so gut es ging.

»Dort sind tatsächlich Elementale«, flüsterte Cai plötzlich unerwartet. »Ich kann sie erkennen.«

»Was?« fragte Gemma. Die Bienen saßen noch immer auf der Schulter des Zauberers, festgehalten von derselben Falle, die sie alle gefangenhielt. »Sie befinden sich in der anderen Welt«, antwortete Cai. »Es ist der einzige Ort, den ich zur Zeit *sehen* kann.«

»Was?« Gemma begriff nicht, was er sagte.

›*Haltet die elementalen Feuer zurück*‹, zitierte Cai. »Vielleicht schaffen wir es. Vielleicht schafft *er* es.«

Während ihres langen Ritts in die Berge hatte Wray die Gesellschaft der anderen meist gemieden. Er hatte sich nicht unter seine früheren Brüder gemischt, die in ihm jetzt eine Witzfigur sahen – verrückt und unnütz. Doch als die Vandalen auf die Stadt stürmten, hatte ihn deren Begeisterung mitgerissen. Er war mit ihnen geritten und hatte seine unverständliche Rufe unter ihren Totengesang gemischt.

In der darauffolgenden Schlacht war er wie durch ein Wunder unverletzt geblieben – und als die fürchterlichen Strahlen dem Kampf ein ebenso unvermitteltes wie feuriges Ende bereiteten, war er mit all den anderen Überlebenden – Freund und Feind gleichermaßen – in die Berge geflohen.

Jetzt strauchelte sein Pferd, stürzte und warf ihn auf den weichen, grasbedeckten Hang. Er sprang auf und rannte, bis sein Herz zu zerspringen drohte.

Das ganze Tal war vom Feuer in der Stadt in ein gleißend rotes Licht getaucht, doch dann beobachtete Wray verzückt, wie eine ungeheure Zahl Elementaler aus dem Boden hervorströmte. Sie waren so wunderschön! Er sah, wie sie sich sammelten und die Stadt einkreisten. Das Feuer schien dadurch an Intensität und Bedrohlichkeit zu verlieren. Seine Angst verflog, und er ging langsam den Hang wieder hinunter und starrte verwundert auf die fließenden blauen Geschöpfe, als sehe er sie zum erstenmal.

Halte die elementalen Feuer zurück, hörte er jemanden rufen. *Vielleicht schaffen wir es. Vielleicht schafft* ER *es.*

Wray ging weiter. Der große Wall in Clevemouth war ein Test gewesen – und dort hatten sie ihn akzeptiert. Sein Herz war erfüllt von einem neuen Gefühl. Blumen erblühten auf dem unfruchtbaren Ödland seiner Existenz, und zum allererstenmal in seinem Leben roch er ihren Duft.

Halte die elementalen Feuer zurück. Jetzt erkannte Wray die Stimme.

Wir befinden uns im selben Kreis, du und ich, klärte er den Zauberer auf. *Das wollte ich dir immer sagen, doch ich fand nie die Worte.*

Wray, hör zu! Cai klang verzweifelt. *Du mußt eine Bresche in den Wall aus Elementalen schlagen. Die Stadt ist eingekreist und …*

Ich weiß.

Hilf uns! flehte Cai. *Aber du darfst keine Gewalt anwenden – jetzt kann uns nur echte Freundschaft retten.*

Wray hätte die Warnung nicht gebraucht. Er war den Elementalen jetzt nahe, wie hypnotisiert von ihrer Schönheit. In diesem Augenblick sonnte er sich in ihrem strahlenden Glanz und liebte sie ihrer Freiheit wegen, ihrer Wärme und Lebendigkeit. Seine frühere Vorstellung, sie seien fremdartige Lebensformen, die er seinem Willen unterwerfen müsse, verschwand völlig aus seinen Gedanken. Es waren wundersame Geschöpfe, die ihn als Freund akzeptierten.

Wray breitete die Arme aus und hieß die elementalen Geister mit jeder Faser seiner Existenz willkommen. Er war in Gedanken und Gefühl bei ihnen, erfüllt von schlichtem Glück und Liebe.

Unwiderstehlich angezogen kamen sie zu ihm und hüllten ihn ein in einen sanften Wirbel; ihr lebhaftes Blau umkreiste ihn in einer Vielzahl von Schattierungen und einem Höchstmaß an Bedeutung. Dieser Augenblick gab seinem Leben eine Bestimmung.

Und in ebendiesem Augenblick erwiderten die Elementalen seine Begrüßung tausendfach.

»Er hat es getan«, hauchte Cai. Er brachte vor Überwältigung fast kein Wort heraus, und selbst Zana, die kaum einen Schritt vor ihm stand, verstand nur schwer, was er sagte. Sie war unter großen Mühen aufgestanden und zum Zauberer hinübergegangen, wollte nichts weiter, als die Arme um ihn legen und ihn trösten. Doch sie kam nicht bis zu ihm, wurde von einer unsichtbaren Barriere zurückgeworfen und mußte hilflos mitansehen, wie er das Gesicht vor Anstrengung und Sehnsucht verzog.

»Er hat es getan«, wiederholte der Zauberer. Ein seltsam schiefes Lächeln huschte über sein Gesicht, und Tränen füllten seine grünen Augen. »Sag es Gemma«, meinte er leise.

Zana drehte sich um, erkannte aber, daß diese bereits Bescheid wußte.

Gemma stand auf, ließ den Stab in der Hand des Großen Führers, und sah ihn an. Ein flackernder Schirm begann sich um den bösen Mann zu formen, nahm mit jedem Augenblick an Festigkeit zu. Allmählich bildete sich ein perfekter zylinderförmiger Behälter, der golden und silbrig schimmerte. Er war durchsichtig, aber undurchdringlich, und der Gefangene in seinem Innern erstarrte.

Einen Augenblick später begann der Zylinder zu flackern und wurde unwirklich wie ein Geist. Dann war er verschwunden. Gefängnis und Gefangener hatten sich schlicht in Luft aufgelöst. Im selben Augenblick stürzten Jordan, Cai und Arden aus ihrer Gefangenschaft befreit zu Boden. Zana eilte herbei, um sich um den Zauberer zu kümmern, während Hewe Gemma verwundert anstarrte.

»Wo ist er hin?« fragte er.

»Er treibt durch die Zeit«, antwortete sie. »Gefangen von seiner eigenen Gier.« Sie hob die Hände, um weiteren Fragen zuvorzukommen. »Sieh nach Jordan. Schnell. Wir müssen runter zu den anderen.« Sie half Arden auf die Beine, und sie sahen sich einen Augenblick lang in die Augen. Was zwischen ihnen passierte, machte Worte überflüssig.

Zu sechst zwängten sie sich in den Aufzug und fuhren hinunter in den unteren Korridor, wo Agrin und seine Männer warteten. Einige standen hinter den dunklen Glasfenstern neben der Tür auf Posten, andere hielten sich so weit wie möglich von der Tür fern.

»Wir können unmöglich dort hinaus«, erklärten die Soldaten ihnen. »Dort draußen geht es mörderisch zu. Überall Trümmer und plötzlich auflodernde Feuer, ganz zu schweigen von dem Rauch und den giftigen Gasen. Dieser Turm muß besonders geschützt sein, sonst wären wir längst verbrannt.«

»Ist er«, sagte Jordan grimmig, »aber wenn das Kraftwerk tatsächlich in die Luft fliegt, wird uns das auch nichts nützen.«

Inzwischen war ihnen allen die Problematik ihrer Lage bewußt.

»Es muß doch irgend etwas geben, was wir tun können!« stieß Hewe hervor, und sah sich hilfesuchend nach Gemma um.

Doch die hatte sich in ihre eigene Welt zurückgezogen, die Welt der Magie – ihre letzte Zuflucht, und die aller letzte Hoffnung aller.

»Laß sie«, meinte Jordan. »Außer Warten können wir nichts tun.«

Die Kreise waren immer noch bei ihr.

Wir müssen doch etwas tun können, flehte sie. *Muß es wirklich so enden*?

Wenn alles so geschah, wie es der Große Führer vorhergesagt hatte, würde sich die Verschmutzung über die gesamte Welt ausbreiten. Und obwohl der Tyrann nicht mehr persönlich anwesend war, um alles noch zu verschlimmern, so wäre diese Katastrophe allein immer noch erschreckend genug. Aus diesem Grund würde der Wahn des Erd-Geistes zur Gewißheit werden – und das Chaos hervorrufen, das die Zerstörung komplett machen würde. *Diesmal wird* NIEMAND *überleben*.

Ich würde gerne sterben, dachte Gemma, *wir alle würden sterben, wenn wir nur ein wenig Hoffnung für die Zukunft hinterlassen könnten*.

Erneut flehte sie die Kreise an – und diesmal erhielt sie eine Antwort.

Und wenn man das Feuer aus dem Kraftwerk aufhalten könnte, bevor es den Erdkern erreicht?

Gemma erkannte die Stimme wieder, war aber mehr an dem Vorschlag interessiert, den sie unterbreitete.

Und wie? wollte sie wissen.

Lenkt es ab, erwiderte die Stimme. *Die Explosion vernichtet dann zwar noch immer diesen Ort, aber ihre Auswirkungen wären nicht so weitreichend. Vielleicht überlebt der Erd-Geist das.*

Wird das genügen? überlegte Gemma. *Und wohin könnten wir es ablenken?*

Ins Lichtlose Königreich, gab Arden zurück, dem der Kummer über das Schicksal die Stimme schwer machte.

38. KAPITEL

Gem! Gem! Hör zu! Gemma konzentrierte sich auf das kleine Mädchen, das noch immer vom Berggipfel aus auf die Stadt hinabblickte, das aber gleichzeitig auch im Tal zu Hause war. *Hab keine Angst, mein Liebling. Du mußt der großen Frau erklären, daß es eine Möglichkeit gibt, das aufzuhalten, was sie wütend macht – aber nur sie selbst kann das tun. Verstehst du?*

Ja, Tante Gemma, antwortete das Kind mit seinem Stimmchen und versuchte, seine Angst in den Griff zu bekommen.

Sag der großen Frau, daß das Feuer nicht bis tief in die Erde dringen muß. Wenn sich das Gestein ein wenig verschieben läßt, könnte es in die Höhlen eindringen.

In welche Höhlen?

Die große Frau wird schon verstehen, Liebes. Wirst du ihr das sagen?

Aber es gibt so viele von ihr. Welcher soll ich es erklären?

Allen.

Ich werde es versuchen.

Gutes Mädchen!

Gemma blendete ihre Namensschwester aus ihren Gedanken aus, kehrte rasch wieder zu den Kreisen zurück und suchte mit schwerem Herzen einen von ihnen heraus.

P'tras Gesicht erschien deutlich vor ihrem inneren Auge.

Ich habe es vernommen, sagte die Prophetin mit gebrochener Stimme und ersparte Gemma damit die schlimme Aufgabe, sie um Erlaubnis zu bitten.

Es wird ein ehrenvolles Ende sein, fuhr P'tra fort. *Unser Volk liegt bereits im Sterben. Auf diese Weise geht es wenigstens schnell und sauber. Vielleicht ist dieses Feuer die Invasion, die wir so lange gefürchtet haben. Aber jetzt heißen wir es willkommen. Lebwohl, Gemma. Du bist eine große Heilerin, und ich weiß, du hättest uns gerettet, wenn du gekonnt hättest. Doch der Diamantkristall wird schwächer, und die Kraft unseres Kreises ist am Ende. Gib unserem Tod einen Sinn.*

Die Verbindung brach ab, bevor Gemma Gelegenheit hatte, etwas zu erwidern, doch im stillen schwor sie, alles in ihrer Macht Stehende zu tun, um den letzten Wunsch der Prophetin zu erfüllen.

Sie öffnete die Augen und stellte fest, daß sie auf dem Boden des Turms saß, an eine Wand gelehnt. Arden saß neben ihr. Er hatte die Augen noch immer geschlossen, und Tränen liefen ihm über die Wangen.

Der Raum erzitterte.

Ich habe es ihr gesagt, Tante Gemma. Ich habe es ihr gesagt. Gem klang stolz und aufgeregt.

Hat sie etwas geantwortet?

Ja. Sie meinte, ›Mein Herz wird nicht durchbohrt werden‹ ... glaube ich wenigstens, antwortete das Kind. *Jetzt sind es nicht mehr so viele.*

Plötzlichen keimte in Gemma fast zwanghaft eine Hoffnung auf.

»Ist dies das Ende?« fragte Arden voller Angst, als der Raum erneut erbebte.

»Nein«, sagte Gemma laut. »Die Erde stellt sich neu ein – sie wird die Explosion bekämpfen. Unterirdisch.«

»Soll das heißen, es besteht noch Hoffnung?« fragte Jordan sofort.

»Für uns nicht«, klärte Gemma ihn auf. »Aber für den Rest der Welt.«

»Dort draußen ist jemand!« brüllte einer der Posten an den Fenstern. »Jemand von D'vors Leuten!«

Arden riß die Augen auf und war im Nu auf den Beinen. Er rannte zur Tür, riß sie auf und sprang hinaus auf die Straße, bevor ihn jemand aufhalten konnte.

Die Hitze schlug ihm entgegen. Die Luft war voller Rauch, ihm stockte der Atem, fast wäre er erstickt. Alles war in trübes rotes Licht getaucht, und überall waren Flammen und Asche. Flüchtig sah er die schwarze Gestalt, die blindlings über Trümmerberge stolperte und offensichtlich kurz vor einem Zusammenbruch stand. Über das Brüllen der Feuersbrunst hinweg hörte Arden eine schwache Stimme, »Vergib mir, J'vina. Ich hatte nicht deine Kraft.«

Es war C'tis. Arden rannte zu ihr und faßte sie um die Hüfte.

»Komm mit, schnell«, rief er.

»Nein. Laß mich sterben.« Sie wehrte sich einen Augenblick lang, dann wurde sie still.

»Arden?«

Er hob sie hoch und rannte zurück zum Turm. Die Tür wurde geöffnet, als er sich näherte, und sie fielen geradewegs in den Turm und in die ausgebreiteten Arme ihrer Freunde.

»J'vina ist tot!« schluchzte C'tis. »Sie stand einfach da, so stark und stolz, bis das Feuer sie erreicht hatte. Aber ich bin weggelaufen. Ich bin die Letzte.« Sie fing an zu schluchzen.

Die Allerletzte, dachte Gemma traurig und fragte sich, ob es nicht besser gewesen wäre, C'tis draußen in Unwissenheit sterben zu lassen. Sie ging zu Arden und drückte ihn fest an sich. Sie verstand sein Handeln ebenso wie seinen Schmerz. Einst hatte C'tis *ihm* das Leben gerettet.

Der Boden unter ihnen schwankte, und die Wände erzitterten. Ein gewaltiges Donnern erfüllte die Luft.

»Es geht los«, meinte Hewe.

Alle bereiteten sich auf ihr Ende vor, jeder auf seine Art. Gemma drückte Arden noch fester an sich.

»Wir werden *immer* zusammensein«, flüsterte er ins Ohr, Gemma jedoch starrte an seiner Schulter vorbei und aus dem Fenster hinaus und hörte ihn nicht. Durch das Fenster war nichts als Grau zu sehen – kaltes Blaugrau. Das schicksalsträchtige Rot war verschwunden. Eine Stimme ertönte in ihrem Kopf, und plötzlich begriff sie, was geschah.

»Es gibt doch noch Hoffnung«, sagte sie leise, und fast konnte sie ihren eigenen Worten nicht glauben. »Für uns *alle*.« Arden sah sie wie gelähmt an, kam aber nicht dazu, etwas zu sagen.

»Raus! Alle! Sofort!« schrie Gemma aus Leibeskräften. »Schnell! Bewegt euch!«

Sie sprang zur Tür und zerrte Arden mit sich. Zusammen stießen sie sie auf. Einige der anderen gingen in Erwartung einer neuen Hitzewelle in Deckung, doch statt dessen lag dort, nicht mehr als ein paar Schritte entfernt, eine kühle, heiter anmutende Nebeldecke.

»Kommt schon!« brüllte Arden, und endlich setzten sich alle in Bewegung und folgten den beiden in einem wirren Durcheinander hinaus ins Nichts. Einer nach dem anderen warfen sie sich in den Dunst, ohne zu wissen, was geschehen würde, aber in der Überzeugung, daß, welches Schicksal sie dort auch immer erwarten mochte, es auf jeden Fall besser wäre, als in diesem Inferno umzukommen. Einer nach dem anderen bekamen sie die bittere Kälte zu spüren, sahen sie die blauen Lichter an ihnen vorbeiblitzen. Ihnen wurde schwindelig, und sie verloren die Orientierung.

Einer nach dem anderen stellten sie fest, daß sie in der Eingangshalle eines ruhigen, altmodischen Landhauses standen, dessen Steinboden sowie die Wände und Treppen aus Holz wie durch ein Wunder von dem tödlichen Feuer unbeschädigt geblieben waren.

Ein paar Augenblicke später erschien auf der Galerie ein kleiner Mann, dessen Gesicht fast völlig von einem riesigen, fremdartigen Hut verdeckt wurde. Er gluckste vor Freude und warf die Arme in die Luft.

»Wir haben es geschafft! Wir haben es geschafft!« schrie er, schleuderte seinen Hut in die Höhe und brach in ein irres Gelächter aus.

Gemma und Arden beobachteten den Magier und wußten nicht recht, ob sie lachen oder weinen sollten. Jeder ringsum, jeder einzelne ihrer Freunde und Kollegen, reagierte auf seine Rettung auf unterschiedliche Weise. Viele der Soldaten waren auf die Knie gefallen. Einige beteten, einige ließen ihren Tränen freien Lauf, andere wiederum lachten, jubelten oder umarmten sich und tanzten vor Freude. Einige sahen sich mit starrem Blick um, stumm und blaß, und überlegten, ob sie nun tot oder lebendig waren.

Cai und Zana lagen sich dümmlich grinsend in den Armen und mußten an ihre letzte Entführung durch die schwebende Stadt denken. Wie anders ihre Reaktion damals gewesen war!

Cai konnte wieder sehen. Er war – wie die Welt – befreit von jenem Bann, den der Wall der Elementalen über sie verhängt hatte.

Jordan half C'tis auf die Beine, während Hewe mit einem breiten Grinsen auf seinem vernarbten Gesicht den Auftritt auf der Galerie verfolgte.

»Ist das Wynut oder Shanti?« wollte er wissen.

»Wen interessiert das?« gab Arden zurück.

Eine weitere Gestalt, viel größer als die erste, tauchte hinter dem Geländer auf.

»Was soll dieser Lärm?« wollte er wissen. »Wurde auch langsam Zeit, daß ihr kommt. Wir haben lange genug nach euch gerufen!«

»*Das* ist Shanti!« sagten Gemma und Arden wie mit einer Stimme.

Der große Mann richtete seinen Blick auf seinen kleineren Kollegen, der noch immer freudig herumsprang.

»Hat es geklappt?« fragte er gereizt.

»*Natürlich* hat es funktioniert!« stieß Wynut hervor. »Meine Berechnungen haben noch immer gestimmt!« Und erneut schien er vor Lachen zu platzen.

»Dann sind wir wieder zurück?« erkundigte sich Shanti vorsichtig.

»Ja. Ja. Ja!«

»Und die Kluft ist wieder versiegelt?«

»*Ja!*»

Jetzt breitete sich langsam ein Lächeln auf Shantis Zügen aus, und seine lange, spitze Nase färbte sich unter der Krempe seines schlaffen Hutes rot. Er konnte sich nicht länger zurückhalten und führte auf der Stelle einen kleinen Freudentanz auf. Dann warf er die Hände in die Höhe und brüllte vor Lachen. Die beiden Zauberer lachten so lange und so laut, daß sie schließlich voneinander ablassen mußten. Sie hielten sich die Bäuche und versuchten verzweifelt, wieder zu Atem zu kommen.

Gemma ergriff die Gelegenheit beim Schopf.

»Soll das heißen, daß die Verschmutzung sich durch die Explosion *nicht* ausbreiten wird?«

»Ja – wir haben sie eingedämmt«, antwortete Wynut ausgelassen.

»In Flaschen abgefüllt«, fügte Shanti hinzu.

»Plattgemacht!«

»Aber das Lichtlose Königreich ist doch zum Untergang verdammt?« wollte Arden wissen. Die Magier wurden augenblicklich ernst, und es wurde still im Raum.

»Ja«, meinte Wynut leise. »Ihr Opfer hat uns alle gerettet.«

Ein einzelner Klagelaut hallte durch den Raum, dann war es wieder still. Alles drehte sich zu C'tis um, die meisten jedoch wandten sich schnell wieder ab.

»Sie ist ohnmächtig geworden«, sagte Jordan und legte sie sachte auf den Boden.

Gemma und Arden eilten an ihre Seite und entfernten ein wenig des Seidenfischbandes von ihren Armen. Als die Haut freilag, hielt Gemma sie fest bei den Händen und rief per Willensanstrengung ihre Fähigkeit als Heilerin auf den Plan. Sie entdeckte zahlreiche Verletzungen und linderte den Schmerz, wo sie konnte, aber sie wußte auch, daß C'tis an einer Krankheit litt, für die es keine Heilung gab. Sie würde überleben, doch es stand zu bezweifeln, ob sie dies überhaupt wollte.

Nachdem sie alles in ihrer Macht Stehende getan hatte, hob Gemma den Kopf und sah Arden in die Augen.

»Du darfst dir keinen Vorwurf machen«, erklärte sie ihm sanft. »Du hast aus den besten Beweggründen gehandelt. Außerdem lagen sie bereits im Sterben, Arden. Für sie bestand keine Hoffnung.«

Er sagte nichts, denn er wußte, daß sie recht hatte. Aber er wußte auch, daß er C'tis entsetztes Schluchzen für den Rest seines Lebens nicht mehr vergessen würde.

Das Trappeln kleiner Füße und das Geräusch von Krallen, die über den Holzboden scharrten, brach das Schweigen. Die Katze des Zauberers erschien auf der Galerie, gefolgt von sieben Meyrkats, denen die Bewältigung der Stufen große Schwierigkeiten bereitete. Sie stolperten, fielen hin und fanden ihr Gleichgewicht erst wieder, als sie am unteren Ende der Treppe angekommen waren. Der Anblick war so komisch, daß die Spannung aus dem Raum wich und ein so lautes Gelächter erschallte, daß nur die wenigsten bemerkten, wie das Miauen der Katze sich in Sprache umwandelte.

»In allen Dingen ist ein Gefühl der Ausgewogenheit wichtig. Andererseits jedoch ist ein Sturz nichts weiter als eine Möglichkeit, das Gleichgewicht wiederzuerlangen.«

Gem betrachtete die Stadt aus großer Höhe. Sie verstand nicht, was passierte, aber es faszinierte und ängstigte sie gleichermaßen. Anfangs war das Feuer langsam gewachsen, doch dann wurde es immer greller und greller, und sie konnte es kaum noch ertragen, hineinzusehen. Die hübschen blauen Lichter waren um den äußeren Rand emporgewachsen und hatten einen Kreis gebildet. Das hatte Gem gefallen, doch schon bald hatten sich einige der Lichter erneut bewegt, und es war eine Lücke in diesem Ring entstanden. Grauer Nebel erschien im Tal und hielt auf die Stadt zu. Er schien mit den Gebäuden zu verschmelzen und hatte den großen schwarzen Turm fast erreicht, als das Feuer plötzlich fünfmal so hell war wie zuvor; Gem mußte die Augen schließen. Als sie sie wieder öffnete, sah sie einen gewaltigen orangefarbenen Ball, der die Stadt einhüllte, und sie zu Asche und Staub zermalmte.

Danach schien die Wolke sich auszubreiten, und das Feuer verschwand. Bald war es so dunkel, daß Gem kaum noch etwas erkennen konnte – sogar die hübschen blauen Lichter waren verschwunden.

Das Baby schloß die Augen wieder und kuschelte sich unter die Decken in seiner Wiege.

Ein Feuersturm fegte durch das Lichtlose Königreich.

Nachdem ein Durchlaß geöffnet war, nahm das Feuer den Weg des geringsten Widerstandes. Steinrutsche und Metalltüren allein waren für diese Hitze, diesen Druck, kein Hindernis. Die furchteinflößende Kraft verwandelte Fels in Flüssigkeit und formte alle bis auf einige wenige der unteridischen Höhlen um. Flüsse verdampften einfach in Windeseile, ganze Seen, die seit unerdenklichen Zeiten ruhig dagelegen hatten, schossen in die Höhe und steuerten die Energie ihrer Verdampfung dem Ansturm bei. Stalagmiten und Stalagtiten, die Jahrhunderte für ihre Entstehung benötigt hatten, verschwanden innerhalb von Augenblicken, Kristall zerbarst und schleuderte Stücke von sich, bevor es schmolz. Tunnel hallten von den Flammen wider und lenkten den ersten Ansturm noch, bevor auch sie sich im Innern des Gesteins wanden und verzogen – wie lebendige Schlangen aus Feuer.

Weiter und weiter breitete sich der Feuersturm aus und fraß sich mit unersättlicher Gier durch alles, was ihm in die Quere kam. Erst fielen ihm die vergifteten Regionen zum Opfer, dann wurden die Sperrgebiete niedergebrannt, und schließlich erreichte das Feuer die bewohnten Gebiete.

Ganze Dörfer wurden in wenigen Augenblicken ausgelöscht. Noch vor dem Eintreffen der Flammen wurde die Luft zu heiß zum Atmen, daher fanden die Menschen aus dem Lichtlosen Königreich einen schnellen Tod. Mit ihnen verschwanden alle Merkmale ihrer Zivilisation: ihre Häuser, ihre Schmieden und die feingearbeiteten Metallarbeiten, ihre Boote und Leitern, Taue und Flaschenzüge. Mit ihnen starben auch all die Tiere und Pflanzen, auf die sie angewiesen waren – das Zehnkraut und die Wurzelpflanzungen, die Fledermäuse und Seidenfische.

Der Feuersturm toste über Hunderte von Meilen, suchte sich jeden verfügbaren Raum, bis schließlich seine Energie aufgebraucht war und das Feuer zu erlöschen begann. Das Lichtlose Königreich war neu erschaffen worden – in seinen Urzustand zurückgekehrt.

Bar jeglichen Lebens.

Die große Frau hat sich wieder schlafen gelegt, sagte Gem.

Du klingst selbst recht schläfrig, erwiderte Gemma, die sowohl wegen des Tonfalls als auch des tieferen Sinns ihrer Bemerkung wegen schmunzeln mußte. Das war die beste aller Neuigkeiten. Der Erd-Geist kehrte in seinen Traumzustand zurück. Das Grauen der Zerstörung würde sich nicht wiederholen.

Am Ende war es nur noch eine, fügte Gem hinzu. *Ich weiß nicht, wohin die anderen gegangen sind.*

Sie sind fortgegangen, antwortete die erwachsene Gemma lahm.

Habe ich helfen können?

Aber ja, mein Liebling. Ohne dich wären wir alle verloren gewesen.

Das ist gut, antwortete das Kind schläfrig. *Mummy wird sich freuen.*

Es entstand ein kurzes Schweigen.

Schlaf gut, meine Kleine, flüsterte Gem in der Annahme, ihre Namensschwester sei diesmal tatsächlich eingeschlummert.

Ich habe das große Feuer gesehen, fügte Gem unerwartet hinzu und richtete sich plötzlich wieder auf. *Tante Gemma, es war fürchterlich, richtig schlimm.*

Endlich klang sie wieder wie ein Kind.

Sei unbesorgt, mein Liebling, erwiderte Gemma sanft. *Jetzt ist alles in Ordnung. Es war nur ein Traum.*

39. KAPITEL

Die längste Nacht, die die Welt je erlebt hatte, war vorbei. Selbst wer auf dem Boden der Eingangshalle erschöpft in den Schlaf gesunken war, bemerkte, wie das Tageslicht zurückkehrte. Der Tag, den zu erleben sie nicht mehr geglaubt hatten, dämmerte herauf.

»Können wir nach draußen?« fragte Gemma Wynut.

»Natürlich«, erwiderte er. »Warum denn nicht?« Die beiden Magier hatten sich die ganze Nacht über unter ihre Gäste gemischt, hatten Gemma geholfen, sich um die Verwundeten zu kümmern, hatten jedem, der bereit war zuzuhören, die Geschehnisse erläutert. Selbst Shanti hatte sich seine gute Laune bewahrt und meinte, er fühle sich, als sei er nach langem ›Nichtstun‹ wieder zum Leben erwacht. Die schwebende Stadt, erklärte er, habe ihren letzten Zweck erfüllt und ihren Teil dazu beigetragen, das Gift auf ewig in Stein und Zeit einzuschließen.

Größtenteils hatte eine festliche Stimmung geherrscht. Jeder genoß sein Glück. Nur C'tis' stummes Elend und die Erinnerung an ihre verlorene Heimat trübte ihre Freude.

»Shanti!« rief sein Zaubererkollege. »Gemma geht nach draußen. Sollen wir sie nicht begleiten? Wir sind schon seit Jahrzehnten nicht mehr aus diesem baufälligen alten Gemäuer herausgekommen.«

»Seit Jahrhunderten«, pflichtete Shanti ihm bereitwillig bei. »Der Spaziergang wird uns guttun.«

Gemma öffnete also die große Doppeltür und trat hinaus in die Außenwelt. Das Bild, das sie und die anderen begrüßte, raubte ihnen buchstäblich fast den Atem. Sie machten Platz für ihre Gefährten und stellten sich so, daß jeder einzelne die volle Bedeutung dessen aufnehmen konnte, was er sah.

Sie befanden sich noch immer in dem Tal, in dem die Stadt aus Metall gestanden hatte. Von diesem Ort des Bösen war jetzt nichts mehr zu erkennen, und die Luft ringsum war kühl und frisch. Der Himmel war von einem hellen, klaren Blau, das von der im Osten aufgehenden Sonne zum Leuchten gebracht wurde. Die Berge, die das Tal umgaben, waren unverändert, erhoben sich schneebedeckt und majestätisch, als wären sie unempfänglich für die armseligen Kümmernisse der Menschen.

Das Innere des Tales selbst jedoch war völlig verändert. Der Wandel hätte kaum drastischer ausfallen können.

Das weitläufige Landhaus der Magier stand jetzt allein auf einer winzigen, grasbewachsenen Insel inmitten eines riesigen, heiteren Sees. In der morgendlichen Stille störte kaum ein Lüftchen die spiegelglatte Wasseroberfläche, und die Berge maßen sich mit der Vollkommenheit ihres Spiegelbildes. Jeder atmete tief durch und reinigte seine Lunge von den Erinnerungen an Rauch und Hitze und genoß die Reinheit dessen, was er vor sich sah.

Dies ist der Traum, den ich und Gem gemeinsam hatten, überlegte Gemma, deren Hand fest in der Ardens lag. Zusammen betrachteten sie den See und die dahinterliegenden Berge. Keine Landschaft war ihnen je vollkommener erschienen. Und doch hatte die Sache einen Schönheitsfehler.

»Ist hier irgend jemand, der gut Boote bauen kann?« erkundigte sich Hewe.

FÜNFTER TEIL

HEIMKEHR

40. KAPITEL

In den darauffolgenden Tagen und Jahren wurde die Welt für keinen von ihnen wieder ganz die alte. Vieles kehrte zu einem Zustand zurück, der normal erscheinen mochte, doch wer dabeigewesen war, als nicht nur das eigene Leben, sondern die Zukunft der Erde selbst auf dem Spiel gestanden hatte, war auf ewig dazu verdammt, hinter den schönen Schein zu blicken. Man feierte sein unerwartetes Überleben, doch nichts konnte das Wissen darüber auslöschen, was hätte geschehen können – oder einem die fürchterlichen Erinnerungen an jenen Tag aus dem Gedächtnis tilgen. Um so entschlossener vertrat man die Ansicht, daß nie wieder jemand über solch große Macht verfügen dürfe. Das Risiko war zu groß.

Und doch waren sie alle Menschen, die Glück und Liebe brauchten, und die dies, jeder auf seine Weise, anstrebten.

Wynut und Shanti blieben in ihrem weitläufigen Landhaus inmitten des Sees. Sie hatten nicht das Bedürfnis, den Rest der Welt zu besuchen. Auf ihren weiten und zeitlosen Reisen hatten sie so viel gesehen, daß sie sich jetzt damit zufriedengaben, zu bleiben, wo sie waren. Sie waren schon froh, einfach nur wieder *auf* der Welt zu sein und verbrachten ihre Zeit damit, sich von ihrer neuen Haushälterin verwöhnen zu lassen und in aller Freundschaft über Nichtigkeiten zu streiten.

Als nach einer Weile ihre Nachbarn aus den nahen Bergdörfern Angst und Mißtrauen überwunden hatten, bekamen die Zauberer regelmäßig Besuch. Das Landhaus wurde zu einer Zuflucht vor der harten Wirklichkeit des Hochlandlebens und zu einem Ort der Zerstreuung. Die Dorfbewohner brachten Opfergaben, Speis und Trank – Wild von der Jagd, Früchte von ihren Farmen, Fisch aus dem See der Zauberer – und, wenn die Zeiten gut waren, ein oder zwei Flaschen honigsüßen Mets. Im Gegenzug wurden sie wie lange verloren geglaubte Freunde aufgenommen und bekamen Rat und Hilfe. Wynut und Shanti waren noch immer Magier, und obwohl sie wie alte, gebrechliche Männer aussahen, kamen viele in den Genuß ihrer Heilkräfte. Es machte den beiden große Freude, bei den Schwierigkeiten zu helfen, mit denen die Leute aus den Bergen zu ihnen kamen. Sie hörten aufmerksam zu und schenkten all ihren Besuchern ein Lachen. Schon bald waren sie so angesehen, daß die Menschen zu ihnen kamen, auch wenn kein besonderes Problem besprochen werden mußte – und diese Gäste wurden mit der gleichen Aufmerksamkeit behandelt wie alle anderen.

So wie die menschliche Natur nun einmal ist, stand zu erwarten, daß einige Menschen die großzügige Gastfreundschaft der Zauberer ausnutzen würden, die meisten Bergbewohner jedoch brachten ihnen mit der Zeit Zuneigung entgegen. Man betrachtete sie als Quelle harmloser Späße und wertvoller Hilfe – als zwei ältere Exzentriker, die einen Großteil ihrer Freizeit solch sinnlosen Betätigungen widmeten wie dem Schreiben von Büchern, der Erfindung neuer Regeln für das Zaubererschach oder dem Einladen von Gästen zu Spielen, die sie selbst ausgedacht hatten. Mit Vorliebe bauten sie ausgeklügeltes Spielzeug, von denen die Kinder, die die Insel besuchten, ganz begeistert waren, und die Jüngsten aus der Region sahen in ihnen schon bald wundervolle Großonkel – und freuten sich fast schon darauf, krank zu werden, damit ihre Eltern überredet werden konnten, sie in das verzauberte Landhaus zu bringen.

Für diese verschiedenen Betätigungen hatten die Zauberer reichlich Zeit. Jetzt, da sie wieder Teil der Welt waren, war auch die Zeit in ihr Zuhause zurückgekehrt. Alle Bibliotheken waren leer – bis auf eine. Zwar enthielt diese viele hundert Bände, angefangen von den gelehrtesten Büchern bis hin zu solchen, die man beim besten Willen nicht ernst nehmen konnte, doch all diese Bücher handelten von der Vergangenheit. Die Zukunft der Welt war hier nicht mehr verzeichnet.

Die Tür der letzten verbliebenen Bibliothek trug ein geschnitztes Symbol: zwei Waagschalen, die sich in völligem Gleichgewicht befinden.

Mit der Zeit füllten sich die anderen Räume mit dem Durcheinander, daß ihre neuen Beschäftigungen hinterließ. Mehrere waren zu Gästezimmern für Besucher umgewandelt worden, die von weit her kamen. Die wenigen Menschen, die sie in ihrer früheren, zeitlosen Inkarnation kennengelernt hatten und die sie jetzt auf konventionellere Weise besuchten, zeigten sich überrascht über die Veränderungen im Charakter der Magier. Verschwunden waren die scharfzüngigen Kommentare, die bissigen Sarkasmen und die Rückfälle in Unverständlichkeit. Statt dessen waren die alten Männer gutgelaunt, neigten dazu, beim geringsten Anlaß einen über den Durst zu trinken und lange und übermütig über jedes Thema, das ihnen gerade in den Sinn kam, zu diskutieren.

Zudem fiel auf, daß sie aufgehört hatten, ihre Größe zu verändern. Shanti blieb fast doppelt so groß wie sein Gefährte, doch abgesehen davon paßten sie sehr gut zusammen. Ihr Appetit war unvorhersehbar. An manchen Tagen waren sie viel zu beschäftigt, an so etwas Weltliches wie Essen auch nur zu denken, während sie an anderen gewaltige Mengen der exzellenten Speisen ihrer treuen Haushälterin in sich hineinstopften.

Als Ausgleich verwöhnten sie ihre große, schelmische Katze – und die war es auch, die ihre neue Art zu leben am treffendsten zusammenfaßte.

Die Unsterbliche ist verlorengegangen, meinte sie. *Andererseits jedoch macht frischer Fisch vieles wieder wett.*

Jordan und Hewe sowie ihre überlebenden Gefolgsleute kehrten als Helden nach Hause zurück, mußten jedoch feststellen, daß sie wenig Zeit hatten, sich in ihrem Ruhm zu sonnen. Der durch den Exodus von Clevemouth hervorgerufene Umbruch bereitete noch immer Schwierigkeiten, und Newports Übergangsregierung mußte noch so manche Krise überstehen, bevor alles wieder seinen gewohnten Gang ging.

Der Wall aus Elementalen war mit dem Sieg über die Bedrohung der geistigen Gesundheit des Erd-Geistes verschwunden. Clevemouth wirkte wieder unverseht, wenn auch menschenleer. Die tapferen Forscher, die als erste zurückkehrten, fanden eine stille Geisterstadt vor, die ihre Nerven auf die Probe stellte. Der Untergrund beaufsichtigte die Rückkehr in die westlich gelegene Stadt so gut es ging, hielt die Probleme so gering wie möglich und sorgte dafür, daß sämtliche Flüchtlinge fair behandelt wurden. Trotzdem dauerte es mehrere Monate, bis Clevemouth seinem früheren geschäftigen Selbst wieder entfernt ähnlich sah. Noch länger dauerte es, bis wieder Schiffe aus dem Westen in seinen Hafen einliefen. Doch schließlich kamen auch sie und bewiesen damit, daß die Welt wieder größer wurde.

Den ersten Rückkehrern fielen einige Merkwürdigkeiten auf. Das Bizarrste war der Umstand, daß die Lebensmittel, die in den Häusern zurückgelassen worden waren, nicht verdorben waren und daß die Feuer in den Kaminen noch brannten. Es war, als wäre die Zeit stehengeblieben, solange die Stadt sich hinter dem blauen Wall befunden hatte. Im hektischen Treiben des Alltags, das erforderlich war, um die Stadt wieder zum Leben zu erwecken, waren solche Merkwürdigkeiten jedoch bald vergessen.

Inzwischen ging in Great Newport der Aufbau einer neuen Gesellschaft voran. Der Bericht, den Jordan und Hewe über die jüngsten Ereignisse ablieferten, war bald in der gesamten Bevölkerung bekannt, und obwohl einige mit Skepsis oder unverhohlenem Unglauben darauf reagierten, konnten auch sie nicht abstreiten, daß die Welt sich zum Besseren verändert hatte. Der Wall aus Elementalen war verschwunden, die Inseln vor der Küste blieben an ihrem Platz, und die Gezeiten des Ozeans waren zu ihrem alten Rhythmus zurückgekehrt. Keine Himmelsraben jagten mehr über die Köpfe hinweg, und im Norden gab es keine unfaßbar grellen Lichter mehr. Zyniker zweifelten sogar daran, daß die gesamte Welt in Gefahr gewesen sei. Ihrer Meinung nach waren die Geschichten über die große Stadt aus Metall und ihre maskierten Bewohner zu unglaubwürdig.

Diese Zweifel verärgerten die Soldaten, die an der Expedition in den Tiefen Süden teilgenommen hatten, und der daraus resultierende Streit erzeugte manche Reibereien. Jordan dagegen blieb seiner philosophischen Art treu, und – endlich einmal – war Hewe mit ihm völlig einer Meinung. Sie kannten beide die Wahrheit, ihnen war aber auch klar, daß sie für viele unglaublich erscheinen mußte. Außerdem hatten sie wichtigere Dinge zu erledigen und verschwendeten keine Zeit darauf, sich über Vergangenes zu streiten. Das Land Cleve war – zumindest fürs erste – in ihrer Hand, und sie waren entschlossen, für es zu sorgen.

Viele Bürger glaubten ihre Erzählungen allerdings auch. Sie gaben die Geschichten dieser dramatischen Geschehnisse weiter, wobei sie sie nur dann ein wenig ausschmückten, wenn sie sich nicht mehr ganz an die Tatsachen erinnern konnten. Künster, die den Bergen nie näher gekommen waren als bis zur südlichen Stadtmauer, schrieben Lieder, Stücke und Gedichte und trugen sie vor, wodurch die Schlacht zur Geschichte wurde: eine Mischung aus Folklore, Wunschdenken und ein paar harten Fakten.

Jordan fand all dies höchst amüsant, doch als er feststellte, daß er zum Führer der furchtloser Erretter der Welt hochgelobt wurde, dem fast alleine ihr Erfolg zu verdanken sei, wehrte er sich gegen solche Lobhudelei und strich die entscheidende Rolle von anderen heraus. In einigen Vierteln nützte ihm das allerdings nicht viel, und oftmals mußte er die seltsamen und wundervollen Fähigkeiten abstreiten, die ihm die leichtgläubigeren Bürger zuschrieben. Jordans Problem bestand zum Teil darin, daß jeder ihn als einen aufrichtigen und visionären Führer kannte. Wenn er seine Heldentaten als bedeutungslos hinstellte, wurde dies vor allem seiner Bescheidenheit, die für ihn so charakteristisch war, zugeschrieben.

Hewe dagegen war immer schon ein Spaßvogel gewesen, der für seinen trockenen Humor und seine phantastischen Geschichten bekannt war, und er brachte es fertig, daß seine Zuhörer sogar noch über die entsetzlichsten Geschichten lachten. Auch ihn sah man als Held, doch er war eher wie sie, einer aus dem Volk.

Wie immer klappte die Zusammenarbeit der beiden Männer gut. Sie weckten Ergebenheit und Zuneigung bei den Menschen in ihrer Umgebung und setzten ihre Macht klug ein. Der Wiederaufbau der Stadt kam voran, und man schmiedete Pläne für eine bessere, gerechtere Zukunft ihrer Bürger.

In seinen wenigen ruhigeren Augenblicken dachte Jordan oft an die phantastische Stadt in den Bergen zurück, und der Verlust so vieler unschuldiger Leben – aber auch des Wissens – stimmte ihn traurig. Insgeheim war er überzeugt, solch unglaubliche Bemühungen und Erfolge hätten auch zum allgemeinen Wohl eingesetzt werden können. Warum hatte ein derartiger Fortschritt nur dazu geführt, daß der Tyrannei Vorschub geleistet wurde? Er behielt diese Ansichten jedoch für sich, denn er wußte, daß dies nicht der richtige Augenblick war, sie offen auszusprechen. Die Stadt aus Metall war vernichtet worden, und die meisten Menschen bejubelten das von ganzem Herzen, da sie der Ansicht waren, dieses Schicksal habe sie voll und ganz verdient.

Nach einer Weile bemerkten die Menschen aus Cleve, daß die Elementalen verschwunden waren. Jordan vermutete, die blauen Flammen seien winzige Fragmente des Erd-Geistes, die dieser angesichts seines drohenden Wahnsinns freigesetzt hatte, und obschon er froh über das Anzeichen war, daß wieder Klarheit herrschte, so war das Verschwinden dieser verspielten Geschöpfe für ihn auch ein zusätzlicher beklagenswerter Verlust.

Das sichtbarste Zeichen für das Verschwinden der Elementalen – vom Wall in Clevemouth abgesehen – war unterhalb von Great Newport zu sehen. Die Blauflammenkammer benötigte einen neuen Namen, denn die Wächter vor ihrem Eingang waren verschwunden. Der Raum aus Marmor stand aller Welt offen, sein Boden und seine Wände so makellos wie immer. Jordan und Hewe waren bald nach ihrer Rückkehr in die Stadt dort gewesen, um einen Blick in das alte Buch zu werfen. Sie konnten es kaum erwarten, die neue Version der jüngsten Ereignisse auf jenen Seiten nachzulesen, die Gemma und Cai solch grausame Hinweise gegeben hatten.

Die Schrift erwies sich als dünn und kaum lesbar, doch Jordan gelang es, die Worte zu entziffern.

»Dieser Rückschlag jedoch spornte die Streitkräfte des Tiefen Südens nur zu noch größeren Bemühungen an. Ihre Experimente nahmen rasch an Größe und Stärke zu, und schon bald konnten sie auf die Nutzung der alten Energie verzichten und sie durch die neue Logik ersetzen, die sie geschaffen hatten. Nur durch die Verbindung der Geschicke der Schlüssel zum Traum, sowohl des jungen als auch des alten, mit den Ressourcen der Alten Ordnung gelang es, das Zeitalter des Chaos zu verhindern.«

Jordan, der neugierig geworden war und weiterlesen wollte, begann, die Seite umzublättern, doch das Papier zerfiel zwischen seinen Fingern und wehte davon. Das Buch wurde vor ihren Augen zu Staub.

»Damit wäre die Zukunft also wieder ein Buch mit sieben Siegeln«, meinte Hewe.

Jordan sah ihn an und konnte sich ein Grinsen nicht verkneifen.

»Du hast keine Phantasie«, meinte er vorwurfsvoll.

»Nein«, gab Hewe ihm bereitwillig recht. »Die Wirklichkeit genügt mir vollkommen!«

»Ich nehme deinen Rüffel an«, erwiderte Jordan mit einer leichten Verbeugung.

»Oh, das war kein Rüffel«, gab der bärenstarke Kerl mit einem Grinsen zurück. »Ohne Träumer wie dich wäre die Wirklichkeit sehr viel trübseliger.«

»Dann hast du also endlich meinen tatsächlichen Wert erkannt«, stieß Jordan pathetisch hervor.

»Aber natürlich, o du mein Großer Führer«, meinte Hewe,

der nur zu gerne ihre kleine Posse weitertrieb. »Dir würde ich bis ans Ende der Welt folgen.«

»Und zurück?«

»Und zurück«, bestätigte Hewe. »Vor allem zurück.«

Wray wurde nie wieder gesehen. Seine außergewöhnliche Begegnung mit den Elementalen hatten nur sehr wenige beobachtet, und von denen begriff nur Cai ansatzweise, was geschehen war. Es stimmte: der Zauberer hatte seine Sicht eher der Verbindung der Kreise als dem konventionellen Sehen zu verdanken, trotzdem wußte er, daß Wray die wahre Natur der elementalen Wesen erkannt hatte. Es stimmte Cai traurig, daß Wray diese Erkenntnis nur Augenblicke vor seiner mutmaßlichen Ermordung ereilt hatte.

Sicher war jedoch nichts. Es blieb immer noch ein Gefühl, daß Wray gar nicht gestorben war – wenigstens nicht im üblichen Sinn – und daß seine spät erkannte Verwandtschaft mit den Geschöpfen, die er so verabscheut hatte, ihm irgendwie eine Möglichkeit gegeben hatte, zu entkommen.

Als man den Vandalen zum allerletzten Mal erblickt hatte, hatte er mit ausgestreckten Armen inmitten einer wirbelnden Masse aus Blau gestanden. Sein Körper war offensichtlich selbst durchsichtig geworden und glitzerte von der Energie seiner neu gewonnen Freunde.

Dann waren Wray und die Elementalen verschwunden – und niemand wußte, wohin.

Für Cai vergingen die Monate nach der Schlacht gemächlich. Lange Zeit hatte er sein Leben mit der Verfolgung des einen oder anderen wichtigen Ziels verbracht – und nun waren sie alle entweder erreicht oder für immer außer Reichweite. Nichts drängte ihn, weiter herumzuziehen, er sehnte sich nach Frieden und Einsamkeit. Das Herz war ihm schwer, und manchmal war er sogar ein wenig unzufrieden über die Rückkehr seines Augenlichts – als wäre sie nur ein schwacher Trost für die enge Gemeinschaft, die er mit dem Schwarm empfunden hatte.

In diesem Sommer fand man ihn in einer bescheidenen Hütte außerhalb eines der winzigen Fischerdörfer an der Küste zwischen Newport und Altonbridge. Zana war bei ihm, und der Zauberer nahm ihre Anwesenheit als selbstverständlich hin. Jetzt, da er wieder normal sehen konnte, war er auf ihre Hilfe nicht mehr wie früher angewiesen, doch sie war eine angenehme Gesellschaft und bewahrte sein Heim davor, sich in einen Trümmerhaufen zu verwandeln.

Anfangs standen die Dorfbewohner den Neuen argwöhnisch gegenüber, doch schon bald akzeptierten sie sie. Gerne machte Cai in ihrem Interesse von seinem Können als Heiler Gebrauch, und Zana beriet gelegentlich den Besitzer des Dorfgasthofs. Davon abgesehen, blieben sie weitgehend für sich, und man respektierte ihr zurückgezogenes Dasein – auch wenn der Tratsch im Dorf sie zum Objekt beträchtlicher Neugier und Geheimnistuerei machte.

Am Tag der Sommersonnenwende stand Zana mit ihr auf und setzte sich auf die Veranda, von der aus man die Bucht überblicken konnte. Cai war schon einige Zeit auf den Beinen, wie es in diesen heißen Tagen seine Gewohnheit war, und hatte einen langen Spaziergang am Strand gemacht. Zana sah, wie er mit gesenktem Kopf und wie immer tief in Gedanken zurück zum Häuschen gestapft kam.

Der Schwarm bildete einen kleinen Schatten über seinem Kopf.

O Cai, dachte sie, *wann wirst du endlich aufblicken und sehen, was alles um dich herum geschieht?*

Wie als Antwort auf ihre unausgesprochenen Worte hob der Zauberer den Kopf und antwortete kurz auf ihr Winken. Zana Herz begann zu rasen, wie immer voller Hoffnung. Sie war sehr in ihn verliebt, wußte aber auch, daß sie nie die Lücke füllen konnte, die der Verlust von Gemma in sein Leben gerissen hatte. Ihre Trennung war ein schmerzlicher Anblick gewesen, und selbst jetzt gab es noch Augenblicke, in denen Zana glaubte, daß nicht sie es war, mit der Cai sprach, sondern die abwesende Freundin aus einem früheren Leben. Sie hätte ihn am liebsten gerüttelt, um ihn zur Vernunft zu bringen, ihm klargemacht, daß Gemma niemals mehr seine Geliebte sein würde, sein *konnte*, und daß sein

Leben nur dann wieder glücklich werden würde, wenn er aufhörte, in der Vergangenheit zu leben. Und doch schwieg sie. Im Augenblick war sie froh, als Haushälterin und Gefährtin bei ihm zu sein, auch wenn sie sich nach so viel mehr sehnte.

Sie beobachtete, wie seine einsame Gestalt sich langsam auf das Haus zu bewegte, froh darüber, daß er, wie immer, ein wenig Trost am Meer gefunden hatte. Sie waren beide Inselbewohner, in diesem Punkt verstand sie ihn.

Vielleicht sollten wir zurückkehren, überlegte sie. *Nach Norden segeln. Mich würde interessieren, was aus dem Gasthof geworden ist*. Dann schüttelte sie den Kopf. *Nein, wir können nicht zurück. Unsere Heimat ist jetzt hier.*

Mit dieser Entscheidung kam eine neue Entschlossenheit in ihr auf, und sie schwor sich, wenn sie schon keine Gemma sein konnte, wenigstens ein angemessener Ersatz zu sein und alles in ihrer Macht Stehende zu tun, um Cai glücklich zu machen.

Sie wußte, wie es war, die erste große Liebe zu verlieren – schließlich war sie auf der Suche nach einem Mann in diese südlichen Gefilde gekommen – doch, so sagte sie sich, es gab keinen Grund, warum sie – sie beide – nicht mit der zweiten glücklich werden sollten.

Dann stand sie auf und wollte durch die Dünen zum Strand, um ihn auf dem letzten Stück seines Spaziergangs zu begleiten.

Cai sah sie kommen und blieb auf der Stelle stehen, beobachtete ihre geschmeidigen Bewegungen, ihr langes Haar, das in der sanften Brise wehte. Er starrte sie an, als sehe er sie zum erstenmal.

Ich war blind! dachte er.

Brauchst du unsere Augen wieder? fragten die Bienen.

Cai schaute zu ihnen hoch und mußte über das Mißverständnis schmunzeln.

Nein, erwiderte er und blickte wieder zu Zana. *Diesmal kann ich mich alleine gesund machen*.

Jetzt hatte sie den Strand erreicht, und sie gingen langsam aufeinander zu, ohne Eile, aber bei jedem Schritt wuchs die

Gewißheit. Was hätte sein können, würde niemals in Vergessenheit geraten, doch es ließ sich in den Hintergrund ihrer Gedanken verbannen. Die Vergangenheit war vorbei – und vor ihnen lag eine Zukunft voller Möglichkeiten.

Cai streckte die Hände zur Begrüßung aus, und Zanas Lächeln verriet ihm alles, was er wissen mußte.

C'tis wanderte durch die endlosen Hallen aus Stein. Die anderen hatten versucht, sie daran zu hindern, daß sie alleine in ihre Welt zurückkehrte, doch sie wußten ebensogut wie sie selbst, daß sie in der überirdischen Welt nicht lange würde überleben können. Zwar sprach es niemand laut aus, aber allen war klar, daß es nichts mehr gab, was ihrem Leben Sinn geben konnte. Sie war die Letzte ihrer Art.

Ihr Weg schien endlos, die Höhlen und Tunnel hatten sich völlig verändert. Fast sofort nach Betreten des Lichtlosen Königreiches hatte sie sich verlaufen und wanderte ziellos umher, in der Hoffnung, irgendein kleines Zeichen jenes Volkes zu entdecken, das ihr das Leben geschenkt hatte und jetzt für immer untergegangen war. Sie stieß auf ein paar farbige, auf verformten Fels geschmierte Spuren, doch nichts davon war auch nur vage zu deuten. Bittere Tränen traten in ihre großen Augen.

Nichts. Absolut nichts.

Sie wußte, das Opfer, das ihr Volk dargebracht hatte, war es wert gewesen und war leichtergefallen, weil die fürchterliche Grünkrankheit sie ohnehin getötet hätte. Aber diese neuen Höhlen konnte sie mit ihrem alten Leben nicht in Einklang bringen.

Der Fels war noch warm, doch C'tis bemerkte das kaum. Sie hatte das Seidenfischband abgenommen, das ihren Körper so lange bedeckt hatte. Es war ihr zur zweiten Haut geworden, und ohne es kam sie sich verwundbar vor.

Ihre Kräfte ließen nach, doch sie unternahm keinen Versuch, sie aufzufrischen, stolperte weiter durch das Labyrinth aus Stein, das einst ihre Heimat gewesen war.

Nichts. Absolut nichts.

Als ihre Beine nachgaben, begann sie, weiterzukriechen, entschlossen, in Bewegung zu bleiben.

In diesem Augenblick sah sie die Flüsterer – oder glaubte sie zu sehen. Winzige kleine bunte Lichtteilchen, die sich mit jedem Augenblick veränderten, und deren leises Rauschen durch die Stille strich. Sie führten sie, und sie folgte ihnen, ohne auf ihre Verletzungen an Händen und Knien zu achten – und stellte fest, daß schließlich doch noch etwas geblieben war.

Auch wenn alles andere ringsum sich verändert hatte, *Soulskeep* war irgendwie unberührt geblieben. Ein Wunder hatte das Feuer am Eingang vorbeigeleitet, so als wäre der Schrein selbst den Flammen der Zerstörung heilig.

C'tis kam mühsam auf die Beine und erblickte die auf die Wand gemalte Darstellung Raels, der für die Menschen aus der Oberwelt Erd-Geist hieß. Raellim wuchs um sie herum. Weinend streckte C'tis die Hand aus und brach ein wenig des kostbaren Pilzes ab. *Soulskeep wird nichts dagegen haben*, dachte sie. *Ich bin die Letzte*.

Jedes Verlangen nach Bewegung hatte sie jetzt verlassen, und sie ließ sich gegenüber der Götterdarstellung nieder.

Jetzt habe ich etwas, das mich immer an dich erinnern wird.

Lächelnd begann sie zu kauen und spürte, wie die Erdwildheit in ihren Körper drang. Sie hieß die Träume willkommen, denn sie wußte, daß wenigstens sie voller Menschen sein würden.

Dann wurde sie von ihnen überwältigt. Sie nahm sie mit ausgestreckten Händen auf und lächelte. Ihre Eltern und ihr Bruder, die Propheten und die Dorfbewohner aus Midholm. B'van und L'tha.

C'lin, T'via, V'dal und D'vor. Und schließlich auch J'vina.

C'tis hieß sie alle willkommen, als die Erdwildheit in ihrem Körper immer stärker wurde. Am Ende stand sie stolz und aufrecht an ihrer Seite und opferte ihr Leben so wie die anderen.

Mit einer Sanftheit, die jedes Begriffsvermögen überstieg, nahm der Erd-Geist ihre Opfergabe an.

41.
KAPITEL

Die Meyrkats blieben ein paar Tage bei Gemma. Der Clan, der vor all den Monaten zusammen mit ihr die Wüste verlassen hatte, war nun traurig und erschöpft. Der Verlust ihrer Freunde aus dem großen Bau, vor allem von J'vina, die ihnen besonders nahe gestanden hatte, stimmte die Wanderer traurig. Sie erklärten Gemma, sie hätten die Energie des Clans dazu benutzt, den Kontrolltrupp während des Aufenthalts in den vergifteten Höhlen bei Gesundheit zu halten. Daß die Meyrkats die Energie ihres speziellen Kreises auf diese Weise nutzen konnten, war Gemma neu, und sie hoffte, daß ihre Fähigkeiten als Heilerin ihnen irgendwie dabei geholfen hatten.

Sie vermutete außerdem, daß die Meyrkats nach der Trennung von J'vina während der letzten Schlacht von der schwebenden Stadt deswegen gerettet worden waren, weil der Clan Teil des magischen Kreises war. Doch die Meyrkats äußerten sich nicht klar darüber.

Gemma genoß die Gesellschaft der kleinen Tierchen während der kurzen Zeit, die ihnen gemeinsam blieb, und diese wiederum waren entzückt darüber, wieder mit ihrer Clanfreundin vereint zu sein. Doch sie alle wußten, daß sie sich bald trennen mußten. Es bestand kein Zweifel, wohin Arden und Gemma gehen würden, und die Meyrkats wußten bereits, daß sie im Tal des Wissens nicht leben konnten.

Als die Zeit des Abschieds kam, vertraute Gemma den Clan Hewe an. Der große Mann zeigte sich über die Aufgabe hocherfreut und konnte sich dem pelzigen Charme der Tiere nicht entziehen. Er versprach, sie in die Diamantenwüste zurückzuführen.

Wirst du zum Stein zurückkehren? fragte Av Gemma.

Du wirst uns immer willkommen sein, Gem-ma, fügte Ox hinzu.

Ich werde kommen, versprach sie, *aber es wird viele, viele Tage dauern, bevor wir uns wiedersehen.*

Bis dahin wird der Clan eine gute Glückliche-Lüge-die- alle-kennen für dich haben, meinte Ed zu ihr. *Wir werden üben.*

Mehrere Tage später stand Hewe am Rand der Wüste und sah zu, wie die Wanderer freudig ihrer alten Heimat entgegensprangen.

Ich wünschte, ich könnte dabei sein, wenn sie beim Stein eintreffen, dachte er versonnen. *Auf jeden Fall wird es ein tolles Fest werden*!

Gemma und Arden ritten alleine weiter. Die vielen guten Wünsche zum Abschied hatten sie traurig gestimmt, trotzdem konnten sie es kaum erwarten, ins Tal zurückzukehren. Jordan hatte darauf bestanden, daß sie zwei Pferde nahmen, die die Schlacht überlebt hatten, und sie waren froh über das Geschenk. Ohne sie wäre es ein langer, harter Fußmarsch gewesen.

Bei ihrer Rückkehr ins Tal waren die Nachrichten besser als erhofft. Zuerst suchten sie Teris und Elways Farm auf, die am Südende des Tales lag, und wurden von Mallorys Eltern freudigen Herzens und mit offenen Armen empfangen. Sie berichteten den Heimkehrern, der Fluß sei ein paar Tage nach ihrem Aufbruch ausgetrocknet, und seitdem sei die Krankheit zurückgegangen. Jetzt waren nur noch wenige krank, und selbst die befanden sich auf dem Wege der Besserung. Zwar hatte der Fluß bereits wenige Tage später wieder zu fließen begonnen und dadurch Angst und Besorgnis geweckt, aber man hatte sofort erkannt, daß das Wasser wieder sauber war – die Lebensader des Tales war wieder gesund.

Tatsächlich floß der Fluß jetzt ständig durch das Tal und wurde nicht ein ums andere Jahr abgelenkt. Dafür hatte die durch den Erd-Geist hervorgerufene Umwälzung gesorgt.

Als sie bei Mallorys Haus eintrafen, stellten sie fest, daß sie bereits erwartet wurden.

»Da sind wir wieder!« meinte Gemma unter Lachen und Weinen zu ihnen. »Aber diesmal ist es für immer.«

Sie und Arden hatten vor, das Tal zu ihrer Heimat zu

machen. Nie hatten sie mit dem Gedanken gespielt, woanders zu leben.

»Ich hatte gehofft, daß ihr das sagt!« rief Mallory. »Willkommen daheim!«

»Wie geht es der kleinen Gem?«

»Gut. Im Augenblick schläft sie, aber komm und sieh sie dir trotzdem an.«

Die beiden Frauen gingen ins Haus, während Arden Kragen und den beiden Jungs von den jüngsten gewichtigen Ereignissen berichtete.

»Hat sie sich seltsam aufgeführt, während wir fort waren?« wollte Gemma wissen.

»Nein. Warum – hätte sie das tun sollen?« Mallory sah ihre Freundin neugierig an.

»Keine schlaflosen Nächte?«

»Nicht mehr als andere Babys auch.«

»Deine Tochter ist etwas Besonderes. Das habe ich dir bereits gesagt. Und eines Tages werde ich mit ihr darüber sprechen müssen.«

»Hoffentlich macht das dann mehr Sinn, als das, was du mir im Augenblick erzählst«, erwiderte Mallory.

»Das hoffe ich auch«, antwortete Gemma und mußte lächeln.

Jetzt standen sie beide im Kinderzimmer und beugten sich über Gems Wiege. Gem wachte auf, machte große Augen und sah sie ernst an. Dann gluckste sie vergnügt und zappelte mit ihren winzigen Ärmchen.

»Sie freut sich, dich zu sehen«, lachte Mallory.

Ich freue mich auch, dich zu sehen, sagte Gemma stumm zu dem Baby.

Die einzige Antwort war ein erneutes Glucksen und ein schnelles Zwinkern der großen, braunen Augen.

Ich bin froh, daß du noch immer Kind sein kannst, dachte Gemma. *Du hast fürs erste genug getan*.

Als das Baby zu seiner Namensschwester hochschaute, glaubte Gemma in diesem ernsten Blick alles Wissen der Welt zu erkennen.

Welche Geheimnisse verbergen sich in deinem Kopf? überlegte sie, entzückt über die Aussicht, das kleine Mädchen aufwachsen zu sehen. *Egal. Wir haben genug Zeit.*

Gem erwiderte ihren Blick, gleichzeitig unschuldig und wissend.

»Sieht aus, als wäre alles geklärt«, meinte Arden zu Gemma, als sie und Mallory sich wieder zu ihren Männern gesellten. »Gleich auf der anderen Seite des Flußes gibt es ein leerstehendes Farmhaus, das während der Trockenzeit verlassen wurde.«

»Ich werde ein paar von den Jungs zusammentrommeln«, sagte Kragen, »dann haben wir es für euch bald wieder auf Vordermann gebracht.«

»Das ist ja wunderbar!« entfuhr es Gemma.

»Und wir bauen eine Brücke«, meinte Vance ganz aufgeregt, »dann können wir herüberkommen und euch jeden Tag besuchen.«

»Aber vielleicht wollen Gemma und Arden ein wenig ihre Ruhe haben, *fern* von lärmenden Kindern«, wandte sein Vater ein.

Vance schien bestürzt.

»Wollt ihr das wirklich?« fragte er mit kläglicher Stimme.

»Manchmal, vielleicht«, erwiderte Arden, »aber an den meisten Tagen dürft ihr uns besuchen.«

»Hurra!« rief Vance, der mit der Antwort mehr als zufrieden war.

»Bis dahin«, fügte Kragen hinzu, »werden wir bis nach Unter gehen müssen, um den Fluß zu überqueren. Es sei denn, ihr wollt schwimmen. Sollen wir uns das Haus gleich ansehen?«

Zum Frühlingsanfang zogen Gemma und Arden in ihr neues Zuhause ein. Jeder aus dem Tal hatte etwas beigesteuert – entweder in Form von Geschenken oder durch seiner Hände Arbeit –, und so war es gleich vom ersten Tag an in ihrem Haus gemütlich.

Ihr Leben verlief still und zufrieden. Gemma arbeitete weiterhin als Heilerin, weil sie darin die beste Möglichkeit sah, ihre magischen Fähigkeiten einzusetzen, Arden beschäftigte sich mit der Arbeit auf der Farm und den anderen Aufgaben im Tal. Es dauerte nicht lange, und er züchtete eigenes Gemüse und fühlte sich vollkommen wohl mit seinen anderen Pflichten. Für beide war das einfache Leben nach all der Aufregung in den vorangegangenen Jahren ihr ganzes Glück. Sie waren zusammen, und das war alles, was zählte.

»Bist du glücklich, Liebling?« fragte Gemma eines Tages.

»Das weißt du doch«, antwortete Arden.

»Und es macht dir nichts aus, daß wir keine Kinder haben können?«

»Wir sind uns selbst genug«, erwiderte er schlicht. »Du bist alles, was ich je brauchen werde.«

»Bist du sicher?«

»Absolut sicher. Außerdem sind Jon und Vance anstrengend genug, und die können wir am Ende des Tages zurückgeben!«

»Warte erst einmal, bis die kleine Gem soweit ist«, warnte Gemma. »Ich habe so ein Gefühl, sie wird uns mehr zu schaffen machen, als die beiden Jungs zusammen.«

»Da könntest du recht haben. Frauen sind meist schwieriger«, erwiderte er.

»Das ist genau die Art Bemerkung, die dir noch ein Bad im Fluß einbringen wird«, antwortete sie.

»Siehst du, was ich meine?« meinte Arden, streckte die Hände aus und verdrehte die Augen gen Himmel, als suche er dort Geduld.

Sie mußten beide lachen.

»Du blickst in die falsche Richtung«, sagte Gemma. »Der Erd-Geist ist dort unten, schon vergessen?«

Arden nahm sie in die Arme und gab ihr einen dicken Kuß.

»Ich bin mit einer Pedantin verheiratet«, meinte er zu ihr.

»*Glücklich* verheiratet«, verbesserte sie.

»*Glücklich*, in der Tat«, sagte er. »Ich war in meinem ganzen Leben noch nie so glücklich. Weiß du, wovon ich letzte Nacht geträumt habe?«

Sie schüttelte den Kopf.

»Von meinem Vater.«

»Oh.«

Arden träumte oft von seiner schlimmen Kindheit, wachte beunruhigt auf und war dann ungeheuer erleichtert, Gemma an seiner Seite vorzufinden.

»Diesmal jedoch war es kein Alptraum. Der alte Bastard hat mir lange zugesetzt, ich habe ihm aber einfach gesagt, er soll verschwinden und aufhören, mich zu behelligen. Er ging und war lammfromm!«

Arden lächelte seine Frau an. Endlich konnte die Vergangenheit in Frieden ruhen.

In den darauffolgenden Jahren wurden Arden und Gemma zu beliebten Bewohnern des Tales, und es fiel schwer, sich an die Zeit zu erinnern, als sie noch nicht dort gelebt hatten. Jeden Winter verließen sie das Tal für einen Monat oder länger, besuchten die Meyrkats und ihre Freunde in Great Newport oder sogar das Berghaus von Shanti und Wynut. Sie brauchten eine Weile, bis sie sich bei Cai und Zana wohl fühlten, doch mit der Zeit kam auch dieser Tag, und das war der Anfang einer wunderbaren Freundschaft zwischen den beiden Paaren. All diese Reisen dienten dem Zweck, mit ihren alten Freunden in Verbindung zu bleiben, und die beiden genossen es, mitanzusehen, wie die Welt ohne sie zurechtkam. Es waren glückliche Ausflüge, doch am liebsten kehrten Gemma und Arden nach Hause zurück.

Um so mehr, als die kleine Gem in das Alter kam, in dem sie mitbekam, wenn die beiden nicht zu Hause waren. Sie veranstaltete bei ihrer Rückkehr jedesmal einen Wirbel um die beiden, und der Anblick des kleinen Mädchens, das ihnen mit ausgestreckten Armen entgegenlief, berührte Gemma stets zutiefst. In späteren Jahren wurde offenkundig, daß es auch noch andere Gründe dafür gab, daß Gem sie schrecklich vermißte, Gründe, die sie nicht erklären konnte – sie war niemals völlig glücklich, wenn sie nicht zu Hause waren.

Das Tal, das zu ihrer Heimat geworden war, stellte mit seiner Verbindung von Heiterkeit und Schönheit einen wundervollen Ort dar, und doch wußten seine Bewohner, daß es einen kleinen Schönheitsfehler hatte. Es war mit der Wildheit der Außenwelt in Berührung gekommen, seine sorgsam gehütete Abgeschiedenheit war dahin. Auch wenn es niemand laut aussprach, sie alle wußten, was einmal geschehen war, konnte wieder passieren.

Gemma und Arden aber genossen ihr Leben in vollen Zügen. Der Ort und die Menschen bereiteten ihnen viel Freude. Sie trugen ihren Teil für den Wohlstand des Tales bei und vertrauten darauf, daß ihr Zuhause immer der sichere Ort bleiben würde, der er war.

Es gab so viel, an dem sie sich erfreuen konnten. Das frische Grün des Frühlings, das Flickenteppichmuster der Felder im goldenen Sommer, die glühenden Farben des Herbstes und die wilde Schönheit des Winters. Da waren die freien, wilden Tiere und Vögel, die Freude über alles neu Wachsende und die Schönheit der Blumen und Bäume. Es gab den Fluß und die Hügel, dahinter die hohen Berge, die sich schroff und majestätisch in den Himmel reckten. Es gab Sonne und Regen, Nebel und Wind, die Früchte der Saison, Ernten und Feiern. All dies verschmolz zu einem wundervollen Ganzen, welches das Tal ausmachte und einen wunderbaren Zauber auf alle ausübte, die dort lebten.

Eines Sommerabends, als Gemma in der Tür ihres Hauses stand und Arden bei der Gartenarbeit zusah, war dieser Zauber besonders stark zu spüren. Er hob den Kopf und sah, wie sie ihn anlächelte. Sie war so wunderschön, daß er die Augen nicht von ihr lassen konnte.

»Was denkst du?« fragte er.

»Ich denke darüber nach, wie wunderschön das Leben ist«, gab sie zurück. »Das Zusammensein mit dir. Vor ein paar Jahren noch hätte ich mir nicht vorstellen können, daß ein solches Glück möglich ist.«

Arden ließ seine Arbeit liegen, und ging zu ihr, um sie zu umarmen.

»Du solltest dich allmählich daran gewöhnen, Liebling«, meinte er zärtlich zu ihr. »Denn woher das kommt, da gibt es noch viel mehr!«

EPILOG

»Aber ich bin schon vierzehn!« Die ganze natürliche Empörung ihrer jungen Jahre stand Gem ins Gesicht geschrieben. »Ich bin praktisch schon erwachsen. Wieso kannst du mir es jetzt nicht erzählen?«

Gemma entdeckte in ihrer Namensschwester all die Ungeduld und Enttäuschung ihrer eigenen Jugend, die schon so lange zurückzuliegen schien. *Damals hat mich auch niemand verstanden*, erinnerte sie sich. *Ich muß sie wie eine Erwachsene behandeln*. Sie mußte an diese Unterscheidung denken, die ihr so grausam vorgekommen war, und die ihr das Leben damals so schwer gemacht hatte. Selbst Cai hatte nie so recht bemerkt, wie sehr sie litt. *Ich darf nicht dieselben Fehler begehen*.

Und doch zögerte sie. Seit Jahren hatte sie vor diesem Augenblick Angst gehabt.

»Bitte«, beharrte Gem. »Alle sagen ständig, ›Das wird dir Gemma irgendwann erklären‹, aber du tust immer so geheimnisvoll. Und ich will endlich wissen, warum!«

»Also schön«, sagte Gemma langsam. »Ich werde versuchen, es dir zu erklären. Das wird mir nicht leichtfallen, Kleines, also habe ein wenig Geduld.« Sie überging das Gesicht, das Gem wegen des Kosewortes zog, und versuchte, ihre Gedanken zu ordnen.

»Was weißt du über Magie?« fragte sie schließlich.

»Na ja, ich weiß, daß *du* sie dazu benutzt, um Menschen zu heilen«, antwortete das Mädchen, »und daß du mit den Meyrkats sprechen kannst.«

»So benutze ich sie, aber weißt du auch, was sie *ist*?«

»Nein – eigentlich nicht.«

Also erzählte Gemma dem Mädchen von den Prinzipien der Nutzung geistiger Energie, dann erklärte sie ihr behutsam die Kreise der Magie und ihre einzigartige Sonderstellung in ihnen. Ihre Namensschwester saß da wie gebannt.

»Oh!« stieß sie hervor, als sie schließlich verstanden hatte. »All diese Kreise – gehen durch dich hindurch?« Sie sah sie voller Verwunderung mit großen Kinderaugen an und vergaß darüber fast, daß sie eigentlich schon erwachsen war.

»Ja«, erwiderte Gemma. »Die Kreise haben mir im Kampf gegen Mendle und den Großen Führer geholfen. Ohne sie wäre ich hilflos gewesen.«

»Ich wünschte, *hier* gäbe es Magie«, sagte Gem versonnen.

»Aber es gibt sie, Schatz. Sie ist überall ringsum.«

»Wirklich?« Gem machte ein verwirrtes Gesicht.

»Das Tal ist einer der Kreise«, erläuterte Gemma. »Und zwar ein sehr wichtiger.«

»Aber hier passiert doch nie etwas«, argumentierte das Mädchen.

Eines Tages wirst du dankbar dafür sein, dachte Gemma und fuhr dann fort, »Jeder im Tal hat an dem Wissen teil, das eine Art der Magie ist. Dann ist da noch Kris mit seiner Warmherzigkeit, seiner Gabe, Dinge vorherzusagen. Dein Kreis schützt dein Zuhause vor der Welt draußen. Das Tal ist ein Ort der Magie, glaub mir.«

Gem dachte darüber nach.

»Woher hätte ich das wissen sollen?« fragte sie empört. »Ich bin schließlich nicht überall herumgereist wie du!« Dann ging ihr noch etwas anderes durch den Kopf. »Befinden wir uns *alle* in dem Kreis?«

»Ja.«

»Sogar ich?«

»Du ganz besonders, Gem. Deswegen waren auch einige Dinge so verwirrend für dich.«

»Du meinst die Träume und dergleichen?«

Gemma nickte, und das Mädchen machte wieder ein besorgtes Gesicht.

Hoffentlich bist du bereit dafür, dachte Gemma. *Denn wir können jetzt nicht aufhören.*

»Die Leute werden immer ganz still, wenn ich in der Nähe bin«, beschwerte sich Gem traurig. »Als wollten sie etwas vor mir verstecken. Sogar Mum und Dad. Das ist nicht fair!«

»Das ist meine Schuld, Schatz. Ich mußte sicher sein, daß du bereit bist – und daß *ich* es bin, die es dir erzählt.«

»Warum?«

»Weil es meine Aufgabe ist«, antwortete Gemma bestimmt. *Und weil ich dir nicht die Kindheit nehmen wollte.* »Hör genau zu, Gem. Was ich dir erzählen werde, ist sehr wichtig, aber du darfst keine Angst haben. Ich werde immer hier sein, wenn du mich brauchst.«

»Und was ist, wenn du fort fortgehst?«

»Selbst dann.«

»Das verstehe ich nicht.« Gem sah in diesem Augenblick sehr jung und verletzlich aus.

»Die Person, die sich an dem Punkt befindet, in dem sich alle Kreise treffen, nennt man *Schlüssel zum Traum*«, begann Gemma.

»Und das bist du?«

»Ja«, bestätigte sie. »Aber es wird eine Zeit kommen, in der alle Kreise in Bewegung geraten. Sie werden sich so drehen, daß jemand anderes an diesem Punkt sein wird als vorher.«

»Du wirst also nicht für immer der *Schlüssel zum Traum* bleiben?«

»Nein.«

»Wann wird sich das ändern?«

»Das«, sagte Gemma, »liegt ganz bei dir.«

»Bei mir!«

»Du bist der zukünftige Schlüssel, Gem.«

Unglaube und Angst standen dem Mädchen deutlich ins Gesicht geschrieben.

»Das kann nicht sein«, sagte sie leise. »Ich weiß doch gar nicht, was ich tun muß.«

»Du wirst es wissen, wenn es soweit ist«, antwortete Gemma voller Zuversicht. »Die Kreise werden alle da sein, um dir beizustehen – und in einem von ihnen bin noch immer ich. Ich werde also immer in deiner Nähe sein.«

Sie schwiegen eine Weile, während Gem diese neuen Gedanken zu verarbeiten versuchte.

»Werde ich Schlachten schlagen müssen?« fragte sie schließlich.

»Ich hoffe nicht, Schatz. Wir haben jetzt Frieden, und es

gibt keinen Grund zu der Annahme, daß er nicht sehr lange währen wird – vielleicht sogar für immer.«

»Wie lange weißt du das schon?«

»Ich wußte es schon vor deiner Geburt.«

Gemma war überrascht, mit welcher Ruhe ihre Namensschwester diese Feststellung hinnahm. *Sie wird so schnell erwachsen*!

»Was für ein Gefühl war das ... als du der Schlüssel wurdest?«

»Das weiß ich nicht«, antwortete sie. »Ich war damals erst sieben Jahre alt.«

»Oh.«

»Es gab niemanden, der mir erklärt hat, was das bedeutet«, fuhr Gemma fort. »Und ich mußte einen weiten Weg gehen, bis ich es herausfand.« *Wenigstens das kann ich dir ersparen*.

»Hattest du keine Angst?«

»Doch, ein wenig. Weil ich nichts verstand. Aber du hast keinen Grund, dich zu fürchten, Gem. Du hast bereits etwas Wundervolles erreicht – etwas, das niemand anderes hätte tun können.«

Das Mädchen sah sie mit Fragen in den Augen an.

»Vermutlich kannst du dich nicht mehr an den ersten Traum erinnern, den wir gemeinsam hatten«, erzählte Gemma. »Du warst noch ein kleines Baby ...«

»Doch! Ich erinnere mich!« stieß ihre Nichte hervor. »Ich war auf einem Berg, und da war ein großes Feuer – und du hast mir Dinge erzählt, und dann ging das Feuer aus und plötzlich war da ein großer See«, schloß sie atemlos.

Jetzt war Gemma überrascht.

»Das war die Schlacht mit dem Großen Führer«, erklärte sie nach ein paar Augenblicken. »Du hast uns geholfen, mit dem Erd-Geist zu sprechen, dem größten Kreis von allen. Ohne dich hätten wir sterben müssen.«

»Wirklich?« Ein Unterton von Zuversicht schlich sich in die Stimme des Mädchens.

Gemma nickte. »Du bist etwas ganz Besonderes, Gem.

Alle wissen das, und deswegen sind sie manchmal etwas ängstlich dir gegenüber.«

»*Alle?*

Gemma lächelte. Sie wußte genau, was das Mädchen dachte.

»Du wirst immer ihre kleine Schwester sein, genau wie ich immer Ardens Frau sein werde«, erwiderte sie. »Vance und Jon lieben dich, auch wenn sie dich manchmal unerbittlich necken.« Gem machte ein Gesicht, als könnte sie all dies nicht recht glauben. »Wenn du der Schlüssel wirst, wirst du deine Familie und dieses Tal mehr denn je brauchen«, fuhr Gemma fort. »Deine besonderen Fähigkeiten werden nur für wirklich wichtige Dinge gelten.«

»Und die Kreise hindern mich daran, irgendeine Dummheit zu begehen, stimmt's?« sagte das Mädchen, das jetzt wieder sehr erwachsen klang.

Gemma mußte über den gesunden Menschenverstand ihrer Nichte schmunzeln. Gem besaß eine natürliche Intelligenz und die Ausgeglichenheit ihrer Eltern. Kragen und Mallory wußten, daß ihrer Tochter ein besonderes Schicksal beschieden war, trotzdem würden sie nie vergessen, daß sie immer noch ihr kleines Mädchen war.

»Wirst du es nicht vermissen, der Schlüssel zu sein?« fragte Gem, darauf bedacht, ihrer Namensschwester nicht weh zu tun.

»Nein, Schatz«, lautete die freundliche Antwort. »Mein Leben ist im Augenblick so ausgefüllt, wie ich es mir wünsche.«

»Und wann werden die Kreise sich in Bewegung setzen?«

»Wenn du es willst. Du besitzt die Kombination der magischen Kräfte der Kreise und deines Zuhauses«, erklärte Gemma ihr. »Bislang hat das Tal wie ein Schutzschirm funktioniert, aber du kannst die Kreise hineinlassen, wenn du möchtest. Du kannst dir aussuchen, wann immer du sie treffen willst.«

Gem sah sie unverwunden an, ihre braunen Augen erwartungsvoll geöffnet.

Ist die Zeit gekommen? Ist das Warten vorbei?

Ja, erwiderte Gemma und mußte lächeln, als sie das Staunen spürte, das die Kreise durchzog.

Du verläßt uns. Es war keine Frage mehr, sondern eine Feststellung, gefärbt von Traurigkeit, aber auch von Erregung.

Eine neue Ära.

Beide Schlüssel hatten denselben Traum, von ihren getrennten Schlafzimmern zu beiden Seiten des Flusses aus. Gemma hatte die erste zaghafte Berührung gespürt, sowie die Entschlossenheit des Mädchens. Sie gab ihr Unterstützung und beobachtete, wie Gem das Tal bat, ihre Welt den Kreisen zu öffnen.

Sie kamen schnell, und Gemma genoß den Kontakt – wie sie wußte – zum allerletzten Mal. Gesichter aus ihrem alten und neuen Leben, die bekannten und vertrauten. Stimmen aller Tonlagen und Altersstufen, Lieder von der Heimat und dem unendlichen Himmel. Landschaften von einer größeren Vielfalt, als sie je hätte sehen können – Berge, Städte, Ebenen und Ozeane. Das Licht der Sonne auf dem Wasser, das der Sterne auf dem Schnee. Trauer und Freude, Zorn und Liebe. Zeit, die vergeht, über Generationen hinweg. Die Kreise in Bewegung.

Da ist jemand, den ich euch allen vorstellen will.

Gem begrüßte sie schüchtern, zwang sich, über die vertrauten Menschen aus dem Kreis des Tales hinauszublicken.

Sie wurde von einem Lächeln auf tausend verschiedenen Gesichtern begrüßt. Wynut und Shanti, verrückt wie immer, sahen von ihrer neuesten Erfindung auf; Cai, dessen Schwarm schläfrig seinen Kopf umsurrte; Jordan, dessen Schreibfeder über dem Papier zögerte; eine Lampe, die auf seinem Schreibtisch herunterbrannte; ein Mann mit goldenem Haar, der die Hand seiner Frau hielt; ein exzentrischer Eremit, bekleidet mit Fellen und umgeben von den Tieren aus der Bergwelt, wo er zu Hause war; Adria, die in einem Gespräch mit ihren Söhnen innehielt; die Meyrkats, die in ihrem Clan jubelten, und viele, viele mehr.

Gem sah sie alle und wußte, daß sie sie nur um ihre Hilfe zu bitten brauchte.

Das letzte Bild, und das klarste von allen, war das von Arden und Gemma, die sich lächelnd und beschützend gegenseitig in den Armen lagen.

ENDE

Band 20 289

Jonathan Wylie

Das Schattenreich

Deutsche Erstveröffentlichung

Nachdem es Gemma gelungen ist, die magische Balance des Traumsteins wiederherzustellen, beginnt sie mit der Suche nach dem geheimnisvollen Schattenreich – und nach ihrem Gefährten Arden, den sie dort zu finden hofft. Dieser wurde inzwischen in einen gnadenlosen Machtkampf verstrickt, der das geheimnisvolle Tal, in dem stets Dunkelheit herrscht, von der Herrschaft eines machtbesessenen Tyrannen befreien soll. Gegen jede Chance kämpfen Gemma und Arden darum, der träumenden Welt den verlorenen Sinn zurückzugeben und die Ordnung wiederherzustellen . . .

BASTEI LÜBBE

Sie erhalten diesen Band im Buchhandel, bei Ihrem Zeitschriftenhändler sowie im Bahnhofsbuchhandel.

Band 20 298
Roger Taylor
Hawklan der Heiler
Dämmerung über Orthlund
Deutsche Erstveröffentlichung

Fyorlund ist gefallen, König Rgoric ist tot, ermordet von Dan-Tor, der nun über das Land herrscht und nur darauf wartet, die dunklen Mächte Sumerals wiederzuerwecken. Doch noch ist nicht alles verloren. Dan-Tor wurde schwer verwundet. Hawklans Pfeil hat ihn getroffen. Und Sylvriss, Rgorics Königin, konnte entfliehen, um sich den Fürsten im Exil anzuschließen. In Orthlund erlernt man wieder mühsam die alten Kriegskünste, und im Osten erinnern sich uralte Feinde Sumerals an ihre Schwüre.
Alle blicken auf Hawklan den Heiler, ihren Anführer. Doch seit seinem Kampf mit Dan-Tor liegt er im Koma, wandert er in einer Welt, aus der ihn niemand zurückrufen kann...

BASTEI LÜBBE

Sie erhalten diesen Band im Buchhandel, bei Ihrem Zeitschriftenhändler sowie im Bahnhofsbuchhandel.